# L'HÉRITAGE DES DARCER

Tome 2 : Allégeance

Marie Caillet

# L'Héritage des Darcer

## Tome 2 : Allégeance

Michel Lafon

7-13, boulevard Paul-Émile-Victor – Île de la Jatte
92521 Neuilly-sur-Seine Cedex
www.michel-lafon.com

*À ma famille.*

GRANDS OCÉANS DU NORD
Harpenn
Everenn
Farellea
Menlas
Sheria
Aïdrez
Liash
EDRILION
Tediac
Teyres
Monts Baïshdro
Preen
Siartt
Dahis
Alester
Ourissan
Epeck
Orghill
Ashân
Saetr
Jial
An'Jas
Peli
Berias
Vesdrell
Dalen
Mealla
Plaines
du Demi-Pas
Les Vallons chanteurs
ACRYAK
Penhata
Esliat
Les Bois
Golfe du Médant

Le Daj'Arlant
Massif du Rheagor
LA DÉLÉANE
Liett
Estrin
Les ravins d'Erlett
Chaneer
Feleòn
MER D'OLRANTE

# Prologue

Dans la salle du trône, on n'entend qu'un minuscule grattement. Tout est froid alentour, grandiose, figé. Il n'y a aucun écho mais le grattement s'obstine, à peine plus fort qu'un bourdonnement d'insecte. Au milieu de la salle où se dresse un trône vide, il est la seule trace de vie.

À sa table, un homme écrit.

Les mots s'enchaînent les uns après les autres. Il laisse courir sa plume, à toute vitesse, comme s'il avait appris sa lettre avant de l'écrire, ou comme s'il espérait ce moment depuis toujours. Les lignes ondulent, les lettres tremblent, mais il sait qu'il ne la réécrira pas. Il déborde d'une joie trop intense pour être camouflée.

Floan, ambassadeur royal, écrit en ce jour la lettre qu'il n'attendait plus.

Celle-ci n'était certes pas sa première. Il écrivait nombre de missives depuis des années, toujours à La Déléane, ce gros royaume qui bordait Edrilion à l'est et le maintenait sous sa coupe depuis deux siècles. Floan était devenu ambassadeur très jeune, réalisant son ambition de toujours : servir Edrilion avec la diplomatie pour seule arme. Son métier s'était révélé pénible, humiliant, bien éloigné de ce qu'il en attendait. Aujourd'hui, il avait l'impression de signer, pour Edrilion comme pour lui, son acte de libération.

La plume s'arrêta au bas de la page. Les mains tremblantes, Floan souleva le parchemin et se relut avec fièvre. La feuille frémissait entre ses doigts, comme si sa joie s'était transposée sur sa missive. Il s'attarda plus longuement sur la dernière phrase. Une phrase incroyable, magique, plus significative que tout le reste de la lettre. Celle qu'il n'avait jamais osé espérer…

« Keagan a disparu. »

Keagan : il le revoyait, son roi, aussi nettement que s'il se trouvait devant lui. Son roi qui n'en était pas un, et qu'il avait toujours peiné à considérer comme tel. La dynastie de Keagan n'était composée que d'usurpateurs, et dès son couronnement, Keagan avait prouvé qu'il serait comme ses ancêtres : intransigeant, cupide, et dévoué corps et âme à La Déléane. Mais le miracle s'était produit. Quelques jours après son couronnement, Keagan avait quitté Liett en direction du sud, le temps d'y mobiliser une armée et d'y disparaître du jour au lendemain.

On avait lancé des recherches, envoyé des enquêteurs aux abords des Bois. Les tentatives pour retrouver le roi s'étaient toutes révélées vaines. Personne, évidemment, ne pouvait soupçonner que Keagan gisait raide mort dans le trésor des Darcer, une pelle à tarte fichée en plein front. Mais comme la Cour n'avait reçu aucune demande de rançon et que les recherches ne menaient à rien, on avait dû se rendre à l'évidence : Keagan, de la façon la plus étrange du monde, avait été rayé de la carte, et, privé de roi légitime, Edrilion avait perdu son usurpateur.

Il ne restait qu'une chose à faire. Avec soin, l'ambassadeur apposa son paraphe au bas de la lettre, puis replia le parchemin. L'allégresse était toujours présente, mais elle n'avait pas effacé sa prudence. Écrire à La Déléane n'était pas sans risque et il le savait. Car il lui manquait la preuve : le corps du roi. Comment convaincre La Déléane de la mort de son pantin alors que rien ne la confirmait ? Floan ôta ses lunettes et se massa le front, indécis. Sans elles, il parut rajeunir de plusieurs années, offrant l'image d'un jeune homme pâlichon, à la mine honnête. Ses sourcils se froncèrent, modifiant légèrement son expression.

Mieux valait prendre le risque.

Le cachet de cire s'abattit sur le parchemin, scellant définitivement la lettre. Floan regarda sans le voir le profil d'aigle qui ornait le sceau, si familier. Un emblème volé, tout comme le trône, par les ancêtres de Keagan et qui, pour lui, ne signifiait plus rien. Il ne porta pas davantage attention aux rapaces gravés sur le dallage, témoins d'un passé plus ancien, et quitta la salle en emportant le parchemin. Il ignorait que, deux siècles plus tôt, Madael avait fait de même, annonçant la fin d'une autre ère.

Des dizaines d'yeux se braquèrent sur lui lorsqu'il sortit. Nobles et serviteurs, mêlés sans distinction, se tenaient là, attendant qu'il parle. Un remous se fit lorsqu'il s'avança, hésitant. Dans le couloir, l'air était frémissant d'inquiétude, lourd de questions silencieuses. Sans regarder personne, Floan se mit à remonter le corridor à grandes enjambées, sous les regards curieux, interrogateurs, méfiants…

Personne ne l'interpella. Il devina l'attention de la foule, braquée sur le parchemin qu'il serrait sous son bras. À lui seul, le sceau imposait le silence : il était ourlé de rouge, la couleur réservée aux courriers importants. Pour ces gens, il pouvait signifier l'annonce d'un deuil, ou la reprise des recherches au sud. Floan ne pouvait pas leur dire, il n'en avait pas l'audace, que cette lettre était, ni plus ni moins, un quitte ou double.

Lorsqu'il parvint à l'étage, il ne croisa pas âme qui vive. Les volières étaient également désertes, les cages mélangeant leurs barreaux de fer dans un clair-obscur indécis. Invisibles à son entrée, les aigles se révélèrent quand il frôla leurs cages, dans un sursaut de plumes fauves, noires ou blanches. Ils étaient là par dizaines, ceux qui appartenaient à la Cour, ou ceux qui servaient exclusivement le roi…

Ou plus exactement, celui.

Il n'y avait plus trace de l'éclatant plumage d'or de Vhrys, celui que Keagan préférait entre tous : l'aigle avait disparu en même temps que son maître. Mais ce n'était pas Vhrys que Floan recherchait. Il avança dans la pièce, puis s'immobilisa devant une énorme cage. L'obscurité ne lui permettait pas de distinguer l'oiseau qu'elle renfermait. Il n'aperçut qu'un gros œil jaune, plaqué derrière les barreaux, qui l'épiait. Un œil semblable à celui de Vhrys : il n'avait pas besoin d'en voir plus. Rapidement, il s'agenouilla, ouvrit la grille…

La Déléane avait coutume d'offrir un couple d'aigles à chaque nouveau roi. Un aigle d'or et un aigle noir, élevés ensemble dans les meilleures volières du Daj'Arlant, et liés à vie par la fidélité caractéristique de leur espèce. Il s'agissait d'un cadeau hautement symbolique, marquant l'union d'Edrilion et de La Déléane, mais légitimant aussi le nouveau souverain : La Déléane n'avait jamais oublié que le blason des Darcer était un aigle.

Précautionneusement, Floan sortit l'oiseau de sa cage. Les serres se refermèrent sur son poignet avec la docilité de l'habitude. L'ambassadeur se souvint de l'orgueilleuse joie de Keagan, de son acharnement à apprivoiser ses deux aigles, à s'en faire obéir. Il avait préféré l'aigle d'or à sa compagne, l'emmenant avec lui pour le Sud. La femelle était restée sans nom, condamnée à dépérir dans sa prison jusqu'au retour de son compagnon. Floan connaissait assez ces oiseaux pour savoir qu'après plusieurs semaines de séparation, la mort anéantissait définitivement le couple. Sans aucun survivant possible.

Il savait également que le lien entre deux aigles était si fort que, même sans repères, l'un pouvait rejoindre l'autre dès qu'on lui en donnait l'occasion. C'était là l'objet de toutes ses craintes, et de tous ses espoirs.

L'aigle au poing, il s'approcha du balcon. L'animal pesait à peine sur son bras, squelettique sous son plumage. De près, Floan constata que ses yeux étaient injectés de sang. L'anneau d'or qui brillait à sa patte, frappé aux armes de Keagan, scintilla quand il passa sur le balcon…

L'aigle redressa le bec d'un coup.

La vue du ciel parut lui redonner toute sa vigueur. C'était un autre oiseau que Floan tenait au poing, rempli de force, impatient de prendre son envol. Les doigts tremblants, il attacha sa missive, si dérisoire, à la patte de l'aigle. Un tel regain d'énergie ne pouvait signifier qu'une chose : contre toute attente, Vhrys vivait, et elle allait le retrouver.

Il avait espéré à tort.

Il ne fit rien pour retenir l'oiseau. D'un ample geste du bras, il le propulsa dans les airs, le libérant sans espoir de retour. L'aigle déploya ses longues ailes, sur lesquelles la lumière glissait à l'infini. Sans hésiter, elle plongea dans le vide.

Incrédule, stupéfait, Floan eut juste le temps de voir une plume se détacher et voltiger jusqu'au sol en une interminable arabesque. Sa porteuse, d'un élan, avait pris la direction de l'est. Droit vers La Déléane.

Elle rentrait chez elle.

# 1. Le Sanreth

Pour la centième fois, la Reine Welfendà s'arrêta face à l'aigle, fascinée par le cadavre.

L'oiseau gisait sur la table, les ailes en croix, plusieurs plumes manquantes. Majestueux jusque dans la mort. Et immense à tel point que ses ailes couvraient toute la largeur de la table ovale, autour de laquelle Welfendà réunissait habituellement ses conseillers. En ce jour, il n'y avait qu'elle dans la salle ; elle et le cadavre, qu'on lui avait remis depuis déjà longtemps et dont elle ne pouvait se résoudre à se débarrasser.

La Reine dégagea doucement l'une des pattes. Un anneau d'or y brillait, et à la pâle lumière du dehors, elle distinguait un symbole gravé dans le métal. Ce symbole qu'elle ne connaissait que trop bien : c'était celui de sa propre volière, bâtie sur les flancs du massif de l'Arlant qui protégeait sa vie et celle de ses ancêtres depuis toujours. L'aigle était revenue mourir à ses portes.

Elle repoussa la serre. L'aigle bougea légèrement lorsque sa patte retomba, agitant son corps dans un simulacre de vie. À l'intérieur de la salle, la température était glaciale. L'odeur de décomposition se perdait dans les courants d'air qui, entrant par la fenêtre ouverte, venaient balayer les lieux. Grâce au froid, Welfendà avait réussi à conserver le cadavre plus longtemps que nécessaire. L'aigle incarnait le décompte de ses heures ou des jours qui lui restaient à attendre, avant qu'enfin, on lui amène l'homme. Chaque seconde qui s'écoulait, inutile et figée dans cette salle, lui donnait l'impression de compter pour dix.

Une nouvelle brise s'engouffra par la fenêtre, faisant frissonner le plumage de l'oiseau. Welfendà, elle, ne trembla pas. Froid et pierre : elle s'y était habituée dès sa plus tendre enfance. Quiconque vivait au Daj'Arlant devait composer avec eux, apprendre à les aimer, sous peine qu'ils fassent de son existence un enfer permanent : nul vitrail sur les fenêtres du palais du Daj, nul volet. Construit à l'intérieur de la plus haute montagne du massif, il conservait au fil des siècles son caractère troglodytique, jusqu'à l'extrême. Pour les Déléaniens, le Daj'Arlant n'était ni un massif, ni une forteresse, mais l'union indissociable des deux.

Contournant la table, la silhouette épaisse de la Reine se dirigea vers la fenêtre, ses longs cheveux pesant dans son dos. Ils étaient tressés en un entrelacs complexe, alourdis de bijoux et de fils d'or qui indiquaient son rang plus sûrement qu'une couronne. En Déléane, une Reine ne se coupait pas les cheveux, c'était là son privilège et son fardeau. Elle le pouvait seulement à partir du moment où son aîné, à l'âge de quinze ans, avait le droit de revendiquer le trône. Mais Welfendà n'avait plus d'enfants.

La fenêtre était taillée à même le flanc de la montagne : une simple ouverture sans encadrement ni fioritures. La Reine s'accouda au rebord sans prêter attention à l'irrégularité de la pierre : érodée par les intempéries et le vent, celle-ci avait perdu sa rudesse, métamorphosée en une surface instable. En baissant le regard, Welfendà pouvait voir sa ville en contrebas, grouillante d'activité sous l'ombre énorme du Daj.

Le Daj'Arlant : elle y était née, elle y vivait, elle y mourrait probablement. Il était sa vie, son avenir, et elle était son cœur. Le Daj'Arlant avait été bâti pour les Rois, afin de leur assurer la meilleure protection possible. Il correspondait à l'idée qu'elle se faisait d'une forteresse imprenable.

Son rôle de Reine consistait à organiser les déplacements de ses subordonnés à travers le royaume. La Déléane était un territoire puissant qui avait ses faiblesses, recouvert par les glaces du nord et infesté de monstres dans certaines régions.

En conséquence, le souverain ne sortait quasiment jamais du Daj'Arlant. Les Seigneurs Errants se chargeaient de garder les frontières et d'assurer la protection des terres intérieures. Réunis en clans, ils sillonnaient sans relâche le royaume pour défendre les villes des monstres, et représentaient une force de frappe toujours en mouvement. Le système avait largement fait ses preuves.

Dans son dos, la porte s'ouvrit. Welfendà délaissa la fenêtre et se tourna vers le serviteur qui venait d'entrer.

– Ma Reine, le Sanreth est arrivé.

– Faites-le entrer.

La porte se referma silencieusement. Welfendà s'autorisa un léger sourire. Elle recherchait cet homme depuis de longs jours et avait finalement retrouvé son clan grâce aux Villes-veilles, ces structures qui abritaient les Seigneurs Errants et leurs innombrables roulottes au retour d'un raid. Traversant la salle sans hâte, elle alla s'asseoir sur le trône et ramena sa lourde tresse sur ses genoux.

Tout était en place.

Elle n'eut que quelques minutes à attendre. Bientôt, des pas se firent entendre dans la galerie. La Reine se redressa légèrement sur son trône, guettant l'ouverture de la porte.

Le Sanreth remonta le couloir et s'arrêta sur le seuil, clignant des yeux à la lumière des flambeaux.

C'était un homme chétif, entre deux âges. Il portait la tunique grise des bâtards et des chausses abîmées. Un Sanreth… rien d'autre. Rien de remarquable ni d'inattendu chez cet homme. Welfendà éprouva une pointe de déception. Elle l'avait espéré plus assuré, plus… royal, mais la seule chose qui l'apparentait à Keagan était sa chevelure blonde. Qu'importait ! L'habit changerait tout.

– Soyez le bienvenu au Daj, Sanreth. Approchez.

L'homme obéit, le front bas. Ses yeux se posaient sur tous les objets de la salle : les piliers entourés d'épaisses guirlandes d'or, les chandeliers ouvragés – étonnante association de la dureté de la montagne et du luxe humain.

– Avant toute chose, je vous prie de m'excuser de vous avoir fait quitter votre clan sans explication, dit Welfendà.

Le Sanreth croisa son regard pour la première fois.

– Ma… ma Reine, il n'y a pas de mal, bégaya-t-il.

– Quel est le nom de votre clan, Sanreth ?

Elle connaissait la réponse, mais établir le dialogue était essentiel.

– Les Esbelt, Majesté.

– Les Esbelt. Je me souviens de votre dernière victoire contre une meute de Fidrolles, au nord. Vous aviez fait preuve d'un immense courage. Un acte de bravoure dont La Déléane vous est redevable.

Les Fidrolles étaient de gros chiens ailés, dont les crocs pouvaient déchiqueter sans peine une pièce de cuir. Évoluant dans les airs, ils étaient très difficiles à capturer et décimaient fréquemment des troupeaux, quand ils ne se rabattaient pas sur les villes. Ils étaient les derniers monstres véritablement dangereux. Les clans précédents s'étaient chargés d'en éliminer la plupart, et les Seigneurs Errants se contentaient de faire de simples rondes d'inspection. L'homme, néanmoins, se rengorgea.

– Ma Reine, je vous remercie.

Qu'il était facile de lire dans l'esprit des hommes ! Celui-ci ne faisait pas exception. La crainte du Sanreth se dissipait, remplacée par l'intérêt. L'appelait-elle pour le récompenser ? Le mettre au service du Daj ? La Reine complimentait peu de gens, et lorsqu'elle le faisait, c'était toujours pour offrir une récompense. Welfendà s'engouffra dans la brèche qu'elle avait elle-même ouverte :

– Je suis heureuse de vous voir enfin : je vous fais rechercher depuis longtemps. En réalité, Sanreth, vous avez été convoqué au Daj pour une raison précise : j'ai besoin de vous.

Elle se leva. Sa tresse dégringola jusqu'au sol et glissa dans son sillage, alors qu'elle descendait les marches. Le trône était surélevé par rapport à la salle et niché sous une voûte : assise, la Reine semblait inaccessible, une statue de chair qui vous regardait de haut et vous renvoyait à votre condition. Volontairement, pour le Sanreth, elle mit cet atout de côté.

Elle le mena à la table sur laquelle l'aigle gisait, son œil vitreux tourné vers le plafond. Le Sanreth la suivit, laissant entre eux une distance respectueuse. La Reine s'arrêta près de l'aigle, effleurant son plumage de la main.

– Ordinairement, quand je reçois une lettre, l'oiseau arrive vivant. Celui-ci est la première exception. Savez-vous à quelle espèce il appartient ?

– C'est un aigle, ma Reine.

Welfendà hocha la tête. Les aigles étaient relativement rares en Déléane. Seuls ceux qui avaient fait route vers le Nord et ses montagnes les connaissaient.

– Oui, un aigle, principalement utilisé pour les courriers importants en raison de sa résistance physique. Celle-ci est l'un des deux aigles que j'ai envoyés à Keagan pour son couronnement. Savez-vous qui est Keagan ?

– Non, Majesté.

Cette réponse ne l'étonna pas. Les Déléaniens s'intéressaient peu aux affaires des autres royaumes, et moins encore à celles d'Edrilion. Celui-ci n'était qu'un vassal vaincu, qui procurait régulièrement à La Déléane le tribut de sa défaite. Récoltes, bétail ou autres richesses : le système était le même depuis deux siècles, immuable… jusqu'à ce jour.

– Keagan, dit Welfendà, est votre parent. C'est aussi le roi d'Edrilion.

– Sauf votre respect… ma Reine, balbutia le Sanreth, je n'ai pas de parent là-bas.

– Keagan n'est pas edrilien : ses racines sont en Déléane, tout comme les vôtres, et vous descendez de la même branche. C'est le cas de beaucoup d'Esbelt, bien qu'ils l'aient oublié.

Elle lissa une plume du cadavre en poursuivant :

– Il y a deux siècles, La Déléane attaqua Edrilion et le vainquit. À cette époque, la dynastie des Darcer régnait sur le royaume. Le roi Madael disparut et mes ancêtres ne purent jamais le retrouver, mais cela n'avait pas d'importance : le trône était vacant. Ils remplacèrent les Darcer par une nouvelle dynastie, créée à partir d'un des grands clans de La Déléane : le clan Esbelt qui, déjà, était l'un des plus puissants. Ils demandèrent à l'un des Seigneurs de prêter serment, puis de quitter à jamais La Déléane pour créer sa dynastie en Edrilion. L'affaire engendra une scission entre les Esbelt et ce nouveau roi, considéré comme traître, ou jalousé. Lui et tous ses descendants restèrent néanmoins en contact étroit avec le Daj'Arlant. Le lien vassalique se créa de cette façon entre Edrilion et La Déléane : le plus pacifique et le plus commode qu'on ait trouvé, car le roi était dans notre camp… même s'il ne faisait plus vraiment partie des nôtres. Tel fut leur prix à payer pour la royauté.

Elle ajouta doucement :

– Mais, d'une manière ou d'une autre, le pouvoir se paie.

Le Sanreth ne dit rien. Rassuré pendant un moment, il recommençait à la regarder de biais, à jeter des coups d'œil un peu partout autour de lui. Dans l'expectative… Parfait. Elle prit la lettre et poursuivit :

– J'ai appris par cette aigle la mort de Keagan. Selon la Cour, il a quitté Liett après son couronnement. Il aurait, paraît-il, disparu au sud et les recherches n'aboutissent à rien. Cette aigle est revenue dans sa volière natale, preuve que le lien avec son compagnon s'est brisé. D'après la lettre, l'autre aigle est parti avec Keagan, et si cet aigle est mort, son maître l'est probablement aussi. C'est du moins ce qu'avance la lettre, mais un roi ne disparaît pas ainsi. Encore moins un roi tout juste couronné, sans enfant ni femme, et dernier de sa lignée.

– S'agit-il d'un meurtre, ma Reine ?

Welfendà hocha la tête.

– La Cour a de bonnes raisons de vouloir un nouveau roi. Un Edrilien, un vrai… Sans Keagan, la dynastie usurpatrice disparaît, et Edrilion retrouve son indépendance. Or je refuse qu'Edrilion soit libre tant que je n'en saurai pas plus.

Le parchemin se plia, imperceptiblement, sous la pression de ses doigts. Elle perçut l'étonnement de l'homme. Ce qu'elle lui disait là, elle ne l'avait appris à personne d'autre. Et il y avait quelque chose d'étrange à voir sa Reine à ses côtés, lui parlant d'un royaume lointain, à lui, un Sanreth qui ne connaissait rien d'autre que son clan et l'errance.

– J'aimerais que vous alliez en Edrilion, dit Welfendà.

Elle modula son ton avec soin : à la fois ferme et engageant, il lui fallait ces deux facettes. Le Sanreth se figea, foudroyé.

– Majesté…

– Il me faut un allié sur place, quelqu'un qui enquête. Vous allez vous faire passer pour un ambassadeur et espionner la Cour pour moi. Si je pouvais entrer en guerre et reconquérir Edrilion de cette façon, croyez-moi, je le ferais ; mais il s'agit d'un investissement considérable. Je préfère employer d'autres moyens.

Elle reposa la lettre à côté de l'aigle.

– Edrilion, actuellement, n'a pas de roi, ce qui le rend temporairement vulnérable. C'est le moment idéal pour contre-attaquer. Porter l'accusation du meurtre, puis d'une menace de guerre… La Cour ne pourra rien contre cela. Elle est trop habituée à tourner autour de Keagan, et de son père avant lui… et ainsi de suite. C'est un royaume falot, il ne manque qu'un successeur à Keagan pour que les choses redeviennent comme avant. Voyez-vous où je veux en venir ?

Oui, il voyait. Welfendà suivit attentivement la succession de ses mimiques. Elle avait l'habitude de cacher ses propres pensées, mais ce n'était pas le cas de cet homme, élevé à la dure et loin des enjeux du pouvoir. Elle lut dans ses yeux un mélange de cupidité et de peur. Leur violence l'étonna.

– Edrilion est un beau royaume, très différent du nôtre. Plus vert, plus ensoleillé… Vous aurez tout à apprendre là-bas, leurs coutumes et leurs systèmes. Et surtout, vous devrez être prudent : passer les remparts sous le déguisement d'un ambassadeur sera facile. Ils doivent s'attendre à une réponse de ma part. Remplacer Keagan va exiger plus d'habileté.

– Ma Reine… Pourquoi moi ?

Welfendà lui sourit en retour. Pourquoi lui, en effet… Il portait son âme sur son visage, tordu et chafouin, agité de tics. Fort éloigné d'un Keagan ou d'un roi au sens large. Bien sûr, elle aurait pu convoquer un Esbelt légitimé à sa place, et l'envoyer en Edrilion. Mais il lui fallait un être isolé, que personne n'irait réclamer ou soutenir. Elle savait qu'elle prenait un risque, et ne tenait pas à affronter la colère d'un clan aussi fort que celui des Esbelt en essuyant un échec.

Et surtout, elle entendait reprendre le pouvoir elle-même. Mettre tous ses talents de Reine au service de cette reconquête – impossible sans un sbire malléable. Un pantin qu'elle pourrait manipuler à sa guise, et celui-là était exemplaire.

– Pourquoi vous ? répéta-t-elle. Regardez le Daj'Arlant.

Elle contourna la table et alla à la fenêtre. Le Sanreth se posta à côté d'elle, en retrait. D'ici, on avait une vue imprenable sur l'intérieur du cirque. La ville s'étendait en contrebas, avec ses innombrables bicoques, ses gens minuscules et ses rues à perte de vue ou presque. Les montagnes s'élevaient tout autour de la cuvette, dressant vers les cieux leurs cimes enneigées.

– On dit que le Daj'Arlant est le cœur du royaume et, en effet, il représente mieux notre peuple qu'aucune autre ville. C'est un endroit clos. Ceux qui y vivent ne peuvent généralement pas en sortir. Non pas parce que cela est interdit, mais parce que leur rôle est de rester. Vous êtes bâtard, Sanreth, même votre nom l'indique. Pourtant, nous avons tous les deux une chose en commun : nous sommes conditionnés par notre naissance. Vous servirez les Esbelt toute votre vie parce que votre mère a bafoué son union. Je resterai au Daj jusqu'à ma mort, parce que je suis née Reine. Ici, les places sont immuables.

La voix de Welfendà se fit murmure :

– Mais partez en Edrilion et vous pourrez échapper à la règle. En Déléane, votre sang vous discrédite… En Edrilion, il vous offrira le pouvoir. Alors… pourquoi vous ? Parce que rien ne vous retient ici.

Consciente de l'enjeu, elle posa les mains sur le rebord de la fenêtre et attendit. À cet instant, il était encore libre. Il pouvait refuser sa proposition, et un homme moins ignorant aurait déjà repéré les failles de son plan et ce que sa proposition comportait d'étrange. Voire de dangereux.

– Ma Reine… Je ne sais pas gouverner.

– Gouverner s'apprend.

– Comment pourrais-je remplacer Keagan ? Je n'ai…

– Je ne prévois pas de vous faire partir seul. Ni sans aide. Vous serez accompagné par une troupe, et je sais comment faire pour vous conseiller à distance.

Elle devinait toujours quand sa proie mordait à l'hameçon. Celle-ci s'approchait, tout près…

– Venez avec moi.

Elle traversa la salle et ouvrit une porte à moitié dissimulée près du trône. Un boyau s'étirait derrière, semblable aux autres couloirs du Daj, où on ne taillait pas la pierre. Welfendà détacha un flambeau du mur et s'y engagea. La lueur mouvante de la torche illuminait par à-coups les parois irrégulières et leurs mille anfractuosités, comme une immense vague qui s'avançait et reculait, au gré des battements de la flamme. Le Sanreth la suivit de près.

Contrairement aux autres galeries qui sillonnaient le Daj jusqu'à en faire un labyrinthe sur plusieurs niveaux, celle-ci n'aboutissait à aucun carrefour. Elle se poursuivait, encore et encore. Ils marchèrent jusqu'à ce qu'une porte à barreaux de fer l'interrompe. Une grotte s'étendait de l'autre côté. Elle restait vide, emplie seulement par une eau stagnante, à quelques pas.

Le bassin attendait, inchangé depuis toujours, avec sa margelle de pierre et des flambeaux éteints disposés tout autour.

La même eau noire et calme. Le même silence. Silence de mort… Silence trompeur.

Welfendà plaça sa torche sur un portant, puis s'agenouilla. Elle ne se souciait pas de sa robe, ni de la proximité du bassin, à la profondeur difficilement évaluable. Elle se pencha davantage et plongea la main dans l'eau. La surface se troubla en cercles délicats, qui s'élargirent, gagnèrent en vitesse, puis s'estompèrent.

Le flambeau éclaira de nouveau une eau paisible.

Welfendà ne bougea pas. Avec sa tresse qui serpentait sur le sol et sa robe blanche, elle évoquait un être irréel, au milieu de tout ce noir. Puis soudain, une ridule apparut au centre du lac. Elle se propagea rapidement, rayant la surface comme une fêlure grandissante. La vague vint mourir contre le rebord de la margelle, suivie d'une autre, et d'une autre encore. Le lac, doucement, était en train de prendre vie : quelque chose remontait à la surface.

Le Sanreth recula d'un pas. La chose était vivante. Elle nageait, agitant l'eau de vagues plus fortes, et se dirigeait droit vers Welfendà. Peu à peu, les contours reptiliens de sa tête apparurent, puis ses yeux gris, posés sur la Reine. Welfendà n'avait pas retiré sa main et faisait face à la bête.

D'un élan, la créature se hissa sur les premières marches du bassin. Le Sanreth sentit les battements de son cœur s'accélérer.

Elle devait faire trois mètres de long. Il ne s'agissait pas d'un poisson, ni d'un autre animal aquatique de sa connaissance. Son corps musculeux était recouvert d'écailles, des flancs jusqu'aux pattes, mais le dos faisait exception : la partie émergeant à l'air libre luisait de plumes, de la même taille et encore humides. Et, alors que ses antérieurs étaient ceux d'un mammifère, équipés de griffes acérées, elle n'avait pas de pattes postérieures : à leur place, de longues nageoires battaient paresseusement.

Ce fut grâce à ses yeux qu'il l'identifia. Ils brillaient d'intelligence, une intelligence qui n'avait rien d'humain. Avec effroi, il balbutia :

– Je croyais que les Chimères n'existaient plus ! Qu'elles avaient été exterminées !

– Mes ancêtres ont gardé les dernières. Elles servent le Daj, désormais. Ce sont les alliées les plus précieuses et les plus fidèles qui soient. Vous connaissez leur particularité...

Oui, il la connaissait : ces bêtes étaient reliées entre elles par un lien télépathique, qui en faisait des chasseuses redoutables. Les hommes parvenaient parfois à les soumettre. Or quiconque avait une Chimère à son service possédait le sbire le plus sûr du monde...

– Comment peuvent-elles vous obéir, si vos ancêtres sont morts ? Je croyais qu'elles ne pouvaient avoir qu'un seul maître !

– Par chance, le lien se transmet. Mon père me les a léguées à sa mort.

Surmontant sa répugnance, le Sanreth se rapprocha du bassin. La Reine se releva.

Dans un clapotis, la Chimère se dressa de même.

La transformation se fit au fur et à mesure qu'elle émergeait de l'eau. Lentement, ses nageoires s'articulèrent, se restructurèrent, jusqu'à se changer en pattes postérieures. De même, ses écailles se métamorphosèrent en plumes, recouvrant le corps de la bête d'un duvet grisâtre. Une fois debout, la Chimère les dominait de toute sa taille.

– À l'état sauvage, dit Welfendà, les Chimères sont des fléaux, et les vaincre n'est pas à la portée de tous. Mais laissez-leur la vie et elles deviennent des alliées de choix.

Un nouveau clapotis attira l'attention du Sanreth sur le lac. D'autres monstres affleuraient à la surface et nageaient vers la lumière du flambeau.

– Combien en avez-vous ?

– Quatre, maintenant. Les dernières. Car même les monstres meurent...

Welfendà s'empara de sa main. Elle était moite, désagréable au contact. Elle ne l'en serra pas moins avec force, sollicitant le regard de l'homme.

– Je vous en offre trois. La quatrième reste à mon service. Elles viendront avec vous, elles vous défendront… et elles vous permettront d'entendre mes conseils. Acceptez-vous ?

Une veine battait contre sa tempe. La Chimère, elle aussi, concentrait toute son attention sur le Sanreth. Un moment… un si petit moment pour décider du reste…

L'homme fixa la Chimère, puis la Reine. Indécis, torturé… Elle lui offrait là un cadeau inestimable. Des monstres à son service, dévoués corps et âme. Elle lui proposait un royaume, loin de La Déléane et de ses cieux pluvieux, de ses clans errant sur les routes au nom d'un honneur dont il n'avait que faire.

Elle disait vrai : rien ne le retenait ici.

Il abandonna sa main sans un mot.

Welfendà ne parla pas davantage. Elle guida sa main vers la première Chimère. Le monstre tendit sa tête reptilienne et la glissa sous les mains mêlées. Elles se posèrent là, sur l'espace qui séparait ses deux yeux.

La peau de la créature était froide. Très froide, même. Elle lui glaçait la paume, à tel point que le Sanreth ne réalisa pas que la main de Welfendà s'était retirée. La sensation de froid se modifia.

Non… Le froid s'était fait feu, de plus en plus vif, qui s'emparait de sa main, de son bras.

Alors la douleur le transperça comme une dague. Il eut l'impression que sa tête éclatait et qu'une conscience nouvelle se déployait soudain dans son esprit, tentaculaire. Il ne s'entendit pas hurler jusqu'à s'en casser la voix. La sensation de brûlure diminua et il s'effondra devant la Chimère.

Le monstre qui allait le servir.

# 2. Liett

C'était la fin d'un nouveau cycle, et le plateau supérieur de l'Orbayon tremblait sous le poids des dernières perles.

Il s'agissait d'un mécanisme complexe, composé de deux plateaux de verre. Le plus élevé, chargé de perles, laissait tomber son contenu dans le plateau inférieur, jusqu'à se retrouver totalement vide. L'ordre des plateaux s'inversait à ce moment. L'Orbayon ne tenait compte ni des lunaisons ni de la succession des jours. Il était son propre repère et ses perles se succédaient avec une régularité parfaite. On en fabriquait très peu, et cela, combiné à sa régularité, le rendait inestimable.

Un minuscule tintement retentit. L'ultime perle venait de tomber. Floan leva la tête pour suivre le ballet des plateaux et son cœur se serra.

Un cycle de plus. L'Orbayon était son seul repère, à lui aussi : enfermé dans sa bibliothèque, il perdait le compte des jours, rattaché à la réalité par le seul tintement des perles sur le verre. Autrefois, cette musique lui plaisait. Elle rompait le silence de ses appartements d'une mélodie cristalline, faite d'une unique note. Depuis le départ de l'aigle, il ne la supportait plus. Son bruit lui écorchait les oreilles, lui rappelant à tout instant combien le temps pouvait être cruel.

L'ambassadeur retira ses lunettes. Les contours de l'Orbayon, près du mur opposé, devinrent résolument flous. Il referma son ouvrage, repoussa les parchemins éparpillés sur la table. Des comptes, des chiffres… Impossible, en ce moment, de s'y intéresser. Trois mois. Trois mois que l'aigle était partie et toujours aucune réponse. Était-elle morte en route ? Cette incertitude s'ajoutait à la longue liste de ses préoccupations, qui découlaient directement de sa nouvelle charge : soutenir la Cour à bout de bras, en attendant de savoir quoi faire.

Floan détestait certains aspects du métier d'ambassadeur, mais d'autres étaient avantageux : au service des puissants, il restait dans l'ombre. Une forme d'indépendance comme une autre, il en prenait conscience ce jour-là. Que faire, à présent, quand toute la Cour vous jugeait responsable du climat de peur qui envahissait Liett et, progressivement, tout Edrilion ? En réalité, il n'y pouvait rien. Il avait fait ce qu'il fallait : avertir La Déléane. Et les circonstances l'empêchaient de faire quoi que ce soit avant sa réponse.

Il alla à la fenêtre et ouvrit le vitrail. Son reflet glissa sur le verre rouge et bleu, lui renvoyant une image peu flatteuse : cheveux en pagaille, cernes bleuâtres et habits froissés… Des nuits entières qu'il ne dormait plus. Les bruits de la ville s'engouffrèrent dans la bibliothèque. Ils étaient familiers, mais Floan fut surpris par leur intensité. Il s'accouda à la fenêtre, se pencha par-dessus le rebord.

Un bruit de sabots, en contrebas, le sortit de ses pensées : une calèche franchissait les grilles du palais, s'éloignant en direction des remparts.

Liett s'étendait en un canevas brunâtre de maisons et de ruelles, l'empêchant d'apercevoir les passants depuis son poste d'observation. Il se pencha pour distinguer la route qui franchissait les grilles du palais et constata que des nobles la remontaient par groupes entiers. Tous empruntaient la même rue : celle qui menait aux portes de Liett. Électrisé, il tourna les talons, remit ses lunettes sur son nez et se précipita hors de la pièce. Les plateaux de l'Orbayon frémirent à son passage, frémirent encore quand la porte claqua. Il courait déjà dans le couloir.

Le grand escalier l'attendait à l'autre extrémité. Craignant d'inquiéter ceux qui étaient au palais, il s'esquiva par le passage des serviteurs. Plusieurs calèches étaient postées au bas des marches. Il ne prit pas la peine de monter à bord de l'une d'elles, détela un cheval et sauta en selle. Sa monture prit de la vitesse, filant sur l'allée, puis remontant les rues au galop. Le brouhaha enflait sensiblement : il entendait des murmures et des cris se détachant d'un bourdonnement fébrile. Jaillissant de la dernière rue, il en comprit alors la raison : une troupe armée franchissait les portes.

Il y avait là plus de trois cents cavaliers. Ils entraient cinq par cinq, en files ininterrompues, sans que personne ne s'interpose, ni même ne s'étonne. Dominant les têtes, un étendard pourpre accompagnait la cavalerie, orné d'un emblème noir – un cercle de montagnes, clos.

La Déléane lui envoyait sa réponse.

Lui qui savait à peine manier l'épée, et n'approchait les hommes de guerre qu'à bonne distance, poussa sa monture et avança droit vers la troupe. Il sentit dans son dos les regards des premiers rangs, comme autant d'encouragements à aller de l'avant. D'autres nobles l'avaient devancé, leurs calèches rutilantes contrastant avec les chevaux déléaniens, crottés par la boue.

Fidèle aux conventions d'usage, Floan mit pied à terre. Ebelior était déjà là, ainsi que les seigneurs les plus importants de la Cour. La silhouette massive du noble, reconnaissable entre toutes, lui tournait le dos. Bras droit du père de Keagan, Ebelior était aussi devenu celui du prince après le couronnement. Son âge et sa richesse lui avaient permis d'acquérir la considération des deux monarques et un statut important au sein de la Cour. Il parlait à celui qui semblait être le chef de la troupe, un homme malingre, avec un faciès tordu et un hâle qui trahissait une vie passée au grand air. Son aspect s'accordait mal avec son habit ample – en Déléane, les nobles s'habillaient ainsi, la teinte du vêtement désignant leur clan. Celui-ci était pourpre : la couleur du Daj'Arlant. Pourtant, son visage ne rappela rien à Floan. L'ambassadeur s'arrêta aux côtés d'Ebelior et s'inclina.

– Floan de Trelleor, déclara-t-il. Je suis l'ambassadeur de Liett.

L'homme, lui, parut étrangement le reconnaître.

– Sanreth, dit-il en retour. Je viens au nom de la Reine.

L'homme le fixa droit dans les yeux. Il avait les pupilles dilatées, comme un animal effrayé. Ce devait être une simple impression car il s'exprimait d'une voix assurée, presque sans accent. Edrilion et La Déléane parlaient la même langue, mais les Seigneurs Errants capables de s'exprimer dans un edrilien parfait étaient rares.

– Le Daj a reçu votre lettre et vient rencontrer la Cour.

Floan et Ebelior échangèrent un regard. Les règles d'asile étaient formelles : un ambassadeur étranger avait le droit de rejoindre le palais avec son escorte. Ebelior s'écarta et remonta en selle, imité par les nobles présents. Il y avait là Serron, le chef de la garde, Tënahl, l'aîné d'Ebelior, ainsi que Lecirion, le trésorier royal. À eux tous, ils représentaient la fine fleur de la Cour. Derrière eux, la cavalerie s'ébranla, dans un concert de cliquètements et de bruits de sabots. La foule piétina. Il y eut des éclairs de peur dans les yeux, les mères descendirent précipitamment les enfants de leurs épaules. Mal à l'aise, Floan assista à la débâcle. Il eut l'impression d'ouvrir la marche à une armée victorieuse dans sa propre ville. Seuls quelques badauds restèrent, et aucun ne remarqua le va-et-vient ample, d'étranges pattes grises parmi les jambes des chevaux.

Sanreth.

Floan retournait le nom dans sa tête tandis qu'ils remontaient les rues désertes. Derrière lui, le bruit des sabots l'empêchait de réfléchir.

Sanreth... Il était sûr de ne pas connaître cet homme. Alors, pourquoi avait-il l'impression d'avoir déjà entendu son nom ? Il passa en revue les nobles déléaniens qu'il avait rencontrés lors de visites diplomatiques. Le système monarchique, en Déléane, différait du leur : la Reine ne s'entourait pas d'une cour, elle régnait sur les Seigneurs Errants à distance et ceux-ci se présentaient rarement au Daj'Arlant. Des noms divers lui traversèrent l'esprit, mais aucun Sanreth parmi eux. Cet homme n'avait pourtant pas été choisi au hasard. Floan faillit se retourner vers lui, mais se retint de justesse. Ainsi ne vit-il pas sa figure envahie par la surprise : le palais royal apparaissait, couronné par ses tourelles de pierres blanches, élan et équilibre associés dans les moindres lignes de son architecture.

La troupe passa les grilles dans un silence de mort.

Aucun noble dans les jardins, pas davantage sur les marches du palais. La rumeur les avait précédés.

– Votre cavalerie prendra ses quartiers dans la tour est, déclara Ebelior. Il y aura assez de place, là-bas, pour abriter vos hommes. Choisissez vos gardes du corps avant d'entrer.

Le Sanreth eut un froncement de sourcils, comme s'il réfléchissait. Une veine saillait sur sa tempe.

– Quatre.

Il avait parlé avec un accent déléanien prononcé. Ses hommes restèrent impassibles.

– Qu'il en soit ainsi, dit Ebelior.

Le Sanreth n'attendit pas que ses gardes du corps le rejoignent et, délaissant ses troupes, les suivit jusqu'aux marches du palais. N'entendant nul pas derrière lui, Floan se retourna et sentit ses cheveux se hérisser.

Il avait déjà vu des monstres en Déléane : les Fidrolles, plus fréquemment les Astrap – ces poissons venimeux qui empoisonnaient les sources. Mais ceux qui marchaient derrière lui, si discrets qu'ils n'éveillaient pas même un frottement sur les pavés, lui étaient étrangers.

Il y en avait quatre en effet. Quatre créatures plus grandes qu'un destrier, avec un corps massif et des yeux transparents. La première arriva à sa hauteur et le dépassa sans effort. Ses pattes avalaient les mètres dans un mélange de grâce et de force contenue, comme si elle contraignait ses mouvements pour avancer moins vite. Ebelior l'aperçut à son tour et son épée jaillit du fourreau.

La Chimère s'arqua soudain, les crocs à découvert, plus acérés que ceux d'un dogue. Un feulement roula dans sa gorge, mû en rugissement lorsque Ebelior leva son épée.

– N'attaquez pas !

Le Sanreth se précipita devant Ebelior, et posa sa paume sur le front du monstre, le forçant à reculer. Son feulement s'atténua, jusqu'à s'éteindre presque totalement.

– Que sont ces monstres ? s'écria Ebelior.

– Ce sont des Chimères. Au service du Daj et au mien, pour tout mon séjour à la Cour. Elles sont ici sur ordre de la Reine.

Les trois autres Chimères dépassèrent l'attroupement pour se placer aux côtés du Sanreth. Elles se ressemblaient tant qu'il était impossible de les différencier.

– Vous ne pouvez pas les faire entrer au palais.

– Vous m'avez permis de choisir mes gardes du corps, dit doucement le Sanreth. Les voici.

Les marches étaient maculées de taches de graisse, annonçant la proximité des cuisines. Cela n'avait pas empêché Floan de s'asseoir là, au beau milieu de l'escalier et du quartier des domestiques. Un endroit où nul n'aurait l'idée de le chercher… et le plus tranquille qu'il avait pu trouver. C'était dire l'état du reste du palais.

Le jeune homme ramena ses genoux contre lui. Par ce geste, il eut l'impression que dix années lui tombaient des épaules. Qu'il redevenait seulement Floan, aspirant ambassadeur, avec déjà des lunettes et une passion dévorante pour ce qui ennuyait généralement les nobles de son âge : les chiffres, l'histoire ancienne, la politique et sa marotte de toujours, les Darcer. La plupart des nobles qu'il côtoyait avaient fini ici, à la botte de Keagan. Pas un pour faire la différence entre un usurpateur et un vrai roi. Tant qu'ils avaient quelqu'un à suivre et à flatter… Ils seraient tous au festin, ce soir, parés de leurs plus beaux atours, inquiets et serviles. La Cour privée de roi présentait une figure bien pâle. Une figure composée de mille visages, tous identiques…

Seul un visage se détacha. Le temps d'un battement de cœur, il avait disparu – et le cœur de Floan s'affolait toujours quand il pensait à elle. Mydria, My pour les intimes… En se remémorant son nom, c'était comme s'il l'entendait. Il redessina en pensée ses traits, sa chevelure claire et ses expressions vives qui la faisaient passer en un éclair d'une petite dame hautaine à la très jeune fille qu'elle était avant sa disparition. Son énergie l'avait toujours fasciné, son ambition puérile, plus encore. Mais celle qui, plus que n'importe quel noble, aurait dû se trouver à la Cour, mariée et en bonne place pour assister aux événements… My n'était plus. Disparue, depuis plus d'un an… Où gisait-elle à présent ? Floan n'avait aucune réponse et les Siartt, pas davantage. Ils s'étaient retirés dans leur château et eux aussi brillaient par leur absence.

Il chassa My de sa mémoire. Son image se dissipa avec une rapidité déconcertante. Face aux événements qui se profilaient, quel était le poids d'une jeune fille morte ? La réflexion lui fit mal. Elle avait jailli spontanément et il se sentit touché au cœur par sa justesse.

En viendraient-ils donc là ? La mort pour un royaume entier… La guerre, à nouveau ? Cet homme était-il là pour lancer les hostilités… ou les négociations ?

Un grésillement retentit en provenance des cuisines : on commençait à faire rôtir les viandes. Progressivement, l'odeur monta jusqu'au jeune homme, alléchante pour un ventre vide. Mais faim et peur cohabitaient mal, et l'odeur lui retourna l'estomac. Il se remit à monter les marches, errant comme une âme en peine. Débouchant de l'escalier, il faillit percuter une servante qui accourait, ployant sous des piles de nappes blanches. Si on commençait à dresser les tables, le festin n'allait pas tarder.

À Liett, la coutume était de recevoir les ambassadeurs étrangers avec une grande réception. Étant donné les circonstances, elle était fortement conseillée et Floan, par sa fonction, devrait y figurer parmi les personnalités importantes. Il retourna sans tarder à ses appartements et ralentit en approchant du seuil. Ebelior était là.

– Où étiez-vous ? demanda aussitôt le seigneur.

Floan le contourna, sans répondre.

– Je vous rappelle que le festin débute dans moins d'une heure. Vous viendrez, j'espère…

Parce qu'il était ambassadeur, et très souvent sur les routes, Floan séjournait au palais par périodes d'un mois ou deux. Cette particularité lui permettait d'éviter les cérémonies ennuyeuses et, c'était vrai, il s'en servait fréquemment.

– Monseigneur, dit-il entre ses dents, j'ai autant intérêt que vous à être présent.

Il poussa la porte de la bibliothèque. Un souffle glacial traversa la pièce. Il avait laissé la fenêtre ouverte en partant et les parchemins gisaient un peu partout, à terre, sur la table, donnant à l'endroit un air dévasté. L'Orbayon n'était pas en reste, ses plateaux ayant éparpillé leur contenu dans toute la pièce.

– Laissez ça, dit Ebelior. Il y a plus important en ce moment.

Il considérait le jeune homme avec une pitié non dissimulée. Tous deux se toléraient pendant les événements officiels, mais Ebelior n'avait jamais caché qu'il le tenait pour une aberration : lui-même avait acquis sa place après de longues années de service, et il avait toujours autant de mal à s'incliner devant quelqu'un qui avait l'âge de sa fille.

– Floan, je veux savoir, maintenant. Que veut La Déléane ? Pourquoi nous a-t-elle envoyé quelqu'un ?

Floan posa précautionneusement le plateau de verre sur la table.

– Je n'en sais rien.

– Vous avez envoyé cet aigle, non ? L'aigle survivante ? Vous avez dit qu'elle suffirait comme preuve.

Floan chaussa ses lunettes, impuissantes à dissimuler son embarras. C'était en effet ce qu'il avait dit à la Cour. Cela n'avait pas apaisé les inquiétudes, mais les nobles avaient cru qu'il suffisait d'attendre. Attendre quoi ? Une libération cordiale ? La Déléane n'était cordiale qu'avec la victoire en ligne de mire.

– Je le pense, en effet. Si seulement nous avions le corps…

– On ne l'a pas, dit Ebelior sèchement. Vous pensez qu'il vient pour cela ? Une preuve plus consistante ?

– Je suis ambassadeur, pas devin.

– Non, mais vous connaissez La Déléane et ses méthodes.

Floan se massa le front avec lassitude. Ebelior associait harmonieusement l'exigence et la mauvaise foi, ce qui n'était pas nouveau.

– La Déléane ne mandate pas d'ambassadeurs, habituellement. J'en déduis que Welfendà envoie celui-ci pour parlementer.

– Parlementer ? Voilà tout ? Vous ne craignez pas qu'elle vienne nous massacrer, plutôt ?

Floan resta muet. Ebelior n'avait jamais montré d'hostilité envers La Déléane : la perspective de l'avoir comme ennemie était visiblement difficile à accepter. Ainsi, lui aussi pensait à la guerre…

– Pas de conclusions hâtives, commença-t-il en remontant ses lunettes.

Ses mains tremblaient un peu et Ebelior s'en rendit compte. Ses traits massifs se firent méprisants.

– Voilà bien une phrase d'ambassadeur. Vous pataugez, sieur de Trelleor. Nous avons une ville à charge, et dans quelques jours, la nouvelle va se répandre partout en Edrilion.

« Pas de conclusions hâtives… » Vous pensez que cela rassurera le peuple ?

Floan imagina les rumeurs courant les rues, de badauds en échoppes, de marchands à colporteurs… Aux premières heures du jour, les portes de Liett s'ouvriraient et, très rapidement, il perdrait son semblant de contrôle sur la situation. Cela avait déjà commencé.

Un son clair traversa les murs, annonçant l'imminence du festin. Floan répondit par un haussement d'épaules à la question d'Ebelior. Que dire d'autre ? Il avait mis tous ses espoirs en l'aigle. Celle-ci avait fait la route jusqu'au bout, mais son message, à l'évidence, n'avait pas eu l'impact souhaité. Délicatement, il posa le plateau de verre sur l'Orbayon. Soutenu par les fragiles tiges de verre, le mécanisme s'enclencha et une première perle chuta dans le plateau inférieur, éveillant une vibration ténue. Ebelior se dirigea vers la porte, et laissa tomber :

– Profitez-en pour arriver à l'heure.

Nuit.

Nuit plaquée derrière les fenêtres, nuit dans les couloirs du palais, alors que Floan s'acheminait vers le hall. Nuit encore dans l'air froid, si caractéristique des heures sombres. Floan aimait la nuit, d'habitude. Il aimait l'ambiance mystérieuse qu'elle faisait planer sur les choses.

Cette nuit-là était terrifiante.

Le jeune homme descendit l'escalier, beaucoup plus lentement qu'au matin. Il avait passé une épée à sa ceinture – l'épée qui décorait la plus haute étagère de sa bibliothèque – et, avec le fourreau battant contre ses jambes, s'estimait parfaitement ridicule. Il était tout aussi ridicule de se sentir rassuré par cette même barre de métal que, de toute façon, il ne pouvait pas soulever. Il aurait donné cher pour être quelqu'un d'autre que Floan de Trelleor, l'ambassadeur le plus pitoyable d'Edrilion, toutes époques confondues.

Une grande table octogonale se dressait au milieu de la salle. Des lanternes pendaient du plafond, illuminées non par des bougies mais par une matière incandescente qui rougeoyait par saccades. Floan reconnut le charbon de Lekêri, un arbre qui avait la réputation de brûler avec une extrême lenteur. En dépit des craintes d'Ebelior, il arrivait au bon moment : d'autres nobles sortaient de la galerie et se dirigeaient vers la table. Floan jeta un coup d'œil au centre de la table, là où jongleurs, acrobates et artistes s'installaient pour distraire l'assemblée. En guise de spectacle, il découvrit trois Chimères, rôdant dans l'espace vide. Elles longeaient les tables, museau tendu, provoquant un mouvement de recul chez les nobles qu'elles frôlaient. L'ambassadeur se demanda où se trouvait la quatrième et obtint aussitôt la réponse : elle était couchée aux pieds du Sanreth. Détendues, ses pattes postérieures avaient un aspect étrange, rayées de fines stries sur toute leur longueur qui lui évoquèrent d'interminables nageoires. Floan ne pouvait pas savoir qu'il approchait de très près la vérité.

Le Sanreth présidait la table, entre Ebelior et une place vide – la sienne. Il s'y rendit sans entrain. La Chimère couchée le suivit des yeux jusqu'à ce qu'il prenne place aux côtés du seigneur Serron. Elle avait un regard très humain, empli d'intelligence. Il s'assit, guère rassuré.

– Je remercie la Cour de Liett pour son hospitalité, énonça une voix sans trace d'accent.

Floan n'avait pas entendu le Sanreth se lever. Celui-ci fit face à la salle, immobile, le temps que les conversations s'apaisent.

– Je me réjouis de partager ce festin avec vous, en espérant qu'il ouvre les débuts d'une collaboration harmonieuse. Commençons.

Il se rassit et les serviteurs entrèrent par les interstices laissés entre les tables. Pas de jongleurs ou d'acrobates à esquiver cette fois-ci, rien d'autre que les Chimères qui surveillaient leurs gestes. Le Sanreth ne fit pas mine de les rappeler. Il parlait avec Ebelior, les autres conversations reprenant autour d'eux. Une main tira discrètement Floan par la manche.

– Vous a-t-il dit pourquoi il était là ?

C'était Diriat, la femme de Serron. Floan secoua négativement la tête.

– Il vient de la part de la Reine et il a décliné son nom. Rien de plus.

Il s'interrompit, craignant d'attirer l'attention de l'homme. Mais Ebelior avait déjà entamé la conversation. Le Sanreth se contentait de l'écouter. Tout le calme qu'il arborait face à la Cour semblait l'avoir quitté. Sa figure était agitée de tics qui l'enlaidissaient de façon saisissante. Stupéfait, Floan se rendit compte que ses mains tremblaient. Avait-il peur, lui aussi ?

Les gardes s'éloignaient. Quelques instants encore, et leurs pas s'assourdirent – ils avaient tourné à l'angle du couloir.

On lui avait donné la plus belle suite du palais : une enfilade de salles aux murs élevés, la froideur de la pierre contenue derrière d'épaisses tapisseries. L'endroit était plus beau que le Daj, infiniment plus grand que les roulottes du clan Esbelt. Ce fut à peine s'il songea à l'admirer.

– *Barricadez la porte.*

Le Sanreth s'exécuta sous le regard de la Chimère de Welfendà. La créature huma l'air de la pièce, attentive. Une légère brise plaquait son plumage sur son corps, le faisant onduler faiblement.

– *Fermez aussi les fenêtres. Il y en a quatre, là-bas... Vous ne pourrez pas tout surveiller. Postez vos Chimères à côté.*

Les monstres levèrent les yeux vers lui et se coulèrent sans bruit dans les pièces voisines.

– *Bien,* reprit Welfendà. *Cette nuit, au moins, vous dormirez tranquille.*

La voix de la Reine, depuis le fin fond du Daj'Arlant, passa dans l'esprit de sa Chimère qui la transmit à l'un des monstres du Sanreth. Elle s'imprima dans son esprit, à peine brouillée par les intermédiaires.

Cette voix… lointaine et si proche, brûlant dans sa tête. Chaque mot de Welfendà le mettait au supplice. La fuir ou l'ignorer, ces deux solutions lui étaient interdites. Il se contenta d'obéir. Sa dernière Chimère franchit le seuil. Ne plus voir ses monstres était un soulagement, mais ajoutait à sa souffrance. Il préférait encore les garder près de lui : au moins n'avait-il pas cette sensation d'écartèlement, pire que tout…

Welfendà, satisfaite, n'ordonna pas d'autre mesure de sécurité. Il savoura le bref silence qui s'installa. Si l'une de ses Chimères bougeait, l'instant volerait en éclats. Il était relié à elles au sens propre, chaque mouvement, chaque sensation d'une Chimère se répercutant dans sa tête. Les premiers jours, le contact prolongé avec l'âme de ses monstres avait failli le rendre fou. Il avait vécu le voyage dans une sorte de fièvre, l'esprit lacéré par la proximité des créatures qui rôdaient à ses côtés, inlassablement repoussées. Il avait supplié Welfendà de le libérer, d'éloigner les monstres mais elle n'avait rien voulu entendre. À présent, c'était une part de lui-même qu'il avait l'impression de voir au fond des pupilles de ses Chimères. Une part de son âme, donnée, arrachée, amalgamée aux créatures, et qu'il ne récupérerait plus jamais.

La douleur revint à la charge. Il l'avait muselée toute la journée pour faire face au peuple de Liett et à la cour, concentré sur la voix de Welfendà qui enflait dans sa tête lui soufflant quoi dire et quoi faire. L'angoisse le gagna.

– Je suis à Liett, chuchota-t-il. Comme vous le vouliez. Reprenez vos Chimères… supprimez le lien. Je vous en supplie…

– *Je suis au Daj'Arlant, Sanreth. Je ne pourrais pas vous libérer, même si j'en avais l'intention.*

Un nouvel accès de souffrance lui vrilla le crâne et il s'appuya contre le mur. Welfendà lui avait assuré qu'il s'accoutumerait aux Chimères au fur et à mesure que le lien s'installerait. Cependant, la disparition de la douleur signerait aussi la fin de son indépendance et une part de son esprit, restée libre, ne l'admettait pas encore. Et s'il tuait ses Chimères ? Retrouverait-il la liberté ?

– *N'y pensez même pas,* dit Welfendà. *Vous vous tueriez. Le lien est encore trop récent… Vous ne maîtrisez aucune nuance.*

Son dégoût était tangible. À travers les yeux pâles de sa Chimère, elle fixait, à des centaines et des centaines de lieues de là, l'homme adossé au mur.

– *Vous manquez de sommeil. Allez dormir. Le plus dur est à venir… Vous aurez besoin de toutes vos forces.*

Une ombre grise passa devant lui – l'une de ses Chimères, il ne savait même pas laquelle. Il se redressa péniblement et jeta un bras par-dessus son échine. Le contact froid de la peau du reptile, sous les plumes, le fit frémir de répulsion. Il ne s'appuya pas moins sur la créature pour gagner la salle attenante et prit place sur un siège. Un miroir se trouvait sur la commode qui lui faisait face. Elle lui renvoya l'image d'un homme voûté, amaigri.

– *À partir de maintenant, vous allez suivre mes directives à la lettre.*

La Chimère de Welfendà attendait sur le seuil. Elle y demeura jusqu'à ce qu'il émerge de ses pensées.

– *Est-ce clair ?*

– Oui, Majesté.

– *Parfait.*

La Chimère se mit à arpenter la pièce, presque trop petite pour sa taille. Elle se déplaçait avec un mélange de lourdeur et de grâce, étrangement adapté à la voix sereine de Welfendà :

– *Vous êtes arrivé à Liett à temps : un point positif. Ils n'ont pas encore de roi, et c'est à vous de faire en sorte que cet avantage perdure. Vous devez cependant savoir certaines choses sur le fonctionnement d'Edrilion. En Déléane, c'est moi qui organise les déplacements des Seigneurs Errants, j'exerce donc un certain contrôle sur eux, mais les Seigneurs restent autonomes concernant leur organisation interne. Ici, en revanche, la Cour, qui réunit l'élite de la noblesse, reste à Liett. C'est elle qui permettait à Keagan et à ses ancêtres de contrôler Edrilion. Les nobles sont puissants, influents et avides. À vous de faire d'eux des alliés et non des concurrents. Ils ont la loi de leur côté : ils peuvent choisir un nouveau roi. Moi, je n'ai comme atout qu'une menace de guerre... et vous. Mais sans vos Chimères, Sanreth, vous n'êtes rien. Car sans elles, je ne peux pas vous guider. Vous êtes bon acteur, mais vous avez besoin de moi pour éviter les faux pas.*

– Que proposez-vous ?

– *Demain, vous convoquerez l'ambassadeur.*

# 3. Errances

Accroupi sur la corniche, Orest tendit l'oreille.

La garde de nuit tournait à l'angle de la rue. Les bruits de pas s'éloignaient et la lumière des lanternes se retirait, elle aussi. De nouveau, la nuit recouvrit Penhata de ténèbres sans partage.

Il était seul.

Le jeune homme attendit quelques instants. C'était tout juste s'il percevait sa propre respiration, calme, mesurée. Elle se fondait dans la brise, qui charriait avec elle l'air glacial de la nuit. Il foula sans bruit les tuiles du toit et, parvenu au coin, s'immobilisa de nouveau.

La maison était là.

Son regard balaya lentement la cour. Pas de dogue… pas de gardes. Ce n'était pas une maison assez riche pour se payer ce genre de protection. D'après ce qu'il avait appris, Orest savait que le bourgeois Darhess cachait ses économies quelque part chez lui, comptant sur la solidité de ses portes et de ses verrous pour les protéger. Ne restait qu'à vérifier.

Le jeune homme se suspendit au bord du toit et commença à descendre. Il progressait avec prudence, tous ses sens en éveil. La maison sur laquelle il se trouvait était à moitié en ruine et ses murs s'effondraient à des endroits critiques ; dans une telle obscurité, impossible de repérer ses prises à l'avance. Il se laissa tomber du dernier mètre et se réceptionna en silence. Il se retrouva dans la cour. Désormais, le seul moyen de s'enfuir était de passer par l'une des fenêtres de la maison – ce qui était, du reste, exactement son intention.

Il porta la main à son poignard, prêt à dégainer, mais le bruit de sa chute n'avait réveillé personne. Pour les braves gens de la maison Darhess comme pour tant d'autres, un verrou solide suffisait à garantir une nuit tranquille. Après tout, Darhess ne faisait pas partie des bourgeois riches de Penhata, et sa maison se situait en dehors des beaux quartiers. Mais pour un voleur privé de guilde, qui ne cherchait qu'un menu butin pour pouvoir manger un jour de plus, une maison de ce genre convenait parfaitement.

À pas de loup, le jeune homme traversa la cour, la main serrée sur la garde de son poignard. Voler de nuit, il n'en était plus à son coup d'essai, et il savait très bien que les ténèbres cachaient parfois plus d'un rôdeur. Pour l'instant, c'était son avantage qu'elles servaient. Il devenait ombre lui-même, sa haute silhouette se faufilant jusqu'à la porte. Il actionna la poignée qui s'inclina en grinçant puis, dans un chuintement, le lourd battant recula.

Au premier chuintement répondit celui de la dague. Orest entra, prêt à frapper. Un bon voleur avait pour règle de disparaître sans laisser de traces. Un bon assassin, de ne pas laisser de témoin. Il ne venait pas pour tuer, mais en cas de menace, il le ferait sans remords. Ses craintes se révélèrent infondées : dans le hall, inhabituellement obscur, il n'y avait personne. Il distingua seulement la fumée d'une bougie tout juste soufflée – celle qui lui avait donné le signal en s'éteignant. Au bout de la mèche, un petit point rouge brillait encore. Après un bref regard dans sa direction, le jeune homme s'achemina vers les marches qui menaient au premier étage.

La maison Darhess était aussi bien protégée que les maisons bourgeoises de condition supérieure. C'était pour cette raison que les guildes ne s'y intéressaient pas : introduire un espion pour repérer les lieux, tout cela avec un butin médiocre à la clé, était considéré comme une perte de temps. En effet, aucun professionnel ne s'attaquait à une maison sans connaître son agencement par avance : même un bon voleur devenait inefficace dans le noir s'il n'avait pas son itinéraire en tête. Orest le réalisa cette nuit encore. Il acheva sa montée et s'arrêta, tâchant de se représenter le couloir tel qu'il devait être de jour. Là-bas, au fond du couloir, une minuscule lumière clignota une seconde, puis s'évanouit. Il se remit en marche, gravit l'ultime escalier et s'arrêta devant l'une des portes.

Fermée à clé.

Le jeune homme actionna de nouveau la poignée avec rage. Celle-ci s'inclina… sans céder. Un juron muet lui échappa. Ils avaient réussi à dérober la clé de la porte principale, à s'infiltrer sans attirer l'attention… Ils n'allaient pas échouer si près du but !

Un frôlement fit vibrer l'air, tout proche. Orest devina plus qu'il ne sentit le poids sur son épaule.

– Elle doit être à l'intérieur, dit-il à voix basse.

À ce stade, il n'y avait pas à hésiter. L'absence de clé anéantissait leurs efforts des derniers jours. Le poids imperceptible quitta son épaule et un magnifique papillon aux ailes diaprées se faufila sous la porte, brièvement éclairé par la lueur qui filtrait par l'interstice.

Auparavant, la pièce avait dû être une chambre : elle était accolée à celle du sieur Darhess et de sa femme, autrement dit l'endroit le plus dangereux de la maison. Le papillon voleta un moment dans la pièce. Ils avaient vu juste : Darhess y réunissait toutes ses richesses, d'autant mieux camouflées qu'aucune fenêtre ne donnait sur la rue. Tristes richesses, en réalité : quelques bibelots, des bijoux et des tapisseries, mis à l'abri d'un personnel chapardeur… My ne s'attarda pas. En quelques coups d'ailes, elle gagna la pièce attenante, puis se posa en haut du lit à baldaquin pour observer les lieux.

La chambre était dépouillée, elle aussi. Il n'y avait guère que le lit pour soutenir la comparaison avec le mobilier des quartiers riches. My ne prêta pas attention à Darhess qui dormait, ni à sa femme, presque deux fois plus grosse que lui.

Ses pattes accrochées au velours des rideaux, elle examinait la pièce, intensément consciente du temps qui passait.

La commode. Les étagères. L'armoire. Elle passa les différents meubles en revue. Une clé… Où un bourgeois méfiant cachait-il donc ses clés ? Elle survola du regard les autres meubles de la chambre, puis, intuitivement, concentra ses recherches sur les environs immédiats de Darhess. Ses ailes furent parcourues par un frémissement subit.

Une petite commode se trouvait près du lit. Darhess était tourné vers elle, comme s'il comptait la surveiller même en plein sommeil. Si elle voulait fouiller, elle n'avait pas le choix.

Le papillon battit des ailes, puis plana jusqu'au sol. Dans la pénombre de la pièce, il se transforma peu à peu. Les couleurs de ses ailes pâlirent, leur membrane s'étira et changea d'aspect. Lentement, le papillon laissa place à une demoiselle de petite taille, dont les cheveux blonds et sales pendaient dans son dos. Elle était vêtue d'une jupe marron et de vêtements trop grands, qui camouflaient sa silhouette menue. Et menue, il fallait l'être pour avancer jusqu'à la table sans faire grincer le parquet…

Le cœur battant, My posa ses mains de chaque côté du tiroir et l'ouvrit avec précaution. Des papiers… des objets sans importance. Elle aperçut l'extrémité d'une clé, noyée au milieu du fatras. Il restait à espérer qu'elle soit la bonne. Elle la sortit doucement, prenant garde à ne pas faire bruisser les documents. Orest fut le seul à percevoir le bruit léger de ses pas qui revenaient vers la porte. Le garçon réceptionna la clé, glissée sous le seuil, et entreprit de déverrouiller la serrure. Son visage, fermé par la concentration, s'éclaira légèrement quand la porte s'ouvrit, l'inondant d'une lumière diffuse. My s'était déjà emparée de plusieurs bibelots en cuivre, aisément revendables. Il ignora les tapisseries et déroba à son tour le plus gros des coffrets à bijoux, soulevant le couvercle pour s'assurer du contenu. Cuivre et pacotille… Ils ne trouveraient pas mieux ce soir.

My et lui échangèrent un regard. Ils portaient autant de bibelots qu'ils le pouvaient, plus qu'il n'était raisonnable. Bras chargés pour ventres vides… Ils ne reposèrent rien et quittèrent la pièce, refermant la porte sur les ronflements de Darhess.

De nuit, la maison était méconnaissable. Seul l'instinct de My la guidait dans cet univers noir, elle qui avait toujours exploré la maison de jour. Pour un papillon, il était si facile en effet d'entrer… si facile aussi de voleter d'une pièce à l'autre pour identifier les lieux. Arpenter l'habitation sous sa forme humaine lui faisait, comme souvent, une impression étrange.

Ils descendirent l'escalier, plongé dans l'ombre. Les bibelots de cuivre s'entrechoquaient dans ses bras, lui nouant l'estomac. Ils avaient quelques minutes pour fuir la maison avant le retour de la garde, qui sillonnait presque exclusivement les quartiers riches. Orest s'arrêta devant la fenêtre que My avait entrebâillée l'après-midi même, en prévision de leur fuite.

– Pas de corniche sur celle-là, murmura Orest.

My hocha la tête, lui remit ses bibelots et passa les jambes par-dessus le rebord, s'attaquant à la descente le plus silencieusement possible. Puis elle recula dans la rue et leva un bras. D'un élan calculé, Orest lança le premier bibelot, lui faisant décrire une ample parabole. Elle l'attrapa au vol, répétant le même geste pour le reste du butin. Le coffret, lui, resta à l'étage, Orest ayant glissé les bijoux dans sa poche. Sa silhouette apparut et s'attaqua à son tour à la descente. Il dégringola le long du mur, un exercice qui, depuis des années, était devenu une routine.

L'ombre de la maison était toujours là, étendue sur la rue. Implacable. Autant que le calme qui planait alentour. Ils s'en allaient, laissant les lieux intacts, une efficacité qui en remontrait aux plus grosses guildes. Ni l'un ni l'autre ne s'attardèrent sur l'exploit.

– Je crois qu'on a trois rues d'avance sur la garde. C'était limite, cette fois…

Orest ramassa une partie des bibelots et ils décampèrent.

– Combien de bijoux ? demanda My.

Orest tapota sa poche.

– Trois colliers, une demi-douzaine de bracelets… du toc. On revendra ça à un receleur. Je ne sais pas si on en tirera grand-chose, mais ça suffira pour quelques jours.

Rien qu'à cette perspective, My sentit une crampe lui tordre l'estomac, accompagnée d'une nausée soudaine. Dans les bas quartiers de Penhata, avoir de quoi manger pour quelques jours était un réel luxe. Elle sursauta. Orest, sans raison apparente, venait d'accélérer l'allure, l'entraînant vers la ruelle la plus proche. Ils se mirent à courir.

En cas de menace, il ne fallait jamais se retourner. Jamais. Concentrer toute son attention et toutes ses forces sur son souffle, le défilé des pavés, le dédale des rues, quel que soit le degré de panique qui vous envahissait. Orest s'arrêta brusquement et elle se serra contre lui, faisant de leurs deux silhouettes un unique corps, caché dans le renfoncement du mur.

– Que se passe-t-il ? La garde ?

– Elle arrive en avance, on dirait…

My se pencha légèrement pour scruter l'extrémité de la rue. Ils venaient de quitter l'une des travées principales. Néanmoins il n'était pas rare que la garde inspecte aussi les rues proches des quartiers riches, pour en expulser les vagabonds. Le seigneur de la ville était sans pitié envers le petit peuple, et la garde lui obéissait aveuglément.

Rasant les murs, ils se remirent en marche. Ils retournaient dans les quartiers qu'ils connaissaient bien : l'autre face, purulente, de Penhata, qu'on cachait le jour et qui, la nuit, grouillait d'activité. Les guildes y régnaient, maîtresses incontestées. Elles employaient tous les pauvres hères valides – femmes, hommes, enfants –, se livrant le plus souvent à des activités de contrebande qui concurrençaient les marchands. Orest et My faisaient partie des rares à échapper au système. Ils étaient aussi les seuls à affronter les guildes sur leur terrain d'excellence : le vol. Le Don dans leur camp changeait bien des choses, mais il les obligeait à redoubler de prudence dès qu'ils s'aventuraient dans ces quartiers. Leur cachette, située à l'opposé, les forçait à en traverser la partie la moins sûre.

My enfouit du mieux possible ses bibelots dans les plis de sa jupe, qui se rabattaient sur eux en marchant. Le moindre éclat de cuivre, dans ces ruelles sordides, avait tout de l'éclat de l'or. De même, un couple se faisait repérer beaucoup plus vite. Par chance, la nuit camouflait son butin et ses attributs féminins dans ses vêtements trop larges.

La maison Darhess lui avait paru étrangère, noyée dans le noir. Dans les quartiers pauvres, c'était exactement l'inverse. My ne connaissait que trop bien ces maisons décaties, ces portes branlantes ; l'air lui-même empestait, entre relents de vomissures et d'alcool. Les gens, ici, s'amassaient par familles entières dans quelques pièces – les gens qui vivaient là vivaient surtout dehors. Égarés, dangereux ou à moitié fous… Orest et elle se fondaient dans la masse, mais bien souvent, ils devaient se frayer un chemin de force. Cette nuit-là, ils ne croisèrent que quelques ivrognes et l'un de ces chats de gouttière faméliques, qui les suivit de son regard jaune. My se sentit soulagée lorsqu'ils les laissèrent derrière eux. Leur cachette apparut, une pièce miteuse, dissimulée par une porte qui ne fermait plus. My n'aurait jamais cru qu'elle deviendrait un jour synonyme de sécurité.

– Alors… il est là, le nid d'amour des pies voleuses ?

Orest fit volte-face.

Quatre hommes sortaient de la rue à leur suite. L'un d'eux portait une lanterne. Elle brillait de la même lumière que celle de la prétendue garde, quelques instants plus tôt et, à en juger par leur démarche tranquille, ils les filaient depuis un certain temps.

– Et tout près du quartier aux guildes ! renchérit un autre avec un sifflement. Vous avez du culot, dites donc…

My délaissa la porte et fit face aux côtés d'Orest. Le réflexe de survie le plus élémentaire aurait été de lâcher ses bibelots. Elle n'en fit rien, les regroupa sous un bras et s'empara de la garde de sa vieille épée ébréchée. La voyant faire, l'un des hommes ricana.

– Ça pique, et ça coupe aussi ? J'crois qu'on a affaire à forte partie, les gars !

Les autres s'esclaffèrent à leur tour. My réalisa soudain qu'ils portaient des armes de bonne facture et que le sceau d'une guilde se détachait sur leurs fourreaux. Le premier homme capta son regard.

– Peut-être qu'on devrait faire les présentations, pas vrai ? Nous, c'est la guilde du quartier ouest. Sauf qu'on n'aime pas ceux qui viennent chez nous alors qu'ils sont pas… des nôtres. Dommage pour vous.

Orest dégaina avec une seconde d'avance sur le groupe. Le chuintement des quatre épées répondit aussitôt.

– À votre place, je me ferais tout gentil, dit l'homme à la lanterne : on est là pour vous amener aux chefs, pas pour vous tuer tout de suite. Alors posez-moi ces épées.

– Je rencontrerai vos chefs quand ils arriveront à différencier les quartiers. On est au sud-ouest, ici. Votre territoire a pris fin depuis deux rues.

La réplique d'Orest mit fin aux ricanements.

– Y a pas qu'au quartier ouest qu'on limite notre territoire. On est aussi dans d'autres quartiers… les quartiers riches. On aime bien les surveiller, la nuit. Au cas où on voudrait nous piquer la place… Les quartiers riches, c'est chasse privée.

Le meneur se rapprocha de My, une expression dure sur le visage.

– C'est des bien jolies babioles que tu tiens là, mignonne. Des babioles du genre précieux, non ? On trouve pas ça sous des jupes… Alors, où t'as chipé ça ? Ce serait pas dans l'une des maisons, par hasard ? D'où vous êtes sortis, tous les deux…

My le toisa sans répondre. Ses mains tremblaient de nervosité, l'obligeant à raffermir sa prise sur ses rapines. Ces bibelots-là étaient le fruit d'heures de travail : hors de question de les lâcher.

– Ça fait longtemps qu'on parle de vous deux, dit l'homme, découvrant ses chicots dans un rictus. Deux voleurs… On sait pas d'où ils viennent, on sait pas où ils vivent… mais ils doublent tout le monde. C'est quoi votre secret, les tourtereaux ? Comment vous arrivez à piller les maisons sans donner l'alerte ?

– My, dit Orest entre ses dents, tant que vous pouvez, n'utilisez pas ce que vous savez.

Le Don : atout qui pouvait se retourner contre elle si elle l'invoquait devant témoin. La jeune fille hocha la tête, mais l'homme, exaspéré par son silence, la saisit à la gorge. Sa tête heurta rudement le mur derrière elle. Dans un brouillard, elle vit que les autres s'étaient rapprochés, jusqu'à les encercler, Orest et elle, les épées pointées sur eux.

– Ce que tu sais ? gronda l'homme. Alors, ma belle, c'est quoi, « ce que tu sais » ?

Il resserra sa prise autour du cou de la jeune fille, ses ongles cassés meurtrissant sa peau. Son haleine empestait. My chercha désespérément à tirer son épée de son fourreau, mais les hommes, trop proches, ne lui laissaient pas la place suffisante.

Le coup jaillit de la droite, fulgurant. Dans un râle, l'homme la lâcha et se recroquevilla au sol, les mains plaquées sur son visage. Plusieurs de ses dents avaient sauté. Faute d'autre solution, Orest lui avait projeté la garde de son épée en pleine mâchoire.

– T'aurais pas dû faire ça ! dit l'un des hommes, blême de rage.

Les assaillants resserrèrent leurs rangs avant qu'Orest et My aient le temps de s'échapper par l'ouverture. My vit le plus proche tendre la main vers elle. Instinctivement, elle lui cracha en plein visage et remonta brusquement le genou, l'atteignant à l'entrejambe. L'homme hoqueta et, plié en deux de douleur, laissa échapper sa proie. Elle fit volte-face, épée brandie.

Orest était aux prises avec les malfrats restants. Il avait réussi à s'éloigner du mur, et les deux autres l'encerclaient, essayant de le prendre de vitesse. Elle les contourna, attaqua l'homme qui lui tournait le dos. Sa lame déchira habit et chair dans un bruit mat. Le dos traversé d'estafilades, l'homme s'effondra sur le sol. Très vite, le sang imbiba son habit. Orest fit face à son dernier assaillant. L'homme venait de comprendre qu'il était le seul encore debout.

– Vite, partez !

My tourna le dos aux corps effondrés et se mit à courir, à toutes jambes, la pointe de son épée raclant le pavé. Elle savait Orest assez bon escrimeur pour s'en tirer seul et la possibilité de rencontrer d'autres malfrats attirés par le bruit justifiait amplement une fuite. Elle remonta plusieurs rues à l'aveuglette puis ralentit, écoutant avec angoisse. Le bruit d'une autre course couvrit la sienne et la main d'Orest chercha la sienne à tâtons. Il haletait lui aussi et, dans les ténèbres, My fut incapable de voir si sa lame était ensanglantée. Elle cessa de courir et serra sa main, comme pour s'assurer qu'elle était bien à lui. Cette poigne ferme n'appartenait à personne d'autre.

– Vite, il faut qu'on file ! On trouvera une planque ailleurs…

– Et s'ils sont dans d'autres rues ?

– On n'a été repérés que par une guilde. Ils ne peuvent pas tous nous pister…

Ils s'enfoncèrent dans une nouvelle rue, serrés l'un contre l'autre pour ne pas se perdre. My avait peine à croire ce qui s'était passé. Repérés… Depuis le temps qu'ils volaient dans l'ombre, elle s'était imaginé qu'ils passeraient inaperçus. Elle pensa aux hommes qu'ils avaient laissés. Autant de témoins hostiles… et qui connaissaient leurs visages. Comment les avaient-ils retrouvés ? Les quartiers riches étaient-ils surveillés toutes les nuits ?

Il se mit à pleuvoir. Une petite pluie froide et diffuse, presque une bruine. La perte de leur repaire en était d'autant plus grave. Dans une ville comme Penhata, une place à l'abri était une chose rare… Où aller désormais ? Où vivre ?

Orest et elle marchèrent un long moment, jusqu'à dépasser le quartier sud. La bruine s'était faite averse. Ils finirent par s'arrêter sous un porche. Les renfoncements, de chaque côté, les camouflaient aux yeux d'éventuels poursuivants, mais il n'y avait pas de porte pour arrêter le froid. My se recroquevilla dans un coin et se figea, frappée d'horreur.

– J'ai perdu les bibelots !

Du cuivre… Une fortune pour eux. Dans le combat, elle avait dû les laisser tomber sans même s'en rendre compte. Elle sentit sa vue se brouiller et se mordit la lèvre. Ne pas pleurer. Ne pas pleurer était un principe. Le seul qui lui restait dans cette ville de misère…

Orest ne dit rien. Il se débarrassa de sa besace et en sortit une couverture qu'il lui tendit. Elle la posa sur ses genoux et resta là, les yeux dans le vide. La pluie s'était intensifiée et martelait les pavés sans discontinuer. Orest s'assit à côté d'elle.

– Ce n'est pas avec une couverture pliée comme ça que vous allez sécher, dit-il.

My renifla.

– Vous êtes mouillé, vous aussi.

– Oui, mais je ne pleure pas en plus. Allez… mettez-la.

My finit par endosser la couverture. Ses cheveux dépassaient du drap, dégringolant jusqu'au sol. Elle avait l'air minuscule, noyée dans le tissu. Rien qu'à la voir, Orest se sentit coupable. À vrai dire, il se dégoûtait.

Aucune personne n'aurait dû partager un tel quotidien avec lui… non, pas cette vie.

« Partez. »

C'était ce qu'il lui avait dit, quelques mois plus tôt. Quand les maigres reliques du trésor s'étaient épuisées. Car sans argent, sans titre ni savoir-faire artisanal, c'étaient les quartiers pauvres qui lui tendaient les bras. Et à My aussi, si elle le suivait. « Partez » : il ne l'avait dit qu'une fois, mais My aussi n'avait qu'une parole, et dans un premier temps, rester avec elle l'avait rendu stupidement heureux. Le bonheur s'évanouissait vite. Ce soir-là, il avait cruellement conscience de son erreur.

– Vous n'auriez jamais dû venir.

My passa sa main sur le visage du garçon, effaçant l'eau qui trempait sa peau. Dans la nuit, sa main chaude était comme une lumière. La seule chose qui comptait dans ce taudis humide, parmi ces gens dont les visages se mélangeaient jusqu'à ce qu'il n'en ressorte qu'une impression d'éternelle ressemblance.

– Ne dites plus ça. Vous n'avez pas à vous reprocher quoi que ce soit… J'ai choisi librement.

Orest eut un rictus sans joie.

– Et vous allez me dire que vous ne regrettez rien.

– Non, répondit My, je n'ai jamais dit ça.

Le cœur du jeune homme se serra.

– Alors quittez cette foutue ville ! Je n'ai rien à vous offrir, My… rien.

– Et que croyez-vous que j'aie à vous offrir, moi ?

Le garçon fit silence.

Quelque temps plus tôt, elle aurait pu être reine. Le sifflet avait disparu, et la lettre, et le fabuleux trésor des Darcer… Tout son héritage était parti en fumée. Il n'en restait que la part la plus infime… le Don. Son seul atout ici ; pourtant, même le Don ne la sauvait pas toujours. Non, il n'y avait plus de Darcer, plus de reine…

Ravalant sa réplique, Orest l'enlaça et posa ses lèvres sur ses cheveux. My se blottit dans ses bras et l'embrassa en retour. Malgré ses habits trempés, il sentait son corps menu irradier de chaleur sous ses mains. Il déboucla sa ceinture à tâtons, laissant l'épée de la jeune fille s'échouer sur le sol, entraînée par son poids.

Ils s'unirent là, dans les bas-fonds de Penhata, loin des rumeurs qui émanaient de Liett et envahissaient Edrilion, ville après ville. Deux cambrioleurs en sursis, affamés, privés du repère le plus essentiel de tout sédentaire et le plus accessoire pour un vagabond : un endroit où vivre.

Ils en arrivaient là tous les deux.

# 4. Fragment IV

Quand Floan arriva devant les appartements du Sanreth, les portes étaient grandes ouvertes.

« Je souhaite m'entretenir avec vous sur ma venue à Liett. Présentez-vous devant mes quartiers. »

Tel était le message qu'il avait reçu le matin même. La lettre se bornait à ces deux phrases et à la signature, le tout écrit en haut déléanien. Floan n'avait pas prêté attention au ton sec de la missive, ni à la graphie épaisse et malhabile. L'envoyé voulait lui parler en privé : d'ambassadeur à ambassadeur, ils allaient probablement engager des négociations. Quel genre de négociations ? Cela… il n'en savait rien.

Une Chimère se tenait près de la porte, gardienne silencieuse. Elle jaillit à ses côtés, comme en écho à ses pensées. Floan eut un mouvement de recul, mais elle se contenta de l'escorter. Ils franchirent plusieurs salles, s'enfonçant dans les appartements jusqu'à parvenir à un nouveau vestibule. La porte était ouverte.

– Entrez, dit une voix rauque.

Floan s'inclina avant de passer le seuil. Le Sanreth se tenait debout près de la large table qui occupait les lieux. Elle servait ordinairement à supporter le poids de divers documents, mais cette fois, seule l'épée du Sanreth était posée en travers. Selon les codes, cela signifiait que ses intentions étaient pacifiques, ce dont Floan lui sut gré, mais qui ne voulait pas dire grand-chose avec les quatre Chimères dans les parages.

Les mains du Sanreth étaient crispées sur la table. Il semblait incapable de tenir debout, et Floan le trouva plus voûté que la veille. Ses traits étaient déformés par des tics et, tout autour de ses yeux, le réseau bleu des veines transparaissait. L'ambassadeur éprouva un sentiment de répulsion mêlé d'effroi. En dépit de son allure pitoyable, l'homme dégageait quelque chose de malsain. Une aura inexplicable… Welfendà avait la même.

– Asseyez-vous, dit le Sanreth.

Il désigna l'un des sièges. Floan déclina l'offre.

– Comme vous voudrez.

Le Sanreth, lui, tira un siège à lui. Il fit son possible pour s'y installer dignement, mais il avait l'air à bout de forces. Ils devaient être deux à ne pas avoir dormi de la nuit. L'une des Chimères passa dans le dos de Floan pour se placer devant la porte, tandis qu'une autre faisait de même avec celle de la pièce opposée. Mesure inutile, mais qui eut l'effet voulu : balayer ses dernières miettes de courage.

– Vous savez peut-être déjà, dit le Sanreth, pourquoi je vous convoque.

De nouveau, cette voix sans trace d'accent, ou si léger. Le Sanreth avait croisé les mains sous son menton, et une vie nouvelle pétillait dans son regard. Floan opta pour un demi-mensonge :

– Concernant ma venue, je n'en ai aucune idée, monseigneur. Votre visite m'intéresse davantage.

– Les deux sont liées, déclara le Sanreth.

Floan nota qu'il s'exprimait avec lenteur, comme s'il préparait soigneusement chaque phrase. Avec la proximité, il distingua plus nettement son accent, soigneusement camouflé.

– Je représente la Reine, qui m'envoie enquêter sur les derniers événements survenus en Edrilion. Bien qu'« enquêter » ne soit pas le mot juste. On enquête lorsqu'il y a des indices, or la Reine n'en a aucun qui explique la mort de Keagan.

Le Sanreth s'adossa à son siège avant de préciser :

– Aucun à part cette aigle, morte en arrivant au Daj. Preuve que son compagnon a péri, mais qu'en est-il du maître ?

Floan ne répondit pas.

– Cela au moins, vous devriez pouvoir me le dire. La lettre est signée de vous.

– Le roi est mort peu après son couronnement. Il a quitté Liett aussitôt sacré, puis il a fait route vers le sud, et il a disparu là-bas. Nous avons fait notre possible pour le retrouver, hélas sans résultat. L'aigle constitue la seule preuve de sa mort.

Le Sanreth se pencha en avant.

– La Reine est affligée par ce décès, autant que vous. En revanche, elle a trouvé… étrange que vous ne sachiez pas ce qui se passe dans votre propre royaume. Un roi peut-il disparaître si facilement dès qu'il quitte sa capitale ?

– Edrilion est un royaume particulier, sire. Certaines régions sont soumises à la magie et deviennent, de ce fait, dangereuses. C'est le cas des Bois, au sud. Or, d'après ce que je sais, Keagan a fait route vers eux.

– Dans quelle intention ?

– Je suis au regret de vous dire que je l'ignore. Je revenais de La Déléane quand Keagan est parti pour le sud.

– D'autres nobles, en ce cas, pourraient-ils m'éclairer ?

Floan hésita. Keagan n'avait pas grand chose en commun avec son père qui, à la fin de sa vie, se fiait aveuglément à ses conseillers. Il avait voulu mener son affaire seul, sans rien dire à la Cour – un caprice qui, face à l'envoyé de La Déléane, prenait une gravité extrême.

– Vraiment aucun ? insista le Sanreth.

Il avait posé les mains sur les accoudoirs de son siège, avec une décontraction apparente qui ne trompa pas Floan un instant.

– Ou dois-je aller questionner moi-même cette Cour qui prétend ne *rien* savoir ?

L'une des Chimères feula. Un son guttural, profond, comme jailli des abysses. La voix du Sanreth baissa d'un ton.

– Un roi tout juste couronné, une disparition inexpliquée à l'autre bout du royaume. Une lignée éteinte comme par enchantement et une couronne qui pourrait revenir, de fait, à l'une des grandes familles nobles d'Edrilion. N'avez-vous rien d'autre à m'apprendre sur cette mort… ou devrais-je dire ce meurtre ?

– La Cour n'est en rien responsable.

– Cela, il faudrait me le prouver, Trelleor.

Floan voulut répliquer quelque chose, justifier, se défendre. Toute bonne excuse aurait été un mensonge. Il était ambassadeur, formé pour négocier et servir… non pour abuser. Une erreur aurait aggravé les choses, aussi se tut-il.

Le Sanreth le fixa. Cette fois, c'était vraiment Welfendà que Floan avait l'impression d'avoir devant lui.

– J'ignore qui, ici, a été ou non fidèle à Keagan. En raison de circonstances nébuleuses, ma Reine est portée à l'indulgence. La Cour a une journée pour prouver son innocence.

En sortant, Floan vit deux enfants qui se poursuivaient en courant. Leurs rires s'interrompirent quand ils percutèrent l'ambassadeur de plein fouet. Floan les chassa d'une tape, plus impatiente que réellement fâchée. Les deux petits déguerpirent à toutes jambes, heureux de s'en tirer à si bon compte. Floan les avait déjà oubliés.

« Ou devrais-je dire ce meurtre ? »

Il déserta l'étage. La question du Sanreth tournait et retournait dans sa tête ; déjà, elle avait les accents d'une condamnation.

« Un roi tout juste couronné. Une disparition inexpliquée à l'autre bout du royaume… Une couronne qui pourrait revenir, de fait, à l'une des grandes familles nobles d'Edrilion… » Comment s'étonner que la Reine nourrisse des soupçons ? Absolument tout parlait contre eux. Et pourtant…

Le jeune homme parvint à l'escalier, commença à le descendre. À peine avait-il conscience de ses gestes. Autour de lui, on allait, on venait ; le palais reprenait vie. Certes, la présence de la troupe déléanienne avait inquiété les nobles, mais tous espéraient une amélioration, à présent que l'envoyé était là. Autre chose, enfin, que cette insupportable attente. Floan, lui, commençait tout juste à comprendre. Et il était le seul.

Les Chimères. Celles-là aussi venaient pour une raison précise. Trop malignes, trop calmes… Visiblement d'un tout autre gabarit que la plupart des monstres déléaniens. Oui, elles devaient être là pour enquêter. Possédaient-elles des pouvoirs ? Un don de clairvoyance, à l'image de celui des Lanvox ? Il s'assit sur les marches, indifférent à l'étonnement de ceux qui passaient. Il doutait que quiconque, de toute façon, puisse reconnaître Floan de Trelleor dans cette silhouette courbée qui se tenait la tête à deux mains. L'urgence et le désespoir l'empêchaient de réfléchir correctement – il en avait besoin, pourtant, plus que jamais. Une journée pour se justifier… ou La Déléane les accuserait de régicide. Pourquoi n'avait-il pas prévu cela ? Certes, il avait pensé que l'absence du corps pouvait compliquer les choses, mais il avait cru en l'aigle, et puis… La Déléane imaginait-elle vraiment qu'Edrilion courrait le risque de supprimer Keagan ?

Il devait commencer ses recherches sans tarder. Trouver pourquoi, avant tout, Keagan avait quitté Liett. Puisque personne ne le savait, il lui restait à se rabattre sur les documents. Peut-être que les appartements royaux…

L'esprit traversé d'une idée subite, Floan se releva vivement, provoquant un haut-le-corps chez la dame qui montait l'escalier. Non moins surpris, il reconnut Diriat. Elle se trouvait quelques marches plus bas et l'observait depuis quelques instants.

– Mais par Beckell, que faites-vous affalé dans l'escalier ?

L'ambassadeur s'épousseta, tout à son problème.

– Je réfléchissais…

– Monseigneur, tout va bien ?

L'ambassadeur descendait l'escalier à grandes enjambées. Les appartements de Keagan occupaient la moitié d'un étage, et l'une des salles contenait les documents officiels : autant commencer par là. Il en avait oublié Diriat.

– Mais… où allez-vous ?

– Chercher quelque chose.

– Et où donc ? Monseigneur ! Ce sont là les appartements du roi.

Floan s'arrêta en bas des marches. Diriat le regardait de toute sa hauteur, ses boucles brunes encadrant son visage encore jeune. À cause de cela sans doute, il avait tendance à oublier que Serron était son mari… et qu'il dirigeait la garde.

– J'ai les clés, se justifia-t-il en tapotant la chaîne qui, sous son plastron, supportait le poids d'un bon nombre de trousseaux.

Diriat hésita, puis descendit les marches à son tour.

– En ce cas, je vous accompagne. Qu'allez-vous faire là-bas ?

– J'ai été convoqué par l'envoyé, se contenta de répondre Floan.

– Qu'a-t-il dit ?

Le garde qui patrouillait sur le seuil redressa sa lance, puis s'apaisa à la vue des deux nobles. Floan entra en trombe, se dirigeant droit vers la salle aux documents. Elle était occupée par plusieurs bureaux, qui disparaissaient sous des amas de parchemins. Personne n'avait osé y toucher, espérant que Keagan reviendrait ; lorsque Floan souleva la première liasse, un nuage de poussière s'éleva.

– Que cherchez-vous exactement ? demanda Diriat. Et vous ne m'avez pas répondu… Avez-vous parlé à l'envoyé ?

Le jeune homme se résigna :

– Oui.

– Alors ?

– Selon la Reine, Keagan a été assassiné. Il était le dernier de sa lignée, et Welfendà semble penser que certains nobles voulaient l'empêcher de se marier. Autant vous dire que les grandes familles nobles font partie des principaux suspects. C'est-à-dire vous, moi, Serron, Ebelior… tous les prétendants au trône. Nous devons lui répondre ce soir…

Les iris bruns de la dame s'agrandirent.

– La Reine nous accuse de *régicide* ? Et nous sommes censés trouver une preuve de notre innocence… à tous ? En une journée seulement ?

– C'est l'échéance, malheureusement.

– Et l'enjeu ?

Floan leva les yeux de sa liasse. Diriat attendait la réponse, mais quelque chose dans son attitude montrait qu'elle se doutait déjà…

– Et si… commença lentement Diriat, et si cette mort était réellement le fruit d'un complot ?

– Dame ! s'écria Floan, scandalisé.

– Réfléchissez : le roi a disparu aux abords des Bois. N'est-ce pas le meilleur endroit pour justifier une disparition ? La Reine n'a pas tort de douter de la nature de cette mort. Après tout…

– Je n'y crois pas, répliqua Floan en s'installant au bureau le plus encombré. La Cour est très attachée à la personne du roi, vous le savez bien. Même les grandes familles n'oseraient pas se mettre La Déléane à dos… et Keagan est parti au sud de sa propre initiative.

– Vous n'aurez pas le temps d'innocenter la Cour si vous vous en occupez tout seul, et je doute fortement que vous y arriviez avec des documents administratifs. Floan, il faut prévenir la Cour.

– Vous allez semer la panique !

– Mieux vaut une Cour paniquée que prise en traître. Certains nobles ont peut-être des informations. Il faut fouiller les autres archives et les mettre à contribution. Une journée, avez-vous dit ?

Floan fit un signe d'assentiment.

– J'y vais.

Diriat quitta la pièce, le laissant seul avec la sentinelle. Floan entendit la porte des appartements se refermer discrètement. Diriat allait sans doute avertir d'abord Serron, puis Ebelior… En une heure, la cour pouvait être mobilisée.

Il feuilleta la première liasse avant de s'arrêter, découragé. Des piles de papiers l'attendaient, et il ne s'agissait que du premier bureau. Impôts, missives, décrets importants échouaient tous ici, à charge pour le roi de les valider. Repoussant son siège, il se rendit au bureau voisin qui regroupait les lettres et les comptes rendus, empilés dans l'ordre chronologique. Parmi eux, Floan identifia l'écriture de Serron. Il avait la responsabilité de relever les divers événements survenus dans la capitale. Serron s'acquittait méticuleusement de sa mission, Fragment de cycle par Fragment de cycle. Il n'y avait pas un jour sans note, remarqua Floan en feuilletant la liasse.

Dans l'administration et le commerce, on découpait le temps selon trois cycles de six Fragments chacun – pratique que le peuple, plus habitué à se calquer sur les saisons, avait perdue. Chaque cycle correspondait à l'une des grandes divinités : Neryt, liée à la corporation des marchands, Beckell, principalement adoré par la noblesse, et enfin Alàren, protectrice des vagabonds et, par extension, du bas peuple. Par acquit de conscience, Floan parcourut le relevé jusqu'à la date de départ de Keagan, mais les événements rapportés ne présentaient aucun intérêt : des vols, des fraudes, des meurtres… Tous se superposaient, indéfiniment. Il avait devant lui, immuable, le quotidien de la capitale, où rien ne restait jamais bien longtemps en place.

« Porte de Liett

En la matinée du IV$^{e}$ Fragment du cycle de Neryt

Manifestation d'un métamorphe.

Apparence non identifiée. Signe particulier : forme ailée.
Individu disparu de Liett à ce jour. »

Le doigt de Floan s'arrêta au bout de la ligne.

Surprise. Atterrement. Éclair soudain…

« Signe particulier : forme ailée. »

L'inscription était griffonnée à la suite des autres, sans grand soin. Pourtant, l'événement était de taille ! Aucun être humain n'exerçait la magie en Edrilion, elle s'était fondue depuis longtemps dans la nature, loin de tout contrôle. Mais une famille se transmettait un pouvoir bien particulier, celui du Don d'ailes…

La question avait beau ne pas avoir de rapport avec son problème, la curiosité du jeune homme était à son comble. D'après le caractère très formel du rapport, Serron n'avait pas assisté à l'événement et n'y croyait pas. Mais, consciencieux, il l'avait noté et…

Le IV^e^ Fragment du cycle de Neryt ? Keagan avait quitté Liett au V^e^ !

Fébrile, l'ambassadeur remonta dans les archives. Il se maudissait d'être revenu à Liett deux cycles après : l'événement avait disparu des mémoires face à plus important. Pourtant… Il s'efforça de remettre de l'ordre dans ses idées. Quel lien entre une rumeur rapportée et un départ réel ? Rien ne réunissait ces deux faits… à part la date. La seule « preuve » expliquant le départ de Keagan était dans le Fragment IV. Et que pouvait-il en faire ?

En l'occurrence rien, mais il ne perdrait rien à interroger Serron plus tard.

Floan se décala légèrement pour mettre la pile hors de la vue de la sentinelle et s'empressa de plier le document. Il ne s'attarda pas pour autant sur la pile de Serron et passa à la suivante. Le document bruissait contre sa poitrine à chaque mouvement, affreusement compromettant. Ce n'était pas avec ça qu'il prouverait quoi que ce soit à l'envoyé, il en avait conscience, mais quelque chose lui disait que, d'une manière ou d'une autre, le départ de Keagan était lié à ce Fragment.

Aux lettres succédèrent d'autres archives, d'autres documents. Floan perdit rapidement la notion du temps. Par l'intermédiaire de Diriat, l'annonce de la menace se transmettait d'un bout à l'autre du palais, mais il avait déjà oublié la dame. Il n'entendit pas davantage les conversations, les allées et venues d'un étage à l'autre. Derrière la fenêtre, les teintes du ciel changeaient avec régularité bleu ardent, pâle, puis progressivement plus foncé…

Il en était au dernier bureau quand, levant la tête, il réalisa que le soir tombait et que des pas résonnaient dans le couloir. La sentinelle s'écarta du seuil, livrant le passage à Tënahl. Le fils aîné d'Ebelior ne s'embarrassa pas de salutations :

– L'envoyé veut réunir la Cour.

L'atmosphère était pesante, silencieuse. Dans la salle du trône empoussiérée, il régnait comme une odeur de mort.

Rien n'était plus oppressant que cette salle en elle-même : privé de Keagan, l'endroit perdait sa raison d'être. Floan en avait le cœur serré, en foulant le dallage constellé d'aigles aux ailes déployées. D'ordinaire, ils donnaient aux lieux une allure vivante, semblant faire tournoyer le sol. Ce soir-là, Floan remarqua pour la première fois à quel point la pierre était usée. Les derniers rayons du soleil, filtrant par les vitraux, l'éclairaient crûment, révélant les contours effacés des rapaces.

Les nobles s'écartèrent sur son passage, lui ménageant un couloir jusqu'au trône. Tous semblaient présents. Qui avait donné l'ordre de rouvrir la salle du trône ? Ebelior ? C'était probable. L'ambassadeur s'installa à sa place attitrée : au pied du trône. Ebelior, en sa qualité d'ancien bras droit, prit place à gauche. Serron vint les rejoindre. C'était un homme aux tempes grisonnantes, aussi sec qu'Ebelior était imposant.

À eux trois, ils représentaient les fonctions les plus importantes de la Cour : un conseiller, un guerrier, un diplomate. Faute de souverain, les regards se raccrochaient à eux.

Aux portes, le héraut frappa le sol de sa lance, une fois.

Un remous se fit parmi les nobles attroupés, livrant passage au Sanreth et à ses Chimères. Leurs antérieurs cliquetaient sur les dalles, tandis que leurs pattes postérieures s'y posaient en silence, se détendant souplement. L'allure du Sanreth surprit Floan : l'homme avait encore le visage ravagé par l'épuisement, mais il avait rasé sa barbe et noué ses cheveux en catogan, à la mode edrilienne. Il avait également changé d'habits. Les Chimères s'immobilisèrent à ses côtés. Face à la foule, il semblait mesurer le déséquilibre des forces – Floan voyait la transpiration inonder son visage.

– Je convoque la Cour au sujet d'une mort.

Un frisson parcourut l'échine de Floan, et un silence total tomba sur la foule. Effrayé ou non, l'homme les attaquait de front. Il poursuivit d'un ton ferme :

– Il y a plusieurs mois que ma Reine a appris le décès de Keagan et que je me suis mis en route pour votre capitale. Ma Reine n'a voulu prendre aucun retard. Vous connaissez les circonstances de cette mort. Un roi disparu au sud… une lettre avertissant ma Reine. Cette lettre spécifiait que Keagan n'avait ni héritier ni femme, étant, du reste, à peine couronné. Et que, par conséquent, le choix d'une nouvelle dynastie revenait à la Cour… Argument fondé dans le cas d'une mort naturelle. J'ai donné un jour à Edrilion pour m'en fournir les preuves.

Il se retourna vers Floan, et l'ambassadeur lut dans ses yeux qu'il n'était pas dupe. Il savait déjà sûrement que la cour était au courant et que personne ne répondrait faute de défense valable. Ebelior déclara :

– Vous ne pouvez pas nous demander d'expliquer cette mort en un jour. Nous étions à des centaines de lieues du drame… Que voulez-vous que nous disions ? Nous n'avons même pas le corps.

– Pourtant, vous avez annoncé cette mort. Officiellement.

– Il coule de source… commença Floan.

– Un instant.

L'ordre, car il s'agissait bien d'un ordre, claqua et laissa l'ambassadeur interdit.

– Vous reprochez à ma Reine de vous laisser trop peu de temps. C'est faux. Vous avez eu des mois pour poursuivre vos recherches. Et bien assez de temps pour retrouver un corps. Comment expliquez-vous cela ?

Le Sanreth balaya la salle du regard. Il y avait toujours dans son attitude quelque chose de raide et de mécanique, comme s'il calculait ses moindres mouvements. Les nobles baissèrent la tête ou détournèrent les yeux sous son examen, mal à l'aise. Tous savaient déjà ce qui allait advenir : la guerre pour seule issue…

– Ma Reine ne désire pas plus une guerre que vous. Mais si par malheur Keagan est bien mort assassiné par l'un d'entre vous, sa décision sera sans appel. Et je vengerai personnellement la mort de mon parent.

Floan tressaillit, croisa le regard de Serron et ce qu'il y lut lui confirma qu'il ne rêvait pas. Ebelior, de même, regardait l'homme d'un tout autre œil.

Un murmure commença à parcourir la foule.

– Je suis né chez les Seigneurs Errants, reprit le Sanreth, l'équivalent déléanien de votre noblesse. Keagan est d'origine déléanienne par toute une partie de son ascendance. Son ancêtre – votre premier roi – a été choisi parmi l'un des clans de nos Seigneurs. Et cela, le meurtrier, s'il se trouve parmi vous, a dû l'oublier…

Il haussa la voix pour couvrir les murmures :

– La Reine m'a désigné pour remplacer Keagan. Sa mort n'étant ni expliquée, ni justifiée, ni véritablement avérée, la Cour n'a pas le droit de créer une nouvelle dynastie. La Déléane…

– Rien ne vous autorise à remplacer Keagan ! jeta Floan au milieu du brouhaha.

Les plumes de son cou hérissées, l'une des Chimères se mit à gronder, dardant sur lui ses yeux translucides. Floan s'écarta, terrifié malgré lui, et la rumeur de la foule se fit désordre général, les premiers rangs reculant pour s'éloigner du trône.

Interdit, le Sanreth demeura immobile au milieu de la mêlée. Insignifiant face à cette marée humaine qui, sur une impulsion, pouvait le réduire à néant, lui et ses prétentions. La Chimère ne bougea pas, l'obéissance la chevillant aux pieds de son maître. Cela donna à Floan le courage de poursuivre :

– Vous n'êtes pas roi ! Keagan était natif d'Edrilion, malgré ses origines ; vous venez, *vous*, de La Déléane !

Il se força à ignorer la Chimère. Quelque chose était en train de se jouer, d'infiniment plus dangereux qu'un monstre. La Chimère l'attaquerait si l'envoyé la lâchait sur lui. Pour le moment, celui-ci semblait à peine capable de comprendre ses paroles.

– La mort de Keagan reste inexpliquée, poursuivit Floan, peinant à dominer le vacarme, mais cela ne vous donne pas le droit de diriger Edrilion à sa place !

– Assez ! tonna Ebelior.

Sa voix de stentor apaisa brusquement le vacarme.

– Nous ne souhaitons pas non plus un conflit, déclara-t-il avec un regard noir à Floan. Est-ce là le marché de Welfendà ? Rétablir cette dynastie à partir de sa branche d'origine ?

– Donner à cette affaire une autre issue que la guerre, répondit seulement l'homme.

Dans un éclair, Floan comprit tout le sens de la mise en scène. La guerre ou l'usurpateur. Il leur avait fait craindre le pire pour qu'ils acceptent la vraie menace. La guerre ou, de nouveau, la servilité… Oui, l'enjeu était là. La Reine leur proposait un retour pacifique à leur état de toujours. Qui hésiterait un instant ?

Il n'avait pas envoyé cette lettre pour rien.

– Vous nous demandez des preuves. Vous-même n'en fournissez aucune. Êtes-vous réellement du sang de Keagan ?

L'agitation reprit, mais il fut incapable de savoir si l'assistance l'approuvait ou non. Il fixa l'homme droit dans les yeux :

– Je demande la preuve par le sang.

# 5. L'Aigre-Doux

Qu'est-ce que c'était que ce taudis, encore ?

Kebren jeta un regard méprisant à l'enseigne et, au lieu d'entrer, passa son chemin.

Elle n'aimait pas les tavernes, encore moins celles des faubourgs. Façade vermoulue, clientèle douteuse, alcools tout juste bons à désinfecter une lame… Lorsqu'on savait où chercher, ce genre d'endroit était monnaie courante. Kebren, elle, fuyait ce type de lieux mais par malheur, ses rendez-vous l'y ramenaient souvent.

Et comme ce jour-là elle avait quelques raisons d'être méfiante, la jeune femme s'assit près de l'entrée et entreprit d'attendre.

Kebren était une Kmett, ce qui lui donnait une place privilégiée dans le milieu du crime. Les guildes ne faisaient pas de distinction entre vols, assassinats et espionnage. Les Kmetts, eux, avaient fait de la traque leur domaine d'excellence, se forgeant ainsi une réputation d'élite. À vingt-huit ans, Kebren pouvait se targuer d'être une Kmett à la clientèle variée et de compter, de fait, autant d'ennemis que de complices. Avec sa grande carcasse et ses cheveux courts, elle passait aisément pour un homme et en jouait sans vergogne pour tromper ses adversaires. Seuls ses yeux, verts et pétillants d'humour dans ses bons jours, trahissaient sa nature féminine, mais pour l'heure ils n'exprimaient aucun amusement. Quelqu'un l'avait mandée ici, et elle flairait comme une odeur de piège.

La porte de la taverne grinça. Sans tourner la tête, la jeune femme concentra son attention sur les pas. Ils étaient deux à entrer, son lascar faisant peut-être partie du lot. Elle était curieuse de savoir pourquoi il faisait appel à une Kmett, mais pas assez pour se précipiter dans la gueule du loup. Prudence et circonspection étaient ses maîtres mots : certes, on payait grassement les Kmetts, mais on les tuait volontiers aussi, et à Dalen, il y avait trop d'ennemis pour prendre des risques. Or la prudence était la vertu première d'un Kmett.

Le lieu du rendez-vous était inscrit sur un morceau de toile, qu'elle avait gardé. Kebren le retourna dans l'espoir, déjà désabusé, d'y trouver une signature, mais il n'y avait rien. Elle l'avait découvert dans la cache où les clients des Kmetts glissaient leurs demandes – cache secrète, car convoquer un Kmett était un privilège réservé à quelques rares élus. Or, aucun de ses clients n'avait cette écriture. L'inconnu devait avoir un contact dans le réseau pour remonter ainsi jusqu'à elle, ce qui la préoccupait : quel Kmett avait vendu la mèche ?

Plongée dans ses ruminations, elle avait momentanément oublié les passants et remarqua, avec un léger retard, une paire de bottes qui marchaient droit vers elle. Chose rare, l'intrus la prit de vitesse :

– Je t'avais connue plus ponctuelle !

Kebren leva les yeux et les ouvrit tout rond. L'arrivant fronçait les sourcils, avec un air mécontent qui ne parvenait pas à enlaidir sa physionomie plutôt agréable. Hormis ses guenilles et sa barbe de trois jours, il était exactement tel qu'elle s'en souvenait. Elle se redressa vivement.

– Le Héron ! Ça alors, mais tu n'étais pas mort ?

Elle avait toujours été directe, surtout quand elle était surprise. L'homme devait s'en souvenir, car il n'eut qu'une légère grimace.

– Charmant…

– Qu'est-ce que tu veux ?

Il se contenta d'indiquer la taverne. Kebren se rembrunit, ce qui eut l'heur de le dérider franchement. Dalen était une affreuse ville et il avait dû faire son possible pour trouver y une taverne à son image. À contrecœur, la Kmett se remit debout, galamment assistée par l'arrivant.

– Au passage, j'avais dit rendez-vous à *L'Aigre-Doux* et pas dans la gadoue, mais je constate une fois de plus que tu fais vraiment tout pour te faire remarquer. Kebren, bon sang, encore une minute à faire la manche et tu payais ta consommation ! Non qu'elles soient très chères ici, mais enfin…

Déjà il l'entraînait vers la porte, écartait les badauds, la noyait sous un flot de paroles ininterrompu. La jeune femme se ressaisit à temps et l'écarta sèchement.

– Allian, à quoi tu joues ? s'exclama-t-elle avec colère. Je ne suis pas venue pour perdre mon temps, encore moins pour prendre un verre avec toi ! Si tu veux de l'argent, dis-le-moi, qu'on en finisse !

L'argent : carence effectivement récurrente chez celui qu'on surnommait le Héron – et qui avait commencé, bien des années plus tôt, sa carrière d'espion en pourrissant la sienne. Allian soupira.

– Écoute, si j'avais besoin d'argent, je n'irais certainement pas en demander à une Kmett.

Kebren ne se départit pas de sa défiance pour autant.

– Alors qu'est-ce qu'il te faut ?

– Au cas où tu ne l'aurais pas remarqué, nous gênons, signala son compagnon en désignant le seuil où ils s'étaient arrêtés. Mieux vaut s'asseoir… ce sera plus discret.

Mot qui, l'habitude aidant, emporta l'adhésion de la jeune femme. Tous deux allèrent s'installer au fond de la taverne. Comme sa façade le laissait présager, c'était un trou malodorant où pullulaient les odeurs de crasse. Des bougies, fixées aux tables avec leur propre cire, se chargeaient d'égayer le décor d'une lueur blafarde. Les tables étaient disparates, certaines estropiées et disposées par-dessus d'autres pour tenir debout, mais on ne voyait pas grand-chose et les consommateurs étaient déjà trop saouls pour s'intéresser à eux.

– Parfait, dit Allian.

Il lui sourit, et Kebren sentit son visage se dérider à son tour. C'était bien involontaire. Avec Allian, la frontière entre alliance et guerre à vie avait toujours été assez floue. Au gré des missions, ils s'étaient croisés, entraidés, quittés sans regrets. Leur relation les avait gardés libres, chacun se bornant à considérer l'autre comme un amant passager ou un rival appréciable. Tout de même, elle était assez contente de le voir vivant.

Puis elle remarqua que deux chopines attendaient sur la table et fronça les sourcils.

– Comme d'habitude, tu ne doutes de rien.

– Je devrais ? Nous avions pourtant rendez-vous.

– Et j'ai failli ne pas venir.

– Méfiante, toujours ? fit Allian à mi-voix.

Kebren s'accouda à la table, posant ses prunelles sur le visage de son interlocuteur.

– Prudente, rectifia-t-elle. Toujours. Surtout en ce moment… Tu as entendu parler des derniers événements ? Avec ce qui se passe à Liett, les autorités sont sur les dents, et pas que dans la capitale. Alors je me méfie des pièges, à raison semble-t-il.

Allian acquiesça distraitement, mais son attention se portait sur autre chose. Il venait de remarquer la broche de la jeune femme, faite de filaments entremêlés. Infiniment discrète, sauf pour les plus vigilants.

– On m'a dit que tu étais devenue aldhei. Tu as mis le temps !

– Qui t'a dit ça ?

– Un Kmett, pardi. Tu n'es pas mon seul contact… Alors, aldhei depuis combien de temps ?

– Depuis que tu es monté en grade aux côtés de Krud, susurra Kebren.

Les Kmetts dédaignant les guildes par principe, Allian ne releva pas. En fait, il venait de prendre une expression extrêmement satisfaite qui, séance tenante, mit la jeune femme sur la défensive.

– Tu es aldhei… et tu as déjà fait tes Preuves ?

– Non, répondit succinctement la Kmett.

Elle considéra l'habit miteux de l'espion, ses ongles sales. Il secondait Krud la dernière fois qu'ils s'étaient vus, mais cela ne semblait plus être le cas. Et Dalen était largement plus au sud que Liett… Hasard plus que louche.

– Allian, joue franc-jeu. Tu n'es pas à Dalen par hasard, n'est-ce pas ? Tu as remonté tout le réseau pour me voir, moi, personnellement ?

– Ta légendaire lucidité…

– De quoi as-tu besoin? coupa Kebren. Traquer quelqu'un ? Vu tes habits, mes services sont trop chers pour toi. Si c'est ce que tu veux… désolée. Débrouille-toi avec tes propres talents d'espion.

– En fait, dit Allian de manière inattendue, c'est du service de l'ordre kmett entier dont j'ai besoin.

– QUOI ?

– Mais comme l'ordre entier, ça coûte trop cher, je préfère te proposer la chose sous la forme d'un partenariat. Les partenariats, c'est très bien aussi. Parce que Kebren, ma chère…

Sans se préoccuper de la mine stupéfaite de la Kmett, Allian s'accouda à la table et prononça la phrase qu'elle avait déjà trop souvent entendue – phrase terrible, présage du pire à venir…

– J'ai un plan.

# 6. Le paradoxe par le Lanvox

En Edrilion, la confirmation d'une ascendance était capitale dans le parcours d'un noble. Chez les grandes familles en particulier, on accordait une importance prononcée à la pureté du lignage et certaines n'hésitaient pas à invoquer le jugement du Lanvox lorsqu'elles soupçonnaient l'un de leurs rejetons d'être un bâtard. Peu de nobles, toutefois, pouvaient prétendre posséder un Lanvox, la seule créature capable de rendre un jugement infaillible.

On appelait celui-ci « la preuve par le sang ».

Malgré le renom des Trelleor, Floan n'était jamais passé par le Lanvox. En réalité, la preuve par le sang n'était invoquée systématiquement que pour les héritiers du trône, et le pouvoir n'avait pas eu recours au Lanvox royal depuis Keagan. Pour la dernière fois de sa vie, peut-être, la créature allait rendre sa sentence, et ce jour en devenait particulièrement important.

Les Lanvox vivaient dans les monts Baïshdro, sur les cols où la magie subsistait. Peu d'animaux arrivaient à cohabiter avec elle : la plupart mouraient, incapables de s'y accoutumer. Les Lanvox, eux, s'étaient approprié la magie, au point d'en avoir eu leur métabolisme modifié. Au fil des siècles, ils avaient acquis un pouvoir très particulier : le don de clairvoyance. Il leur permettait de déterminer les liens de sang avec une extrême précision. En revanche, un Lanvox restait toujours au service d'une même famille, car une trop grande diversité de sangs brouillait ses perceptions. Et tous les espoirs de Floan reposaient sur ce détail : le Lanvox était-il capable de détecter le lien de parenté, infime, qui existait entre le Sanreth et Keagan ? De toutes ses forces, il espérait un échec.

Il fut tiré de ses réflexions par l'arrivée du serviteur. Il apportait une caisse taillée dans un bois curieux, qui reluisait vaguement. Les Lanvox, en effet, mouraient rapidement loin de leur habitat naturel : on taillait donc une caisse dans un Arbrhavre, une variété d'arbre également imprégnée de magie. Ils poussaient dans la même région et, en caissons, fournissaient aux Lanvox un abri salutaire.

Lentement, deux oreilles rondes émergèrent de l'abri, puis une petite tête. Paisible entre les mains du serviteur, le Lanvox laissa l'assemblée le redécouvrir. Une fourrure blanche le recouvrait des pattes jusqu'aux oreilles. En présence d'un prédateur, un Lanvox perdait instantanément son calme proverbial, mais, chose étrange, les Lanvox n'avaient jamais craint les hommes.

Floan tressaillit quand les yeux de l'animal se posèrent sur lui. Des yeux magnifiques, d'un rouge rubis, qui semblaient lire en lui comme dans un livre ouvert. Certains prétendaient que les Lanvox ne craignaient pas les hommes à cause de toutes les nuances qu'ils pouvaient lire en eux. Quoi qu'il en fût, ces yeux-là vous faisaient comprendre que la bête n'était pas ordinaire. Il se sentit soulagé quand elle s'éloigna. Le serviteur la posa précautionneusement sur la table et, repliant ses pattes sous lui, le Lanvox concentra l'éclat de ses yeux sur ceux, papillonnants, du Sanreth.

– Ne vous détournez pas, avertit Serron. Il a besoin de voir en vous. Tendez votre main.

Le Sanreth obtempéra, puis blêmit. Le noble venait de tirer un couteau.

– Qu'est-ce que vous faites ?

– Pour rendre son verdict, le Lanvox a besoin de votre sang. Quelques gouttes suffisent.

– Quel rapport avec la clairvoyance ? riposta l'homme.

– Il doit goûter votre sang. Toute votre essence y est contenue, ce que vous êtes, d'où vous venez… Si vous dites la vérité au sujet de votre ascendance, il assimilera votre sang.

– Et sinon ?

– Sinon, il le recrachera.

Le Sanreth tendit de nouveau sa main, paume vers le haut.

– Faites.

Serron pratiqua une incision de quelques centimètres et recueillit le sang dans un minuscule flacon de verre. Le Lanvox suivit ses moindres gestes, avide. Ses yeux rougeoyaient plus vivement, et il tendit le cou dès que Serron s'approcha. Le seigneur fit couler le sang dans la gorge de la bête, qui l'avala goulûment.

– Regardez-le dans les yeux et dites le nom de Keagan. Après quoi, ne bougez plus.

Le Lanvox se lécha les babines, puis se redressa pour se mettre à la hauteur du visage de l'homme. Le changement d'attitude était frappant. Et il le fut plus encore quand le nom du roi retentit dans la salle.

Le Lanvox se statufia.

Subjugué, Floan concentra toute son attention sur la scène. Les nobles présents faisaient de même. Il était rare de voir un Lanvox à l'œuvre, et plus encore de côtoyer de si près une magie habituellement dangereuse. Comme si le pouvoir de clairvoyance pulsait dans la pièce alors qu'il était, en réalité, enfermé entre deux regards… concentré sur un être unique. Âme et sang. Un infini de possibles révolus, un passé sur lequel le Sanreth n'avait aucune prise : toute la suite des événements dépendait de la petite bête.

Ordinairement, pour vérifier les origines d'une naissance, on citait les noms des époux : un cas de bâtardise était immédiatement détecté. Avec un seul nom et des générations à remonter, l'affaire s'annonçait plus complexe. Floan se pencha en avant, guettant les moindres mouvements du Lanvox. Celui-ci demeurait immobile, les pupilles dilatées, en pleine transe. S'il pouvait manquer le lien… recracher le sang, rejeter les prétentions de l'homme…

Une goutte écarlate apparut sur la fourrure blanche, au niveau des canines. Floan eut à peine le temps de la remarquer. La seconde d'après, le Lanvox s'ébrouait, émergeant de sa transe.

– L'ascendance est confirmée, annonça Ebelior.

Floan ne réagit pas. Sous le choc. Déjà le serviteur soulevait le Lanvox et le remettait dans sa caisse. Son départ passa inaperçu. Tous les nobles se regroupaient autour du Sanreth, retiraient la table, l'aidaient à se lever. On banda sa plaie qui ne saignait presque plus. Une atmosphère fébrile régnait, entre peur et excitation. N'y avait-il que lui pour être atterré ?

Les deux battants de la porte furent déployés, livrant passage aux Chimères. Le Sanreth sortit en leur compagnie, doté d'une assurance nouvelle. Il se tenait droit soudain. Le Lanvox concrétisait un passé auquel il ne s'était jamais senti lié. Dans ce royaume, dans cette Cour… cela faisait de lui un tout autre homme. Sa coiffure et son habit le faisaient déjà ressembler à un Edrilien… Floan n'aimait pas ça. Pas du tout.

Ses lunettes glissaient traîtreusement sur son nez. S'apercevant qu'il était en nage, il ôta ses verres et les garda à la main. Les environs se brouillèrent, mais il n'avait d'yeux que pour la silhouette du Sanreth. L'homme s'éloigna dans le couloir et disparut. La mort dans l'âme, Floan se résigna à sortir à son tour et sentit son estomac se retourner : tous les nobles étaient attroupés en bas des marches. Les serviteurs n'étaient pas en reste et encombraient les corridors attenants, débordant de tous côtés. La Cour gardait secrète l'identité du Sanreth, mais le Lanvox rendrait sous peu cette mesure inutile. Tous sauraient que la preuve par le sang avait légitimé l'homme, tous s'inclineraient… L'annonce allait se répandre comme une traînée de poudre.

– Attendez !

Il avait crié. Des dizaines de regards se braquèrent sur lui.

– Encore une objection, Trelleor ? interrogea le Sanreth.

Serron et Ebelior le sondèrent d'un air désapprobateur, adopté peu à peu par leurs voisins. Floan perdit ce qui lui restait de contenance. Il était intervenu sans réfléchir et, à présent, il n'avait pas le choix. Pas s'il voulait défendre la Cour jusqu'au bout – et malgré elle.

– Avec votre autorisation, je souhaite réunir le conseil royal.

Un chuchotement parcourut la foule. Il n'avait rien dit explicitement, mais les choses étaient claires : il remettait ouvertement en question les revendications de La Déléane. Un sourire étira les lèvres du Sanreth.

– Faites donc.

Sa position de prétendant au trône l'obligeait, momentanément, à se montrer patient, ce qui ne trompait pas Floan un instant : à partir de maintenant, il devenait, lui, Floan de Trelleor et ambassadeur royal, l'ennemi à vaincre.

– Trelleor, qu'est-ce qui vous prend ?

Ebelior passa à l'attaque dès qu'ils furent réunis. Lui-même, Serron, Tënahl, Lecirion, Lanivia qui remplaçait son époux décédé, Hariost, et enfin l'ambassadeur. Le conseil royal se composait de sept hauts nobles, choisis parmi les plus méritants. Ils représentaient la voix de la Cour auprès du pouvoir et étaient également chargés de seconder le roi. Sans Keagan, la cohésion qui régnait entre eux avait disparu et la réunion du conseil avait fait un tollé.

La salle du conseil était close, protégée par une porte et des murs massifs : un espion posté dans le couloir ne pouvait rien entendre. Mais la voix d'Ebelior résonna dans la salle, emplie de colère, et Floan serra les dents.

– Monseigneur… inutile de crier.

Il posa les mains sur la table pour se donner du courage et se leva. Face à lui, tous les visages étaient fermés. N'y en avait-il aucun pour comprendre que s'il les réunissait, c'était pour tenter de sauver la situation, et non l'inverse ?

– Je sais parfaitement que la situation de la Cour est délicate, commença-t-il. Et je…

– Vous êtes en train d'aggraver les choses, dit Tënahl. Il a accepté de subir la preuve par le sang. Exigez davantage et vous nous mettrez La Déléane à dos !

– Je n'exige rien d'autre. J'ai…

– Vous réunissez le conseil au nez et à la barbe d'un parent de Keagan, déclara Serron en croisant ses mains devant lui. Parenté que le Lanvox a confirmée – sur *votre* demande. Réalisez-vous l'affront que vous lui faites ?

– Puis-je parler ?

Par réflexe, l'ambassadeur jeta un coup d'œil au trône vide, puis prit une inspiration.

– Je sais que ma décision peut être mal reçue. Malheureusement, seul le conseil royal – vous, les nobles les plus influents de Liett – peut *faire* quelque chose. Et vous êtes peu nombreux, ce qui vous rend encore plus précieux.

Lecirion, le trésorier royal, fourragea dans sa barbe rousse et souligna :

– Mais que voulez-vous qu'on fasse ? Les choses paraissent claires. Nous pouvons difficilement risquer une contre-attaque avec l'accusation d'un assassinat planant sur la Cour. Si le coupable est effectivement un noble…

Floan secoua la tête.

– La Cour n'a rien à voir avec cette disparition. J'en suis sûr.

– Malheureusement, répliqua Ebelior, les certitudes ne servent pas à grand-chose.

C'était exactement ce que lui avait dit le Sanreth. Tënahl, lui, hocha la tête, ses cheveux soigneusement lustrés glissant sur ses épaules.

– D'autant que nous ne savons rien sur l'affaire. Alors, que voulez-vous faire pour le chasser d'ici, sachant que nous sommes en totale situation d'infériorité ? Vous ne comptez tout de même pas proposer des négociations ?

– Pour un délai, dit Serron posément.

De tous les nobles assemblés, il était le plus calme. Étant donné son âge, il ne devait pas en être à son premier conseil houleux.

– Non, dit Floan avec une certaine nervosité. Pas de négociations, elles n'aboutiraient pas. J'ai besoin de vous pour aider la Cour à se ressaisir et faire front commun. Il me semble…

Ebelior se pencha en avant.

– Front commun contre quoi, sieur de Trelleor ? Tout de même pas contre ce Sanreth et ses monstres ?

– La Reine en *personne* a envoyé cet homme, renchérit Lanivia. Vous voulez vraiment la guerre ?

Floan ouvrit la bouche pour répliquer, puis renonça. Il ne voulait pas provoquer une dispute en plein conseil et il leur fallait réfléchir de concert pour être efficaces. Il reprit le plus calmement possible :

– Le Lanvox, il est vrai, établit un lien de parenté entre ce Sanreth et Keagan. Je l'admets parfaitement. Cependant, réfléchissez : leurs origines communes remontent à plus de deux siècles, et elles proviennent de La Déléane – avant même qu'elle ait créé cette dynastie de toutes pièces pour remplacer les Darcer ! Les familles nobles qui ont fourni les conjointes des rois précédents ont bien plus de droits que lui !

– Le Lanvox a rendu son verdict, dit Serron. Il n'a pas recraché le sang comme il l'aurait fait pour un bâtard. Vous avez demandé la preuve par le sang et le Lanvox royal l'a accepté…

– Si le Lanvox n'a pas recraché le sang, c'est parce que ce… ce *Sanreth* n'a donné que le nom de Keagan, le Lanvox a simplement retrouvé la parenté ! Ne comprenez-vous pas ?

s'écria Floan, désespéré. Les revendications de ce Sanreth sont quasiment sans fondement !

– La menace de guerre, elle, ne l'est pas, dit froidement Serron. Je comprends vos raisons, mais s'opposer à un homme soutenu par la Reine et que le Lanvox a légitimé est une mauvaise idée. Ou alors, trouvez un meilleur argument.

Floan se rassit lentement, incapable de répondre quoi que ce soit. La Cour avait peur. Le conseil avait peur… Et contre la peur, quel argument avait-il ? Quel argument contre La Déléane ?

Il n'avait rien.

Alors, fallait-il s'incliner ? Malgré toute sa volonté, il ne pouvait agir seul. La Cour devait faire front au complet. Comment les convaincre ? Il avait déjà tout essayé.

Un déclic se fit alors, quelque part dans sa tête. Déclenché par sa réflexion ou par l'échange, au sujet d'un détail précis.

« Ce… ce Sanreth… »

« Il n'a pas recraché le sang comme il l'aurait fait pour un bâtard… »

Sanreth.

*Sanreth : nom-titre propre aux Déléaniens qui…*

La lumière se fit, aveuglante.

– C'est un bâtard.

Le conseil entier se figea. Floan leva la tête, ses mains enserrant toujours son visage livide.

La Reine leur avait envoyé un *bâtard* ! Un Sanreth, autrement dit l'un de ces fils naturels de Seigneurs Errants, voués à servir leur propre famille toute leur vie durant ! Par quelle folie avait-elle décidé d'inverser les rôles ? Pourquoi avoir choisi un Sanreth au lieu d'un authentique Seigneur ?

– Qu'entendez-vous par là ? demanda brusquement Ebelior.

– Cet homme n'est pas noble, dit Floan d'une voix précipitée. Il est du sang de Keagan, mais il est né bâtard. *Le Sanreth* ! C'est le nom que l'on donne à tous les fils illégitimes en Déléane…

– En êtes-vous sûr ?

– Personne d'autre ne porte ce nom, là-bas.

Un bâtard légitimé par le Lanvox : le paradoxe était plus que dérangeant, mais Floan cherchait sa contre-attaque et ce nom de Sanreth la lui fournissait. Pourtant, en retrouvant ses esprits, il se rendit compte qu'aucun conseiller ne partageait son enthousiasme. Lanivia avait joint les mains devant ses lèvres, préoccupée.

– Un bâtard légitimé par un Lanvox, dit-elle. Qui donc pourrait croire à une telle aberration ?

– Mais… la Cour ! répondit Floan, surpris.

– Personne ne vous prendra au sérieux, Trelleor. Vous tirez votre conclusion de votre science. Le Lanvox tire la sienne du sang, et lui n'est pas faillible.

– Que le conseil garde le silence là-dessus, dit Ebelior d'un ton ferme. Nous officialiserons la preuve par le sang une fois que nous saurons quoi faire.

Floan surprit le regard qu'il échangea avec Lecirion.

– Le plus sage serait effectivement de négocier un délai.

# 7. À PATTES DE VELOURS

Ils étaient une dizaine à patienter dans la rue. Des hommes dépenaillés, une jeune femme entourée d'enfants et une poignée d'adolescents. Appuyés contre les murs pour se faire le plus discrets possible, là où la rue finissait en cul-de-sac : les vols étaient monnaie courante à Penhata, et ils possédaient trop peu pour se permettre de se faire détrousser.

La porte s'ouvrit.

– Suivant !

La jeune mère se leva, ses enfants accrochés à ses jambes. L'aîné devait avoir huit ans, et à sa vue, My sentit un profond malaise l'envahir : ce n'était pas là une place pour des enfants, et une femme seule ne devait pas parvenir à les nourrir. La jeune fille regarda la porte du receleur se refermer, glacée.

Tout se vendait, ici. Tout, et souvent les guildes rachetaient : elles avaient besoin de sbires, de messagers pour se faufiler partout, d'enfants pour remplacer ceux qui mourraient, piégés par la garde parce qu'ils étaient moins rapides… moins doués.

La jeune fille serra contre elle le sac qui contenait les colliers. Son bien le plus précieux, ce qui allait leur permettre de manger et de tenir plusieurs jours. La mésaventure du vol de Darhess leur avait fermé les portes des quartiers riches. Leurs prochaines rapines s'annonçaient moins luxueuses… Quelques minutes plus tard, la femme ressortit, le visage exsangue. Elle ne portait plus que son bébé.

– Suivant !

C'était à leur tour. Orest et elle s'avancèrent dans la pièce, refermant la porte derrière eux.

– Montrez voir, dit une voix traînante.

Un homme épais les toisait, de l'autre côté de la table. Il avait établi ses quartiers dans un débarras exigu où ne subsistait plus aucun espace libre. Bibelots fêlés, meubles divers, habits : un bric-à-brac sans nom remplissait la pièce, composé de tout ce que les petites gens, acculés par les dettes ou par le besoin, pouvaient revendre contre un peu d'argent. My s'avança et posa son sac sur la table :

– Du cuivre, énonça-t-elle de sa voix claire. Je vous les cède pour vingt pièces.

L'homme ouvrit le sac et jeta un coup d'œil aux colliers.

– Ça en vaut à peine six.

Il mentait et ils le savaient tous les deux.

– Sûrement pas du cuivre, répliqua My. Je ne le cède pas à moins de quinze.

Elle soutint le regard du receleur, tâchant d'ignorer son mépris d'homme installé et en position de force, face auquel une fille des rues ne pouvait rien… hormis défendre son prix le mieux possible. La sentence tomba.

– Je prends les trois colliers pour dix.

My se sentit pâlir et lui arracha le sac des mains. Le mépris tordit dans un rictus la bouche du receleur. Marchander avec une fille qui ne vendait ni ses charmes ni même une babiole insignifiante lui semblait insupportable.

– Tu ne tireras jamais quinze pièces pour ça !

– Le cuivre vaut trois fois ça à l'état neuf, dit brusquement Orest. Tu le sais très bien, n'essaie pas de nous embobiner.

Le receleur recula, faisant grincer son siège. Dans la pièce confinée, l'air était devenu électrique. Ils étaient deux contre un, mais lui seul avait le pouvoir, en réalité, de faire pencher la balance et Orest le savait aussi bien qu'elle. La vente d'objets volés, surtout d'objets précieux, était risquée : les nouvelles circulaient vite, et ils ne pouvaient tenter qu'un seul receleur.

L'homme souleva l'un des colliers et le fit couler d'une main dans l'autre d'un geste négligent, mais ses yeux brillaient dans l'obscurité, laissant voir à quel point il était intéressé.

– Je vous les prends à douze, lâcha-t-il. Douze… ou dégagez.

– Vingt… et j'ajoute ça.

Orest avança le sac qui contenait les bracelets, en cuivre également. Ils l'avaient réservé en dernier recours et l'annonce fit son effet. Le receleur s'en empara, les examinant avec rapacité. Il considéra le petit tas de bijoux qui reluisaient d'un éclat ocre et finit par hocher la tête.

– D'accord.

My s'empara des pièces dès qu'elles furent posées sur la table. De nouveau, les têtes se levèrent lorsqu'ils rouvrirent la porte et sortirent dans la rue. De nouveau, le « Suivant ! » résonna. Un autre pauvre bougre allait se confronter à l'un des pires charognards de la ville, ceux qui, sous couvert de payer les petits revendeurs, les roulaient dans la farine jusqu'au dernier. Vingt pièces… Le constat faisait l'effet d'un coup de poing au ventre : ils en avaient espéré trente. Il suffisait à My de voir la mâchoire crispée d'Orest pour deviner qu'il encaissait aussi mal qu'elle. Ils rallièrent en silence une rue plus passante. Seule la chevelure claire de My et la haute silhouette de son compagnon les différenciaient du flot des badauds.

Leur porche se trouvait à quelques rues de là, mais ils n'y retournèrent pas. Les quartiers pauvres étaient aussi peu recommandables de jour que de nuit, et depuis leur confrontation avec la guilde, ils ne s'y rendaient qu'à la nuit tombée.

Allaient-ils désormais devoir raser les murs tous les jours ? Vivre ainsi, sur le qui-vive, à tout instant ?

– Orest, commença My.

Son ton décidé lui attira un coup d'œil suspicieux. Elle y réfléchissait depuis un moment, tout en sachant que l'idée n'allait pas lui plaire. Mais plus elle analysait la situation, plus elle se disait qu'au final, il n'y avait qu'une solution…

– Nous devrions peut-être entrer dans une guilde.

Un chariot, qui remontait la rue, les força à se séparer. Quand ils se rejoignirent, le visage d'Orest s'était fermé. Elle connaissait son avis sur le système des guildes, auquel il appartenait avant leur rencontre, pourtant…

– On perdra notre indépendance, mais on gagnera un toit, la sécurité et…

– La sécurité.

La voix du garçon débordait de sarcasme. Vexée, My s'interrompit en plein élan.

– Disons une sécurité plus grande que celle que… eh bien, celle que nous n'avons pas ! On pourrait se faire engager par une petite guilde… sans forcément opérer dans les quartiers les plus fréquentés…

– Ce n'est pas possible. Pas avec vous.

– Et pourquoi ?

Orest ne répondit pas tout de suite.

– Parce que si vous signalez votre Don, vous allez vous retrouver dans une situation intenable. Et que sans le Don, vous n'avez pas l'expérience nécessaire pour faire une voleuse rentable dans ce genre de système. Oh, bien sûr, ils embauchent des jeunes filles à la pelle, mais ils les prostituent !

My resta muette.

– Seul, j'aurais rallié une guilde. Avec vous, c'est hors de question de prendre ce risque. Mais il reste le Don… Tant qu'on vole à deux, on peut s'en sortir. Il faudra juste éviter les quartiers surveillés par les guildes.

– Mais ils le sont tous ! s'exclama My, désespérée.

L'autre solution, évidemment, était de quitter Penhata. Ils y avaient déjà pensé, mais Penhata était la ville la plus importante du Sud. Aussi fabuleusement riche que pauvre, et la seule à pouvoir faire vivre conjointement commerces légaux et contrebandes. Pour les petits tire-laine dans leur genre, Penhata représentait à la fois un abri et un gagne-pain. Or, retrouver une ville de cette importance signifiait quitter le Sud sans garantie de trouver un meilleur accueil dans une autre région : la nécessité les clouait sur place.

Ni l'un ni l'autre, malgré leur vigilance, ne remarquèrent l'homme qui les suivait depuis qu'ils avaient quitté le receleur : un individu, au fourreau marqué du sceau d'une guilde, sorti après eux d'une pièce attenante. Le léger tintement des pièces, dans la poche de My, contribua à chasser, momentanément, leurs soucis.

En très peu de temps, ce son était devenu, pour My, synonyme de nourriture. Rien n'était donné à Penhata, surtout pas les vivres : l'essentiel de leur argent y passait. La nuit, ils pouvaient passer entre les mailles du filet, mais un voleur surpris de jour se faisait trancher la main sans procès. Sur ce point, ils jouaient la carte de la prudence. Par chance, la place aux Dés, riche en petits marchands de toutes sortes, permettait de se nourrir pour quelques pièces. Il s'agissait de la place phare de Penhata, ainsi nommée parce qu'elle abritait le commerce des jeux. Elle était également considérée comme un lieu neutre : l'interdiction de tirer l'épée était formelle et tous pouvaient y paraître pour revendre des articles sous le manteau, ou s'adonner aux jeux de hasard. Il n'était pas rare, en revanche, que le seigneur de Penhata poste des espions pour filer certains malfaiteurs. Pour leur échapper, il suffisait de connaître les bonnes portes de sortie, et elles étaient nombreuses.

Quand ils arrivèrent, il y avait foule, comme souvent. Joueurs, dresseurs et badauds se bousculaient, mêlés aux petits voleurs qui revendaient des pains ou des fourrés, volés à un marchand inattentif. Oiseaux et chats se disputaient les miettes au sol, entre les gens affalés sur les pavés. Ils achetèrent une poignée de fourrés rassis et allèrent s'asseoir dans un coin encore vide. Les fourrés avaient mauvais goût, mais My n'y prêta aucune attention. Une seule chose comptait : se remplir l'estomac tant qu'elle le pouvait encore.

– Ils sont là !

La voix retentit au milieu du brouhaha. Dans un premier temps, My ne l'entendit pas. Elle tendit la main vers un nouveau fourré, et tressaillit quand Orest, tout à coup, lui saisit le poignet.

– Là ! Au fond, là !

Un homme hurlait. Il venait d'entrer et pointait le bras dans leur direction. Un frisson parcourut la jeune fille telle une décharge. Orest et elle se remirent debout, le plus calmement possible.

– Qu'est-ce que…

Des têtes commençaient à se tourner vers eux. À ce moment, My aperçut l'homme, au loin. Il tendait le bras vers eux sans cesser de crier, bousculant les gens pour s'approcher. Ils quittèrent précipitamment leur recoin et s'enfoncèrent dans la foule, cherchant à se fondre dans la masse. Les gens les suivirent du regard, certains resserrant mollement les rangs sur leur passage. La plupart étaient des badauds, et tous connaissaient parfaitement la loi de neutralité. Loi que les guildes ne respectaient absolument pas en périodes de conflit. Surtout pas vis-à-vis des petits gêneurs qu'aucune organisation ne protégeait… à part l'immense ville et ses dédales.

Les gens étaient si nombreux, autour, au sol, qu'Orest et My manquaient écraser des jambes ou des pieds à chaque pas. Ils repoussèrent les badauds les plus proches, se mirent à courir. On commençait à leur barrer la route.

– Bloquez-les, par Alàren ! Bloquez-les !

Une rue apparut entre deux maisons. Ils se précipitèrent hors de la place tandis que, derrière eux, la voix s'égosillait de plus belle.

– Plus vite, My !

Plus grand qu'elle, Orest avalait les mètres, menaçant de la semer d'un instant à l'autre. Il lui saisit la main, l'entraînant à sa suite tandis que la foule s'écartait vivement devant eux. Des bruits de piétinement retentirent à l'autre bout de la rue. My accéléra l'allure, paniquée. Elle redoutait d'entendre fuser dans son dos le sifflement d'une dague. Si on les avait repérés jusque sur la place aux Dés, alors les guildes s'étaient passé le mot. Ils étaient tous les deux trop efficaces, trop discrets. Ils étaient devenus les hommes à abattre, seule Penhata pouvant désormais les cacher.

Une rue défila. Puis une autre, plus peuplée. Ils la traversèrent sans ralentir, renversant un crieur de vin. Une bousculade éclata dans leur dos.

– Foutredieux ! Par là !

Ils bifurquèrent dans une travée, de justesse. Les bruits s'étouffèrent légèrement, mais ils ne ralentirent pas. My sentait son cœur prêt à éclater. Les pavés inégaux contrariaient sa course, menaçant de la faire trébucher à chaque foulée. Venelles fétides, échoppes, enseignes et gens surpris, tout défila devant ses yeux, mêlé dans une succession de couleurs, d'odeurs et de bruits. My ne reconnaissait rien. Ils coururent ainsi quelques minutes encore, puis parvinrent à une intersection. Une charrette s'y trouvait, remplie de tonneaux. Ils se précipitèrent derrière elle, se courbant aussitôt pour se mettre à l'abri. My s'adossa à une roue, hors d'haleine. Des étoiles se mirent à danser devant ses yeux.

– My ? Vous allez bien ?

La jeune fille hocha la tête, trop étourdie pour parler.

– C'est le receleur, dit Orest. Il a dû nous reconnaître et nous faire suivre, le salaud !

– S'il nous a identifiés, c'est que les guildes lui ont donné notre signalement ! Le combat de l'autre nuit, après Darhess… Vous avez laissé des survivants ?

Orest garda le silence un moment.

– Oui.

En ce cas, le receleur devait être complice avec la guilde du dernier soir. Or ils avaient laissé des témoins blessés, et des adversaires acharnés. Dans tous les cas, le pire était à craindre. Une chasse à l'homme était la seule occasion qui liguait les guildes ensemble, jusqu'à ce qu'elles retrouvent et éliminent un adversaire commun. My frémit en entendant un bruit de sabots ; il s'agissait seulement d'un cheval qui remontait la rue et qui disparut au loin.

Leurs respirations s'élevaient, immenses dans le silence de l'abri. My appuya son front moite contre ses genoux, jusqu'à ce que son malaise reflue. Les guildes étaient redoutablement efficaces pour cerner un quartier. Avec un peu de chance, ils pourraient s'en tirer, s'ils se réfugiaient au bon endroit, mais ils ne devaient pas rester là. Elle se redressa, chuchotant à Orest :

– Allez-y.

Le jeune homme se releva à demi pour regarder derrière la charrette. La rue était passante, suffisamment pour qu'ils se faufilent dans la foule sans se faire remarquer.

– Prête ?

My se leva à son tour. Sans un mot, elle rabattit un pan de sa cape sur sa chevelure blonde, trop reconnaissable. En terrain piégé, ils savaient l'un et l'autre ce qui leur restait à faire. Orest s'écarta de la charrette et s'éloigna, marchant sans hâte pour s'adapter à la vitesse des passants. My compta une minute, puis lui emboîta le pas. La silhouette de son compagnon, indistincte, atteignait l'extrémité de la rue.

Marcher posément. Regarder les étals. Dos voûté, pour se vieillir. Elle se contraignit à jouer son rôle dans les moindres détails. La précipitation, dans cette situation, pouvait leur être fatale.

La rue les mena à une nouvelle intersection. My reconnut enfin les lieux. Ils s'approchaient du quart nord de la ville, là où on trouvait la zone la plus riche, mais Orest s'éloigna dans la direction opposée. De nouveau il pressait l'allure quoique sans hâte apparente – cette hâte mâtinée de nonchalance qui était le dernier recours des fugitifs.

My n'entendait plus de cavalcade.

Si. Un bruit dans son dos. Lointain, mais distinct. Sans perdre un instant, elle s'engouffra à son tour dans la venelle et chuchota :

– Ils sont derrière !

La ruelle était étroite, bordée de maisons borgnes et, à travers les toits resserrés, il n'y avait qu'un mince rai de ciel. Ils s'aventuraient dans la partie la plus ancienne de la ville, un dédale où se perdre était aussi facile que semer quelqu'un. C'était précisément ce qu'ils cherchaient… cela et autre chose. Le léger clapotement de l'eau confirma à My qu'en effet, ils approchaient.

Le bassin d'Alàren.

Il s'agissait plus d'un trou d'eau que d'un véritable bassin. En dépit des apparences, il était extrêmement profond, plongeant ses racines au cœur de la ville. Il était difficile à trouver, à peine visible dans la pénombre, mais pour les fugitifs, il représentait un secours inestimable : en raison de sa profondeur, il était d'une grande sensibilité aux vibrations. Le plus discret des poursuivants se faisait repérer grâce à lui et, situé à un carrefour, il permettait de s'échapper par l'une des innombrables rues déployée alentour. Il s'agissait d'un cadeau de la corporation d'Alàren, déesse-mère du bas peuple. Toutes les villes anciennes étaient dotées de ce même bassin, que d'aucuns disaient magique.

Retenant sa respiration, My rejoignit Orest qui s'était accroupi au bord de l'eau et en étudiait la surface. Plus d'une fois, par le passé, il avait eu recours au bassin. C'était d'ailleurs la première chose qu'il avait tenu à localiser dans Penhata. Elle vit que peu à peu l'eau s'apaisait : leurs poursuivants avaient dû s'aventurer vers les quartiers est pour bloquer l'accès aux portes. Au bout d'un moment, la surface redevint parfaitement immobile.

– Écoutez, My, on va…

– Regardez ! souffla tout à coup la jeune fille.

L'eau tremblait. Non par secousses, comme sous l'impact de pas, mais par vagues régulières, frémissantes. Infimes… Le visage d'Orest se tendit ; sans perdre une seconde, il aida My à se relever. L'eau se bouleversa quand ils s'éloignèrent, à la hâte.

– Par là, dit Orest.

My le suivit. Son sang battait à ses oreilles, à tel point qu'elle n'entendit pas, tout d'abord, le son minuscule qui provenait du sol, tout près de sa cheville. Ce fut un frôlement qui lui fit baisser les yeux… puis les ouvrir en grand.

Un chat marchait derrière elle, attaché à ses pas comme son ombre. Il était tellement silencieux qu'elle ne l'avait pas remarqué et paraissait la suivre depuis un certain temps – en fait, il ressemblait étrangement à l'un des chats aperçus sur la place aux Dés.

Méfiante, My accéléra le pas, se débarrassant momentanément de l'animal. La seconde d'après, il trottinait de nouveau dans son sillage, avec – elle l'aurait juré – un air narquois tout à fait hors de propos.

– Orest, dit-elle à mi-voix.

Elle finit par rattraper le jeune homme. Celui-ci se retourna, baissa les yeux. My le vit distinctement blêmir.

– Depuis quand vous suit-il ?

Surprise, My haussa les épaules.

– Peut-être depuis la place…

– Alors il y a un Kmett en ville !

My n'eut pas le temps de répondre quoi que ce soit. Elle fut brusquement entraînée en avant, la main d'Orest agrippant fermement la sienne. Le chat disparut derrière eux.

– Mais… un Kmett ? Qu'est-ce que c'est ?

– Des traqueurs – ils utilisent les chats pour retrouver leurs proies. Attention !

Deux félins venaient d'apparaître. Partout ailleurs, d'autres jaillissaient des ténèbres, bloquant les rues par groupes entiers. Orest et My pilèrent net à un nouveau croisement.

Entouré de chats, de tous quartiers, de tous pelages, un homme était tourné vers eux, immobile. L'air de les attendre depuis un bon moment.

– D'accord, dit Orest.

Le crissement de sa lame hérissa le pelage des chats les plus proches. Bien que l'homme n'ait pas esquissé un geste, My sortit son épée à son tour. Puis elle sentit ses propres cheveux se hérisser.

– Saperlipopette, mais laissez-nous au moins le temps d'arriver !

# 8. Au croisement

Les chats se dispersèrent en un clin d'œil.

Une deuxième silhouette venait de surgir de la rue attenante et s'était arrêtée près de la première. Une silhouette bel et bien familière. Pliée en deux pour comprimer un poing de côté, My haleta :

– Mais… que… *Allian* ?

– Qu'est-ce que tu fiches à Penhata ?

– Je vous retourne la question ! Qu'est-ce que vous avez fichu pour que toutes les guildes vous coursent ?

Allian quitta l'embranchement, éclairé au passage par le rayon de lumière qui filtrait entre les toits. Plus de doute, c'était bien lui. Allian, qu'ils avaient quitté – ou plutôt, qui les avait quittés – aux abords de la mer d'Olrante, le plus amer, le plus touché peut-être par leur défaite. Cet Allian avait disparu comme par enchantement ; il semblait en pleine forme et leur souriait avec sa bonne humeur habituelle. À croire qu'ils n'étaient pas en train de jouer leur vie en ce moment, et que tout ceci n'était qu'une vaste plaisanterie.

– Allian… commença My, avant de s'interrompre.

Elle n'y comprenait rien. Pourquoi Allian, ici, maintenant, avec des Kmetts ? Un Kmett en réalité, mais celui-ci dégageait une aura bien assez menaçante à lui tout seul. Oui… pourquoi ?

La vie dans la rue lui avait appris la prudence, en toutes circonstances. Elle garda son épée au poing. Orest aussi. Lui, avait l'air carrément hostile.

– Depuis quand tu pactises avec des Kmetts ?

– Calmons-nous, jeune homme, tempéra Allian. Pour commencer, je ne pactise pas, j'embauche. Et ensuite…

– Ils approchent, déclara l'homme.

D'une voix très féminine. My fixa la silhouette avec stupéfaction. Le, ou plutôt la Kmett était restée à l'arrière, plongée dans l'ombre et écoutant les bruits avec la concentration d'un chat tapi devant un trou de souris. Sauf qu'en l'occurrence, les souris, c'étaient eux, et que le chat arrivait au triple galop. Le sourire d'Allian disparut.

– En ce cas, ne traînons pas. Suivez-nous. On…

– Sans plaisanter ? fit Orest. On va suivre gentiment une Kmett ? Ses chats nous pistent depuis la place aux Dés. Et toi, tu arrives comme une fleur, au bon endroit, comme par enchantement…

– Crois-moi, j'ai dû courir un peu…

– … et depuis quand tu sauves les gens ?

– Pour ça, pas d'inquiétude, tu vas te sauver tout seul ! Et vite, si tu ne veux pas te faire encercler et pendre en place publique…

– C'est ça ! Et on…

– On discutera plus tard, coupa vivement My en l'entraînant en avant.

Orest se dégagea d'un coup sec, mais ils n'avaient plus le temps de s'attarder là, quelles que fussent les intentions des deux autres : une rumeur s'élevait à quelques rues de là. Assez lointaine pour qu'ils désertent les lieux à temps, s'ils couraient vite.

– Là, dit la Kmett.

Un chat venait d'apparaître et fit aussitôt volte-face, s'éloignant dans un boyau étroit. My ne l'aurait jamais remarqué sans l'animal. Les uns après les autres, ils se faufilèrent dans l'interstice. My découvrit un long couloir improvisé : il circulait entre de vieilles maisons, construites semblait-il indépendamment les unes des autres, certaines de guingois, la plupart désaffectées. À maints endroits, leurs murs ne se touchaient pas. Dans cet espace confiné, la puanteur était insupportable, entre relents de rats morts, d'excréments animaux et d'eau croupie. My se força à respirer par la bouche, écoutant à peine Allian dont la voix lui parvenait étouffée, au début de la file.

– Les chats connaissent les moindres recoins de la ville, y compris ce genre de raccourci. Ils en savent plus que les guildes dans ce domaine, raison pour laquelle ils sont si utiles aux Kmetts : ils se postent à tous les endroits stratégiques et fonctionnent en réseau pour s'informer les uns les autres… Partant du principe que vous étiez restés dans le Sud, tous les deux, on a concentré nos recherches sur Penhata, la plus grande ville de la région. Ça fait plusieurs jours qu'on vous traque, et ce sont vos démêlés avec les guildes qui nous ont permis…

– Silence ! intima Kebren.

Le chat s'était immobilisé à la sortie du boyau. Il écoutait, ses oreilles pivotant de droite à gauche. Enfin, il émit un minuscule miaulement.

– La voix est libre… Allez-y.

My n'en observa pas moins attentivement les environs avant de suivre les autres. Le chat trottina quelques instants à leurs côtés, puis sauta sur le rebord d'un muret et disparut. Après avoir parcouru quelques rues, My, perplexe, se rendit compte qu'ils s'acheminaient vers les quartiers riches, ou du moins leurs abords : les façades étaient claires, les caniveaux charriaient une eau relativement plus propre. Plus ils mettraient de distance entre eux et les quartiers des guildes, plus grande serait leur chance d'échapper à leurs poursuivants – surtout ici. Car ici, la menace venait d'ailleurs, et elle était à peine moins grande.

Quelques rues plus loin, ses craintes se confirmèrent : de hautes tours commençaient à s'élever derrière les maisons. Ils allaient bien vers le nord de la ville, encore moins recommandable pour le bas peuple de Penhata puisque cette zone était étroitement surveillée par la garde du seigneur. Tout manant en approche avait de bonnes chances de se faire recevoir par des flèches. Même les bourgeois ne s'y trompaient pas : le maître des lieux n'était absolument pas enclin à l'établissement d'une relation cordiale entre deux parties bien distinctes de la haute Penhata, ceux qui avaient un toit… et celui qui en avait plusieurs.

Tout comme My, Orest s'arrêta. L'un et l'autre étaient, cette fois, tout à fait méfiants. La Kmett marchait toujours sans se retourner, et il devenait de plus en plus évident qu'elle cherchait à rejoindre le château par la voie la plus directe. Allian finit par remarquer leur brusque arrêt et revint sur ses pas, une expression indéchiffrable sur le visage.

– Bien, ébaucha-t-il. Ça ne va pas vous plaire, mais évitez de nous tailler en pièces, s'il vous plaît. On ne peut pas faire autrement.

– Qu'est-ce qui pourrait ne pas nous plaire, railla Orest, à part entrer dans le château d'un fou furieux ?

Un cliquètement métallique se fit entendre.

– Ça, dit Kebren.

Elle était revenue vers eux, un amas de maillons dans les mains : My reconnut les chaînes qu'on mettait aux prisonniers.

– Les Kmetts sont en bons termes avec les nobles. J'ai déjà négocié notre sortie, mais pour ne pas éveiller les soupçons, je dois repartir avec les proies que je suis venue traquer. Alors…

Orest ne bougea pas d'un pouce.

– C'est censé nous rassurer ? Prouver que vos intentions sont pacifiques ?

– C'est surtout censé vous faire évader, répliqua la Kmett. Si cela vous dérange, vous pouvez rester et vous faire étriper, vous êtes libre. Je ne suis pas venue pour vous, de toute façon.

My et Orest échangèrent un regard.

– Mettez-les-moi, décida la jeune fille en tendant les bras.

La Kmett n'avait pas tort, rester à Penhata aurait été un suicide. My ignorait pourquoi Allian était venu la chercher jusqu'ici, mais peu importait : le salut était de l'autre côté des portes, quelle que soit la façon dont ils les franchiraient.

Il y eut un déclic, et Kebren la lâcha. Le poids des chaînes lui fit brusquement baisser les bras. Elle se retrouva avec les poignets et les chevilles entravés par de solides anneaux, et l'impression de ne pas pouvoir faire un seul pas sans s'effondrer.

– Vous vous y ferez en avançant, assura Kebren. Nous ne sommes plus très loin du château.

Silencieux, Orest tendit les mains à son tour. De nouveau, le déclic résonna.

– Elles vous vont très bien, plaisanta Allian, sans savoir à quel point il était près de recevoir lesdites chaînes dans la figure. On vous les enlèvera en sortant. D'ici-là… jouez votre rôle.

Allian fermait la marche tandis que la jeune femme, à l'avant, progressait à une allure qui devint rapidement insoutenable. En dépit des affirmations de Kebren, le poids des chaînes ne s'allégea nullement. Ils parvinrent aux portes du château dont les murailles, aussi épaisses que les remparts eux-mêmes, projetaient sur le sol une ombre centenaire. La simple présentation du symbole kmett leur fit franchir la herse sans autre forme de cérémonie. My était si fatiguée qu'elle ne s'étonna pas quand Kebren, au lieu de les mener vers l'issue ouvrant sur la cour, s'enfonça dans les entrailles du château. Encore quelques couloirs… quelques portes. L'odeur du foin la tira de sa léthargie.

Ils venaient d'arriver dans les écuries du seigneur. Trois chevaux alezans les y attendaient. Ils ressemblaient à la plupart des chevaux présents dans les stalles. Seul leur harnachement les distinguait : ils portaient la même selle noire, rattachée à un coffre, noir également et fermé par un curieux verrou fait d'entrelacs.

– Ce sont des chevaux kmetts, déclara Kebren sans avoir attendu la question. Ils sont dressés pour tenir de longues distances… Vous prendrez celui-ci.

Allian et elle aidèrent My à se hisser sur le troisième cheval, puis Orest prit place devant elle. Les trois chevaux sortirent au pas des écuries et traversèrent la cour. Des lavandières qui s'y trouvaient, alertées par le cliquètement des chaînes, les suivirent des yeux jusqu'aux portes. Un groupe de gardes se chargeait de la surveillance.

– Traque kmett, dit Kebren.

Elle désigna My et Orest, enchaînés. L'aspect misérable du couple convainquit aisément les sentinelles, qui leur firent signe de passer. Ils traversèrent le pont-levis, puis s'éloignèrent sur la route, sous l'œil des gardes. Derrière eux, la grille se refermait sur le danger et la mort en approche.

Oui, ils s'en sortaient sains et saufs… et My ne comprenait même pas pourquoi.

– Où allons-nous ?

– À Orghill.

– Pourquoi Orghill ?

Allian lui enjoignit frénétiquement de baisser le ton.

– Pas ici, My.

Voilà tout ce que My tira d'Allian, bavard invétéré, en quittant Penhata. Ils s'étaient arrêtés au bord de la route et elle en avait profité pour poser quelques questions, sans obtenir davantage que le nom d'une ville qui ne lui évoquait strictement rien.

Kebren arrivait à leur suite, au petit galop. My s'attendait à ce qu'elle range les chaînes dans sa malle, mais ce fut Allian qui les récupéra. Orest, pour sa part, était remonté en selle sitôt libéré. Allian et lui travaillaient auparavant dans la même guilde et, par conséquent, se connaissaient depuis plusieurs années. Cela n'empêcha pas le jeune homme de prendre ses distances. My se sentait mal à l'aise, elle aussi. Allian avait engagé une Kmett pour la retrouver : dans quel but exactement ? Et puis, où était Orghill au juste ? Elle en fut réduite à garder ses questions pour elle.

En dépit de leur aspect quelconque, les chevaux marchaient bien. Ils laissèrent rapidement Penhata derrière eux et la route fusionna avec d'autres qui amenaient leur lot de voyageurs, sortant de Penhata ou, au contraire, s'y rendant. My avait du mal à croire que tant d'Edriliens puissent circuler à ses abords… Du mal à croire aussi qu'elle laissait, enfin, cette ville haïe derrière elle.

Allian était parti en éclaireur et la Kmett, étrangement, fermait la marche. Pavée à la sortie de Penhata, la route devint de terre battue à mesure que les embranchements se raréfiaient. My inspira un grand coup et mille odeurs lui montèrent à la tête, simples et fugaces, dont elle avait oublié jusqu'à l'existence : la terre, les feuillages et l'air libre… Elle posa sa tête sur l'épaule d'Orest, savourant l'instant en silence. Il était loin de manifester un soulagement aussi visible, mais peu à peu, elle sentit ses épaules se décrisper.

Ils étaient en vie. Et finalement, elle n'avait pas besoin d'en savoir plus.

Kebren remonta à leur hauteur au bout de plusieurs lieues. Le vent de la chevauchée ébouriffait ses cheveux, soulignant, par contraste, son étonnante régularité de traits. My se mit à l'observer du coin de l'œil. Ainsi c'était cela, une Kmett ? Une seule fois, leurs regards se croisèrent, et My lut dans les yeux verts une curiosité aussi grande que la sienne. Allian avait dit à cette femme qu'elle était une Darcer… pas de doute là-dessus. Mais en quoi pouvait-elle intéresser une traqueuse ?

– Pause !

Allian les arrêta une fois qu'ils se furent raisonnablement éloignés de Penhata. La nuit tombait déjà. My se laissa glisser sur le sol et s'appuya sur le cheval, luttant pour conserver son équilibre. Kebren et Allian s'étaient déjà mis à rassembler des branchages pour le feu. Même si elle l'avait voulu, elle n'aurait pas pu les aider. Au bout d'une journée de fuite, le ventre vide, elle atteignait les limites de ses forces.

– Ne touchez pas aux selles ! lança Kebren.

Orest, qui s'apprêtait à ôter la malle, suspendit son geste. La Kmett s'empara vivement des rênes et s'éloigna avec le cheval, l'attachant non loin des autres. Elle ne prit pas la peine de s'expliquer et Orest tourna le dos aux chevaux avec une mauvaise humeur manifeste. My, elle, avait rejoint Allian, qui s'occupait d'allumer le feu. Une chaleur bienfaisante se propagea autour du bûcher au fur et à mesure que les flammes gagnaient en force. Les ultimes rayons de soleil rasaient le sol, étirant démesurément les ombres. Déformées par l'herbe, elles semblaient presque menaçantes, dissociées des silhouettes. Celle d'Allian, surtout, tordue par ses mouvements, paraissait prendre vie.

My remarqua avec un léger retard qu'il s'était tourné vers elle. Adossée à un tronc, la jeune fille luttait pour garder les yeux ouverts. Amaigrie et flottant dans ses guenilles, elle paraissait plus misérable que jamais.

– My… Vous tenez le choc ?

Hochement de tête. Allian toussota, embarrassé.

– Bien… alors… My, je suis désolé de vous demander ça, mais Kebren veut que vous appeliez le Don.

– C'est la seule preuve que je demande, ajouta Kebren. Je ne peux pas vous amener à Orghill sans garantie de votre ascendance. J'en suis désolée.

– Vous voulez que j'appelle le Don maintenant ?

– Oui.

La Kmett n'avait sûrement pas l'intention d'expliquer quoi que ce soit avant. Motivée par la curiosité plus qu'autre chose, My se remit debout à contrecœur. Elle resta ainsi un long moment, peinant à se concentrer. Extrêmement attentive, la Kmett s'était penchée en avant. Pendant quelques secondes, on n'entendit que les crépitements du feu, puis les yeux de Kebren s'agrandirent.

My avait tout bonnement disparu.

– Par Beckell !

Kebren se leva d'un bond et contourna le feu, s'arrêtant là où My se trouvait un instant plus tôt. Une flamme plus haute que les autres éclaira furtivement le tronc. Cela suffit pour révéler à la Kmett les ailes diaprées d'un papillon posé là. Son espèce lui était totalement inconnue.

– Bien, dit Kebren.

Elle s'en tint là, trop surprise pour articuler autre chose. En réalité, elle semblait presque effrayée et recula d'un pas quand le papillon s'envola. Il plana jusqu'au sol et disparut dans l'herbe. My parut jaillir du sol.

– Merci, Majesté, dit Kebren d'une voix soudain plus déférente. Je… suis ravie de voir qu'Allian ne ment pas toujours.

– Hé oh ! protesta Allian. J'avais raison pour Penhata, j'avais raison pour Dalen…

– Reste à savoir si tu as raison pour la suite…

– Malheureusement, tout ne dépend pas *que* de moi.

Kebren haussa les sourcils.

– Certes.

– Concrètement, fit Orest, on pourrait en savoir un peu plus ? On est très contents que vous nous ayez sortis de là, mais ça doit être motivé par une raison précise, non ?

– Les événements de Liett, lâcha Kebren.

La jeune femme retourna s'asseoir et poursuivit :

– Vous avez peut-être entendu parler de ce qui se passe en ce moment, Majesté. La mort de Keagan a eu des conséquences désastreuses sur l'ensemble du royaume… et surtout sur Liett qui frôle la crise en ce moment d'après mes informateurs. Vous avez entendu la rumeur ? Au sujet de l'envoyé ?

– Quel envoyé ? demanda My, surprise.

Dans les bas-fonds de Penhata, elle s'était préoccupée de bien autre chose que d'un trône que, de toute façon, elle ne pourrait jamais avoir…

– La Déléane a contre-attaqué, expliqua Allian. De façon diplomate, évidemment : elle a envoyé un ambassadeur. On suppose qu'il vient enquêter sur la mort de Keagan… un peu trop mystérieuse aux yeux de la Reine, je gage. Dans tous les cas, la Cour est dans de sales draps.

– Parce qu'elle n'a pas d'explication à fournir ?

– Parce que le seul moyen pour La Déléane de récupérer le trône, c'est de nous déclarer la guerre.

My tombait des nues.

– Je croyais que la mort de Keagan rendait ses droits à Edrilion ! s'exclama-t-elle.

– C'est le cas. Mais La Déléane n'a pas l'air de vouloir abandonner la partie pour autant. Accuser la Cour de complot – voire de régicide – est le prétexte le plus commode pour s'immiscer de nouveau dans les affaires d'Edrilion. C'est pour cela qu'il est impératif de la doubler. Avec un argument royal.

My regarda alternativement Allian et Kebren.

– Vous… vous êtes venus me chercher pour ça ? Vous voulez que je m'oppose à La Déléane ? *Moi* ?

– Vous êtes une Darcer, et…

– Ah non ! Non ! coupa My avec précipitation. Je suis une Darcer mais Allian, ça ne change rien ! Je n'ai plus mon héritage. Je n'ai plus rien qui fasse de moi une prétendante au trône, je… j'ai perdu mon trésor, j'ai perdu le sifflet, j'ai abandonné mon titre d'adoption… Allian, qu'est-ce que vous espérez ? Les Darcer ont disparu il y a deux siècles !

– Bien sûr que non, vous n'avez pas perdu votre héritage.

Le calme d'Allian la freina net.

– Il vous en reste une petite part. Et malgré les apparences, elle est loin d'être insignifiante… My, que faites-vous du Don ?

– Mais le Don… commença My, découragée.

– Le Don vous établit de façon incontestable comme une Darcer. Or les Darcer n'ont pas abdiqué, même s'ils ont quitté Liett. La Déléane le sait très bien.

– Si tu es venue chercher My, je suppose que tu as déjà une idée derrière la tête, remarqua Orest. Une nouvelle théorie sur la question ?

– Elle est en route, dit Allian, l'air suprêmement satisfait. My nous donne une chance de l'emporter face à La Déléane, mais il faut déjà qu'elle soit soutenue par ses propres sujets. Paraître crédible est essentiel, d'où la nécessité d'avoir des alliés influents. J'ai nommé les Kmetts.

L'attention générale se reporta sur Kebren.

– Je vous présente l'une de mes pires concurrentes… et meilleures alliées de mes débuts dans l'espionnage. Kebren est une excellente Kmett. Elle l'était déjà quand elle m'a traqué, moi, dix ans plus tôt. Mais ce sujet-là est aussi quelque peu sensible, venons-en à l'essentiel : non contente d'être influente dans son ordre, elle a été promue aldhei.

– Le deuxième poste le plus important après l'Aldheishen, précisa Kebren. Notre ordre est riche, grâce aux nobles qui nous embauchent pour leurs traques ou leurs enquêtes. En revanche, nous sommes loin de bénéficier d'une sécurité suffisante. On nous a déclarés illégaux voilà longtemps, et les Fauconniers implantés dans les grosses villes nous mènent la vie dure… J'ai accepté de vous mener à Orghill où se trouve notre quartier général. Nous vous fournirons des combattants et une escorte afin de vous imposer à Liett. En contrepartie, je vous demande de nous légitimer une fois parvenue au pouvoir.

– Et vous ? demanda My à Allian.

– Moi, une place de conseiller me suffira. Et puis si vous pouvez m'anoblir…

My détailla la mise de l'homme. Côté crasse et défroque, il n'avait rien à leur envier. Malgré le détachement de son ton, il guettait sa réponse avec une certaine inquiétude. Elle secoua la tête, avançant simplement :

– Je ne pense pas que les Kmetts suffiront. Vous êtes des hors-la-loi. Vous…

– Nous sommes en mauvais termes avec la loi, c'est exact, consentit Kebren. Les nobles nous embauchent pourtant. Les Kmetts sont l'élite. Il ne faut qu'un décret royal pour faire de notre ordre un ordre officiellement... légal.

– C'est à Liett que tout va se jouer, dit Orest. Vous n'avez pas vos quartiers là-bas, il faudrait du soutien sur place. La Cour...

– On l'a.

– Tu plaisantes ? fit Orest, incrédule.

Allian eut un geste de dénégation :

– Je n'exagère pas quand je dis que c'est en route. Il est essentiel que la Cour soit prévenue, pour qu'elle prépare le terrain. Essentiel donc d'avoir des contacts là-bas – je remercie Krud tous les soirs pour m'avoir permis d'espionner au palais. Je n'ai rien retenu des mesures antiguildes, mais des noms, ça, j'ai, et ils sont importants. Je ne veux pas risquer trop de morts, et La Déléane n'est pas à prendre à la légère...

– Allian... Depuis quand précisément préparez-vous tout cela ?

– Depuis que j'ai entendu la rumeur. La Déléane a réagi rapidement, à nous de faire de même. Pour autant, rien n'est sûr. Je ne peux pas vous garantir la victoire... juste une deuxième chance. My ?

Il s'adressait à elle, exclusivement. La jeune fille jeta un coup d'œil à Orest. Le garçon resta de marbre. Oui, la décision lui revenait à elle, pleine et entière, mais elle n'était pas seule au croisement. De même qu'elle avait choisi de suivre Orest à Penhata, de même Orest la suivrait, elle, jusqu'à Liett...

– Nous sommes deux, avança-t-elle. Deux à vous suivre, par conséquent.

Kebren ne répondit pas tout de suite. L'hostilité qui régnait entre Kmett et tire-laine parut tangible pendant quelques secondes, puis la jeune femme se décida :

– C'est entendu. Bonne nuit à tous... on part tôt, demain.

Pelotonnés dans leurs couvertures, tous les quatre s'allongèrent non loin du feu, seule source de chaleur dans les ténèbres. Orest enlaça My, qui posa sa tête sur sa poitrine, nichant son visage au creux de son cou. Dessinés par le feu, ses traits, plus que jamais, semblaient taillés au couteau.

– Des alliés à la Cour… chuchota-t-elle, dubitative. Vous pensez qu'Allian a prévenu suffisamment de contacts pour qu'on réussisse ?

– Croyez-moi, dans ces cas-là, un fanatique suffit.

# 9. Fenêtres

Une grande silhouette fauve, filant sans effort en ligne droite. Floan ouvrit la fenêtre juste à temps.

Repliant ses ailes, l'aigle s'engouffra par l'ouverture et se posa sur la table. L'envol des feuilles succéda à celui des plumes. Contournant l'aigle qui se dressait hautainement au milieu du bazar, Floan entreprit de ranger la table en pestant. Il devait bien y avoir un moyen de recevoir des lettres sans démolir ses liasses !

Ce fut seulement après avoir remis un certain ordre qu'il se pencha sur l'aigle, cherchant sa ville de provenance. « Dalen », indiquait la bague attachée à sa patte… Quelque peu déconcerté, Floan retira la lettre, puis recula soudain. Les ailes à demi déployées, le rapace venait de bondir de la table à la fenêtre. Il se jeta dans le vide, regagnant le ciel en quelques coups d'ailes.

Qui donc lui envoyait une lettre sans attendre de réponse ?

Il ne recevait jamais rien de Dalen, dont l'organisation dépendait, en grande partie, de villes voisines plus importantes. La plupart du temps, les villes qui demandaient son intervention étaient situées en des endroits précis d'Edrilion : près des frontières de La Déléane ou du royaume d'Acryak, voisin d'Edrilion à l'ouest, dans les régions du Nord, ou celles qui, sur la côte du Sud-Ouest, demandaient régulièrement un soutien financier que Liett leur accordait un an sur deux. Comparée à Everenn, le chef-lieu du septentrion, ou à Epeck, ville-maîtresse de l'Ouest, Dalen, plus modeste, n'avait pas réellement de raisons de s'adresser à lui…

Il fut encore plus intrigué en découvrant le parchemin : du vélin, gratté et regratté, presque jusqu'à la trame. L'écriture fine et inclinée qui courait d'un bout à l'autre était celle d'une personne cultivée, mais elle ne lui rappelait rien.

Dalen… Il chercha dans sa mémoire, sans succès. Il ne connaissait personne là-bas.

Chaussant ses lunettes, il commença à lire.

« À monseigneur de Trelleor.

Je ne crois pas vous avoir déjà rencontré, mais puisque nous avons fréquenté Cour et palais avec une assiduité équivalente, considérez que c'est chose faite. »

Les sourcils de Floan se haussèrent dangereusement, dépassant de la monture de ses lunettes.

« Je profite cependant de cette lettre pour vous adresser mes salutations et me présenter par la même occasion. Mon nom ne vous dira peut-être rien : j'ai mes entrées à la Cour non comme noble, mais comme espion. Généralement, pour m'aventurer sur votre terrain, j'utilisais le pseudonyme du Héron. »

Le mot sauta aux yeux de Floan, étrangement familier. Le Héron… Oui… ce nom-là, il le connaissait. À en croire les rumeurs, il était rattaché à l'une des grosses guildes de la ville. Ni l'homme ni la guilde en question n'avaient été identifiés dans le dédale de Liett. Que diable faisait-il à Dalen, lui qui avait tout son réseau à Liett ?

« Rassurez-vous : l'objet de ma lettre n'a pas de rapport avec ma profession. Je vous écris, en réalité, parce que vous êtes la personne la plus fiable et sans doute la mieux placée pour défendre ce qui, en ce moment, est directement menacé : le pouvoir royal. Les nouvelles vont vite, en effet ;

le peuple connaît les derniers événements, et l'arrivée d'un ambassadeur déléanien a tout pour nous inquiéter.

« Je l'admets, nous n'avons pas la force de lutter par les armes. Je pense néanmoins que La Déléane, de son côté, entrera en guerre en dernier recours. Les voies diplomatiques sont donc toutes conseillées. Et parmi elles, une voie royale car, même si personne ne le sait encore, la dynastie des Darcer a survécu. La dernière d'entre eux a hérité du Don, capable de la légitimer face à La Déléane… à condition d'être soutenue par son royaume. Et avant tout, par la Cour.

« Je suis conscient de prendre un énorme risque en m'adressant à vous. Seulement, par les temps qui courent, les risques sont nécessaires. Les Darcer n'ayant pas abdiqué, La Déléane devrait normalement renoncer au trône, à moins d'entrer dans une guerre en piétinant les règles féodales qui sont la base de nos deux royaumes…

« Il est nécessaire d'apporter à cette Darcer un soutien armé. Les Kmetts sont des combattants émérites, mais cela ne suffit pas : je compte sur vous pour mobiliser la Cour. Avec vous dans notre camp, nous pouvons réussir. Nous sommes en route vers Orghill, et nous partirons pour Liett dès que possible. Soyez prêts à nous recevoir. »

Il n'y avait pas de signature. Juste trois symboles, disposés en triangle : un aigle aux ailes déployées, un héron griffonné à la va-vite, et un symbole étrange, composé d'arabesques entremêlées. Les yeux ronds comme des soucoupes, Floan identifia le symbole kmett.

Un espion… l'ordre Kmett… une *Darcer* ? Qu'était-ce donc que cet amas d'énormités ?

L'ambassadeur repoussa sa chaise et se précipita à la fenêtre. Ce fut en vain qu'il scruta le ciel : l'aigle avait disparu depuis longtemps. Il n'avait plus que la lettre comme explication… et quelle explication ! Le Héron à Dalen, une Darcer qui renaissait des cendres… Quelle fable…

Il replia la lettre d'un coup sec, évacuant par ce geste une part de son agacement. Au fond de lui pourtant, il se réjouissait face à ce mensonge qu'il n'admettait pas encore. Pas complètement. Oui, cette lettre mentait, mais elle mentait bien. Elle lui mettait sous les yeux ses deux plus grands espoirs. Les Darcer… une contre-attaque. Une nouvelle chance…

Puis, petit à petit, alors que sa colère s'évanouissait, il se souvint du Fragment IV.

Le Fragment IV, volé dans les appartements de Keagan ! Où l'avait-il rangé ? Où ? Il se précipita vers ses étagères, les fouillant l'une après l'autre. Par chance, il les gardait en ordre et retrouva rapidement le parchemin, froissé par son séjour prolongé sous son plastron. Les inscriptions s'étalaient sur le vélin, inchangées.

« Porte de Liett
En la matinée du IV^e Fragment du cycle de Neryt
Manifestation d'un métamorphe.
Apparence non identifiée. Signe particulier : forme ailée.
Individu disparu de Liett à ce jour. »

Soit le Héron et Serron se payaient conjointement sa tête, soit les deux documents se confirmaient l'un l'autre.

Floan se rassit avec lenteur, un parchemin dans chaque main. Ainsi, les Darcer vivaient toujours, et d'une manière ou d'une autre, Keagan l'avait appris ! Avait-il quitté Liett pour cela ? Fortement probable. Mais la Darcer pouvait sûrement expliquer sa disparition, puisqu'elle vivait toujours ! La révélation lui fit l'effet d'un coup de poing. En plus de rétablir une dynastie, la Cour pourrait peut-être se disculper…

« Soyez prêts à nous recevoir. » Aucun doute là-dessus : avec le Sanreth au palais, la réception s'annonçait explosive. Mais avec une escorte kmett… Il se ravisa. Face aux Chimères, les Kmetts, à moins d'être très nombreux et prévenus à l'avance, avaient peu de chances. Or, la présence des

Chimères n'était connue que par la Cour et les serviteurs du palais qui avaient l'interdiction formelle d'en parler. Les monstres avaient traversé Liett sans se faire voir de personne. Et le Héron ignorait *qui* était réellement le Sanreth…

Il restait deux jours avant la fin du délai : le Sanreth leur avait accordé un Fragment de cycle. Si la lettre était arrivée plus tôt, ils auraient eu assez de temps pour se préparer discrètement… Tant pis. Avec de l'organisation, quelques jours suffiraient. Prévenir la garde, installer des guets, neutraliser l'escorte du Sanreth.

Restaient les Chimères…

Préoccupé, Floan roula les deux parchemins et les glissa dans sa poche. Impossible de réunir une seconde fois les conseillers sous peine de provoquer un nouveau scandale. Il fallait commencer par eux, pourtant. Le retour d'une Darcer, même jaillie de nulle part, était un argument de poids. Combiné avec l'explication de la mort du roi, ils pouvaient renverser la situation… ils le pouvaient vraiment !

Il claqua la porte en sortant, ébranlant les plateaux de l'Orbayon qui dégringolèrent dans un vacarme infernal. Pour la deuxième fois en quelques jours, il quittait sa bibliothèque en courant, record notable. Contrairement à la première fois, il était poussé par une panique d'un genre nettement plus joyeux : en retard ou non, la lettre du Héron tombait à pic. Qui prévenir d'abord ? Serron, Lecirion, Ebelior ? Il se décida pour Ebelior : étant donné son influence, il n'aurait pas de mal à transmettre le message en l'espace de quelques heures. Or désormais, chaque heure comptait.

Obnubilé par cette idée, il se mit à la recherche du seigneur sans attendre. Ebelior ne serait pas facile à convaincre. Trop méfiant, trop soucieux d'éviter les erreurs diplomatiques. Mais il était loin d'être un lâche. Il n'avait pas peur de se battre, il savait diriger des hommes… Oui, il lui fallait ce noble-là, avant tous les autres. Floan se rendit directement vers les appartements du seigneur, situés non loin des siens. Plusieurs portes donnaient sur le couloir, certaines barricadées. L'une d'entre elles était simplement entrebâillée et donnait sur la salle de réception où Ebelior recevait ses hôtes. Floan se dirigea droit vers elle et l'ouvrit franchement. Ebelior était là.

– Ebelior, il faut que je vous…

La fin de sa phrase se bloqua dans sa gorge.

– Que voulez-vous ? demanda Ebelior d'un ton sec.

Contrairement à ce que Floan avait cru, il n'était pas seul. Instinctivement, il recula quand le Sanreth se tourna vers lui, imité par ses quatre monstres. Que faisait-il ici ? De quoi parlaient-ils ?

Nul besoin de connaître la réponse. Il la devinait déjà…

– Je… Rien. Je peux attendre.

Sa voix lui parut très lointaine. Il s'inclina et s'éloigna dans le couloir, son enthousiasme brutalement refroidi.

C'était Ebelior qui avait demandé le délai. Le conseil avait approuvé parce qu'il n'y avait pas de meilleure solution. Et c'était Ebelior qui, à l'instant, venait de montrer comment il comptait utiliser ce délai. Visiblement, la bâtardise du Sanreth ne lui importait pas. Ebelior craignait la guerre, au point de lui accorder plus d'importance que la légitimité de leur nouveau roi. La peur qu'inspirait le Sanreth paralysait-elle les autres, ou bien les poussait-elle à se rallier, eux aussi ?

Il devait voir Serron.

Ses pas résonnèrent sous les voûtes du couloir. Réalisant la précipitation avec laquelle il marchait, il se força à ralentir : attirer l'attention était la dernière chose à faire. Le couloir déboucha sur un embranchement. Devant lui, deux corridors, tout aussi sombres, menaient à d'autres zones du palais. Il prit celui de gauche. Passé le premier choc, son énergie reprenait le dessus. D'autres forces étaient à l'œuvre au sein de la Cour, opposées au Sanreth et paralysées faute de savoir comment l'attaquer. Il leur manquait simplement un meneur… Il devait convaincre Serron. Absolument.

Un feulement léger, presque imperceptible, s'éleva dans son dos. Glacé, il se retourna pour voir la Chimère de Welfendà remonter le couloir, ses babines retroussées sur ses crocs. Ceux-ci brillaient dans le noir, affûtés comme des rasoirs et ne laissant planer aucun doute sur ses intentions. D'une manière ou d'une autre, elle avait pressenti la menace et l'avait suivi pour le mettre hors d'état de nuire.

Ambassadeur et monstre se firent face, puis Floan recula précipitamment. Il trébucha dans sa fuite, bascula en arrière et sentit une porte céder dans son dos. Sans hésiter, il s'engouffra dans la salle et claqua la porte derrière lui.

L'énorme masse de la Chimère se mit en branle si vite qu'elle heurta la porte au moment même où il la fermait. La créature revint à la charge sans tarder, faisant voler la porte en éclats.

La salle était déserte, mais la fenêtre, ouverte.

# 10. D'une ville à l'autre

Au bout de quelques jours, la monture que My partageait avec Orest donna des signes de fatigue. Malgré son endurance, c'était une bête de petite taille, habituée à un chargement léger. Ils durent donc se relayer et monter à tour de rôle. La proximité des villes les contraignait à ralentir, ce qui leur permit de ménager leur cheval. C'était appréciable, car le reste du temps, ils voyageaient à bride abattue.

À force de questionner Allian, My avait fini par arriver à ses fins. Elle avait donc appris qu'Orghill faisait partie des villes affiliées, c'est-à-dire rattachées à Liett. Par conséquent, ni seigneur ni Fauconnier ne la contrôlaient, à l'instar des autres villes situées à proximité de Liett : elles formaient l'un des réseaux citadins les plus denses du royaume. Orghill était la plus au sud et il s'agissait du principal chef-lieu des Kmetts. « À Orghill, avait déclaré Kebren, les Kmetts sont maîtres… mais maîtres cachés. »

My avait calculé qu'il leur faudrait plus d'une dizaine de jours pour la rallier en voyageant vite, estimation qui semblait également celle de Kebren. Ils empruntaient les itinéraires les plus directs, passant par des chemins de terre ou coupant à travers villes. Au bout de quelques jours, le paysage se modifia nettement. Les villes étaient devenues plus petites, gardées par une porte unique et ceintes de rondins de bois. L'accent des gens, lui aussi, s'était modifié. Les rumeurs de Liett semblaient n'être jamais passées par ici, ou n'avoir laissé aucune trace. My, elle, y pensait tous les jours. Et plus ils avançaient, plus Liett lui semblait présente, presque aussi tangible que les petites cités.

Allian, la Kmett et son Don lui promettaient une deuxième chance. Mais, cette fois, les enjeux dépassaient de très loin la découverte d'un trésor. S'opposer à l'envoyé de La Déléane, c'était risquer sa vie, celle d'Orest et de tous ceux qui allaient la soutenir. Allian s'était montré plein d'assurance, mais My, même avec les Kmetts dans leur camp, demeurait lucide : Allian avait parlé de chance. Elle n'était pas dupe une seconde, cette chance n'était rien d'autre qu'un affrontement à venir. Elle devinait qu'Orest se faisait la même réflexion. Il n'en parlait pas, mais quand il l'étreignait le soir venu, My était sûre que, comme elle, il comptait les jours.

Il se passa un long moment avant que, par désœuvrement, My s'intéresse à la malle sombre qui se trouvait sur tous les chevaux kmetts. Il suffit pour cela qu'une des arêtes aiguës lui rentrât une nouvelle fois dans le dos.

En soi, la présence d'une malle n'avait rien d'étrange : elle était un type de harnachement courant en Edrilion. Les grands voyageurs en équipaient leur monture pour transporter ce qui ne tenait pas dans les fontes. Voyageant d'une ville à l'autre, les Kmetts ne faisaient pas exception : la malle semblait faire partie de leur équipement de base, ce qui n'avait finalement rien d'étonnant. Ce fut le verrou qui l'intrigua, très différent de tous ceux qu'elle avait forcés : serrures à contrepoids, verrous sans clé, sans parler des loquets qui s'ouvraient grâce à une poignée supplémentaire. Marchands et bourgeois, en Edrilion, rivalisaient d'inventivité pour protéger leurs biens.

Ce verrou-là était d'une forme complexe qui, par coquetterie ou à dessein, reproduisait le symbole kmett : plusieurs arabesques de métal entrecroisées. My eut beau chercher, elle ne vit ni trou de serrure ni levier permettant de l'actionner. En revanche, le nœud formait nettement un relief ; elle entreprit donc de le démêler avec ses doigts. Alors qu'elle s'attendait à voir les arabesques se décroiser sous la pression ou à entendre un déclic, il ne se passa rien. Et My eut beau recommencer, encore et encore, elle obtint le même résultat.

– Qu'est-ce que vous fabriquez ?

Impatienté par les grincements de la selle, Orest s'était retourné et haussait les sourcils. My appuyait de tout son poids sur la malle, tentant d'en arracher le loquet.

– Vous avez décidé de démolir la selle ?

– Je voudrais l'ouvrir ! Je n'y arrive pas, regardez !

Elle inclina la malle pour lui montrer le nœud, espérant un conseil ou une information. Orest se contenta d'un petit sifflement.

– Je vois qu'ils ont pris leurs précautions. S'ils se sont donné la peine de créer un verrou pour protéger leurs affaires, vous n'ouvrirez pas la malle par la seule force de vos petits doigts.

– Il y a peut-être du matériel à l'intérieur… Un matériel particulier ! insista My. Après tout, si ce sont des traqueurs de haut vol…

– Vous n'avez qu'à secouer le cheval pour voir si ça fait du bruit.

Orest la laissa se débattre avec le verrou pendant le reste du trajet. Elle s'acharna par tous les moyens possibles, mais le symbole kmett devait être combiné à un mécanisme précis. Elle eut envie de demander des explications à Kebren, mais se retint de mauvaise grâce. De dos, la femme avait un port de tête plein d'élégance, malgré sa coupe à la garçonne. Elle leur en avait dit le moins possible sur elle et, jusque dans son allure, elle se camouflait. Non… elle ne lui expliquerait rien.

Le soir venu, les chevaux étaient épuisés. L'un d'eux avait perdu un fer sur la route, et tous étaient couverts de poussière jusqu'au flanc. La route n'avait pas davantage épargné les cavaliers. Ce fut avec soulagement qu'ils s'arrêtèrent devant l'échoppe d'un palefrenier, à l'entrée d'un village. Elle comportait un pré clôturé et une rangée d'écuries, toutes vides. Les affaires n'avaient pas l'air d'aller mieux qu'à Penhata.

L'homme accepta avec empressement de leur louer les écuries pour la nuit.

Accoudée à la clôture, My resta dehors pendant que la nuit tombait. Derrière la palissade élevée autour du village, on entendait le meuglement des bêtes ramenées à l'étable. C'était un petit village calme, à mille lieues de Liett et de son dédale de rues inextricables. Presque un autre monde…

Ce soir-là, elle resta un long moment à fixer les nœuds du bois, sur la poutre qui soutenait la toiture. Les jeux d'ombre et de lumière lui parurent y esquisser le symbole kmett. Écheveau d'arabesques noires qui dansaient, emmêlées. Une harmonie à la fois parfaite et négligée. Le nœud du problème était là… tout simple. Alors pourquoi n'arrivait-elle pas à le défaire ?

Leur voyage dura encore plusieurs jours. Plusieurs jours d'avancées rapides et de haltes, de l'aube jusqu'à une heure avancée de la nuit. Puis les environs de Liett s'annoncèrent : un réseau dense de villes, peuplant la région au sud-ouest de la capitale.

My n'eut pas besoin que Kebren le confirme pour savoir que le voyage touchait à sa fin. Tout annonçait Liett. Tout était un écho constant de la plus ancienne ville d'Edrilion, aux murailles épaisses et au palais blanc, cœur du royaume qu'on devinait de plus en plus proche. Les villes grandissaient, changeant leurs remparts de bois ou de roc grossièrement taillé contre de véritables contreforts de pierre pâle.

La route changeait, elle aussi. Les charrettes avaient laissé place à des attelages, et la voie qu'ils suivaient se divisait en routes annexes, qui contournaient des arbres étranges. Ceux-ci semblaient avoir poussé au milieu des pavés, et tout autour de leurs troncs, la route était dévastée. Personne, étrangement, ne les avait déracinés quand ils étaient encore jeunes. My apprendrait plus tard qu'il s'agissait d'Ayriliés, une variété d'arbres qu'on trouvait uniquement dans cette partie du royaume : les graines d'Ayrilié étaient les seules qui arrivaient à croître sur la pierre, profitant des anfractuosités entre les pavés pour se nourrir de l'eau de pluie. Fiers de cette variété d'arbres, les Edriliens les avaient laissées pousser librement. Ils déployaient leurs ramures par-dessus la route, qui paraissait s'aventurer dans d'étranges sous-bois. Les Ayriliés disparurent à quelques pas de Berias, leur première ville affiliée. Herses levées, ses portes laissaient aller et venir une foule dense.

– Place ! lança Kebren.

La jeune femme fit avancer sa monture, sans égard pour les badauds qui refluaient sur le bord de la route. Les deux autres chevaux s'engouffrèrent dans la brèche, marchant au pas, comme il convenait à une escorte kmett. Ici, ils n'avaient rien à craindre : les Fauconniers ne sévissaient pas à Berias. D'autre part, le réseau des villes affiliées était ouvert à toute la populace, les quartiers se chargeant de séparer les commerçants des vagabonds.

– Neryt vous garde, beau sire !

Kebren arrêta sa monture. Un marchand venait de l'interpeller, assis derrière un étal.

– Bienvenue à Berias, pour la fortune ou l'aventure ! Que diriez-vous d'entrer avec la chance ?

Il désigna affablement son étal. Plusieurs figurines, fondues dans le métal, s'y alignaient. Elles représentaient toutes la même grenouille, sa tête reposant sur les pinces de crabe qui lui servaient d'antérieurs : Neryt, la déesse de la Fortune, ou simplement de la Bonne Fortune, adulée par les commerçants.

– J'ai saisi ma chance il y a longtemps, répondit Kebren, sortant sa propre grenouille d'une poche. Neryt vous garde !

Elle talonna sa monture, puis se ravisa soudain.

– Donnez-m'en une.

L'effigie coûtait trente écus, mais l'aldhei paya sans broncher. Elle glissa la grenouille dans la main de My après être remontée à sa hauteur :

– Prenez-la, Majesté. Neryt est la déesse la plus recommandée pour ce qui nous attend.

My accepta le présent, surprise. Dans sa main, la petite grenouille, chauffée par le soleil, irradiait d'une chaleur qui semblait la rendre vivante. La jeune fille n'avait jamais prié Neryt jusqu'à présent, se contentant de Beckell ; néanmoins, rien ne lui interdisait de changer puisqu'en Edrilion, les dieux cohabitaient sans concurrence. Elle s'aperçut qu'Orest regardait la grenouille sans aménité et lui demanda :

– Vous en voulez une, vous aussi ?

– Quoi, dit Orest, ce machin ? Vous avez plus de chance de vous enrichir en défonçant des coffres.

– Vous avez déjà essayé, au moins ?

– Avec ça ? Même comme passe-partout, ça ne vaut rien.

– Forcément, si vous essayez de cette manière…

– Soyez mignonne, My, saisissez le second degré quand on l'utilise.

– C'est vrai qu'avec vous, c'est tellement rare…

Orest se ferma comme une huître.

Le connaissant, il n'allait pas desserrer les mâchoires pendant un bon moment, My eut donc tout loisir de s'intéresser à Berias. Les rues étaient luxueuses et les commerces, prospères, tous arborant l'effigie de Neryt sur leur enseigne. La proportion de voyageurs semblait également importante : la plupart des gens tiraient un sac ou un mulet derrière eux, l'air fatigué. À en juger par leur mise, beaucoup venaient de loin…

À cause de l'affluence, leur groupe s'était resserré. La plupart des badauds allaient à pied et les chevaux kmetts dominaient la foule, attirant irrésistiblement l'attention sur leurs cavaliers. Ceux qui reconnaissaient le symbole kmett s'écartaient avec déférence. Les autres regardaient My et Orest qui avançaient au cœur de l'escorte, partageant la même monture, misérablement vêtus, et s'écartaient à leur tour, avec le même empressement.

– Est-ce qu'on ne devrait pas avancer séparés ? demanda My à Kebren. Je crois qu'on attire un peu trop l'attention…

– À Berias, ce n'est pas grave, Majesté. Les gens savent que nous sommes libres de circuler ici.

My retomba dans le silence. Mal à l'aise dans ses habits crasseux, elle prenait plus que jamais conscience de son insignifiance au milieu de cette marée humaine et de l'énorme importance qu'elle allait bientôt prendre pour tous ces gens dont rien ne la différenciait, ou si peu. Elle était séparée du commun d'Edrilion par une frontière infime… aussi fine qu'une aile de papillon. Allian parut deviner sa gêne et observa :

– Je ne sais pas si c'est une bonne idée, Kebren. Pour le moment, tu as plutôt l'air d'encadrer une prisonnière…

Kebren observa la jeune fille, ses cheveux sales et ses habits brunâtres, et sourit.

– On va arranger ça.

My posa les pieds sur le sol, les yeux fermés. Le parquet réchauffait ses pieds nus comme si le soleil l'éclairait. Ce n'était pas le cas et, dans la chambre où elle attendait, la température était plutôt fraîche. Mais la sensation de chaleur persistait.

La jeune fille fit quelques pas ; l'impression demeura. Il était si étrange de marcher de nouveau sur du parquet… La corne de ses pieds ne se souvenait que des pavés. Elle avait l'impression d'étouffer, avec un toit au-dessus d'elle. Jetant son épée sur le lit, My se précipita vers la fenêtre et l'ouvrit toute grande. De l'air, enfin ! Elle aspira à grandes goulées, indifférente aux émanations nauséabondes de la rue. Des gens levèrent la tête vers elle, curieux de voir à quoi pouvait bien ressembler la clientèle, d'ordinaire si distante, de l'auberge la plus huppée de Berias. Kebren ne se refusait rien – cela dit, les Kmetts, d'après ce qu'elle avait compris, étaient loin d'être pauvres…

Elle finit par quitter la fenêtre et alla s'asseoir sur le lit, son épée en travers de ses genoux. La chambre était immense, et les murs plaqués de bois projetaient au sol la lueur mordorée de la lumière du jour. Quelque temps auparavant, My aurait trouvé tout cela normal. Avant d'acquérir ce réflexe d'évaluer le prix de chaque chose, de voir ce qu'elle pouvait dérober…

Un coup frappé à la porte la tira de ses réflexions. Elle alla ouvrir et s'effaça devant Kebren, qui entra d'un pas parfaitement silencieux. My remarqua immédiatement le paquet qu'elle portait.

– Vous l'avez ? s'écria-t-elle.

Kebren sourit à la jeune fille, adoptant une expression plus chaleureuse qui devait être spontanée hors mission, et dévoila son paquetage. My resta sans voix.

Il y avait longtemps qu'elle n'avait plus vu une robe digne de ce nom, et celle-ci dépassait de très loin ses espérances. Elle s'en empara pour la regarder de plus près. Rouge brodée de noir, les croisillons du corsage laissant place à un liséré, noir également, qui soulignait la taille. De quoi rendre hystérique n'importe quelle damoiselle privée d'atours depuis des mois.

– Elle est superbe ! s'extasia-t-elle, incapable de lâcher la robe.

De nouveau, Kebren sourit.

– Je suis heureuse qu'elle vous plaise, Majesté. Elle sera votre meilleure arme.

Elle reprit la robe et la lissa d'un revers de main.

– J'aimerais que vous la mettiez pour votre arrivée à Orghill. Voyez-vous…

Son expression s'altéra légèrement. Elle parut hésiter, puis se lança :

– Majesté, je vais jouer franc-jeu avec vous. Je prends d'énormes risques. Je suis aldhei, c'est vrai, un rang très haut placé, aux côtés de l'Aldhei-shen en personne. Mais j'ai été choisie à vingt-huit ans, ce qui est à la fois un grand honneur et une charge énorme. Je dois m'occuper de l'ordre en plus de mon travail de traqueuse… et j'ai également l'obligation de faire mes Preuves. J'ai moins d'un an pour ça.

La femme paraissait soucieuse, bien éloignée, tout à coup, de l'image légèrement redoutable qu'Allian et elle-même leur avaient suggérée. Pour une Kmett, avouer ses faiblesses devait être une chose particulièrement difficile. Si Kebren lui disait tout cela, il y avait sûrement une bonne raison.

– Faire vos preuves ?

– Les Preuves désignent une action d'éclat. Quelque chose qui prouve, de façon indiscutable, que je mérite mon titre. Et connaissant l'aldhei qui me précède, j'ai tout intérêt à faire des étincelles. Alors j'espère que vous saisissez l'enjeu. J'ai accepté d'aider Allian à vous retrouver parce qu'une Darcer au pouvoir peut améliorer notre situation vis-à-vis des Fauconniers. Mais j'ai aussi mes Preuves à faire…

– Et tout cela est lié.

Kebren hocha la tête.

– À notre arrivée à Orghill, nous devrons faire front commun. C'est capital. Dans mon ordre, Majesté, le pouvoir est clairement défini : les Kmetts initiés, les apprentis Kmetts, et les deux aldhei. L'Aldhei-shen détient la clé du pouvoir. C'est lui qui décide de tout, qui envoie les Kmetts en mission ou les punit.

Elle plongea ses yeux émeraude dans ceux de My :

– L'Aldhei-shen est le sommet de l'ordre… et sa base même. Maranta dirige, défend, tient l'ordre Kmett à bout de bras depuis près de quinze ans. C'est donc elle qu'il faudra convaincre et cela sera tout sauf facile. Jouez votre rôle à la perfection. Vous avez votre Don, c'est votre atout majeur. Un petit papillon, coloré, inattendu, a toutes ses chances d'accéder au trône… et d'y rester. Ressemblez-lui, et Maranta mettra ses Kmetts à votre service. Vous êtes une Darcer, mais vos forces, vous les devrez à vos alliés : faites votre possible pour inspirer confiance.

*Quitte à paraître vulnérable ?*

My replia la robe sur son bras. Merveille de confection, le velours alliait résistance et finesse, diffractant la lumière en vagues douces sur le relief du moindre pli. Soudain, ses guenilles lui firent horreur.

– Qu'attendez-vous de moi ?

Kebren haussa les épaules :

– Commencez donc par mettre cette robe.

En quelques secondes, le baquet d'eau avait viré au gris. Des particules noirâtres remontaient à la surface, indéfinissables, et l'odeur de savon s'était dissipée depuis longtemps. My ne pensait pas transporter autant de crasse à son insu.

Prévoyante, Kebren avait fait remplir un autre baquet pour ses cheveux. Elle regarda la mousse qui couvrait ses longues mèches disparaître dans l'eau, évacuant brindilles, poussières et saleté. Elle se sentait à la fois dégoûtée et lavée en profondeur, comme si elle se débarrassait des derniers résidus de Penhata… délivrée d'un poids invisible, que celui de la robe vint bientôt remplacer.

Un miroir en pied était appuyé contre le mur. My s'en approcha, redoutant ce qu'elle allait y voir. La robe pesait sur ses hanches, étrangement lourde après ses haillons. Depuis combien de temps n'avait-elle pas vu son reflet ?

Elle s'arrêta devant la glace, retint son souffle. Quelqu'un de vaguement familier apparut, perché sur la pointe des pieds avec un air inquisiteur. L'étoffe rouge soulignait la blondeur de sa chevelure, qui lui arrivait à la taille, mal peignée, mais c'était bien elle. Les mêmes yeux, le même visage… Elle était amaigrie, la robe flottait autour de ses hanches au lieu de retomber parfaitement comme elle l'aurait fait auparavant. Avec un peu de temps, il n'y paraîtrait plus et Penhata ne serait plus qu'un nom. Un cauchemar vite effacé…

Pouvait-on revenir en arrière ?

À cet instant, elle remarqua ses bras. Le voile des manches n'arrivait pas à masquer ses bleus. Sa peau en était marbrée. Séquelles des chutes pendant ses premiers cambriolages, quand elle ignorait tout des dangers et qu'elle avait dû tirer une leçon de ses échecs en série. Sans Orest, elle serait probablement morte. Mais sans Orest, elle n'aurait jamais été là-bas.

Son double avait pris une expression plus grave. Une nouvelle réflexion lui vint à l'esprit : elle devait avoir quitté Siartt depuis un an, voire plus ; laissé ses seize ans derrière elle… passé l'âge idéal pour se marier. Mais elle n'était plus une petite comtesse de la noblesse : elle était une Darcer et une future reine… Avec ou sans mariage, la Cour accepterait Orest. Pouvait-il en être autrement ?

Elle sourit à son reflet et des fossettes creusèrent ses joues, lui rendant instantanément son âge. Avec cette robe, dans cette pièce, l'obstacle de Maranta devenait un défi qu'elle avait hâte de relever. Une paire de brodequins lacés à la mode de Liett l'attendait au pied du miroir. Elle les enfila en vitesse et quitta la pièce, non sans ceindre son épée, par réflexe plus que par véritable méfiance : l'auberge était parfaitement paisible.

My erra un moment dans les étages avant de retrouver son chemin. Le bois omniprésent baignait les couloirs d'une pénombre dorée. À la faveur du soir, tout se ressemblait. Elle croisa d'autres voyageurs, aussi richement vêtus qu'elle. Certains parurent s'étonner de voir déambuler une jeune fille seule, mais sa tenue lui épargna les questions indiscrètes. Elle finit par déboucher dans la salle commune, lieu de rendez-vous du groupe pour sa dernière soirée avant Orghill.

Ils étaient déjà tous là, attablés. Eux aussi avaient changé de vêtements. Allian arborait un pourpoint rouge et une barbe taillée. Orest, lui, avait fait peau neuve. La différence tenait à peu de choses – de nouveaux habits et un décrassage pour lui aussi –, mais le changement était frappant.

– Vous avez volé des habits ? s'étonna-t-elle en s'asseyant à table.

– Je m'abaisserais à ça, d'après vous ?

My se contenta d'interroger Allian du regard. Celui-ci opina.

– J'ai payé. Un affreux chantage. Heureusement, cette ville abrite assez de fripiers pour rhabiller la moitié de la population.

My prit le verre qu'on lui avait donné et fit distraitement tourner le liquide. La robe rouge du vin se bouleversa, ombres et lumières se disputant sa transparence. Elle s'attarda sur le spectacle avec un vague intérêt. Derrière la fenêtre, des badauds passaient, à moitié effacés par le reflet des chandelles sur la vitre. À la nuit tombée, tout semblait esquissé, ou en mouvement.

– J'ai donné l'ordre d'étriller les chevaux, dit Kebren. Le temps de quitter Berias et de repartir sur les routes, on en aura pour un bon moment…

Elle reposa son verre et conclut :

– Départ à l'aube.

# 11. Maranta

Les chevaux s'étaient arrêtés au pied d'un donjon. Rien de commun avec le reste d'Orghill. Dès leur entrée, My avait été frappée par le nombre d'édifices bordant les rues, aussi fastueux que différents. Cette bâtisse-là semblait surgie d'une autre époque.

C'était un donjon en grosses pierres, aussi âgé que les remparts eux-mêmes. Il avait un peu l'air d'exister encore parce qu'on avait eu pitié de lui. Sa façade était fissurée, des coins de pierre avaient volé en éclats, de la mousse couvrait toute sa base. Il était resté là pendant que le reste d'Orghill s'échafaudait autour de lui, le contournant comme une grosse pierre dérangeante. Mais, détail non négligeable, il s'élevait plus haut que toutes les autres tours.

Kebren sauta à terre et s'avança en tirant son cheval par la bride. La jeune femme paraissait nerveuse. Depuis leur entrée dans la ville, elle s'était enveloppée d'une cape et faisait marcher le groupe avec beaucoup plus de discrétion. La raison n'était pas difficile à deviner : « À Orghill, les Kmetts sont maîtres… mais maîtres cachés. »

Et, en voyant le donjon désaffecté, My comprenait pourquoi. Voir, avant d'être vu… Ce qui s'appliquait au cambriolage valait également pour les Kmetts, et une vieille tour de ce type constituait un camouflage idéal. Cela ne l'empêcha pas de se sentir terriblement déçue.

– Ce que vous avez devant vous, c'est un ancien bastion, l'informa Allian. Il date d'avant le système des villes affiliées. On l'a laissé en souvenir.

My s'apprêtait à répondre, lorsqu'une petite silhouette traversa la rue, juste devant Kebren.

Un chat.

La Kmett et l'animal se croisèrent dans une indifférence réciproque. Pour un passant, la scène n'aurait rien eu de surprenant : une silhouette anonyme, un chat de gouttière, événement ordinaire dans une ville où les chats pullulaient autant qu'ailleurs. Le chat se coula dans l'ombre du donjon. Le camouflage aurait été parfait sans un détail : la chaussette blanche qu'il portait sur l'antérieur et qui perçait dans la pénombre. Il apparut qu'il se dirigeait vers le même endroit qu'eux : la porte du donjon, à moitié défoncée. My le perdit subitement de vue.

Frissonnante, elle resserra les pans de sa cape autour d'elle. Elle s'était réveillée pleine d'impatience, avait découvert Orghill avec émerveillement. Imaginant un chef-lieu kmett à l'image de la ville, un avant-goût de Liett… Se tenir là, dans sa belle robe, face à une porte branlante, lui faisait l'effet d'une douche froide.

Un creux apparaissait au bas de la porte, là où le bois pourri s'était détaché. N'apercevant le chat nulle part, My en déduisit qu'il s'était faufilé à l'intérieur et emboîta le pas au groupe. Kebren les attendait devant la porte. De près, il n'y avait pas de doute à avoir : son visage était tendu, son regard, plus vigilant qu'à l'ordinaire. Elle enleva la cape qui couvrait la robe de My et vérifia le tombé des plis : ainsi vêtue, la jeune fille tranchait singulièrement sur le reste du groupe. La Kmett hocha la tête.

– C'est bien, dit-elle. Maintenant, un dernier mot : seuls les Kmetts sont autorisés à franchir cette porte, et Maranta n'est pas prévenue de votre arrivée. Alors, laissez-moi lui parler d'abord : je suis aldhei, elle m'écoutera.

La porte était équipée d'une serrure rouillée, mais la clé que Kebren sortit de sa poche était neuve et, surtout, il n'y eut aucun grincement quand elle actionna le verrou. La porte pivota, beaucoup plus épaisse qu'elle n'en avait l'air. My sentit la curiosité chasser la déception…

Le pas des chevaux se répercuta sur les murs d'une salle vide.

– Laissez les montures ici ; on s'en occupera.

Le donjon était ce qu'il paraissait, vu du dehors : une vieille tour désaffectée. La salle sentait le moisi et les murs supportaient des vestiges de barres rouillées. My ralentit, désappointée.

– Je croyais qu'Orghill était votre chef-lieu ! Combien de Kmetts y a-t-il ici ?

– Plusieurs centaines.

– Plusieurs centaines ? s'écria My. Dans un donjon ?

– Une bonne cachette, Majesté, est une cachette inattendue. S'il prenait à quelqu'un l'envie de forcer la porte, il ne trouverait rien ici. Rien de plus qu'un vieux donjon désert… À cette condition, nous sommes tranquilles, et ce qui nous intéresse dans ce donjon aussi.

– Et qu'est-ce qui…

– L'étage, bien sûr.

Kebren fit coulisser un pan de mur, révélant un escalier blanc.

Il était taillé dans une pierre inconnue, polie par les passages : des centaines de pieds l'avaient creusé au fil des ans, rendant la surface des marches irrégulière. Il avait dû naître quand la tour, déjà, était âgée, pourtant il avait l'air aussi vieux qu'elle… aussi empli d'histoire. My leva la tête pour suivre son tracé. Il s'élevait à l'intérieur d'une double paroi, franchissant les hauteurs que l'autre escalier de la salle, brisé, rendait inaccessibles.

Les Kmetts vivaient-ils donc toujours ainsi ? À l'ombre, en marge, cachant leur ordre sous la banalité… ne travaillant qu'avec ces chats qui leur ressemblaient tant ?

Kebren referma soigneusement le panneau derrière eux. Par un étrange phénomène, les marches restèrent visibles, leur blancheur se découpant nettement malgré l'obscurité.

Aussi froide que l'air autour d'eux, aussi pure et nette qu'un ouvrage de ciseleur. La dernière volée de marches avant Maranta.

Un pied posé sur la première marche, Kebren se tourna vers My. Celle-ci se porta à sa hauteur et ce fut ensemble que la jeune aldhei et la jeune reine, liées en cet instant par leur incertitude plus que par leurs intérêts communs, ouvrirent la marche. Le groupe les suivit en silence.

– N'oubliez pas, murmura Kebren. Laissez-moi faire et je vous garantis cette alliance.

Elles achevèrent leur ascension devant une porte bardée de fer, anonyme, sans symbole ni serrure. Elle semblait aussi solide qu'une porte de garde.

– Comment ouvre-t-on ? demanda My.

Elle avait beau chercher, aucune poignée n'était visible. Kebren lui décocha un sourire.

– On montre patte blanche…

Elle fit un pas en arrière, révélant la présence d'un creux sous le battant, grossièrement taillé en forme de pied. À cette instant, majestueuse, la porte pivota sur ses gonds.

Une salle gigantesque apparut.

Elle était totalement ronde, les murs couverts de tapisseries. Aussi vaste que le rez-de-chaussée, aussi silencieuse, mais la ressemblance s'arrêtait là. À la place du pavage qui recouvrait le sol en bas, une plaque de marbre circulaire en occupait tout le centre. My embrassa la salle d'un regard et l'oublia aussitôt. Une femme se tenait sur la dalle ronde, droite comme un i. Il n'y avait qu'elle ici, mais sa présence emplissait toute la pièce, une présence immobile et vibrante. Kebren s'avança dans la salle, s'arrêta au bord du cercle de marbre et s'inclina.

– Mes respects, Maranta. Je reviens tout droit du Sud, suite à ma mission.

– Si vous êtes quatre, j'en déduis que ta mission a réussi. Que font tes proies dans le bastion ?

– Ce ne sont pas exactement des proies… plutôt des alliés.

Maranta garda le silence un moment puis écarta les bras, les invitant à franchir le seuil.

– En ce cas, entrez et expliquez-moi ça.

My s'exécuta la première. En un geste, la rigidité de la femme avait fondu, comme si grâce et raideur, chez elle, cohabitaient sans friction. Les dernières traces d'impassibilité quittèrent son visage, remplacées par une surprise qui n'avait pas l'air feinte.

– Ça alors… Allian ?

L'espion, qui venait de passer la porte, se fendit d'une courbette.

– Je ne pensais pas revenir dans cette salle un jour, mais enchanté – plus que la dernière fois, en tout cas.

– Nous étions partis sur de mauvaises bases, à mon grand regret…

– Comment ça, « regret » ? Vous m'avez tabassé avec enthousiasme, si je me souviens bien !

– Allian, vous avez deux défauts : vous êtes espion et vous mettez votre nez partout. L'un sans l'autre serait déjà regrettable, mais puisque vous avez décidé de combiner les deux, je n'y peux rien, il fallait que je vous apprenne à éviter les Kmetts. Qu'est-ce qui vous amène, cette fois ? Krud vous envoie encore me voler mes pierres, ou bien vous avez décidé de vous engager ? Vous savez, ma proposition tient toujours.

La voix de la femme était sereine et engageante, légèrement voilée par l'âge. Son grand front et ses sourcils arqués donnaient à sa physionomie une expression particulièrement majestueuse. Elle ressemblait à la salle : quelqu'un qui avait vieilli tout en harmonie. Quel âge avait-elle ? Soixante ans ? Davantage ? C'était difficile à déterminer, tant sa silhouette était droite.

– Écoutez, dit Allian, c'est très gentil, mais j'ai déjà donné. Un partenariat, à la place, ça ne vous dirait pas ?

– Quoi, un partenariat avec ce butor de Krud ? Je ne le ferais pas même si ma vie en dépendait…

– Allez-y alors, sa vie à lui n'en dépend plus, de toute façon !

Maranta s'immobilisa.

– Mort ?… demanda-t-elle doucement.

– Je savais que ça vous ferait plaisir. Oui, mort, un concurrent en moins pour vous, et une guilde probablement autodémolie. Et les rescapés dans la nature, dont moi, et… c'est ce qui nous amène, en fait.

Allian s'arrêta et, pour la première fois, le regard de Maranta s'attarda sur My. Elle lâcha :

– Keb ?

La jeune femme toussota.

– C'est une histoire assez longue. Qui a commencé deux siècles plus tôt, pour tout vous dire. Elle risque de vous paraître… quelque peu incroyable, mais…

– C'est le propre des bonnes histoires. Vas-y.

La femme alla s'asseoir sur le siège qui dominait la dalle de marbre. De dos, seuls ses cheveux la trahissaient : contrairement à Kebren, elle les avait longs, et ils viraient au blanc par mèches entières. À la suite de Kebren, My s'aventura sur la dalle et sentit un renflement dur sous son pied. Elle baissa la tête, observant de plus près le sol.

Elle foulait une carte de son royaume. Il était gravé dans le marbre, avec une foule de détails. C'était un travail de géographe et de graveur d'une précision étonnante : chaque dentelure des côtes était marquée, chaque massif montagneux, chaque fleuve. Les villes, elles, étaient symbolisées par un creux ovale ; pour certaines, il était comblé par une curieuse petite gemme, non pas taillée mais lisse comme du verre, qui scintillait d'un éclat ardent. Il y en avait une sur quasiment toutes les villes affiliées à Liett, et plusieurs se partageaient les côtes ainsi que le Nord.

– Avant que tu commences, Kebren, une simple question : où es-tu allée au sud ?

– À Penhata, mais…

– Je croyais que ta mission était à Eslìat.

– On m'a fait une proposition plus avantageuse entre-temps. Allian m'a…

– Encore vous ? coupa Maranta en levant un sourcil. Vous vous mettez à engager mes Kmetts ?

– Je sais reconnaître les mérites de plus fort que moi, et il se trouve qu'en matière de traque, vous me surpassez largement. Bref. J'ai donc fait appel à Kebren pour ratisser une grosse ville du Sud à la recherche…

– Parce que vous avez de quoi payer une aldhei ? Krud vous a donné une promotion avant de mourir ?

– Vous ne croyez pas si bien dire ! Vous savez de quoi il est mort ?

– J'ai des hypothèses…, se contenta de répondre Maranta, amusée.

– Il était sur la piste du trésor des Darcer.

Maranta se redressa légèrement sur son siège.

– C'est vrai, Kebren ?

– Oui. D'après Allian, Krud a quitté Liett il y a un an pour trouver ce trésor. Il a réuni un groupe pour l'expédition – Allian et Orest en faisaient partie. Le trésor était caché sur une île, dans la mer d'Olrante. Malheureusement la quête a échoué, Krud est mort dans les Bois et au final, Allian et Orest font partie des survivants.

L'attention de Maranta se reporta sur Orest. Le garçon soutint son regard, hostile.

– Et vous, jeune fille ? demanda-t-elle tout à coup.

My, inconsciemment, se redressa. Sa robe s'évasait à ses pieds, reflétée sur le marbre en une flaque rouge qui, elle l'espérait, la grandissait un peu. Le visage de Maranta était bienveillant, néanmoins quelque chose dans cette femme forçait le respect voire l'appréhension.

– Mydria est Siartt d'adoption, expliqua Kebren. Elle est aussi la dernière Darcer en vie… et l'ultime détentrice du Don. Elle a hérité d'un sifflet et d'une lettre de Madael, ces trois éléments réunis ayant le pouvoir, d'après Madael, de la guider jusqu'au trésor…

– Comment se fait-il qu'une Darcer se mette à chasser du trésor avec Krud ?

– Disons qu'au départ, elle ne l'a pas fait exprès, fit Allian.

L'explication parut éclairer significativement Maranta.

– Un enlèvement ? Je reconnais là le talent de Krud pour les accords diplomatiques. Ainsi donc, les Darcer sont de retour, et ils héritent simultanément d'un Don, d'un sifflet, d'un trésor et d'une fiche explicative. Qu'est-ce que c'est que cette histoire ?

Le ton, très lent, figea pareillement My et Kebren.

– Tu lâches une mission pour une traque soudaine, tu crois Allian sans preuve préalable ? Ne t'ai-je pas appris la méfiance, par les dieux ? D'ailleurs, t'a-t-il payée ?

– C'est tout le souci, intervint Allian. J'aurais pu payer avec le trésor, sauf que le trésor est perdu. D'un autre côté, si le trésor était là, je n'aurais pas eu besoin d'appeler Kebren…

Fidèle à ce qui semblait une habitude, Maranta le coupa obligeamment.

– Et cette île mystérieuse, qu'est-elle devenue ? Engloutie avec les eaux ?

– Pas du tout, elle a décollé. Mais, avec tout mon respect, Maranta, ce n'est pas le plus important. L'héritage le plus considérable des Darcer a disparu, mais il nous reste My, et son Don. Et par les temps qui courent, ils sont infiniment plus précieux.

Le regard de Maranta revint sur My. Passa à Orest. S'arrêta enfin sur Allian et Kebren, côte à côte. Même taille, même dynamisme, cheveux mi-longs contre cheveux courts – opposés, semblables et complémentaires…

– Si vous voulez mon aide, il va falloir argumenter, tous les deux. Vous savez très bien ce que je pense de cette histoire de trésor et de Don d'ailes. Une jolie fable…

– Elle a tué Krud, votre fable, répliqua Orest.

– Qui, à part vous, me certifie que Krud est bien allé dans le Sud ?

– Keagan, intervint My. Il nous poursuivait depuis Liett, il est mort dans la salle du trésor. C'est pour cela que personne n'a réussi à le retrouver.

– Keagan vous poursuivait ? s'exclama Maranta. Alors, il savait ?

À en juger par sa réaction, Keagan était un nom familier. Elle devait sûrement le surveiller de près.

– Mes Kmetts n'ont pas accès au palais, ajouta Maranta, confirmant ses soupçons. D'habitude, je me fie aux rumeurs pour suivre les faits et gestes du roi à distance, mais lorsqu'il a quitté Liett, je n'ai rien pu découvrir. Il n'a expliqué à personne ce qu'il allait faire dans le Sud.

– Keagan aimait plus les fables que vous, voilà tout, déclara Allian. Et il a eu raison, du moins jusqu'à un certain point. Les pelles à tarte de ce trésor étaient très agressives. Il est mort là-bas et l'île s'est métamorphosée en étoile une fois le sort rompu. Chaque Darcer, apparemment, ne peut tenter sa chance qu'une fois, et sans le sifflet, My n'a plus accès à l'île…

– Je vois.

Maranta posa le menton sur son poing, considérant le groupe avec un air songeur. Elle s'attarda un peu plus longtemps sur My, cette fois avec un intérêt réel. La jeune fille remarqua à quel point ses yeux étaient bleus.

– D'après Kebren, vous détenez le Don, Votre Altesse ? J'en sais un peu sur ce pouvoir. Une simple question : quelle est votre forme ailée ?

Il y eut un moment de gêne.

– Un lépidoptère, dit Allian.

– Un… un papillon.

Le coin des lèvres de l'Aldhei-shen se retroussa légèrement, mais elle ne fit aucun commentaire.

– Bien, dit-elle en se redressant. Et en admettant que tout ceci soit vrai, Kebren – le Don, les Darcer, Keagan –, en quoi cela peut-il m'intéresser ? Nous autres, Kmetts, nous avons été chassés de la sphère royale il y a bien longtemps, et le destin des Darcer ne nous concerne pas. Encore moins des Darcer sans pouvoir… et réduits à un effectif d'une seule personne.

Elle se pencha légèrement en avant :

– Alors, Majesté, si vous voulez l'aide des Kmetts, il faudra nous payer.

– Je n'ai pas…, commença My, suffoquée.

Soudain, elle détesta Allian et Kebren d'être allés la chercher aussi loin, de lui avoir fait tant de promesses et de rester silencieux au moment décisif, la laissant seule face à Maranta.

– Il est hors de question que je vous paie !

Elle fit un pas vers le siège, résolument, et sans voir Allian qui retenait Kebren par le bras, l'empêchant d'intervenir.

– Je ne suis pas là pour embaucher des Kmetts mais pour trouver des alliés. Avec le soutien de la Cour, nous avons une chance de contrer La Déléane. Kebren s'est engagée pour cette raison, je m'imaginais que vous penseriez comme elle !

Le léger sourire de l'Aldhei-shen disparut.

– Une alliance entre moi… et la Cour ?

– Vous n'êtes pas le seul pion sur l'échiquier, dit Allian. J'avais accès à la Cour et je connais certains hauts nobles. Il ne nous manque qu'une garde compétente pour nous soutenir là-bas. Il n'y a pas mieux que les Kmetts à ma connaissance… et en cas de succès, votre intervention pourrait vous être profitable. D'après ce que je sais, vous n'êtes pas au mieux avec les Fauconniers…

Maranta se mit à pianoter sur les accoudoirs. Elle les fixait, plongée dans une intense réflexion. Une ride horizontale barrait son front. My devinait qu'une partie de son attention restait tournée vers eux et elle sentait, avec acuité, qu'elle subissait maintenant l'épreuve de vérité. À travers l'œil bleu pâle de cette femme qui représentait plus fidèlement son ordre que tous les Kmetts de ce bastion… Représentait sa vieillesse, représentait sa force et sa finesse. Terriblement intimidante, malgré son air avenant et son visage encore beau.

– Laissez-moi réfléchir, et je vous donnerai ma réponse.

– Elle n'acceptera pas, dit My.

La jeune fille marchait comme dans un état second. Maranta les avait congédiés avec la plus grande politesse, les accompagnant même jusqu'à l'escalier, mais la porte avait claqué de façon définitive.

Kebren ne fit aucun commentaire. La jeune femme était ressortie avec eux et guidait à présent leur petit groupe au bas de l'escalier. Elle avait l'air assez calme, contrairement à Allian qui débordait d'allégresse.

– Heureusement qu'elle est moins catégorique que vous ! Elle a dit qu'elle allait réfléchir, My. Maranta ne parle jamais en l'air.

Ils étaient revenus dans la salle vide, dissimulant à nouveau l'escalier blanc derrière le panneau. Au lieu de quitter le donjon, Kebren sortit un trousseau de clés et s'arrêta devant l'une des armatures rouillées, qui camouflait un panneau. Derrière, ce ne fut pas un escalier qui apparut lorsque le battant pivota mais un couloir, menant à un logis accolé au donjon. My constata, en suivant Kebren, que les Kmetts avaient rénové de l'intérieur toutes les maisons avoisinantes, décloisonné les parois, agrandi certaines pièces, de façon à faire du donjon le centre d'un vaste ensemble ingénieusement conçu.

Kebren n'avait pas exagéré : les Kmetts étaient des dizaines à occuper les lieux. Par rapport à une guilde tentaculaire comme celle de Krud, c'était dérisoire, pourtant ce n'était pas le mot qui venait à My quand elle les croisait. Il y avait des Kmetts âgés, d'autres très jeunes et même des enfants, à sa stupéfaction. Leur unique point commun estompait ces différences : le symbole qui brillait sur leur épaule, gris pour tous, à l'exception de Kebren. Ici, la hiérarchie semblait obéir à des règles particulières : à son passage, l'aldhei récoltait autant de saluts que de simples signes de tête. La jeune femme, en plus d'être connue, semblait aimée. Il suffisait, en revanche, que les Kmetts remarquent la présence de My, ou celle d'Orest, pour que les attitudes changent. On s'écartait sur leur passage. Plusieurs portes furent refermées, discrètement. Kebren leur faisait emprunter les couloirs principaux et My, très vite, devina qu'elle n'avait pas l'intention de leur dévoiler davantage du bastion. Le détail n'avait pas non plus échappé à Orest : elle le sentait sur la défensive, dans un endroit où les tire-laine n'avaient pas leur place. Les articulations de ses mains étaient tendues, comme s'il se tenait prêt à réagir d'un instant à l'autre. Lorsqu'elle l'effleura pour prendre sa main, il la repoussa. Un geste discret, mais sans équivoque. Elle fronça les sourcils, et n'insista pas.

Il leur fallut gravir un étage pour découvrir, enfin, une porte entrebâillée. Kebren la dépassa sans lui accorder d'intérêt. My attendit qu'elle s'éloigne suffisamment pour s'arrêter. Orest fut le seul à s'en apercevoir.

– Ne comptez pas sur moi pour faire le guet, dit-il. Et à votre place, j'éviterais. Vous avez entendu parler des pulsions meurtrières des Kmetts pris au piège ?

– Non ?

– Bon, alors évitez qu'ils vous prennent *vous* sur le fait.

My haussa les épaules et poussa la porte.

– Ils nous acceptent ici, ils peuvent bien nous laisser explorer. Je suis sûre que certaines pièces sont exclusivement réservées pour…

– … lire des bouquins.

De fait, la salle était encombrée de livres jusqu'au plafond. Grimoires cadenassés, feuillets reliés par une simple pince, grimoires à couvertures de cuir… L'odeur de vieux papier embaumait toute la pièce. My fit quelques pas à l'intérieur, sans remarquer le petit chat qui se coula d'une étagère à une autre et se tapit parmi les livres, les yeux dardés sur elle.

À première vue, la bibliothèque accumulait les livres sans ordre ni logique. My se rendit vite compte qu'il n'en était rien : rangées et piles avaient chacune son écriteau. Il n'y avait ni table ni fauteuils, comme si les livres étaient là pour être feuilletés à la va-vite, et non lus. Elle s'approcha de la première rangée, lisant les écriteaux à mi-voix. Il y avait de tout, dans tous les domaines. *Guildes, Arcanes de la magie, Edrilion, Faune du Nord.* Elle tourna un écriteau placé de biais et s'arrêta.

*Les Darcer.*

Elle sentit Orest se pencher par-dessus son épaule. Il ne savait pas lire, mais la respiration soudain plus courte de la jeune fille était significative. My n'avait connu ni son père ni sa mère ; ses racines plongeaient si loin dans le passé qu'elle ignorait tout de sa famille avant Madael. Les mains tremblantes, elle souleva la couverture, dévorant les premiers mots.

« Fondateurs de Liett, les Darcer furent sacrés rois d'Edrilion aux premiers âges, alors qu'hommes et magie se disputaient le même territoire. Les Darcer faisaient partie des hommes élus, les rares qui vivaient avec la magie et tiraient des pouvoirs issus de cette symbiose. Héréditaire, leur Don d'ailes se transmettait de parent à enfant, à la seule condition que le parent meure. Au fil des siècles, ils devinrent parmi les derniers à détenir cette magie dite "de nature"... »

– Bonjour ?

My referma le livre dans un claquement.

Un jeune garçon se tenait face à eux, surgi des profondeurs de la bibliothèque. Il devait avoir onze ou douze ans, ses yeux brillant sous sa tignasse rousse.

– C'est réservé aux Kmetts, ici, dit-il avec gravité.

– Je sais. Nous sommes... entrés par hasard.

My s'empressa de reposer le livre. Concession insuffisante pour l'adolescent, qui devint encore plus sérieux.

– Vous n'êtes pas Kmett. Alors, qu'est-ce que vous faites ici ?

– Elle explore, dit Orest avec un sourire railleur, et je surveille. Depuis quand les Kmetts font collection de livres ? C'est intéressant, en tout cas… Une autre de vos particularités ?

Le Kmett dévisagea le jeune homme puis My, comprenant comme par instinct le lien qui les unissait. Le sourire d'Orest disparut.

– Eisdreel ?

Kebren fit irruption dans la pièce, interrompant leur échange. Le petit Kmett s'inclina profondément :

– Ils n'ont rien pris, aldhei. Ils disent qu'ils explorent.

– Je ne vous ai pas autorisés à fouiller notre place forte !

La voix de Kebren était cassante, mais My ne s'en formalisa pas. Le livre occupait encore toutes ses pensées, le seul qui lui importait, dans cette multitude d'ouvrages. Elle se remémora les différents titres aperçus. *Faune*, *Magie*, *Réseaux edriliens.* Cette bibliothèque semblait réunir des livres dans tous les domaines… Pourquoi ?

Kebren verrouilla la bibliothèque dès leur sortie, et ne revint pas sur le sujet. Orest ne lui en reparla pas non plus, mais il se mit à arborer un petit air satisfait au bout d'un moment. My attendit qu'Eisdreel les dépasse pour se rapprocher d'Orest, quêtant une explication. Il murmura de façon à n'être entendu que d'elle :

– Ils mystifient sur pas grand-chose. Ce sont des traqueurs et des enquêteurs, mais pas seulement sur le terrain. On leur demande parfois de mener d'autres genres d'enquêtes, voire de remonter des années en arrière.

– Alors il ne s'agit… que d'archives, et rien de plus ?

– Vous appelez ça « rien », vous ? Ils ont des informations sur tout. Je sais quelques petites choses sur eux, mais j'ignorais qu'ils étaient omniscients à ce point. Croyez-moi, ce n'est pas rassurant. Quand on les a contre soi. Et même dans son camp…

Orest n'acheva pas. Il surveillait Eisdreel, qui le guettait de même. Derrière ses airs angéliques, le jeune Kmett semblait aussi vif d'esprit qu'un Kmett rôdé. Il avait deviné qu'ils étaient ensemble, là où Maranta ne s'était doutée de rien. My demanda à quel point ils pouvaient lui faire confiance. Elle s'inquiétait à tort, car Eisdreel les suivit de salle en salle et d'étage en étage, sans poser de questions. Tout en lui clamait qu'il admirait Kebren, comme un adolescent en quête de repère peut admirer un guide – admiration forcenée qui se passait de mots. Tout naturellement, la Kmett l'engagea pour les préparatifs. L'expédition pour la Cour devait commencer dans les prochains jours.

Les Kmetts agissaient souvent seuls ou en petits groupes ; cette fois, l'escorte devrait contenir, au bas mot, une bonne centaine de traqueurs. Beaucoup d'entre eux se trouvaient au bastion. Kebren les convoqua sans tarder, et s'occupa dans le même temps de la cavalerie. My assista ainsi aux préparatifs de son retour au pouvoir, ressassant les dernières paroles d'Orest. Une chose devenait de plus en plus évidente, au point de détourner ses pensées de la bibliothèque. C'était l'attitude de Kebren. Et cela le fut définitivement à la fin de la journée. Au bout d'un processus d'équipement mené de main de maître, et quand l'aldhei réunit les combattants volontaires.

Un Kmett, deux Kmetts, puis trois. Puis dix. Puis l'immense majorité de la salle. Tous vinrent s'incliner devant Kebren, signant leur engagement définitif. La réunion s'était faite sans vague, sans éclats – feutrée, et lourde de conséquences. Kebren ne s'était pas contentée d'amorcer les préparatifs : ils étaient quasiment achevés… Et ce, sans attendre que Maranta donne son accord.

– Elle n'aurait pas dû faire ça, fit Orest.

La nuit tombait sur le bastion. Au-dehors, les toits disparaissaient sous une obscurité bleuâtre, qui virait peu à peu au sombre et donnait l'impression d'engloutir Orghill pour quelques heures. Les veilleurs de nuit ne passaient pas encore, et les couloirs du bastion étaient à peine éclairés, à croire que jour et nuit, pour les Kmetts, ne faisaient pas de différence. Il en était de même pour la chambre où ils se trouvaient, dépourvue de la moindre chandelle. Ils s'étaient rendus ici après la réunion des Kmetts ou plutôt, My s'y était rendue. Orest l'avait rejointe un peu plus tard, sûr, néanmoins, que des Kmetts surveillaient le couloir. Le bastion baignait dans un calme trompeur, haïssable.

Le jeune homme se retourna pour actionner la poignée. Il n'y avait pas de verrouillage extérieur, mais il doutait qu'on pût s'enfuir du bastion d'une manière ou d'une autre. Qu'ils soient invités, qu'ils soient captifs, la situation revenait au même…

L'impression d'être pris dans un étau s'accentua. Il n'avait jamais goûté à la prison, il avait toujours tout fait pour garder une marge de liberté ou une issue, où qu'il aille. Assise au bord du lit, My semblait à mille lieues de ses préoccupations. Elle regardait la nuit tomber avec sa lenteur sournoise, gagnant du terrain pouce par pouce. Quand enfin, le rouge de sa robe se ternit à son tour, elle parut revenir à elle. La silhouette d'Orest n'était plus qu'une grande ombre dégingandée à l'autre bout de la pièce, pourtant ses yeux trouvèrent les siens sans marque d'hésitation.

– Vous ne faites pas confiance à Maranta.

Orest haussa les épaules.

– J'évite.

– Parce que c'est une Kmett ?

– Entre autres…

My fit silence. Un léger pli s'était formé entre ses deux sourcils. Pli soucieux ou réprobateur, il ne parvint pas à le déterminer. Un bruit de pas se mit à croître dans le couloir, infiniment discret. Orest quitta les abords de la porte et écouta le bruit s'atténuer, notant que l'individu se déplaçait sans torche. Il reporta son attention sur My.

– Je ne fais pas confiance à Maranta, parce qu'elle est l'Aldhei-shen, et qu'elle fait passer son ordre avant la couronne. Maranta, c'est le genre d'alliée à surveiller. Elle a des contacts à la Cour, mais on ne sait pas encore combien de nobles se sont ralliés à vous. Voilà ce qui m'inquiète. Le plan d'Allian peut réussir, mais si au bout du compte Maranta trouve plus intéressant de se ranger dans le camp des partisans de La Déléane…

My s'accouda à la fenêtre et enserra son visage entre ses mains, se désintéressant en apparence de ses paroles. Il sentait qu'au contraire elle l'écoutait attentivement. Ils n'avaient pas pu parler sérieusement depuis leur départ de Penhata. My connaissait les intrigues de Cour, du moins, elle en avait eu un aperçu dans sa jeunesse. Elle avait pris ses décisions seule, mais il ne savait pas à quel point elle était lucide.

– Je ne peux pas en demander plus, dit-elle à mi-voix. Pas dans ma situation. L'ordre Kmett dans notre camp est déjà une aubaine. Tout ce que je souhaite, c'est que l'expédition réussisse… Ce sera Kebren qui prendra la tête de l'escorte, pas Maranta, et Kebren a ses Preuves à faire.

La nuit rendait Orghill presque indiscernable. Le reflet du visage de My semblait flotter, à peine plus tangible, par-dessus les toits. La vitre ne lui renvoyait que l'éclat de ses yeux et les contours esquissés de sa figure. Petite reine prise en étau entre la misère et une alliance douteuse… Quels étaient ses vrais atouts ? Le Don ?…

– Ce qu'il vous faut, dit lentement Orest, c'est son allégeance. Maranta ne fait pas de difficulté pour signer des contrats de traque avec des nobles : négociez votre propre contrat.

– Elle n'acceptera jamais.

– Forcez-lui la main.

– Et comment voulez-vous que je fasse ? C'est Maranta qui détient les forces armées, pas moi !

– Vous lui offrez un avenir pour son ordre. À ses yeux, je suis sûr que c'est inestimable… My, il vous faudra ce soutien face à la Cour, une aide extérieure, si vous préférez. Vous êtes une jeune fille, vous arrivez de nulle part… La Cour vous acceptera à cause de votre lignage, mais cela ne vous protégera pas pour autant ; et seul à vos côtés, je ne suffirai pas.

Sa voix s'abaissa.

– Vous savez mieux que moi comment ça fonctionne, à la Cour. Ils voudront vous marier avec l'un des leurs. Ne vous aventurez pas là-bas sans pouvoir vous défendre…

– Je pense que vous vous trompez, répliqua My.

– Ah oui, et où ?

– L'allégeance de Maranta ne prendra pas la Cour en compte. Et elle ne vous protégera pas non plus.

C'était une certitude. Orest était son allié le plus fiable, et le plus compromettant : sa seule origine suffisait à faire naître le paradoxe. Tire-laine, assassin, ancien membre de guilde. Quelles chances avait-il d'accéder à la Cour ? Elles étaient minces… très minces. Mais My n'avait jamais oublié qui étaient ses ancêtres. Ils avaient vécu une vie semblable à la sienne. Entre misère et précarité pour la majorité d'entre eux, dans l'ombre pour tous… Elle reprit :

– Pour le moment, ils ne sont que trois à savoir que nous sommes amants. Allian, Kebren et le petit Kmett. Je pense qu'ils se tairont. Le plus simple est de cacher notre lien à Maranta, et à Liett…

– Et à Liett, nous aurons la Cour contre nous.

– Une fois l'envoyé chassé, je serai reine et je choisirai qui bon me semble.

– Parce que vous pensez que ça va suffire ? Une couronne sur la tête et tous les droits d'office ?

– Orest, vous connaissez le principe des princes consorts ?

La pique ne fut pas du tout au goût du jeune homme, qui répliqua durement :

– Où vous voyez un prince ? Je ne suis pas l'un de ces chevaliers de tournois, alors qu'est-ce que vous croyez ? Que la Cour va accepter un homme issu du bas peuple aux côtés d'une reine ? Je n'ai pas de titre, pas d'argent et pas de soutiens. Ne vous faites pas d'illusions, My… Pour l'heure, notre seule défense, c'est le silence, rien d'autre. Ça ne me plaît pas non plus, mais on n'a pas vraiment le choix.

Une porte claqua quelque part dans Orghill, suspendant du même coup leur échange. Face à face, ils se regardèrent dans les yeux, retrouvant leur ancienne complicité… entre décalage, affrontement et étrange alchimie.

My le savait : s'engager tous les deux dans cette quête, c'était mettre leur couple en danger, mais c'était également tenter de s'en sortir ensemble. Quelques jours plus tôt, jamais elle n'aurait cru que les événements la pousseraient à endosser, de nouveau, son nom de Darcer. Mais quelques jours plus tôt, elle s'imaginait aussi vivre à jamais dans la précarité, aux côtés de celui qu'elle avait choisi, en toute liberté – ni bon parti ni allié puissant, Orest, simplement. Il leur avait fallu du temps pour en venir là, et, pour l'un comme pour l'autre, cette conviction était inébranlable : ils continueraient leur route ensemble.

La nuit les enveloppait totalement, obscurcissant leurs silhouettes. Orest ne distinguait plus de My que les contours de son corps. Doucement, il l'attira à lui. Des croisillons refermaient sa robe sur toute la longueur du dos. Il entreprit de faire glisser l'étoffe, le long des épaules de la jeune fille, puis de ses hanches. Dans le silence de la chambre, on n'entendait que cela, le froissement du tissu et la respiration ténue, régulière, de My. Peu à peu, la peau de la jeune fille remplaça le velours sous ses mains, porteuse de la chaleur qui manquait aux derniers rayons. Ardemment, silencieusement, Orest y colla ses lèvres. Ses habits allèrent rejoindre la robe sur le parquet, tandis que My, répondant avec fougue à ses baisers, l'attirait sur le lit.

Peau contre peau, comme une seule personne qui pourtant restait double… et irrémédiablement disparate.

La nuit teintait de bleu la pénombre de la salle.

Une lumière de pleine lune, qui adoucissait les contours et glaçait les formes, les rendant étrangement lointaines. Le siège ressemblait à un gros rocher, et la plaque de marbre, à un lac parfaitement rond. Ses marbrures évoquaient des vagues figées, plaquées sur sa surface.

Une seule chose échappait à la lumière glaçante : la lumière elle-même, ou plutôt les lumières qui palpitaient sur la plaque de marbre, filtrant à travers les gemmes incrustées dans le sol, chacune placée sur une ville. En fonction de leur éloignement ou de leur ancienneté, elles vacillaient avec plus ou moins d'intensité. Certaines évoquaient un œil qui cillait sans discontinuer, mais maintenait sa veille…

*La gemme est un réceptacle ; elle diffracte et elle retient. Plus lumineuse qu'un regard, plus impénétrable qu'un caillou. Elle prend la forme qu'on lui taille, mais le cœur reste intact et garde son mystère… La Nel'riand est « la pierre qui voit ». Elle sert à communiquer d'une ville à l'autre, à condition que tu saches y déposer ton message. Traverser la pierre ne se fait pas par la force : il faut une clarté d'esprit exceptionnelle. Quand tu prendras ma place, tu devras les maîtriser à la perfection.*

Les paroles d'Athalé, son Aldhei-shen et prédécesseur, résonnèrent dans l'esprit de Maranta, intactes. La femme rouvrit les yeux.

Elle n'avait pas uniquement maîtrisé les Nel'riand : elle avait aussi appris à les imiter dans leur clarté, leur dureté, leur transparence trompeuse. Des pierres que peu d'esprits perçaient à jour et qui, pourtant, filtraient tout…

Comme chaque soir, dédaignant son siège, l'Aldhei-shen s'était assise à même la plaque de marbre. Elle aimait méditer là tout en contemplant Edrilion, dans l'attente d'un message. Hélas, il y avait plus de creux vides que de Nel'riand sur cette carte. L'Edrilion qu'elle contrôlait était singulièrement limité, et il y avait bien longtemps que la maîtrise des Nel'riand s'était perdue chez les Kmetts. Les seuls qui possédaient la clairvoyance adéquate se contentaient de recevoir ses ordres à travers les gemmes. Décrypter un message était tellement plus facile que d'en créer un ! Ainsi, sur l'intégralité d'Edrilion, l'Aldhei-shen devait se contenter d'une quinzaine de villes surveillées. Face à la mainmise des Fauconniers qui, eux, étalaient leur pouvoir sur quasiment toutes les villes, c'était un nombre dérisoire…

La femme sourit dans l'ombre, un sourire matois de félin. Peu n'était pas rien, cependant, tant qu'il y avait la possibilité de se tapir dans l'ombre… pour bondir à l'improviste, un jour peut-être ? Enfin ?

Un miaulement retentit à côté d'elle, la tirant de ses pensées. Allongé sur la dalle, un chat roulait sous sa patte une gemme descellée. La lumière de la Nel'riand se reflétait dans ses yeux d'or, écarquillés par la fascination. Il était encore jeune et, au milieu des tons froids de la nuit, son pelage mordoré chatoyait comme une flamme. Habilement, Maranta intercepta la gemme et la fit rouler vers elle. Le chat réagit aussitôt, avec la vivacité si propre à ceux de son espèce. Maranta referma les doigts sur la Nel'riand au moment où il abattit sa patte. Main parcheminée et patte d'or, posées l'une sur l'autre, s'immobilisèrent.

– Il faudra faire mieux que ça, Shekeri…

Les iris effilés du chat s'amincirent un peu plus. Elle en savait assez sur ces félins pour savoir qu'il réfléchissait au moyen de lui dérober la pierre, malgré l'interdiction. Malgré ses griffes de métal, fondues sur ses griffes naturelles, qui lui conféraient une fulgurance appréciable en attaque, il n'avait encore aucune chance d'y arriver…

Un bruit de pas leur fit tourner la tête. On montait l'escalier. Il n'y avait qu'une Kmett pour gravir avec une telle aisance les marches irrégulières, et oser se présenter ici à la tombée du jour. Maranta se remit debout tandis que le chat, d'une démarche nonchalante, traversait la salle. Il se posta devant la porte, attendant que de l'autre côté, les pas s'arrêtent. Un pied apparut dans le creux taillé sur le seuil, chaussé d'une bottine kmett, que Shekeri entreprit de renifler avec circonspection. Très vite, il s'en détourna et appuya sur un minuscule bouton à droite du battant. Le système qui commandait l'ouverture de la porte s'enclencha, dans un bruit de mécanique bien huilée. Maranta assista sans surprise à l'entrée de son aldhei.

– Kebren.

Nulle trace, cette fois, de bienveillance. À la faveur de la nuit, sa voix était aussi froide que l'air alentour.

– Bonsoir, Maranta.

Les deux aldhei se jaugèrent, chacune d'un côté de la dalle. Avec l'éloignement, Kebren paraissait minuscule tandis que sa supérieure, du haut de son siège, dominait toute la salle. D'entrée de jeu, les règles étaient posées : deux aldhei… mais deux niveaux. Et deux niveaux qu'il était exclu d'inverser.

– Tu es venue t'expliquer ?

– Je suis là pour…

– Explications.

Shekeri bondit sur les genoux de Maranta. Son museau rappelait un peu le sourire de l'Aldhei-shen, avec ses grandes moustaches qui paraient ses babines retroussées, à l'expression souriante et figée. C'était comme si deux Maranta la sondaient à présent, le jour et la nuit… la chaleur et la glace.

– Je vous ai déjà tout expliqué quand ils étaient là, dit Kebren tout net. Et je vous ai aussi expliqué *pourquoi* j'ai jugé bon de vous les amener, et…

– Tu ne m'as pas expliqué pourquoi tu les as fait entrer sans mon consentement. Pourquoi tu as jugé bon de tout leur révéler sur nous. Ni pourquoi tu marches de nouveau avec Allian.

– Maranta, je ne leur ai révélé aucun secret ! La Darcer a simplement découvert la bibliothèque…

– Tu sais très bien que je n'accepte dans le bastion que les initiés. Est-ce que tu réalises qu'à cause de toi, je vais devoir les séquestrer ici ?

– Je suis sûre que, pour une reine, vous changerez vos habitudes…

– Quelle reine ? Je n'ai vu qu'une gamine fagotée comme une dame, par tes soins sans doute. Une petite miséreuse avec un joli minois, bonne actrice, certes… mais rien ne me dit qu'elle est une Darcer, à part ta parole. Et maintenant Kebren, écoute-moi bien : tu es la meilleure Kmett pour le poste d'aldhei, c'est pour cela que je t'ai choisie. J'espère simplement que je n'aurai pas à revenir sur mon choix. Je sais que tu veux faire tes Preuves : crois-moi, avec Athalé, j'avais le même souci, la même pression. Ce n'est pas pour cette raison que tu dois t'emparer de la première occasion. J'ai gardé ta petite reine parce qu'il y a peut-être un gramme de vérité dans tout cela, mais pour ce qui est d'avoir mon aide, c'est hors de question.

Elle s'accouda aux bras de son siège, avec une décontraction qui signait le caractère décisif de son annonce.

– My a le Don, dit fermement Kebren. Je l'ai vu de mes propres yeux, j'ai vu la transformation. Oui, c'est un papillon, mais croyez-moi, quand la magie opère, ça n'a plus d'importance. Cela la légitime d'entrée de jeu. Ne croyez-vous pas que cela vaille la peine qu'on s'en serve ?

– Non.

– Maranta, à ma connaissance, seuls les Darcer…

– Seuls les Darcer détiennent le Don, mais ils ont disparu depuis deux siècles et j'ai autre chose à faire que me lancer dans une mission-suicide.

Kebren se sentit blêmir. Depuis ses débuts, elle cohabitait harmonieusement avec Maranta, qui appréciait son esprit de décision et ses allures de garçon manqué – aptes à la faire respecter par des Kmetts souvent plus âgés qu'elle. Mais toute harmonie avait ses limites…

Indécise, Kebren fit silence, pesant le pour et le contre. Elle avait peu d'options face à Maranta : renoncer et laisser leurs rapports reprendre leur cours normal. Ils étaient basés sur la hiérarchie et l'exigence mais Maranta, sûre de se faire respecter, n'avait jamais abusé de son pouvoir. Ou alors... s'obstiner. Affronter l'Aldhei-shen, risquer le tout pour le tout. Elle avait My à portée de main, elle avait engagé des dizaines de Kmetts... Avait-elle le droit de revenir en arrière ?

*Question d'honneur*, commenta une voix dans sa tête – une voix qui ressemblait étrangement à celle d'Allian, le moins concerné, sûrement, par la notion d'honneur. Mais cela, tout à coup, la décida.

– Écoutez-moi bien, vous aussi.

Maranta perdit son air ennuyé au profit d'un masque sévère. Kebren n'y prit pas garde.

– Vous avez l'air de penser que j'ai agi contre votre gré en amenant My. C'est faux. Je suis convaincue qu'elle est extrêmement importante pour notre ordre. Bien sûr, l'opération n'est pas sans risque, mais jouer avec les risques ne fait-il pas partie de notre métier ?

Elle s'avança sur la dalle, foulant la carte gravée d'un pas égal. Les Nel'riand, inégalement réparties sur sa surface, gênaient à peine sa marche. Une grande partie des gemmes était concentrée autour de Liett mais la capitale, elle, ne comportait qu'un trou vide... aveu d'impuissance des Kmetts, au cœur même du royaume.

– D'autre part, la guerre contre les Fauconniers ne va pas durer éternellement. Contrairement à nous, ils peuvent agir au grand jour. Et j'ai peur qu'avec la mort de Keagan, La Déléane cherche à les mettre de son côté. Maranta, nous devons réagir *maintenant*, ou la partie deviendra complètement inégale.

Un nuage masqua momentanément la lune et plongea la salle dans une obscurité profonde. Le vacillement des Nel'riand rythma le silence, à petits battements nerveux. L'Edrilion gravé sous ses pieds paraissait frémir, dans l'expectative. Paraissait trembler, en une heure décisive...

– Je sais tout cela, dit l'Aldhei-shen dans un souffle.

Sa voix était devenue un filet fêlé. Une voix lasse de vieille femme. Rien ne l'autorisait vraiment à le faire, mais Kebren franchit les derniers mètres qui la séparaient de l'Aldheishen et, prise par un accès de tendresse, posa sa main sur la vieille main parcheminée.

– Alors, dit-elle avec insistance, utilisez My. Combattez avec elle ! Sans vous, elle ne peut rien, et sans elle, nous allons rester comme des rats pris au piège, à agir dans l'ombre jusqu'à ce que les Fauconniers nous écrasent ! Elle a le Don, elle a la Cour, elle peut nous avoir nous, il lui faut simplement un peu de soutien pour rallier les foules !

Maranta retira sèchement sa main.

– Elle est trop jeune.

– Elle a plus de ressources que vous ne le pensez. Elle a reçu une éducation noble, elle est la première Darcer à avoir retrouvé le trésor…

– Oui, elle l'a retrouvé, et elle l'a perdu. Et supprimé Keagan, oui, je le sais aussi, poursuivit Maranta en élevant la voix alors que Kebren s'apprêtait à parler. Cela ne change rien pour moi. Tu as tes raisons – et je les comprends – pour vouloir te lancer dans cette aventure, seulement tu n'as pas l'ordre Kmett à diriger. Je forme des Kmetts dans un but précis : travailler en finesse, accumuler les missions et revenir *vivants*. Vous n'êtes pas des soldats. Vous êtes beaucoup plus rares, infiniment plus précieux et plus forts, et si un Kmett mort se remplace, dix Kmetts morts, c'est considérable.

– Et moins de dix morts dans mon escorte ? Contre la reconnaissance de la reine et son retour au pouvoir ?

– Ce n'est pas mon problème.

Les yeux de Kebren s'emplirent de colère. À peine consciente de ce qu'elle faisait, elle abattit son poing sur le bras du fauteuil.

– Bon sang, j'ai passé des jours à pister cette petite ! Puisque vous formez des Kmetts de talent, pourquoi ne réussiraient-ils pas cette mission à Liett ? Ils ne seront pas seuls, il y aura la Cour, la garde, des partisans, le peuple peut-être ! Ils…

– Kebren, ça suffit.

Maranta avait parlé avec une sérénité extrême. Tout le visage de la vieille femme l'exprimait, sans mensonge ni dissimulation. Maranta pouvait dissimuler bien des choses, mais elle ne le faisait jamais avec son aldhei.

– Tu es comme Shekeri : tu as encore beaucoup à apprendre. Je ne souhaite pas me lancer dans cette expédition, est-ce clair ? Tu feras tes Preuves quand tu seras prête. Et il se trouve que tu ferais mieux d'attendre encore.

Kebren frémit comme si l'Aldhei-shen l'avait giflée.

– Mais il y a la Cour…

– Ce n'est pas suffisant, trancha Maranta. Désolée, Kebren, Allian est un excellent espion, mais je ne suis pas folle au point de me mettre La Déléane à dos.

Le chat s'était dressé sur ses pattes, et ses oreilles pivotaient de droite à gauche, captant chaque nuance de ton. Maranta le gratta sous le menton, indifférente au silence blessé, furieux, de la jeune femme.

– Et du reste, poursuivit-elle, qui est le jeune homme qui vous accompagnait, ce matin ? Cet Orest ?

– Un assassin de la guilde de Krud, répondit brièvement Kebren.

– Cela, je le sais. Ce que je veux savoir, c'est ce qu'il fait ici. Je peux comprendre la présence d'Allian, mais la sienne, tu ne me l'as pas expliquée. Est-il du côté d'Allian… ou du côté de ta petite reine ?

Kebren resta muette. Il s'agissait là du point faible du plan, celui sur lequel elle avait préféré fermer les yeux. Les lèvres de Maranta se plissèrent.

– Sensiblement le même âge, même quête, même ville de provenance. Pour que la demoiselle quitte Penhata, il fallait qu'il vienne avec vous… Leur lien saute aux yeux. Et je suppose que si elle l'accepte là, elle va chercher à l'introduire dans la Cour ? Un assassin, une reine dévoyée… En voilà un beau couple !

Les contre-arguments s'entassaient sans discontinuer avec patience et minutie. Kebren sentit sa colère s'éteindre, soufflée par la résignation.

– Parfait, j'ai compris.

Comme pour approuver l'issue de l'échange, le ronronnement de Shekeri se fit ronflant, envahissant la salle, et la main de Maranta serra fermement le bras de Kebren, en un semblant de réconfort qui pouvait passer pour un ordre appuyé :

– Garde ta petite reine dans le bastion, je ne la tuerai pas. Je réfléchirai à ce que je vais en faire, puis je vous appellerai. Pour demain, tout ce que je veux, c'est le paiement d'Allian pour le travail de traque.

– Entendu.

Kebren s'inclina devant l'Aldhei-shen et prit congé, contournant la carte et les Nel'riand. Elle était comme assommée. Elle avait tant misé sur elle, sur Allian, sur le mot magique de « Darcer »… sur tout. En se refermant sur elle, la porte parut lui glisser : « Tu es comme Shekeri : tu as encore beaucoup à apprendre… »

Elle se retint à grand-peine de claquer la porte. Fidèle au poste, la détermination, déjà, remplaçait la fureur.

Elle était aldhei, elle avait ses Kmetts, elle avait My. Finalement, il ne lui manquait qu'un accord…

*J'irai quand même.*

# 12. Sur le pied de guerre

– Eisdreel, réveille-toi…

La voix était douce mais la poigne, ferme ; Eisdreel eut l'impression qu'on lui broyait l'épaule. Il n'eut pas d'autre choix que d'ouvrir les yeux, embués de sommeil, puis, très vite, de douleur. La poigne se desserra seulement lorsqu'il s'assit sur le lit.

Partout autour de lui, les apprentis Kmetts dormaient, emplissant le dortoir de dizaines de respirations qui produisaient un bruit de fond irrégulier. La voix n'avait eu aucun mal à se faire discrète. Il plissa les paupières, devinant plus qu'il ne vit la silhouette accroupie près de son lit et la reconnut aussitôt. Aucune planche n'avait craqué sous ses pas, elle n'avait réveillé aucun dormeur… Un exploit que seuls les Kmetts les plus doués du bastion réussissaient : on l'appelait « la patte de velours ». Kebren lui attrapa le poignet, l'empêchant de parler, et lui chuchota :

– Je vais avoir besoin de toi… tout de suite. Est-ce que tu veux bien m'aider ?

Faute d'autre alternative, il hocha la tête. La main de Kebren lâcha son poignet exactement comme s'il avait formulé sa réponse à voix haute. Puis, tout à coup, sa présence parut se dissoudre dans le noir.

Encore mal réveillé, et pris de court par son irruption, Eisdreel la chercha malgré tout, puis essaya de percevoir son pas sur le parquet du dortoir, en vain, naturellement. Elle devait déjà être dehors.

Le jeune garçon chercha ses bottes à tâtons, s'étonnant de ne pas les trouver au pied du lit. Puis il se souvint qu'il les avait jetées au hasard avant de se coucher et les retrouva après une brève recherche. Il les enfila avant de descendre, déjà sûr d'avoir réveillé la moitié du dortoir. Il n'avait pas le choix, cependant, il ne pouvait pas partir sans ses bottes. Kebren avait coutume de dire, en plaisantant, qu'elles étaient l'apanage du Kmett, ce qui était certes exagéré mais pas inexact : elles étaient conçues de manière à s'adapter au pied de leur porteur, lui donnant ainsi une démarche beaucoup plus souple et discrète. Cela n'égalait pas les foulées d'un chat, mais rendait les Kmetts plus furtifs que la majorité des voleurs.

C'était la théorie. En traversant le dortoir, Eisdreel constata une nouvelle fois qu'en pratique, rien n'était plus difficile que de marcher en silence. Même pour lui, qui était fils de deux Kmetts, qui avait grandi au bastion et commencé son apprentissage dès qu'il avait su marcher. Il avait beau exceller dans tous les domaines, la furtivité restait encore un idéal inaccessible. Ses parents lui avaient tout transmis, tout sauf la patte de velours. Chaque fois qu'il s'en plaignait, Kebren disait simplement : « Tu n'es pas tes parents. » Parfois, il aurait bien aimé.

Le garçon mit un certain temps à atteindre la porte, heurtant quelques lits et trébuchant sur des affaires éparses. Personne ne l'arrêta. Il n'était pas rare que d'autres apprentis kmetts se lèvent au beau milieu de la nuit pour aller se promener dans le bastion, le donjon ou Orghill, et leurs camarades avaient l'habitude de fermer les yeux : leur point commun était leur esprit d'indépendance. Vertu kmett par excellence, qui s'accoutumait mal d'un enseignement rigoureux. Comme les chats, les Kmetts vivaient leur apprentissage en solitaire.

Un rayon pâle se glissa sous le seuil. Eisdreel ferma soigneusement la porte et cligna des yeux : après les ténèbres du dortoir, le couloir baignait dans une lumière insoutenable. S'accoutumant peu à peu au changement, il se rendit compte qu'il s'agissait, en réalité, de la lumière de l'aube. Kebren se retourna à son arrivée. Elle avait l'air préoccupé et ne lui sourit pas comme à son habitude. Eisdreel était tellement intrigué qu'il passa outre.

– Que se passe-t-il ?

Kebren le considéra avec une expression étrange. Elle avait l'air de le jauger, hésitant à lui dévoiler toute l'étendue du problème. Onze ans, c'était bien jeune... Mais il était le seul Kmett fiable – le seul parce qu'il n'était pas encore vraiment un Kmett. Il pouvait aller et venir, passer inaperçu grâce à cela : son statut d'apprenti. Il n'avait même pas besoin de la patte de velours.

– Eisdreel, est-ce que tu as confiance en moi ?

La réponse fut immédiate :

– Oui.

– Pourquoi ?

Le jeune garçon marqua un arrêt.

– Parce que vous êtes aldhei, dit-il finalement.

– Très bien. En tant qu'aldhei, je suis responsable de l'ordre, comme tu le sais. Tous mes efforts tendent vers cela, et Maranta fait de même. Tu comprends ? (Il hocha la tête, un peu perplexe.) Or, Maranta et moi, au sujet de la Darcer, ne sommes pas d'accord.

L'adolescent écarquilla les yeux. Les deux aldhei formaient, dans son esprit d'apprenti, un tandem indissociable : l'âme du bastion et de l'ordre en général.

– Pourquoi ?

– Maranta veut la sécurité de l'ordre et refuse de prendre des risques, expliqua Kebren. Je cherche, moi, à renforcer cette sécurité par des alliances. My est très importante, et je pense qu'il est essentiel pour nous de l'accompagner à Liett et de se battre, s'il le faut. Alors...

Alors seulement il comprit où elle voulait en venir : elle se passait, purement et simplement, de l'accord de Maranta ! C'était tellement contraire aux codes kmetts qu'il en eut le vertige. Il savait pourtant que l'attachement de l'aldhei pour Maranta était réel.

– Je ne veux pas provoquer Maranta, reprit Kebren, confirmant sans le savoir ses inquiétudes. N'aie crainte, elle me pardonnera. En attendant, il est essentiel de partir… vite. Va prévenir les Kmetts – sans leur parler de Maranta. Et commence par Allian.

Eisdreel détala. Kebren prit la direction opposée, tout aussi promptement. Elle faisait confiance à Eisdreel pour s'acquitter de sa mission : il était bon apprenti et suffisamment connu au bastion pour être cru sur parole.

Avec le petit jour, elle s'attendait à croiser des Kmetts revenant de leurs expéditions nocturnes, mais les couloirs étaient déserts. Même aux étages inférieurs, il n'y avait pas un chat. En tant qu'aldhei, Kebren pouvait aller et venir librement dans tout le bastion, et dans les circonstances présentes, le fait qu'il n'y eût personne l'arrangeait. C'était bien la première fois qu'elle devait se faire discrète dans sa propre place forte.

La veille, elle avait intentionnellement réuni les Kmetts dans une salle d'armes très éloignée du donjon. Elle dut traverser une bonne partie du bastion pour y retourner et se rendit dans la salle attenante. On y rangeait toutes les armes possibles, les épées de guerre, les arcs et les lances, que les Kmetts apprenaient à manier dès leur plus jeune âge, honorant ainsi leur réputation d'élite guerrière. Ordinairement, ils se battaient sans elles, mais cette fois, ils devraient s'en servir : leurs fines dagues de mission ne suffiraient pas.

Les armes étaient entassées pêle-mêle dans de grands coffres. Kebren entreprit d'examiner les épées et les lances. Elle les fit volter d'un moulinet rapide, évaluant leur équilibre et leur tranchant, avant de les ranger ou de les mettre de côté. Il y avait des dizaines d'armes, neuves ou abîmées par d'anciens combats. La jeune femme travaillait vite et sans bruit, consciente de l'ampleur de la tâche. Ils allaient être plus d'une centaine à partir, et il lui fallait équiper tous ses Kmetts. Elle avait la matinée devant elle, guère plus. La bonne vieille nervosité, compagne des jours d'épreuve, était de retour.

Bientôt, le tas d'armes fut satisfaisant. Des épées, quelques lances par mesure de prudence, mais aucun arc. Kebren détestait les arcs. Un rien détendait la corde, et elle avait le sentiment que s'ils devaient affronter des ennuis, ce serait au corps à corps. Elle se souvint des dernières paroles de Maranta et sa nervosité monta d'un cran : « Je forme des Kmetts dans un but précis : travailler en finesse et revenir vivants. Vous n'êtes pas des soldats. Vous êtes beaucoup plus rares, et si un Kmett mort se remplace, dix Kmetts morts, c'est considérable… » Trop de victimes, et Maranta la rétrograderait, sinon pire. Cela ne faisait pas un pli.

Elle pivota sur elle-même et s'arrêta face à une armoire. Sa fonction première était d'abriter des vêtements, ainsi que plusieurs plaques de métal qui remplaçaient les armures, trop encombrantes : les Kmetts les glissaient dans la doublure de leur tunique, gardant ainsi la liberté de mouvements à laquelle ils tenaient tant. Préférant le plus souvent la furtivité aux combats ouverts, les Kmetts s'en servaient assez peu. Là encore, il faudrait faire une exception à la règle…

– C'est une heure pour réveiller les invités ? demanda une voix d'un ton ronchon.

Allian, tout juste tiré du lit par Eisdreel, se retrouva les bras chargés d'une pile de plaques.

– Va poser ça dans l'autre salle, j'en ai besoin.

– Hé là ! Si c'est pour jouer les larbins, je… qu'est-ce que c'est que ça ? Des armures kmetts ?

Kebren se chargea d'une deuxième pile et entra dans la salle attenante, suivie par l'espion.

– Que se passe-t-il ? Alors on part finalement, la vieille veut bien ?

– Maranta refuse, on part, se contenta de répondre Kebren en disposant les protections par tailles.

Allian laissa échapper un petit sifflement.

– Kebren… tu nous fais ta crise ? Si elle ne veut pas, je ne vois pas comment nous pourrions…

– Je fais sortir des groupes kmetts toutes les semaines, je suis aldhei et Maranta ne filtre pas les sorties. On fera partir la troupe par petits détachements : si nous allons vite, je vois mal comment elle pourrait nous rattraper.

Kebren quitta la salle et entreprit de ramasser les épées qui gisaient sur le sol. Allian, lui, resta au milieu de la grande salle, plongé dans ce qui ressemblait à une réflexion intense.

– C'est un plan fou, donc un bon plan ! dit-il enfin.

Kebren sourit largement.

– Je savais que tu serais d'accord ! On a la matinée pour partir – le temps d'équiper les troupes sans alerter Maranta. Eisdreel est allé chercher les Kmetts… Tu peux m'aider pour les planifications ?

– Pour tes beaux yeux, je mangerais du parchemin. Où sont les…

Cette fois, Kebren lui colla dans les bras une liasse impressionnante de feuilles.

– Compte tenu des circonstances, essaie de réduire le chargement de provisions… et trouve l'itinéraire le plus direct pour Liett, je ne l'ai pas encore fait. Ah ! Et les chevaux.

Allian considéra la pile avec un ennui manifeste. Kebren avait déjà considérablement avancé le travail, couvrant les feuilles de colonnes rébarbatives.

– Commençons par les chevaux, dans ce cas… Aurez-vous besoin de malles ?

– Non, pas de malles, il faut une cavalerie légère. Et… tiens My à l'écart, ainsi qu'Orest. Maranta les considère comme ses prisonniers, tu sais ce que ça signifie : si on les voit se promener aux mauvais endroits…

En leur refusant son aide, Maranta avait, de toute façon, supprimé leur statut d'invités. Ils étaient trois prisonniers, à présent. L'espion quitta la salle à la hâte.

Restée seule, Kebren eut à peine le temps de finir l'inventaire des armes et des équipements. Cuissardes et dagues courtes vinrent s'ajouter au reste. Pendant tout son apprentissage kmett, on lui avait enseigné que, lors d'un combat, le plus preste, le plus léger avait souvent l'avantage. Tout en reconnaissant que l'argument était fondé, elle était hantée par la perspective de morts inutiles ; aussi préférait-elle favoriser la protection de ses Kmetts, quitte à les alourdir. Elle s'arma sans attendre, resserra les coutures de sa tunique après avoir glissé la plaque métallique à l'intérieur, et boucla les cuissardes. Ce fut poings sur les hanches qu'elle accueillit ses premiers Kmetts.

– Nous partons dans la matinée. Armez-vous rapidement et constituez vos divisions. On va quitter Orghill par détachements. Des questions ?

– Ne devait-on pas partir dans plusieurs jours ? demanda un Kmett, déstabilisé.

– Vous faut-il un justificatif ? aboya Kebren. Bouclez-la et faites !

Elle était terrifiante dès qu'elle dirigeait une troupe, elle était même connue pour ça. Bientôt, la salle d'armes grouilla de Kmetts et des cliquetis d'épées qu'on sortait de leur fourreau, qu'on examinait et qu'on rengainait. Chaque Kmett était habitué à ce genre de situation, où rapidité et vigilance devaient se combiner sans temps morts. Kebren arpentait la salle et passait parmi ses combattants, leur signalant sans indulgence leurs erreurs d'équipement. C'était dans ces moments-là qu'elle se métamorphosait, endossant son statut d'aldhei avec une arrogance presque belliqueuse. Ce jour-là, plus que jamais : elle savait qu'elle venait de franchir une ligne très ténue, décisive, et qu'à partir de là, elle n'aurait plus droit à l'erreur.

Et de l'autre côté de cette ligne, il y avait Maranta.

Eisdreel entra le dernier dans la salle. Il lui avait fallu une heure pour prévenir la totalité des Kmetts : il s'agissait là d'un petit exploit, mais Kebren n'eut pas un mot à son intention. À vrai dire, elle ne remarqua pas sa présence : dans cet énorme va-et-vient d'adultes, il était à peine visible. Il alla se poster dans un coin, observant l'agitation de la salle.

Ainsi c'était cela, partir en guerre. Au cœur du bastion à l'ambiance feutrée, il n'avait encore jamais assisté à un armement d'une telle ampleur. La salle bruissait du claquement des sangles bouclées, du cliquètement des épées, du bruit mat du cuir des armures qu'on enfilait.

– Où est le chat-chaussette ?

L'adolescent sursauta. Allian venait d'apparaître à sa gauche et, penché vers lui, attendait sa réponse au milieu du brouhaha.

– Le… quoi ?

– Le guetteur de Maranta ! dit Allian avec impatience. Est-ce que Kebren le surveille ?

Eisdreel comprit tout à coup : Allian parlait du chat de gouttière à patte blanche, qui surveillait les abords du donjon. Un chat à moitié sauvage, qui n'obéissait qu'à Maranta, et qu'elle utilisait parfois pour faire des rondes à l'intérieur du bastion.

– Je crois qu'il surveille la rue… Je ne l'ai pas vu depuis hier.

– Ouvre l'œil et attrape-le s'il vient… Je vais essayer de le retrouver.

Eisdreel hocha la tête et se plaqua contre le mur pour le laisser sortir. La salle, en pleine effervescence, paraissait avoir réduit de moitié. Dans le brouhaha, on ne distinguait qu'une voix, celle de Kebren. Eisdreel se demanda jusqu'à quand, après leur départ, elle pourrait cacher la vérité à ses Kmetts : qu'ils marchaient sous ses ordres… et contre ceux de Maranta. Et brusquement, la question du guetteur devint primordiale.

Il n'eut pas le temps de se questionner davantage : Kebren lui faisait signe de la rejoindre. Il quitta son recoin avec empressement, heureux de se rendre utile. Allian avait laissé la pile de parchemins intacte.

– J'en ai besoin tout de suite. Complète-la puis va chercher My et Orest. D'ici une heure, on fait partir les premiers détachements…

Elle affichait une mine soucieuse, peu en accord avec son équipement : les cuissardes faites de plaques couvrant ses jambes lui donnaient un air redoutable, renforcé par la lourde lame à son côté. Les Kmetts alentour prenaient la même allure. Eisdreel avait l'impression de voir des Kmetts… qui n'en étaient plus. Les gestes coulés avaient disparu derrière le métal, les armes remplaçaient le silence : dans un ordre qui n'était que changement, les éléments fondamentaux laissaient place à d'autres. On passa en trombe devant lui, faisant voltiger ses feuilles ; Kebren s'emporta contre un Kmett, au fond de la salle… À force de concentration, les colonnes du parchemin devinrent, progressivement, les seules choses tangibles.

En revanche, le bruit de cavalcade, lui, n'était ni sur sa feuille ni dans la salle. Un bruit croissant… précipité, qui provenait du couloir.

Il leva la tête.

Allian entra en trombe, portant sous le bras le chat-guetteur qui se débattait férocement. L'espion était très pâle, mais cela semblait n'avoir aucun rapport avec les griffures infligées par le félin.

– Kebren… on a un problème.

Il avait parlé de façon à ne se faire entendre que de l'aldhei. La Kmett se retourna, étonnée par son ton. Allian, occasionnellement, était sérieux. Elle ne l'avait jamais vu en proie à l'effroi.

– Que se passe-t-il ?

Pour toute réponse, l'espion s'écarta de la porte. Une deuxième personne fit alors son apparition.

C'était un jeune homme richement vêtu, l'air épuisé et, sur l'arête de son nez, on distinguait encore la marque des lunettes.

# 13. Retrouvailles

Les quartiers de Kebren avaient peu de choses en commun avec ceux de Maranta. Ils donnaient sur la façade est du bastion, percés par deux meurtrières étroites à travers lesquelles la lumière peinait à passer. À la faveur du matin, elles éclairaient la pièce de deux traits pâles qui la traversaient de part en part. Il n'y avait aucun mobilier, hormis une paillasse et un coffre à vêtements. Ce n'était pas là une pièce où l'on vivait : pour Kebren, il s'agissait manifestement d'un simple lieu de passage.

Les Kmetts étaient riches, d'après ce qu'en savait Floan… Comment une aldhei pouvait-elle vivre dans un tel dénuement ?

– Entrez, vite.

Kebren poussa Floan en avant et referma la porte. Allian et Eisdreel, qui portait le chat-guetteur, se trouvaient déjà dans la pièce. Ils se tenaient immobiles, légèrement inquiétants. Mais pour Floan, dans ce bastion, tout paraissait inquiétant. Kebren alla se planter devant l'ambassadeur, tout son être trahissant une tension extrême.

– Comment avez-vous trouvé le donjon ?

Le donjon kmett : l'une des citadelles secrètes d'Edrilion, celle de l'ordre le plus méfiant, le plus puissant… et le plus menacé. Floan était bien placé pour savoir qu'habituellement, ce genre d'exploit se payait par la mort. La lettre avait beau assurer que les Kmetts étaient des alliés, il recula d'un pas.

– Je suis navré, dame. Je ne peux pas répondre à cette question. Il en va…

Kebren l'empoigna par le plastron.

– Vous voyez une dame ici ? Je vous conseille de cracher le morceau, et vite !

Elle faisait une tête de plus que lui, rendue plus imposante encore par son étrange armure. L'entente régnait entre Kmetts et nobles, certes, mais voir un ambassadeur les dénicher si facilement laissait craindre le pire. Que savait-il d'autre sur eux ? À quel point la Cour leur mentait-elle ?

– Qui d'autre connaît son emplacement ? La Cour, tous les nobles ? Répondez !

Secoué avec violence, l'ambassadeur n'émit pas une réplique. Il ressemblait à une poupée de chiffon, incapable de se tenir droit. Kebren s'arrêta soudain. Malmenée par les chocs, une blessure venait de se rouvrir au niveau de l'épaule de Floan. Soupçon de rouge tout d'abord, elle devint ligne, puis trait épais, et s'élargit à toute vitesse. D'autres traces se distinguaient sur l'habit, pâlies. Kebren rattrapa l'ambassadeur de justesse et l'assit sur le lit.

– Quand est-ce que vous vous êtes fait ça ?

– Quatre jours… j'ai soigné mais…

Sans tenir compte de son mouvement de recul, l'aldhei lui retira sa chemise avant que le sang ne se fige. Un bandage rouge et mal ajusté apparut. Du pus engorgeait une entaille qui dépassait du bandage et s'étirait sur le bras. Kebren émit un sifflement.

– Soigné ? C'est encroûté de pus !

– Je vais chercher les soins, dit Allian.

Kebren se contenta d'opiner tandis qu'il quittait la pièce. Eisdreel referma la porte derrière lui, les bras serrés autour du chat-guetteur. Les Kmetts se retrouvèrent seuls avec Floan, toujours aussi vert. L'aldhei, elle, avait abandonné toute agressivité. Elle n'en oublia pas pour autant ce qui la préoccupait.

– Monseigneur, il faut me dire d'où vous tenez vos sources. Et surtout qui est au courant, à part vous. Ce bastion est notre seule place réellement protégée. Si un noble décide d'avertir les Fauconniers, nous ne serons plus en sécurité nulle part.

Floan passa la main sur son visage en sueur.

– Les Fauconniers ne savent rien, et il n'est pas prévu de leur dire quoi que ce soit. Nous tenions à surveiller certains Kmetts… Nos informateurs sont remontés jusqu'au bastion de cette façon.

– Et vous ? Que faites-vous ici ?

Floan plongea la main dans sa poche et lui tendit une lettre d'un geste las. Kebren la déroula prestement, ses yeux sautant de ligne en ligne pour s'arrêter, plus longuement, sur les trois symboles réunis en guise de paraphe.

Un aigle noir… le symbole kmett… un héron.

– Vous êtes notre contact à Liett ?

Floan acquiesça.

– J'étais.

Kebren relut la lettre.

– Mais… vous n'êtes pas le seul ? fit-elle. Il y a d'autres nobles impliqués à part vous, n'est-ce pas ?

– À moins que le Héron ait averti d'autres courtisans, je ne crois pas. Et je n'ai pas eu le temps de prévenir qui que ce soit. Je suis navré. Vraiment.

– Alors qu'est-ce que ça signifie ? lança Kebren avec colère.

Elle s'adressait à Allian qui revenait dans la pièce, les bras chargé d'un coffret d'où dépassaient des flacons et une longue bande de tissu. L'espion s'arrêta sur le seuil, surpris.

– Inutile de faire cette tête ! Pourquoi n'y a-t-il qu'un contact à Liett ? Tu m'avais parlé de la Cour, tu m'as dit qu'elle était prévenue !

– Mais… dit Allian, c'est le cas, non ?

Floan fit un geste de dénégation.

– Je n'ai pu prévenir personne. Je me suis fait attaquer avant.

– Attaquer par qui ? Pourquoi ?

Dans les bras d'Eisdreel, le chat-guetteur recommença à se débattre, griffant les bras de l'apprenti qui dut le poser à terre. L'animal traversa la pièce en courant et se tapit sous l'espace qui séparait le plancher et le cadre de la paillasse. Aucun des humains n'eut l'air de le remarquer. Allian surtout, son coffret dans les bras, paraissait catastrophé.

– Comment avez-vous réussi ça, mordieu ? Je vous ai demandé d'y aller discrètement !

Il ouvrit le coffret et entreprit d'aligner plusieurs flacons sur la paillasse, sans s'arrêter de parler :

– Je vous ai envoyé la lettre à *vous* parce que je pensais que vous seriez prudent. On a des forces de notre côté, mais comment voulez-vous gagner si on les grille ? Il y a tout de même des opposants à La Déléane en dehors de vous ?

– Oui, mais…

La réponse de Floan s'acheva dans un gargouillement. Allian avait arraché d'un coup sec la bande ensanglantée. Il entreprit de nettoyer la blessure avec le liquide bleuâtre contenu dans l'un des flacons – de l'essence de Calnë, utilisée pour faciliter la cicatrisation. Il fallut plusieurs nettoyages pour que les croûtes cèdent et que le sang disparaisse, révélant la blessure dans toute son étrangeté.

Quatre estafilades rayaient l'épaule de Floan jusqu'en haut du bras. Larges et profondes, les bords à moitié coagulés les rendant encore plus nettes. Ce n'était pas l'œuvre d'une lame. Se pouvait-il qu'une bête…

Mais quelle bête possédait de telles griffes ?

– Qu'est-ce qui vous a fait ça ? souffla Kebren.

– Une Chimère.

Le mot résonna, chuintant, curieux, dans la petite pièce. Un mot venu d'ailleurs, que nul autre que Floan, dans cette pièce, ne connaissait.

– La Reine Welfendà en a envoyé quatre avec cet homme. Elles sont chargées de le protéger… ou d'enquêter pour son compte. Si seulement j'avais pu prévenir Serron !

Floan ferma les yeux, se remémorant son face-à-face avec la bête. Sa descente tâtonnante, pierre par pierre, jusqu'au rebord de l'étage inférieur… Le coup de griffe avait jailli, cherchant à le désarçonner. Par chance, la Chimère n'avait pas pu se pencher davantage. Le bras engourdi, vacillant sur ses jambes, il avait réussi sans trop savoir comment à atteindre l'étage inférieur pour s'enfuir vers les écuries : tant que ces monstres seraient au palais, il n'aurait plus sa place à Liett. Emportant pour seul bagage ses deux parchemins, il avait sauté sur le premier cheval venu, puis quitté la capitale à bride abattue, en direction du bastion qui incarnait tous ses espoirs.

Allian s'assit sur le lit. Il tenait encore le flacon à la main. Des fumerolles bleutées s'échappèrent du goulot, propageant peu à peu l'odeur âcre du liquide dans toute la pièce. Le chat miaula et sortit de sa cachette, rasant les murs.

– Des monstres, répéta Kebren.

Ses doigts, machinalement, remontèrent jusqu'aux attaches qui maintenaient les plaques de fer en place. Elle s'en débarrassa dans un état second, sous l'œil inquiet d'Allian.

– Kebren, elles ne sont que quatre. Nous avons plus de cent Kmetts. Et des opposants dans la Cour même s'ils ne sont pas déclarés. L'affaire est loin de…

– Il y a pire que les Chimères.

La blessure de Floan s'était remise à saigner. Il appliqua un chiffon imbibé sur ses plaies, fuyant le regard des autres.

– Quel genre de pire ?

Floan éluda.

– Je voudrais voir la Darcer.

Kebren haussa les épaules. Au vu du tour que prenaient les événements, il devenait essentiel, en effet, de prévenir la première concernée. Elle avisa Eisdreel. L'adolescent se tenait près de la porte, hésitant visiblement à quitter une discussion qui ne le concernait pas. Son aldhei en décida autrement.

– Va la chercher, s'il te plaît.

– Majesté ?

Quelqu'un frappait à la porte, à petits coups prudents. Reconnaissant la voix d'Eisdreel, My se redressa, subitement réveillée.

Orest, contre elle, avait déjà les yeux ouverts. La jeune fille regarda en direction de la fenêtre, surprise de voir le ciel si pâle. Le jour était à peine levé…

– Eisdreel ? Qu'y a-t-il ?

– Kebren veut vous voir. Il y a un problème.

La voix du jeune Kmett lui parvenait légèrement assourdie, mais son inquiétude était perceptible. Le cerveau embrumé, My s'assit, cherchant sa robe à tâtons. Kebren ? Pourquoi Kebren ?

Orest se redressa à son tour.

– Allez-y, je vous rejoins.

My rejeta les draps et s'habilla rapidement, assaillie d'interrogations. Kebren voulait-elle la voir à cause de leur expédition ? Partaient-ils plus tôt, finalement ? Les plis de sa robe retombèrent à ses pieds, le poids de son épée s'ajoutant à celui du tissu. Elle boucla sa ceinture, se coiffa à la diable et alla prendre sa besace, rangée dans un coin. Mieux valait éviter d'éparpiller quoi que ce soit ici. Elle défroissa sa robe d'un revers de main et demanda à voix haute :

– Où faut-il aller ?

– Au deuxième étage. Kebren vous attend chez elle.

Orest fit un signe d'acquiescement, montrant qu'il avait entendu. My entrebâilla la porte, juste assez pour se faufiler à l'extérieur, et la referma sur son compagnon. Eisdreel l'attendait dans le couloir, aisément reconnaissable grâce à sa tignasse rousse. Il entraîna la jeune fille dès qu'elle parvint à sa hauteur, tournant fréquemment la tête pour s'assurer qu'elle suivait l'allure. Il était clair qu'il mourait d'envie de se mettre à courir.

My le suivit aussi vite qu'elle put, remarquant qu'il cherchait à rejoindre le deuxième étage en passant par les couloirs et les escaliers les moins fréquentés. Quelque chose ne tournait pas rond, alors qu'aucune complication ne s'était présentée la veille. Maranta les avait accueillis dans le bastion, Kebren avait amorcé les préparatifs…

Et Maranta avait dû lui donner sa réponse la veille. Elle s'en souvint tout à coup.

– Ce problème… c'est Maranta ? s'enquit-elle.

– Kebren vous expliquera…

Ils atteignirent les dernières marches de l'escalier. À cause de l'aspect disparate du bastion, My peinait à différencier les étages, mais elle était sûre de ne jamais être passée par là. Ce niveau était réservé aux veilleurs Kmetts, chargés de surveiller le donjon depuis les étages supérieurs, ce qui en faisait une cachette temporairement déserte. Ils parvinrent devant une porte entrebâillée. Une voix s'en échappait, qui n'était ni celle de Kebren ni celle d'Allian. Élocution soignée, timbre jeune…

My ralentit, écoutant de toutes ses oreilles. Cette voix n'était pas celle d'un Kmett. Et, elle en aurait mis sa main à couper, elle la connaissait… elle la connaissait même très bien ! Se pouvait-il…

Sans réfléchir davantage, elle doubla Eisdreel, s'approcha de la porte et tourna la poignée. Le battant pivota brusquement.

De chaque côté du seuil, My et Floan se firent face comme s'ils ne s'étaient pas vus depuis un siècle.

– VOUS ?

My resta sur le seuil, trop estomaquée pour avancer ne fût-ce que d'un pas. Floan, lui, parut proprement cloué sur place. Il était complètement décoiffé, crasseux, avec des cernes immenses. Mais c'était bien lui ! Floan, le plus assidu de ses prétendants, toujours tiré à quatre épingles et présentement torse à l'air. Sa blessure, qui recommençait à saigner, fut la deuxième chose qu'elle remarqua.

Que s'était-il passé ? Que faisait Floan, ambassadeur de son état, avec des gens comme Allian et Kebren ?

Voyant le chat ramper furtivement vers la porte, Eisdreel s'empressa de faire entrer My. Retrouvant l'usage de ses jambes, elle franchit le seuil avec lenteur. Les yeux de Floan brillaient d'appréhension alors qu'elle s'approchait de lui, peinant à concilier la My d'avant avec cette jeune fille en robe rouge.

Même taille, mêmes traits, et pourtant, inexplicablement changée. Semblable et différente. Une jeune fille qu'on appelait la dernière Darcer…

– Vous êtes notre contact à Liett.

Floan eut un mouvement de recul.

– My ! C'est bien vous ? Vous avez la même voix…

My sentit sa gorge se serrer. Avait-elle donc tant changé depuis Siartt, pour que même lui ne la reconnaisse pas ? Elle était partie depuis plus d'un an, elle en avait perdu le compte… Floan, lui, restait semblable à son souvenir. Il n'avait pas vieilli, pas changé. Seules les marques sur son épaule prouvaient qu'il était bien réel. Qu'il était *là*. Et que, de la façon la plus étrange du monde, leurs chemins se croisaient de nouveau.

– My… je vous croyais morte ! Vos parents ont perdu votre trace depuis des mois, vous… vous ne pouvez pas être la Darcer, c'est impossible !

Il semblait plus atterré qu'elle quand elle avait appris son ascendance. My eut une hésitation, mais puisqu'il était là, il avait droit à des éclaircissements.

– Les Siartt ne sont pas mes vrais parents, Floan. Ils m'ont adoptée. Mon vrai père était un Darcer, il s'appelait Peredan, et il m'a abandonnée sur les marches de Siartt quand j'étais bébé. Je ne peux pas tout vous expliquer maintenant… Eisdreel m'a dit qu'il y avait un problème. Que vous est-il arrivé, pourquoi n'êtes-vous pas à la Cour ?

– My, je suis désolé. Je suis venu vous prévenir. Les choses sont plus graves que vous ne le pensez.

Floan s'interrompit, incapable de savoir comment formuler sa nouvelle. Elle jaillit sans préparation.

– L'envoyé de La Déléane est un parent de Keagan, ou plus exactement un bâtard soutenu par la Reine pour le remplacer. Il est venu asservir la Cour à sa cause, et il est en train de prendre le pouvoir.

Un silence total fit écho à ses paroles.

– Je croyais, dit Kebren, qu'il y avait des opposants à Liett.

– Personne n'a pris ouvertement position. J'aurais peut-être pu rallier une partie de la Cour avec votre lettre, mais la Chimère m'a attaqué à ce moment. Je ne peux plus revenir à Liett, maintenant. Cela signerait mon arrêt de mort. Je suis désolé, My… Liett nous est fermée à tous.

Dans un premier temps, My n'eut aucune réaction. Les paroles de Floan flottaient dans sa tête, nettes, parfaitement compréhensibles.

Puis le voile se déchira.

– Et si on tentait d'envahir le palais quand même ? En emmenant plus de Kmetts ? En jouant sur l'effet de surprise ?

Kebren trancha :

– Je ne risque pas mes Kmetts dans une impasse pareille.

– C'est trop dangereux, dit Floan. Cet homme est entré à Liett avec une escorte de cavaliers ; c'est une mesure de protection admise, mais inutile dans une place forte ennemie : on peut facilement mettre une escorte à l'écart… Malheureusement, la Reine a truqué les règles du jeu : des Chimères sont entrées en cachette, et elles ne le lâchent pas d'une semelle. My, croyez-moi, si je pouvais vous faire entrer sans risque, je le ferais. Vous n'avez malheureusement pas une chance.

– De toute façon, dit Kebren, l'affaire est réglée. Je retire mes Kmetts.

Toute son attitude trahissait sa désillusion et son immense rancœur. Elle avait cependant parlé sans hésiter. Allian se redressa brusquement.

– Ah non ! On a besoin de l'ordre Kmett, Kebren, et tu as besoin de nous aussi ! Pense à tes Preuves !

– Un aldhei fait ses Preuves quand il *réussit* sa mission. Comment veux-tu que je réussisse quoi que ce soit si la Cour ne nous soutient pas ?

– Elle le fera peut-être sur place !

Kebren eut un rire sans joie.

– Navrée. Le hasard ne joue aucun rôle dans mes plans. Vous irez sans moi.

My se tourna vers la jeune femme. Elle avait peine à croire ce qui se passait, là, devant elle. L'effondrement d'un plan qui semblait si solide, si fiable… Cela ne pouvait pas finir ainsi ! Pas alors qu'ils étaient tous réunis !

– Kebren, vous avez été me chercher jusqu'à Penhata ! Vous avez convaincu Maranta…

– Maranta s'est désistée.

– … vos Kmetts sont prêts à partir ! Il doit y avoir une solution – la Cour n'est pas prévenue mais Floan a dit qu'elle n'est pas non plus ralliée au Sanreth !

– Et qu'est-ce que ça change au final ? Cela me pèse autant que vous, Majesté, mais je n'irai pas à Liett. Je ne tiens pas à faire massacrer mes Kmetts.

– Alors, dit une voix calme, nous allons avoir un problème.

Orest était appuyé à la porte, l'air d'écouter la conversation depuis un moment. Kebren leva un menton revanchard :

– Quel genre de problème ?

– Vous dites que Maranta a refusé l'alliance. J'en déduis qu'elle ne nous laissera pas ressortir, de peur qu'on dévoile l'emplacement de son fameux bastion. Nous sommes donc officieusement prisonniers, c'est ça ?

– Oui, répondit Kebren de mauvaise grâce.

– Alors, si vous refusez vous aussi l'alliance, faites-nous évader. C'est tout ce qu'on vous demande.

L'aldhei resta silencieuse un long moment. De toute évidence, la perspective de s'opposer une fois de plus à Maranta ne lui plaisait absolument pas. Quand elle reprit la parole, ce fut sans la moindre chaleur :

– C'est entendu, mais je ne veux plus entendre parler de vous ensuite.

My la regarda se lever et ouvrir le gros coffre en bois qui était près du lit. Un amas de vêtements s'y trouvait : chausses, bliauds, chemises et robes, habits d'homme et de femme mêlés sans distinction. Tous étaient de teintes discrètes – camouflages parfaits pendant les missions. La Kmett en sortit quelques-uns, puis tendit une tunique à Floan :

– Mettez ça. Je ne veux pas que vous vous fassiez remarquer en sortant d'ici.

Allian avait bandé l'épaule de l'ambassadeur avec un long rouleau de tissu. Floan enfila la chemise en grimaçant. Sa blessure était nettoyée, mais il faudrait un certain temps avant qu'elle se referme. Kebren lança une chemise, une jupe à amples plis et une cape de route à My.

– Même chose pour vous, Majesté. Gardez la robe dans votre sac.

My attrapa les vêtements au vol. Le tissu était rêche et usé sous ses doigts, semblable à celui de ses anciennes guenilles. Elle eut l'envie brutale, irraisonnée, de les laisser choir.

Ce que Kebren lui donnait là n'était pas qu'un vêtement. C'était un renvoi pur et simple à son état antérieur. Allian, Floan, Kebren… tous autant qu'ils étaient n'avaient pas tout perdu : Floan avait son domaine de Trelleor, Kebren, son ordre, avec de nouvelles Preuves à faire. Quant à Allian, rien ne l'empêchait de rallier une guilde. Ni Orest, ni elle-même n'avaient cette échappatoire. L'échec du plan les renvoyait à leur ancienne situation… une situation invivable.

Non, ils n'avaient pas fait toute cette route pour en arriver là ! My jeta tout à coup ses habits sur le lit et se tourna vers Floan. L'ambassadeur intercepta son regard, comme s'il devinait ce qu'elle s'apprêtait à lui dire.

– Floan, vous êtes ambassadeur. Vous avez des contacts partout en Edrilion. Connaissez-vous quelqu'un qui pourrait nous soutenir ?

L'atmosphère se modifia subtilement. Comme si sa voix claire atténuait le malaise ambiant, le remplaçant par un regain d'espoir croissant, à mesure qu'ils prenaient conscience de l'intérêt d'avoir Floan dans leur camp. Floan lui-même ne fut pas en reste. Le regard qui lui renvoya était soudainement brillant.

– Oui, j'ai des contacts. Seulement, j'ai peur que la menace du Sanreth vous ouvre peu de portes chez les nobles. La plupart de leurs domaines sont réunis autour de Liett et les plus influents sont à la Cour… Il vous faudrait un allié puissant et qui n'appartienne pas à la noblesse. Ce sera difficile à trouver près de Liett, mais…

Il s'interrompit tout à coup.

– Haresh.

– C'est un noble ? demanda Kebren avec intérêt.

– Non, répondit Floan le plus naturellement du monde, un Fauconnier.

Eisdreel était parti depuis un long moment. Un moment qui menaçait de s'éterniser, pour My et les autres occupants de la pièce, qui attendaient, assis sur la paillasse ou adossés contre les murs. Tous étaient vêtus de pied en cape pour leur évasion et impatients de partir. Kebren avait chargé Eisdreel de sortir quatre chevaux, et il devait traverser tout le bastion pour accéder aux écuries. Cela allait lui prendre un temps certain, à l'heure où l'aube s'évanouissait définitivement.

Personne ne parlait.

Ils partiraient sans rien. Ni provisions ni chevaux, Kebren leur ayant ordonné de les relâcher lorsqu'ils seraient hors d'Orghill. La mention du Fauconnier lui avait ôté toute indulgence. Floan lui avait appris qu'Haresh contrôlait

Epeck, une importante ville de l'Ouest, où étaient morts de nombreux Kmetts. Trop pour pardonner et trop pour les accompagner dans leur quête : cette fois, les Preuves n'y changeraient rien.

My remonta la bandoulière de sa besace sur son épaule. Malgré sa rancœur, Kebren n'avait pas renié sa parole. Elle les mènerait jusqu'aux portes du donjon, puis leurs chemins se sépareraient. S'allier à un Fauconnier, c'était abandonner tout soutien de la part de l'ordre Kmett : My était cruellement consciente de cette perte, sans la regretter. Maranta, de toute façon, était une adversaire depuis la veille.

– On y va, lança Kebren.

Exceptionnellement muet, Allian lui emboîta le pas. Le désaccord avec la Kmett lui pesait, de toute évidence, bien qu'il eût décidé de les accompagner. My sortit à son tour.

Le couloir était quasiment désert et baignait dans l'ombre. Ils remontèrent le corridor en formation serrée, guettant le moindre bruit suspect. Il y avait quelque chose d'étrange à arpenter ces couloirs, tout en sachant parfaitement qu'un étage en dessous, les Kmetts grouillaient. Kebren les guidait à vive allure à travers les couloirs, en direction des escaliers qui menaient au niveau inférieur, celui-ci conduisant directement au donjon.

À ce moment seulement, My réalisa à quel point l'étage était calme.

Tout se précipita soudain.

Des silhouettes jaillirent de l'escalier, des portes entrebâillées, du couloir derrière eux, suivies d'autres et d'autres encore. D'innombrables semelles martelèrent le parquet, des corps indistincts les frôlèrent comme des ombres et en un clin d'œil, ils se retrouvèrent encerclés.

My se sentit brusquement entraînée en arrière. Elle recula de plusieurs pas, rejoignant le reste du groupe. Orest, Allian et Kebren formaient un noyau compact, encerclant Floan et prêts à dégainer. Plusieurs Kmetts se déplacèrent aussitôt, de façon à garder toutes les issues. L'un d'eux passa tout près de leur groupe. Il suffit d'une seconde, une seule, pour révéler à la lueur diffuse du couloir l'éclat de cuissardes métalliques et d'une épée. C'étaient les Kmetts recrutés par Kebren.

Le souffle de My s'accéléra. D'autres Kmetts arrivaient. Il y en avait partout. Tous armés jusqu'aux dents, sur les ordres de Kebren elle-même. La jeune fille saisit la garde de son épée, regardant avec appréhension l'étau se resserrer. Étrangement, les Kmetts n'attaquèrent pas. Leurs silhouettes se campèrent tout autour d'eux, silencieuses et les mains rivées sur leurs dagues.

– Que faites-vous ici ?

Vibrante de colère, la voix de Kebren résonna sous la voûte.

– Vous étiez censés m'attendre à l'étage. Je ne vous ai pas donné l'autorisation de quitter la salle !

Elle s'était rapidement ressaisie et jouait bien son rôle, mais le groupe immobile à ses côtés anéantissait toute riposte crédible de sa part.

– Maranta veut vous voir, annonça une Kmett. Elle a annulé l'expédition.

Le cœur de My manqua un battement.

– Maranta ? répéta Kebren. J'ai préparé l'expédition sur son ordre !

Sous l'effet de la surprise, elle écarta la main de son épée. Elle avait répliqué trop vivement pour être naturelle. Ainsi, Maranta avait démasqué le complot et retourné les Kmetts contre eux. Qui, ou quoi, les avait donc trahis ? Avaient-ils sous-estimé à ce point le contrôle de l'Aldhei-shen sur son bastion ?

– Elle vous demande de mener les prisonniers au cachot, reprit la Kmett. Ils seront mieux gardés là-bas.

Sa façon de répéter les ordres prouvait qu'elle ignorait la situation exacte. Maranta n'avait rien dit, apparemment, sur la désobéissance de son aldhei – par indulgence, ou volonté de préserver l'équilibre de l'ordre ?

Le soulagement de l'aldhei ne dura qu'une seconde. Orest, qui semblait avoir abouti à la même conclusion, venait de lui bloquer les bras dans le dos. La prise la paralysa net.

– Dégagez de l'escalier, ou je vous l'abîme. Vite !

Surgie de nulle part, la dague du jeune homme se posa sur le cou de Kebren qui, les bras tordus dans le dos, afficha un air effrayé très convaincant. En quelques instants, les abords de l'escalier se trouvèrent dégagés. Orest poussa la Kmett en avant, sans quitter des yeux l'attroupement massé autour d'eux. Il semblait prêt à frapper à la première attaque. Son expression le vieillissait de dix ans.

– Allez-y, filez, dit-il entre ses dents. On vous rattrape…

My ne se le fit pas dire deux fois. Talonnée par Allian, elle s'engouffra dans l'escalier et se mit à dévaler les marches quatre à quatre. L'écart avec le reste du groupe se creusa sensiblement. Bientôt elle ne vit plus qu'Allian, puis seulement ses jambes. Puis, piétinant un pan de sa cape, elle perdit soudain l'équilibre.

L'escalier à vis s'enroulait sur lui-même, en spirales serrées. My se sentit dégringoler à toute vitesse, les marches aiguës se succédant sous elle, meurtrissant ses bras, ses tibias, éraflant ses mains qui tentaient en vain de se raccrocher. Elle parvint à moitié assommée au premier étage et s'échoua là, le souffle coupé. Des bruits de cavalcade la firent se redresser avec peine. Elle ne sut pas comment elle trouva la force de se relever et, en titubant, de gagner le couloir, pleurant de douleur mais talonnée par une pensée unique : s'ils se faisaient rattraper, jamais Maranta ne les laisserait partir, jamais elle ne permettrait une alliance avec un Fauconnier…

L'escalier qui menait au rez-de-chaussée était de l'autre côté du couloir. Allian la rattrapa alors qu'elle descendait les premières marches, et ralentit à sa hauteur. My passa un bras autour de son épaule et se remit à avancer, appuyée sur lui. Le bruit de course retentit de nouveau.

– C'est Floan, lui dit Allian, alors qu'elle se retournait vivement.

– Orest ? Kebren ?

– Ils arrivent. Continuez à descendre.

Elle se tut. Le défilé des marches semblait infini, l'enroulement de l'escalier lui donnait le vertige. My n'avait aucune idée de l'endroit où il débouchait. Par chance, Allian connaissait le bastion et, dès qu'ils arrivèrent en bas, il s'orienta sans hésitation. Ils remontèrent un petit couloir tortueux, puis l'espion fit pivoter le panneau de bois, dépourvu de poignée, qui tapissait l'extrémité.

Fraîcheur de la pierre… ombre. Et ce silence, cet immense silence…

Ils avaient retrouvé le donjon.

Allian lui fit signe de se taire et ils attendirent, reprenant leur souffle le plus silencieusement possible. Les contusions de My la mettaient au supplice depuis qu'elle ne courait plus. Elle revint à la réalité en entendant des pas croître dans le couloir. C'était Floan. Kebren et Orest arrivèrent quelques instants après. Ils avaient couru pour les rattraper et étaient hors d'haleine. Kebren s'engagea immédiatement dans le donjon, son trousseau de clés en main.

La voûte qui culminait plusieurs mètres au-dessus d'eux, les attaches rouillées sur les murailles, l'escalier brisé… rien n'avait changé. Le même air moisi prenait à la gorge, la même fraîcheur humide emplissait les lieux. Ils traversèrent le donjon en hâte, ce donjon où, la veille, ils espéraient trouver des alliés. Kebren s'acharna sur la première serrure de la porte barricadée par trois loquets différents. Elle fit sauter le plus simple d'un tour de clé, en tira une autre de son trousseau pour s'attaquer au deuxième.

– Vous partirez par la porte sud, elle est plus près d'ici. Renvoyez les chevaux dès que vous serez assez éloignés pour continuer à pied. De mon côté, je…

Un léger glissement la fit se retourner, imitée par le groupe.

Les yeux de My s'étaient habitués à l'ombre ambiante mais elle peina à distinguer les profondeurs du donjon. Instinctivement, pourtant, elle regarda en direction du pan de mur que Kebren, la veille, avait fait coulisser. Son intuition se révéla exacte : Maranta venait d'apparaître au fond de la salle, là où s'élevait l'escalier blanc. La silhouette droite de la vieille femme s'avança vers eux, sa chevelure blanche nimbant son visage. Elle n'était pas armée, mais ne manifestait pas de crainte, comme certaine de son autorité. Un chat marchait dans son ombre. La tache blanche qui ornait son antérieur surgit, arrachant un sursaut à My. Il s'agissait du chat-guetteur.

– Surveillez vos captifs, quand vous vous méfiez d'eux, énonça Maranta d'une voix paisible. C'est une mesure de base… que vous devriez suivre.

Elle s'arrêta face à Kebren.

– À quoi joues-tu ?

– Maranta, commença l'aldhei, je suis désolée mais…

– Je constate qu'il n'en est rien, puisque tu récidives. J'ai refusé cette expédition. Je m'attendais certes à ce que tu fasses évader tes complices, mais pas à ce que tu me braves ouvertement. D'après le chat-guetteur, tu as enrôlé plus d'une centaine de mes Kmetts.

– Je n'ai pas…

– Silence.

Les deux femmes s'affrontèrent du regard. Très vite, Kebren détourna le sien. La jeune femme semblait au supplice.

– Je ne peux pas vous laisser les emprisonner, dit-elle. J'ai conclu une alliance avec eux.

– Et si je te l'ordonne ?

– Vous êtes la première à dire que le devoir d'un Kmett est d'honorer ses contrats.

– Ne retourne pas mes paroles contre moi, dit sèchement Maranta. Ce cas-là est différent, tu le sais. Mais puisque tu te considères au-dessus des règles et que la hiérarchie n'a aucun sens pour toi, je ne te retiens pas ici.

Kebren leva les yeux vers la vieille femme, incrédule. L'Aldhei-shen n'ajouta rien. Il y eut un long silence, puis la jeune femme ébaucha d'une voix blanche :

– Maranta… écoutez…

– Tu veux les faire évader ? lança Maranta. Tu veux les aider dans leur quête ? Alors quitte ce bastion et va faire tes Preuves avec eux. Que je ne te revoie pas avant ou tu perdras ton titre. Cela t'apprendra peut-être l'obéissance, du moins je l'espère, et dans le pire des cas… vous gagnerez à vos côtés une Kmett de qualité, acheva-t-elle à l'intention de My.

La poignée de la porte s'inclina sous la main moite de Kebren. Révélant, au milieu de la rue, quatre chevaux sans selles, qu'Eisdreel tenait par le licou. Les lèvres de Maranta s'étirèrent à la vue du petit Kmett.

– Un rebelle en herbe ? De mieux en mieux ! S'il se considère fin prêt pour sa mission, je ne le retiens pas non plus… Allez chercher vos chevaux et décampez d'ici.

La porte du donjon avait claqué.

Devant Eisdreel, Kebren montait un cheval bai. La malle du petit Kmett bringuebalait derrière sa selle, mais celle de la jeune femme en était dépourvue. La Darcer chevauchait aux côtés d'Eisdreel, ainsi que son compagnon au regard dur, et le noble surgi de nulle part. Des inconnus, à l'exception d'Allian. Et désormais leurs compagnons de route. Les dernières paroles de Maranta, adressées à Kebren, étaient gravées dans leur mémoire, plus blessantes qu'aucune insulte. « Tu as à moitié trahi ton ordre. Tu partiras incomplète. »

Il n'avait jamais vu une aldhei pleurer.

# 14. Faux-semblants

Le départ d'Orghill se fit dans un brouillard complet. Les bras endoloris par sa chute, My était à peine capable de tenir les rênes, et toutes ses pensées restaient tournées vers le bastion. Cet étrange bastion kmett, à peine découvert, sitôt refermé où, sans Kebren, ils seraient encore, mais cette fois captifs et pour une durée indéterminée. Docile, sa monture suivit les autres de son propre chef et ils remontèrent les rues au pas, passant de la zone marchande aux quartiers riches, où circulait la grande route qui menait aux portes.

Maranta tint parole. Ils sortirent d'Orghill sans encombre, noyés parmi les autres voyageurs. Il n'y eut pas de chat pour rôder dans leur ombre, ni de Kmett prêts à leur barrer la route. Mais après tout, pensa My, quel intérêt présentait-elle pour Maranta ? Elle n'était qu'une Darcer sans trône et sans armée…

Son cheval allongea le cou en sortant de la foule. Plongée dans ses pensées, My le remarqua à peine. Elle pensait à Madael. C'était étrange de penser que tous deux agissaient de façon radicalement opposée, pour finalement atteindre le même but. Madael incarnait l'une des formes les plus anciennes et les plus puissantes d'Edrilion ; il avait le pouvoir, et pour les Darcer, il avait fui. Pour les Darcer, elle allait à contre-courant : elle allait chercher ses alliés avec pour seul héritage, seule garantie, non le trésor des Darcer mais son tout petit Don.

Et si cet Haresh refusait de la soutenir, lui aussi ? Vers qui se tourner ? Sa liste d'alliés potentiels était courte. Lesdits alliés existant grâce à Floan, suffisamment influent pour les convaincre – pouvoir qui n'était pas le sien. My repensa aux paroles de Kebren et laissa échapper un soupir. « Vous êtes une Darcer, mais vos forces, vous les devrez à vos alliés. » C'était dur à avaler et pourtant…

L'ombre d'un nouvel Ayrilié passa sur la route, puis sur le visage de la jeune fille. Une ombre piquetée de lumière, aux nuances bleues, comme si le ciel se mêlait aux feuilles par transparence. My leva la tête pour contempler les frondaisons. L'arbre était âgé, avec un entrelacs de branches aussi complexe que le réseau de ses racines. Elle se retourna en entendant une pierre rouler derrière elle. Floan émergeait de l'ombre, les yeux papillonnants.

– Il me faut d'autres lunettes, marmonna-t-il. Je n'y vois pas à dix mètres…

My n'était pas aussi éloignée, pourtant, il évita son regard avec soin. Sans ses lunettes, il semblait à peine capable de voir où marchait sa monture. My ralentit pour le laisser remonter à sa hauteur. Il n'y avait plus d'Ayrilié sur la route, à présent, et les pavés s'alignaient de nouveau sur un terrain plan. Floan fit presser le pas à sa monture et le silence s'installa entre eux.

Il était si étrange de le revoir maintenant, alors que ses souvenirs de Siartt s'effaçaient. Sa vie avait bifurqué dans une direction qu'elle n'aurait jamais prévue, et pourtant, ils s'étaient retrouvés… à un tournant décisif.

– Floan, demanda-t-elle, comment se fait-il que vous connaissiez Allian ? Vous êtes ambassadeur, tout de même, vous n'êtes pas censé avoir un contact avec la guilde !

Floan cligna des yeux, l'air totalement ahuri.

– Allian ? Mais qui est-ce donc ?

My lui jeta un regard de côté, cherchant à savoir s'il était sincère. Mais la seule fois où elle avait vu Floan mentir (sur la raison de sa énième visite à Siartt), il avait été incapable d'aligner deux phrases correctes. Et puis, elle le connaissait bien. Pour autant, si Allian l'avait contacté et s'était fait reconnaître de lui, Floan devait savoir de qui il s'agissait !

– Mais voyons… lui ! fit-elle en désignant l'espion, qui chevauchait à l'avant du groupe comme à son habitude. C'est Allian qui a eu l'idée du complot, pas moi malheureusement, et c'est aussi lui qui a écrit à la Cour, si j'ai bien compris…

– Ah ! Vous parlez du Héron.

– Le Héron ? s'exclama My, décontenancée, puis elle se souvint.

Oui, c'était bien le sobriquet d'Allian lors de ses débuts, sobriquet qui correspondait à son apparence et qui lui servait probablement encore de couverture à l'occasion. Elle fit silence un moment, tâchant d'imaginer Allian évoluant dans la Cour pour elle ne savait quelle raison – sûrement sur ordre de Krud – et se rendit compte qu'elle y arrivait sans difficulté.

Ainsi, Héron et ambassadeur avaient fréquenté le palais, par intermittence, s'étaient sans doute déjà croisés, déjà parlé… et elle, My, constituait le trait d'union entre ces deux personnes. C'était curieux, presque drôle quand elle les comparait. Floan interrompit ses réflexions, l'air emprunté :

– My… Si cela ne vous incommode pas, je… je voudrais savoir : que s'est-il vraiment passé à Siartt, le jour où vous avez disparu ?

À son ton, il était clair que la question le taraudait depuis leurs retrouvailles. My lui lança un coup d'œil en coin, étonnée par son insistance.

– Je n'ai pas disparu, je vous l'ai dit : je me suis enfuie.

Pour une raison qu'elle ne comprit pas immédiatement, Floan parut mortifié. My attendit une explication, mais le voyant silencieux, elle retrouva tout à coup la mémoire : elle avait quitté Siartt le lendemain de sa demande en mariage. Demande à laquelle elle n'avait pas répondu, ayant hérité du Don à ce moment. Il n'allait tout de même pas remettre le sujet sur le tapis !

– J'avais reçu une lettre de Madael, précisa-t-elle avant qu'il se méprenne sur la raison de sa fuite. Elle me demandait de partir en quête du trésor… Vous connaissez la légende ?

– Le trésor existe ? Vous l'avez trouvé ?

Contrairement à Maranta, Floan n'afficha aucun scepticisme. My se souvint que du reste, il était le premier à lui avoir parlé des Darcer. Elle opina, un sourire creusant ses fossettes avec une sorte d'affection.

– Oui, il existe. Vous aviez raison d'y croire, Floan, vous savez, ainsi qu'à toutes ces choses que je croyais fausses. Je n'y ai pas cru pendant longtemps, même lorsque j'ai lu la lettre, vu toutes les signatures de mes ancêtres, jusqu'à celle de mon père… J'ai mis du temps à admettre que j'étais une Darcer, cela semblait tellement étrange… Mais vous aviez raison. Pour absolument tout.

– Le Don, souffla Floan. Le Héron dit que vous l'avez.

– Il n'est pas aussi éblouissant que celui de Madael…

Une pointe de dépit, familière, l'envahit. Elle poursuivit, redoutant par avance le sourire qui allait naître :

– Je ne suis qu'un papillon.

Mais Floan ne sourit pas. Il fit ralentir sa monture, sous le choc. Son expression était émerveillée.

– Vous avez le Don.

Rien d'autre ne paraissait lui importer : elle avait le Don, elle se posait en héritière réelle, bien réelle, de cette dynastie qui le fascinait tant.

– Pourrais-je… Pourrez-vous vous métamorphoser, My, quand vous en aurez le temps ? J'ai toujours rêvé…

My se contenta d'un signe de tête. Pour la première fois en près de dix ans, Floan la sidérait.

– Quand nous nous arrêterons, si vous voulez, proposa-t-elle.

Ils firent route sans parler pendant un moment, puis Floan reprit avec hésitation :

– Et… et le trésor, My ? Qu'en avez-vous fait ?

La jeune fille poussa un soupir, envahie cette fois non par le dépit mais par le regret. Elle avait fini par accepter l'échec de l'île, consolée par la pensée qu'aucun Darcer avant elle n'avait réussi à découvrir le trésor. Mais en reparler… voilà qui était plus douloureux. Surtout lorsqu'elle devait l'apprendre à quelqu'un d'aussi passionné par les Darcer que l'était Floan.

– Keagan m'a attaquée sur l'île. L'un de mes compagnons de route l'a tué à temps, mais j'ai été blessée et nous avons dû partir en catastrophe. J'ai échoué… Allian et Kebren sont venus me chercher à Penhata. J'ai accepté de m'engager contre La Déléane, mais cette fois, nous n'aurons pas de trésor pour nous sauver la mise. Je garde le Don, bien sûr, mais j'ai perdu le sifflet qui pourrait faire revenir l'île. Alors…

– Nous vous avons, vous ! dit Floan avec fougue. Vous êtes une Darcer, et par les temps qui courent, vous valez bien plus qu'un trésor ! Vous êtes notre seule vraie défense face à La Déléane et son envoyé. Car voyez-vous, j'ai peur que la Cour ne finisse par l'accepter… alors qu'il est un bâtard, un Déléanien, un usurpateur…

Le mépris de Floan transparaissait dans chaque mot.

– L'accepter faute de roi, acheva-t-il.

My s'abstint de répondre. Floan était plus attaché que personne à la légitimité royale. Cela, elle le savait déjà. Il montrait la même hostilité envers Keagan. En revanche, jamais son dédain n'avait été aussi virulent.

– My… J'ai une question. Pourquoi n'êtes-vous pas retournée à Siartt ?

My se raidit.

– Oui, pourquoi cette traqueuse est-elle allée vous chercher dans une ville du Sud ? Il vous suffisait de rentrer après votre quête… Penhata n'est pas recommandable pour une Darcer comme vous, surtout alors que les Siartt auraient pu vous aider. Je ne comprends pas.

*Je ne suis pas rentrée parce que je vis avec un manant. Et j'ai survécu, ces derniers mois, en cambriolant des maisons, comme la gueuse que je serais encore sans mon titre.*

La réponse lui brûla les lèvres, prête à jaillir, puis son dernier échange avec Orest lui revint en mémoire.

Comment réagirait Floan si elle lui avouait tout en bloc ? Elle savait que la mésalliance était impardonnable pour la classe noble où le mariage conditionnait en grande partie la position sociale. Ce n'était pas la même chose pour le peuple, mais voilà : Floan n'appartenait pas au peuple. Et maintenant qu'elle s'éloignait du trône, l'ambassadeur, jusqu'à Haresh était son seul appui qui possédât une once de pouvoir. Pouvait-elle se permettre de gâcher cette alliance ? Et s'il rentrait à la Cour, s'il les abandonnait ? Par chance, elle mentait beaucoup mieux que lui…

– Je suis restée au sud par choix.

Floan ne tira rien d'autre d'elle.

La nuit tombait sur les remparts d'Ashân, assombrissant le ciel jusqu'à ce que, point par point, les étoiles apparaissent, illuminant la voûte céleste. Il s'agissait de lueurs minuscules, de la taille d'un grain de poussière, depuis la terre d'où My les contemplait. Et pourtant, merveilleuse étrangeté, elles éclairaient jusqu'aux remparts de la ville.

Les remparts : un des lieux que, par prudence, par convention, on n'approchait pas. Dentelures de pierre, dentelures de piques hérissées contre le ciel protégeaient la ville de l'extérieur, et de là où elle était, My distinguait nettement le va-et-vient des gardes sur le chemin de ronde. Ashân ne faisait pas exception à la règle : depuis la mort de Keagan, on avait renforcé la surveillance et le couvre-feu était plus strict que jamais. L'arrivée du Sanreth avait provoqué une rupture entre la Cour et le reste d'Edrilion : le palais avait refermé ses grilles. Les villes s'organisaient donc seules, comme à leur habitude, mais le silence de la capitale et la prise de distance de la Cour déconcertaient les gens. Plus personne ne savait à quoi s'attendre.

My se dirigea vers son cheval et ôta sa selle pour reposer l'animal. Ils avaient marché jusqu'à laisser définitivement Orghill derrière eux et s'arrêtaient devant Ashân pour la nuit. Les gardes devaient les avoir remarqués depuis longtemps, eux, leurs montures et leurs paquetages – ainsi que les autres groupes de voyageurs disséminés au pied des remparts. Néanmoins, personne ne les héla. Ashân faisait honneur jusqu'au bout à sa réputation de ville accueillante, jusqu'à tolérer à ses portes ceux qui n'avaient pas les moyens de se payer une chambre d'auberge.

Ou ceux qui prévoyaient de repartir à l'aube…

– My ?

Une voix retentit, lointaine. Étrangement lointaine. Ses doigts glissèrent de la selle qu'elle venait de dessangler. My entendit un choc sourd. Dans un demi-brouillard, elle l'attribua à la chute de la selle, puis, en sentant une poigne ferme lui saisir les poignets, elle réalisa que c'était elle qui venait de tomber.

– My, vous allez bien ?

Le brouillard se dissipa devant le visage d'Orest. Il avait un air qu'elle ne lui connaissait pas, inquiet.

– Je vais…

Elle ferma les yeux, les rouvrit. Le brouillard disparut complètement. À présent, elle voyait Orest, les chevaux, la nuit tombante.

– Je vais bien.

Orest l'observa attentivement, sans rien dire. Encore étourdie, My eut l'impression que le sol chavirait de nouveau et une nausée l'envahit. Orest venait de la soulever et la portait en direction des remparts, beaucoup trop vite à son goût. Elle sentit un goût de bile remonter dans sa gorge et s'exclama précipitamment :

– Je préfère marcher ! Je préfère marcher ! Posez-moi tout de suite, ou je vais…

– Arrêtez de piailler ou je vous lâche vraiment.

– Posez-moi ou je saute en route ! Orest !

Elle n'eut pas le temps de mettre sa menace à exécution. Sa nausée disparut et elle se retrouva adossée aux remparts, tandis qu'Orest l'examinait d'un œil acéré.

Elle reprenait des couleurs ; pour autant, elle restait pâle, ses cheveux et son visage se détachant sur la pierre avec une netteté presque spectrale. Agacée par son examen, My se redressa avec hauteur – elle voyait l'expression d'Orest se modifier lentement et ce haussement de sourcils lui déplaisait au plus haut point…

– Je vais très bien, vous dis-je !

– Ça se voit… Résultat de votre magnifique dégringolade dans les escaliers ?

My haussa les épaules. Elle avait pensé que le détail lui échapperait, étant donné l'avance qu'elle avait prise en fuyant.

– Au moins, moi, je n'ai pas laissé filer le chat-guetteur en ouvrant bien largement la porte…

– Très drôle.

Eisdreel alla chercher le cheval de My, resté au milieu de la route, et l'attacha non loin des autres, sans se mêler à leur dispute qui reprenait de plus belle. Kebren, Allian et Floan étaient entrés à Ashân depuis un certain temps, les laissant surveiller leurs affaires. Le petit Kmett avait posé sa malle à côté de lui et, posté au bord de la route, surveillait les environs avec vigilance. My se désintéressa peu à peu de leur discussion à la vue de la petite silhouette, immobile non loin d'eux. Initié ou non, Eisdreel ressemblait déjà beaucoup à un Kmett : il en avait le calme et les réflexes, même si, en cet instant, il les cachait soigneusement. Malgré tout elle en était certaine : la première ombre en approche ne lui échapperait pas…

– Pourquoi est-il parti, lui ? interrogea-t-elle dans un souffle. Kebren n'a pas eu le choix… mais lui ? Il est trop petit pour partir en mission.

– Il a voulu suivre son aldhei, c'est tout. L'âge n'entre pas toujours en ligne de compte. Vous le savez… aussi bien que moi. Et puis il est parti, mais lui, il a emmené une malle, pas une brosse à cheveux.

Orest connaissait les détails les plus ridicules de sa fugue, pour la bonne raison qu'elle les lui avait révélés en total état d'ébriété. Il l'avait repêchée dans une taverne de Liett, lui avait fait boire le pire alcool de l'établissement, suite à quoi elle lui avait dévoilé son ascendance, sa quête et la légende du trésor : cela avait suffi pour l'embarquer contre son gré dans sa propre quête, accompagnée par la fine fleur de la guilde d'Orest. Son départ à lui s'était fait de façon bien plus tragique, car il était responsable de la mort de son frère. Son premier meurtre, et le seul accidentel. Orest était devenu assassin pour le compte de la guilde de Krud jusqu'au début de leur quête. Il était curieux de se dire que s'ils n'avaient pas fui et ne s'étaient pas rencontrés par le plus grand des hasards, Edrilion serait probablement resté le même.

– Orest… vous croyez au destin ?

– Pourquoi vous me demandez ça ?

– Vous ne répondez pas à ma question.

Le jeune homme eut un rictus agacé.

– Qu'est-ce que vous voulez dire avec votre destin ? Je ne crois pas à ce genre de choses. Peut-être que votre destin peut m'expliquer comment cet ambassadeur a miraculeusement accepté de vous aider au moment critique ?

– Je connais Floan depuis que je suis toute petite, dit My. C'est un ancien prétendant.

– Tiens !

– Et c'est l'un des rares nobles qui soient restés fidèles aux Darcer.

– Vous n'auriez pas un Fauconnier surpuissant dans vos anciennes conquêtes ? Ça pourrait être utile, ça aussi.

– Non… mais Floan est le meilleur allié dont nous pouvions rêver.

– Un ambassadeur, dévoué corps et âme aux Darcer… récapitula Orest, songeur. Oui, vous avez bien choisi. On verra pour la suite, mais…

Eisdreel bondit soudain sur ses pieds : la haute silhouette de Kebren se profilait sur la route, suivie par celle de Floan. L'ambassadeur arborait une nouvelle paire de lunettes, achetée chez un orfèvre au prix de sa plus belle chevalière. Orest haussa les sourcils.

– Où est passé Allian ?

Kebren passa devant lui et déposa son sac près des autres.

– Allian vit sa vie.

– Mais encore ?

– Je ne peux rien vous dire de plus, malheureusement, puisque par un étrange coup du sort, nous l'avons perdu en entrant dans la ville. Et comme j'ai d'autres choses à faire que lancer un avis de recherche…

Orest ne cacha pas son agacement. Ashân fermait sa porte dès le couvre-feu et celui-ci approchait à grands pas. Ils avaient prévu de partir tôt, et l'absence d'Allian risquait de contrarier leurs plans, surtout s'il se faisait emprisonner sous prétexte qu'il visitait encore les rues à l'heure où les honnêtes gens ronflaient.

Souci qui n'était pas celui de Kebren. La jeune femme ne montrait plus trace de chagrin, elle en paraissait même honteuse et évitait leurs regards en fouillant dans son sac. Elle sortit un rouleau qu'elle déplia, une ride se creusant entre ses deux sourcils.

– Epeck est de l'autre côté du fleuve Alester. On doit traverser tout le réseau des villes, puis le fleuve lui-même. Plus vite on trouvera cet… Haresh, plus tôt on pourra combattre le Sanreth. Monseigneur, puisque vous êtes déjà allé à Epeck, connaissez-vous un itinéraire rapide ?

Elle tendit la carte à Floan, qui s'assit pour l'étudier plus commodément. Il colla son nez sur le vélin, gêné par l'obscurité croissante et son acuité proportionnellement inverse. My se leva pour lire la carte à son tour. Elle était extrêmement détaillée, le genre de carte prisé par les voyageurs. Sa tête et celle de Floan se penchèrent, suivant la succession des villes jusqu'à l'Alester.

Ils se trouvaient dans la zone que Krud avait voulu éviter un an plus tôt : un important réseau de villes à l'ouest de Liett. Elles s'étendaient ainsi jusqu'aux rives de l'Alester, où elles laissaient place à des ports, dont les plus importants étaient Saetr, Ourissan et Peli. L'Alester avait été représenté de façon curieuse, l'eau figurée par différents courants qui se dissociaient et s'emmêlaient, à ne pas savoir si le dessin découlait de la réalité ou de l'imagination du cartographe. De nombreuses rivières se jetaient dans le fleuve, sensiblement dans la même région : celle où ils se trouvaient.

– La Poudre d'or, dit doucement Floan. On la trouve dans cette partie du fleuve. Les Loribials vivent là où l'eau est agitée, c'est-à-dire dans toute cette zone… Ils disparaissent quand le courant s'apaise.

– Qu'est-ce qu'un Loribial ? demanda My.

– C'est un poisson. Il transforme le sable en poudre dorée, pour attirer ses proies. Les ports marchands en font le commerce, et ils monopolisent cette région. Ordinairement, je traverse le fleuve plus au nord. On va passer par Teyres, la ville-port et…

– Et pourquoi on remonterait au nord ? demanda Orest. On va perdre plusieurs jours, et de toute façon, il faudra redescendre au sud après la traversée pour atteindre Epeck. On peut essayer d'embarquer sur un bateau marchand.

My jeta un coup d'œil au jeune homme. De là où il était, il ne pouvait pas voir la carte, et d'ailleurs, il ne savait pas lire. Comment se faisait-il qu'il soit aussi renseigné sur l'organisation de l'Ouest ?

Floan secoua négativement la tête :

– Ils ne prennent pas de voyageurs.

– Ils peuvent faire une exception.

Floan redressa ses lunettes. Machinalement, il se mit à chercher le symbole kmett sur l'habit de son interlocuteur. N'en trouvant pas, il remonta au visage, détaillant ses traits émaciés et son extrême maigreur – indices criants de son niveau social. La méfiance remplaça son ahurissement. Il le prenait sans doute pour l'un des hommes de main d'Allian.

– J'ai peur que ce soit impossible. Ce sont des bateaux de pêche, ils se contentent de longer les côtes.

– Tous ?

– Certes non !

Kebren se redressa. Allian venait de surgir au bout de la route, se dirigeant droit vers eux. Sa besace battait allègrement dans son sillage, aussi peu remplie qu'à son départ. Floan plissa le nez.

– Qu'entendez-vous par « certes non » ?

– Cette jeune dame est Kmett, dit Allian, celui-ci voleur et assassin notoire, et mon statut de bras droit de Krud m'ouvre quelques portes dans certains milieux. Pratique pour nous faire aider des réseaux de contrebande !

– Que… *Pardon ?*

Floan regarda alternativement chacun des membres du groupe, l'air de réaliser avec qui il voyageait. Orest haussa les sourcils d'un air provocateur, Kebren le toisa – Allian, lui, répondit avec un geste désinvolte de la main.

– Épargnez-nous le chapitre sur l'illégalité, s'il vous plaît. Vous avez déjà un pied dans le plat, mettez l'autre, on gagnera du temps ! Après tout, luttez-vous contre les autorités, ou pas ?

– Mais… mais par les dieux, le problème n'est pas là, et les autorités sont précisément celles qui vont à l'inverse des règles, en ce moment !

– Écoutez : les contrebandiers font le commerce de la Poudre d'or et, contrairement aux marchands, ils traversent le fleuve. On m'a dit où les trouver ; on embarquera pour presque rien, du moins je l'espère, puisque nous sommes partis quasiment sans argent.

Assise en tailleur et le menton sur les poings, Kebren lança à Allian un regard éloquent.

– Saetr ?

Il fallait de longs jours de route pour parvenir à l'Alester. Les villes qui bordaient Liett au sud et à l'ouest, en effet, s'étendaient de la capitale jusqu'aux abords du fleuve, formant un réseau complexe qu'il était impossible de contourner. Allian et Kebren se relayèrent pour s'orienter d'une ville à l'autre, facilitant ainsi la progression du groupe. Floan, lui, ne fut d'aucune utilité : toutes les fois où il avait fait route vers l'ouest, il voyageait en calèche et ne se souvenait de rien.

Très vite, l'ambiance au sein du groupe se dégrada. À cause de la fatigue, bien sûr, mais aussi des conditions de voyage : Eisdreel avait réuni quelques provisions, qu'ils durent se partager car Kebren refusa de dépenser la moindre pièce, économisant leur pécule pour la traversée. L'humeur générale s'en ressentit au bout de plusieurs jours de pain sec et d'eau, sans viande ni vin pour agrémenter les bivouacs. My en haïssait Maranta qui, indirectement ou non – peu importait –, la poussait de nouveau sur les routes. Le soir, serrant ses pieds froids entre ses mains, elle contemplait le ciel, se disant que là-haut, une étoile la narguait, une étoile contenant un trésor assez gros pour contrecarrer le Sanreth et La Déléane. Dieux qu'elle aurait aimé avoir une deuxième chance…

À force de chevaucher toute la journée, elle ajouta des crampes aux contusions de sa chute. Ses plaies guérissaient peu à peu, mais la jeune fille était trop lasse pour s'en réjouir. Elle aurait aimé se montrer aussi forte que Kebren qui, à mesure qu'elle s'éloignait de son ordre, reprenait du poil de la bête. Malheureusement, elle n'avait ni l'âge ni la formation de l'aldhei, et sa principale réaction consistait à serrer les dents.

Eisdreel ne se plaignait pas, lui non plus. My s'était prise d'affection pour le Kmett et elle voyait bien que quelque chose n'allait pas. Il traînait toujours à l'arrière, près de Floan, ou partait à l'avant, si loin que Kebren devait aller le rattraper. La relation qui unissait l'aldhei et l'apprenti avait changé. Kebren remplaçait depuis longtemps les parents d'Eisdreel, ce qu'elle combinait plus ou moins bien avec son statut d'aldhei. Loin de Maranta et du bastion, elle s'était adoucie, comme si elle regrettait d'avoir entraîné le jeune garçon à sa suite. Pour My, il était clair qu'Eisdreel avait choisi seul. Mais le départ avait pourtant l'air de lui peser.

Orest et Floan, eux, s'évitaient. Trop de différences, trop de défiance… des deux côtés. Allian avait présenté Orest comme voleur et assassin : il n'en fallait pas davantage. Floan se contenta de tolérer le jeune homme, qui fit de même. L'un avait de l'éducation et un snobisme assorti. L'autre ne faisait aucun effort pour être aimable. Au moins s'évitaient-ils, permettant au groupe de faire route dans un calme relatif.

Le réseau des villes toucha à son terme de façon progressive. My remarqua le changement grâce au sol : les routes pavées disparaissaient. Des sentiers spongieux les remplaçaient, entrecoupés de rivières ou d'étangs. Peu à peu, les villes laissèrent place à de grandes étendues herbeuses. Les chevaux s'y enfonçaient à cause de leur chargement, ce qui les obligea le groupe à poursuivre la route en les menant par la bride. La présence de l'Alester planait sur les lieux, invisible et immense.

Ce soir-là, quand ils laissèrent réellement derrière eux les dernières villes des environs de Liett, le ciel était encore clair. My se retourna pour regarder les remparts, frappés par les rayons déclinants, et en éprouva un plaisir inattendu. Elle n'avait pas eu à cœur de contempler les environs, depuis Orghill. Et pourtant… leur royaume était beau. Une brise agita les herbes, se prit dans les plis de sa cape. Elle ferma les paupières et observa distraitement :

– Les prochaines villes seront les ports…

Elle rouvrit les yeux en entendant un glougloutement. Un ru coulait près de leur campement et Eisdreel y emmenait deux chevaux pour les faire boire. La jeune fille se leva et prit sa propre monture par la bride. Le ru jaillit sous ses pieds, presque par surprise : les herbes du sentier, penchées au-dessus, le dissimulaient. Mais le courant était vif, se glissant sous elles en les entraînant dans son sillage, comme un serpent. L'eau donnait l'impression de se précipiter vers l'Alester.

– Nous ne sommes plus très loin, remarqua My. J'ai hâte de pouvoir traverser.

Elle jeta un coup d'œil à Eisdreel. Le petit Kmett se tenait loin de l'eau, voûté. Il regardait le ru filer, projetant de minuscules éclats de lumière.

– Je ne veux pas traverser, dit-il tout bas.

My se tourna vers lui, étonnée. Sa voix était étouffée par la terreur.

– Personne ne t'y oblige, Eisdreel. C'est Kebren que Maranta a envoyée en mission… pas toi. Si tu veux retourner au bastion, tu…

Ses paroles, au lieu de le rassurer, produisirent l'effet inverse. Les yeux du jeune garçon s'embuèrent et il quitta la berge alors que Kebren s'approchait avec son cheval. My le regarda s'éloigner, interdite.

Pressentant un problème qui la dépassait, elle n'en souffla mot à la Kmett et revint au campement, suivant Eisdreel de loin. D'un naturel sociable et discret, le jeune garçon, cette fois, désirait manifestement qu'on le laisse tranquille. Il s'installa à l'écart du campement où Allian était assis, plongé dans l'étude de la carte. Floan, lui, était occupé à déharnacher sa monture, tâche apparemment complexe. L'orfèvre d'Ashân lui avait fourni de nouveaux verres, mais ils semblaient mal adaptés à sa vision. Il se débattit avec les sangles de la selle jusqu'à ce qu'Orest, narquois, le sorte d'affaire. L'ambassadeur le remercia du bout des lèvres.

– Demain ! s'exclama tout à coup Allian. Demain, on y est.

Une brise souffla, apportant avec elle une odeur indéfinissable… entre marais et vent du large. Les herbes frémirent, s'inclinant avec douceur. Il n'y avait plus de villes, désormais, pour faire rempart. Kebren alla se lover contre l'espion et jeta un bref coup d'œil à la carte.

– Saetr… pile au cœur des courants. L'activité marchande doit être importante, là-bas. Je crois savoir qu'ils débarquent toutes leurs provisions de Poudre d'or dans les grands ports et qu'ils les vendent aux marchands du royaume… Tu es sûr que tes contrebandiers nous embarqueront ?

– Oh, dit Allian d'un ton léger, le problème n'est pas vraiment là. Le problème, c'est de savoir si on pourra quitter le port sans se faire canarder. Ils ne plaisantent pas avec la contrebande, là-bas. Auquel cas…

Eisdreel se redressa dans son coin. My crut voir une lueur d'espoir passer sur son visage.

– … on traversera à la nage.

La brise s'était changée en vent et balayait la plaine. Frissonnante, My alla chercher sa couverture et s'assit près du feu. Il enflait péniblement, crépitant d'étincelles. Ils partagèrent les dernières provisions avant de s'allonger pour la nuit.

My, elle, garda le menton appuyé sur ses genoux. Les yeux grands ouverts. Le vent soufflait, se prenait dans ses cheveux et dans le feu, en vagues irrégulières. Derrière la brise, il lui semblait entendre une rumeur plus grande encore : celle de l'eau qui s'agitait, si lointaine que My n'arrivait qu'à soupçonner sa présence… Elle resta ainsi un long moment, jusqu'à sentir le sommeil poindre à son tour.

Un grattement puis un délicat déclic lui firent redresser la tête.

Inquiète, elle regarda autour d'elle, cherchant à voir d'où provenait le bruit. Eisdreel était étendu à l'écart. Elle plissa les yeux, mais il dormait, comme les autres. Instinctivement, elle reporta alors son attention sur sa malle noire et poussa soudain une exclamation.

L'un des côtés de la malle était en train de se soulever. Non pas le pan qui portait le verrou, mais la face latérale. Elle battait, poussée vers l'extérieur par quelque chose…

Une patte.

My eut un haut-le-corps. Une petite tête venait de sortir derrière la patte, éclairée par un étonnant regard jaune… puis un dos, un pelage gris, un corps de félin. Le chat leva la tête, l'aperçut et détala à toute vitesse.

Le pan se rabattit dans un claquement sonore.

# 15. La malle

Le claquement réveilla tout le monde. Le claquement et le cri étranglé de My :

– Il… il y a un chat ! Là, dans la malle !

Celle-ci était redevenue immobile, offrant aux flammes son curieux verrou. Plus aucune trace du chat. Elle n'avait pourtant pas rêvé ! Ces yeux jaunes, cette silhouette… Il y avait bien un chat !

Kebren réagit immédiatement. Elle bondit sur ses pieds et fondit sur la malle, devançant Eisdreel. Elle ne l'ouvrit pas, se contenant de la soulever pour évaluer son poids.

– C'est très léger, tout ça, Eisdreel. Où sont tes affaires de route ?

Le petit Kmett lâcha prise et recula. On aurait dit un petit animal terrifié.

– Je n'ai rien pris. Je n'ai pas eu le temps.

– Tu aurais dû laisser la malle. On ne la prend qu'en mission… Elle ne te servira pas, à l'Ouest.

La jeune femme se tourna vers My, décontractée.

– Votre imagination vous joue des tours, Mydria. Il n'y a pas de chat dans cette malle… ni ici, n'est-ce pas ?

– J'ai vu un chat gris ! protesta My. Il est sorti de la malle et il est parti !

– C'est absurde. Que ferait un chat là-dedans ?

La voix de Kebren se fêla : profitant d'une seconde d'inattention, My s'était emparée de la malle. Elle ne s'attarda pas sur le nœud métallique et s'acharna sur l'arête du pan latéral. Il y eut un déclic et le pan, devenu mobile, se souleva.

L'intérieur de la malle, en effet, était vide.

– Une malle-chatière ? dit Orest. C'est intéressant…

Kebren le foudroya du regard. Elle irradiait d'un mélange de crainte et de menace, contenu à l'extrême. Sans le comprendre, My admira son sang-froid.

– À quoi jouez-vous ? demanda l'aldhei d'un ton égal. Nous utilisons ces malles pour nos missions, nous y mettons notre matériel. C'est tout.

– Et le faux verrou ? répliqua Orest. Et l'ouverture sur le côté ?

Le calme de l'aldhei vola en éclats.

– Vous êtes bien placé pour savoir que les voleurs sont partout ! Nous n'avons trouvé que ce moyen pour protéger nos affaires !

– Kebren… commença Allian.

– Eisdreel, la prochaine fois, je t'interdirai d'emmener ça. Tu n'es pas encore Kmett, que je sache !

– Kebren…

– Quoi ?

Deux oreilles venaient d'apparaître derrière le genou d'Eisdreel. Deux oreilles, puis deux yeux jaunes, plissés par la méfiance.

Le groupe au complet retint sa respiration.

Loin d'être craintif, l'animal semblait captivé par la conversation. Il était entièrement gris, son poil brillait et de longues moustaches encadraient son museau. Il s'agissait d'un jeune chat, alerte et en pleine forme. Se redressant alors complètement, il grimpa sur les genoux d'Eisdreel, toisant les humains.

– Sabera, je présume ? fit Allian.

Eisdreel hocha la tête.

– Pourquoi l'as-tu emmenée ? Elle est trop petite pour voyager, et l'Alester va la terrifier. Tu aurais dû la laisser au bastion.

– Non, dit Eisdreel. Elle ne voulait pas.

Allian leva les yeux au ciel.

– Au risque d'enfoncer des portes ouvertes, vous êtes de vrais gamins, tous les deux ! Tu peux nous suivre si tu veux, mais ta chatte ? Elle a l'âge de pister des souris, pas plus !

– Quand comptais-tu me le dire ? renchérit Kebren, tranchante. À Saetr ?

Eisdreel baissa la tête. Il y avait fort à parier que les larmes n'étaient pas loin. Les oreilles de la chatte se plaquèrent sur son crâne en entendant l'aldhei. Celle-ci, indifférente, haussa le ton :

– Tu sais ce qu'on dit aux apprentis Kmetts ! Les plus crétins peuvent assimiler ça ! *Pas de chats* hors mission, *pas de chats* hors initiation ! Dis-lui de repartir !

– Elle va se perdre ! s'exclama Eisdreel, aussitôt défendu par Allian.

– La renvoyer au bastion, avec Shekeri et l'interdiction ? Ce serait un meurtre.

Cœur battant, My assistait à l'échange, abasourdie. Elle avait l'impression que quelque chose était en train de se jouer… quelque chose d'extrêmement grave. Il ne s'agissait pourtant que d'un chat. Elle avait beau le regarder, elle ne voyait rien d'étrange chez lui…

– Très bien, gardons-la ! s'exclama Kebren, exaspérée. Et eux ?

Elle les désigna, elle, Orest et Floan. La jeune fille sursauta, tant le geste était agressif.

– Ils ont tout vu. Qu'en fait-on ?

C'était absurde, bien sûr, mais My la sentit soudain à deux doigts de les attaquer. Pour un chat ?

– Soit tu leur expliques, soit tu les tues, résuma succinctement Allian. Ce qui ne va guère t'aider si tu veux faire tes Preuves…

– Sont-ils dignes de confiance ?

– L'étais-je, moi ? Essaie, puis tu verras.

Le conseil n'eut pas l'air de convaincre l'aldhei. Elle retourna s'asseoir et, lèvres closes, contempla le feu.

– Kebren, dit Allian. Nous sommes tous dans le même camp, désormais. Explique-leur…

– Maranta m'a bannie parce que je les ai aidés à s'enfuir. Que dira-t-elle si elle apprend ça ? Que je leur dévoile notre atout majeur ?

– Maranta ne t'a pas *bannie*, elle t'a expédiée en mission et elle est mauvaise joueuse. Elle aura une bonne raison d'être en colère, c'est tout. Encore que tu ne sois pas obligée de tout lui dire…

La chatte descendit des genoux d'Eisdreel et se mit en boule près du feu. My regarda l'animal puis l'aldhei, essayant de comprendre ce qu'on tenait tant à leur cacher. Kebren gardant obstinément le silence, sa curiosité prit les devants.

– Ainsi… Sabera t'appartient ? demanda-t-elle à Eisdreel.

Le Kmett hocha la tête, mais Kebren rectifia :

– Il ne s'agit pas d'appartenance : nos chats sont libres.

– Alors de quoi s'agit-il ?

– D'un travail d'équipe. C'est ce qui fait la particularité de l'apprentissage Kmett. Chacun d'entre nous, voyez-vous, reçoit un chaton à l'âge de dix ans. Kmett et chat suivent tous deux un apprentissage au bastion et tissent une relation très forte, dès leur enfance commune. Le chat d'un Kmett l'aide pour ses traques, il joue même un rôle capital.

Elle s'interrompit, mais le mal était fait.

– Et les chats de gouttière ? Ceux qui sont dans les villes ?

Kebren répondit à contrecœur :

– Ce sont nos relais sur place. Ils ne sont pas dressés, ils n'appartiennent à personne, mais ils connaissent leur ville. Et surtout, ils se connaissent entre eux… Ils forment un réseau complet.

Elle désigna la chatte roulée en boule :

– Sabera, plus tard, apprendra à entrer en contact avec les chats d'une ville, à leur demander de l'aide. Elle jouera un rôle d'intermédiaire entre Eisdreel et les autres chats. Et elle deviendra infiniment précieuse.

Sa voix s'abaissa jusqu'à se faire murmure :

– Irremplaçable… parce qu'on ne revit jamais son enfance.

Elle se tourna vers My.

– Les chats sont notre grande force. Notre avantage sur les Fauconniers, sur tout le monde. Les malles nous servent à les transporter incognito et à les protéger. Si nos ennemis savaient, il leur serait alors facile de tuer nos chats. Respectez ce secret, Majesté… Ce n'est pas une demande.

My prit un visage grave. Elle le savait, c'était à la reine et non à la jeune fille que Kebren s'adressait.

– Vous avez ma promesse.

Elle contempla la chatte endormie.

– Et Maranta ? A-t-elle un chat, elle aussi ?

– Hapron, son premier chat, est mort, dit Kebren. Il était très vieux. Shekeri est son remplaçant. Vous savez ce qu'on dit : les chats ont neuf vies… Nos chats peuvent vivre pendant plusieurs décennies, mais il est rare que nous vieillissions ensemble, passé un certain âge. Certains Kmetts essaient de dresser un nouveau chat… D'autres s'occupent d'un travail de traque plus intellectuel – la bibliothèque sert à cela.

– Et votre chat à vous, demanda My, comment s'appelle-t-il ?

– Ovriel.

« Tu as à moitié trahi ton ordre. Tu partiras incomplète. » Les dernières paroles de Maranta prirent brusquement tout leur sens. My se rappela les retards de Kebren au départ de Penhata, ses haltes à l'écart, pour laisser le chat sortir à leur insu… Il avait fait le voyage avec eux, et My ne s'était doutée de rien !

– Alors… Ovriel est resté au bastion, c'est cela ? C'est à cause de lui que vous ne vouliez pas partir ?

– S'il sort, Shekeri le tuera. C'est ma punition… et je ne sais pas quand je pourrai revenir. Je peux essayer de faire mes Preuves, mais sans Ovriel, je perds une grande part de mon efficacité. Je sais traquer et me battre, mais mon métier n'a de sens qu'avec un allié, celui qui me connaît depuis l'enfance… Nos chats deviennent pour nous aussi importants que des frères. C'est pour cela que je veux rentrer au bastion, dès que possible. Shekeri a des griffes de métal, il est très doué pour tuer d'un coup, et il obéit aveuglément à Maranta. Alors…

L'aldhei s'enroula dans ses couvertures et n'ajouta plus rien. My se sentit étreinte par un fort sentiment de compassion. Elle comprenait les larmes de Kebren, à présent : la punition de Maranta n'était pas un bannissement. Il s'agissait de bien pire.

– Vous ferez vos Preuves, dit-elle avec conviction. Vous le sortirez du bastion. Je vous y aiderai.

Kebren sourit tristement.

– Je vous remercie, My. Mais combien de temps faudra-t-il pour ça ? Combien pour faire mes Preuves et attendre que Maranta me reçoive ?

– Kebren…

Eisdreel avait murmuré. Il paraissait encore plus terrifié que précédemment, si c'était possible.

– Je… je… Maranta… elle…

– Qu'y a-t-il ?

La voix d'Eisdreel s'étrangla.

– *Tu l'as emmené ?*

– Maranta ne l'a pas vu… il s'est glissé dans la malle et…

La Kmett se leva d'un bond et lança :

– Où est-il ?

– Il est sorti…

Il n'y eut aucun mouvement tout d'abord. Aucun bruit. Puis les herbes bruissèrent, tout près, sous le poids léger d'une patte.

My se redressa vivement. Le bruissement stoppa net. Elle sonda les ténèbres, à la recherche d'une silhouette féline, à l'instar des autres. Les ronronnements de Sabera dissipèrent un moment son attention. Quand elle tourna les yeux, le chat avait jailli de l'ombre et se tenait là, devant eux. Ombre lui-même.

Kebren se leva. Comme si ce simple mouvement avait donné le signal, le chat franchit la limite qui séparait la plaine obscure du campement. Fila sans bruit, éclair noir et furtif, et bondit dans les bras de sa Kmett. L'étreinte de Kebren se referma sur lui. Un immense sourire lui fendait le visage. Un sourire exultant, et tout aussi féroce.

– Ovriel… Que Maranta te cherche où elle peut. Nous ferons nos Preuves ensemble !

# 16. L'Alester

Le vent allait et venait sur la plaine, ébouriffant l'herbe et la crinière des chevaux. Il charriait l'odeur que My avait déjà détectée depuis plusieurs jours : une odeur de vase et de boue, qui saturait l'air humide.

Le sol était devenu spongieux, exsudant de l'eau au moindre pas, et de minuscules mares apparaissaient çà et là, bues par des buissons qui paraissaient s'y noyer. Il n'y avait pas d'arbre, et si on devinait la présence de verdure, c'était sous l'eau, avec un éclat si maladif que les touffes d'herbes semblaient avoir pourri et être prêtes à se décomposer d'un instant à l'autre.

La plupart des gens ralliant les rives de l'Alester plus en amont ou en aval, aucune route ne traversait cette plaine. Le cheval de My dérapait à chaque pas, ouvrant des yeux ourlés de blanc devant cette étendue étrange, qui se dérobait sous ses sabots. Les cavaliers n'en menaient pas plus large et peinaient, les uns derrière les autres, vers l'amoncellement de bicoques qui se profilait devant eux.

Saetr. Ils y arrivaient enfin.

Le port était immense. My le voyait déjà, immense et pourtant minuscule, au bord de la masse d'eau que représentait l'Alester. Baraques et passerelles se partageaient les rues, car de nombreuses rivières traversaient Saetr pour se jeter dans le fleuve. Bien souvent, les chevaux marchaient dans l'eau : débordant des bas-côtés, des ruisselets se faufilaient entre les pavés, entraînant dans leur sillage divers détritus, dans un mélange indéfinissable. Leur petit groupe ne passa pas inaperçu, forçant les gens à se plaquer contre les murs pour laisser passer les chevaux. À certains endroits, on avait jeté des planches là où le sol s'était effondré, reliant les rues entre elles. Trempées par l'humidité ambiante ou les filets de poissons véhiculés à travers le port, elles donnaient l'impression d'être prêtes à se rompre, et tout juste capables de supporter le poids d'un homme. Ils semblaient les seuls cavaliers du port : les commerçants qui circulaient à cheval ou plus fréquemment en charrette ne traversaient pas Saetr, empruntant un ponton extérieur qui contournait le port et leur permettait de partir sans encombrer les rues de la ville.

Leur champ d'horizon s'élargit enfin lorsqu'ils débouchèrent sur le quai.

L'appontement formait un arc de cercle qui s'avançait dans l'eau, bordé par de nombreux bateaux amarrés. Ceux-ci faisaient pendant à la foule nombreuse qui allait et venait, eux-mêmes agités par l'eau qui giflait leurs coques. Rien ne paraissait immobile, sur ce quai qui débordait de vie. Des odeurs de poisson frais et de friture planaient sur les lieux, mêlées à celles de la vase, plus douceâtre. La présence de l'Alester renvoyait le quai à son insignifiance. My en resta pétrifiée.

De l'eau… de l'eau partout. Le fleuve était si large qu'elle n'en voyait pas l'autre rive, sa surface agitée en permanence par de profonds sillons qui la creusaient irrégulièrement. On devinait, affleurant sous l'eau, le conflit entre les innombrables courants issus des rivières que le fleuve avait attirées. La seule chose qui manquait pour que My ait l'impression de se trouver au bord de la mer d'Olrante, c'était l'odeur de l'iode.

– On laisse les chevaux ici, ordonna Kebren.

Imitant les autres, Mydria mit pied à terre. Les alezans repartiraient comme ils étaient venus, avec tout leur harnachement, à l'exception du cheval d'Eisdreel : ils avaient détaché la malle et caché les deux chats à l'intérieur. Les chevaux prirent le trot dès qu'ils furent libres et s'éloignèrent dans le port à la recherche du chemin le plus rapide vers les plaines.

Allian avait disparu en même temps que sa monture. Ils entreprirent de l'attendre, leur groupe à peine discernable parmi le va-et-vient. De nombreux marchands, postés à la sortie des venelles, exposaient là les produits de leur pêche, et c'était à qui crierait le plus fort pour appâter le chaland. My jeta un regard intrigué à un crustacé qu'un des pêcheurs lui brandissait sous le nez, doté d'un pied visqueux et d'une coquille éclatée – elle apprendrait plus tard que celle-ci se refermait sous l'eau, procurant une bulle d'oxygène renouvelable à la bête, nommée Emian. Des algues d'aspect peu engageant luisaient sur un étal voisin, dégageant une odeur saumâtre très en accord avec leur couleur verdâtre. Quant aux poissons, ils étaient présents en abondance, posant le même œil vitreux sur les passants et étalant leurs nageoires détrempées sur une surface plus ou moins grande. Certains faisaient près d'un mètre tandis que d'autres arboraient une impressionnante rangée de dents. Mais My eut beau regarder, elle n'en vit aucun qui correspondait à la description d'un Loribial. De même, elle n'entendit pas un seul marchand clamer les vertus d'une quelconque Poudre d'or.

– C'est vous qui voulez embarquer ?

Un homme venait de s'arrêter devant eux, jaugeant leur groupe avec un air soupçonneux. Il était petit et râblé, vêtu d'habits usés, constellés de taches. My crut voir un reflet doré briller fugitivement sur le tissu lorsqu'il s'avança, Allian à ses côtés.

– Nous sommes six, déclara Floan. Nous voudrions débarquer au port de…

– Oh là ! coupa l'homme. Mon petit seigneur, on débarque pas les gens où on veut ! Les courants sont capricieux ici, ils passent jamais aux mêmes endroits, et mon bateau, c'est pareil. Le marché, c'est de vous faire accoster en face, vous irez où vous voulez à pied. Alors, six passagers ?

– Et leur équipement, se contenta de préciser simplement Kebren.

Le regard de l'homme se posa sur sa broche métallique, dériva sur la malle ornée du même symbole : signes infiniment discrets, mais significatifs pour qui avait l'œil. Même sur les rives de l'Alester, la réputation des Kmetts ne semblait plus à faire.

– Ça sera trois pièces chacun.

Le prix était raisonnable, mais la présence d'Allian et des Kmetts y était sans doute pour quelque chose. On se soutenait couramment dans les milieux du crime – on se dénonçait facilement aussi. Refuser la traversée à des complices potentiels de cet acabit revenait à prendre un risque inutile. Ils suivirent le contrebandier à distance, dispersés sur l'appontement pour être moins visibles. Un gros bateau marchand mouillait au milieu des autres, sa passerelle jetée sur le quai. L'équipage allait et venait, déchargeant des filets de poissons aux pieds des marchands venus les récupérer : plus en amont, l'Alester avait tout d'un fleuve normal, et la pêche y était possible. Saetr, isolé dans une zone moins favorable, était connu pour fourmiller d'acheteurs, de Poudre certes, mais également de poissons que les contrebandiers pêchaient souvent en amont et revendaient en ville, finançant ainsi une partie de leur expédition. L'homme les fit monter à bord, surveillant les environs du coin de l'œil. Kebren déposa discrètement une bourse dans sa main et monta la première, suivie de My.

Le bateau était composé de cales et d'un pont, encombré de caisses vides. Il n'y avait rien d'autre à ce niveau. L'homme leur désigna un emplacement désert, loin de la poupe, et s'éloigna sans ajouter un mot. Traverser l'Alester allait leur prendre près de deux jours, durant lesquels ils resteraient sur le pont, le contrebandier n'étant pas complaisant au point de leur libérer des couchettes.

Kebren profita de leur isolement pour soulever le pan de la malle, révélant les deux chats tapis à l'intérieur. Yeux jaunes et yeux verts brillaient avec la même intensité, la même frayeur.

– Ils vont détester, fit Allian.

Kebren soupira et rabattit le pan. Tant qu'ils seraient à bord, ils devraient cacher la présence des chats à l'équipage. Mais ni Sabera ni Ovriel n'avaient l'habitude de rester enfermés plus de quelques heures, et si l'un deux cédait à son désir d'indépendance en plein jour, les choses risquaient de déraper rapidement.

Contournant la malle, My alla s'accouder au bastingage. Le pont tanguait, sans qu'elle sût si cela était dû à l'Alester ou aux va-et-vient des contrebandiers, et l'eau heurtait inlassablement la coque du bateau, lui évoquant le ressac de la mer d'Olrante. Elle se mit sur la pointe des pieds pour tenter d'apercevoir l'autre rive – en vain.

– Vous ne verrez rien d'ici, dit Floan.

Il s'était arrêté près d'elle, étudiant le fleuve, lui aussi.

– En amont et en aval, l'Alester a la largeur d'un fleuve normal. Cette zone est beaucoup plus large, à cause des rivières qui s'y jettent. Et elle est beaucoup plus difficile à traverser… mais le Héron a voulu emprunter la voie la plus directe.

Il semblait incapable de retenir le nom d'Allian, à moins qu'il le fît exprès. Son ton, en tout cas, sous-entendait clairement ce qu'il pensait du choix de la route. My haussa les épaules et fit remarquer :

– Vous êtes le premier à dire qu'il faut gagner du temps.

– Certes, dit Floan, mais j'espère simplement que nous ne le gagnerons pas au détriment du bateau.

– Qu'est-ce que vous voulez dire ?

– Eh bien, certaines embarcations finissent le voyage, mais ne le recommencent pas.

– Allons donc ! Vous voyez toujours les choses…

Un choc sourd ébranla le pont à cet instant : remonté à bord, l'équipage rabattait la passerelle et rompait l'amarre. Comme s'il n'attendait que cela, le bateau bondit en avant.

Floan et la jeune fille se rattrapèrent de justesse au bastingage. Cette fois, le pont roulait vraiment, malmené par l'eau qui, déjà aux abords du port, paraissait prendre vie…

My se rendit compte qu'une bonne partie de l'équipage avait quitté le pont : dans cette zone de l'Alester, une voilure ne suffisait pas pour se frayer un passage entre les courants. Une vingtaine de rames affleurèrent au niveau de la coque et entreprirent de réorienter le bateau. Toute l'embarcation grinça et l'eau, bouleversée par le mouvement, s'écrasa contre la coque. Trempée de la tête au pied et suffoquant, My agrippa la main de Floan qui avait lâché le bastingage et titubait pour retrouver son équilibre.

– Venez ici, au lieu de rester à la poupe ! leur cria Kebren.

La Kmett s'agrippait à l'une des caisses, au milieu du pont où les tangages étaient moins forts. D'un pas mal assuré, My se dirigea vers elle, suivie de l'ambassadeur. Saetr s'éloignait déjà derrière eux. Négociant cahin-caha les courants, leur navire, toutes voilures dehors, s'était dégagé du quai et bravait le fleuve sans, désormais, la moindre attache avec la terre ferme. L'eau se soulevait avec une furie croissante. Une fois, deux fois, le bateau se cabra, donnant l'impression de vouloir se retourner complètement…

Imitant Eisdreel qui s'était tapi près de la malle, My se rencogna entre deux caisses et s'agrippa à elles de toutes ses forces. Fous de panique, les chats griffaient les parois de leur malle pour se maintenir d'aplomb, dans un monde qui, pour eux, devait sembler pris de folie. De nouveau le bateau bifurqua, sous l'effet du courant ou des rames, bondit, et ne retomba pas.

Une immense vague jaillit, s'incurva et s'écrasa sur le pont dans un fracas de tous les diables.

My crut que le bateau avait atteint le point de non-retour. Elle se tassa un peu plus dans son coin, serrant les bords d'une caisse si fort que les jointures de ses mains en blanchirent. Elle n'était plus qu'une petite chose terrifiée, autant que les chats, s'attendant à périr d'un instant à l'autre sous la masse du bateau…

– My.

Orest, penché par-dessus la caisse, lui tendait la main. Dans un état second, elle s'aperçut qu'elle était à moitié immergée. La vague s'était abattue du côté le plus incliné du pont, là où elle s'était réfugiée. Elle saisit la main d'Orest et se leva, incapable de la moindre pensée cohérente. Le pont tanguait, tanguait toujours… beaucoup trop fort…

Un goût de bile remonta dans sa gorge. Elle se pencha précipitamment par-dessus le bastingage et vomit dans le fleuve, le visage fouetté par les vagues. Avec l'impression qu'elle allait y laisser la vie.

– Plus jamais, dit Floan, livide.

Dispersés sur le pont, ils se remettaient peu à peu, s'accrochant par réflexe au bateau qui tanguait faiblement.

Ils avaient mis des heures. Des heures d'efforts et de ténacité. Tout l'équipage avait dû se liguer, à la force des rames, des bras, pour maintenir le cap au milieu des courants. Le soir tombait à présent, et des deux rivages, ils ne pouvaient en apercevoir aucun.

L'Alester était un fleuve fourbe, mais il était aussi inégal : les courants se rejoignaient souvent les uns les autres, ménageant des zones plus calmes vers le milieu du fleuve. Les contrebandiers y avaient arrêté le bateau pour la nuit, un répit que tous accueillaient avec soulagement.

Nauséeux, l'ambassadeur se rinça la bouche et s'essuya avec sa manche – ils avaient tous vomi, les uns après les autres. Par chance, les caisses alentour, remplies par les vagues abattues sur le pont, leur permettaient d'évacuer le goût âcre de la bile. Allian recracha sa gorgée dans le fleuve et articula faiblement :

– La prochaine fois, vous me catapultez. Je m'en sortirai mieux.

Personne ne répondit. Adossée sans force à l'une des caisses, My avait sorti l'effigie en métal de la déesse Neryt. La grenouille aux pinces de crabe était glacée à tel point qu'elle ne sentait plus sa paume. Elle la plaqua sur son front, espérant le rafraîchir, sans grand succès. Sa tête la brûlait anormalement, conséquence probable de ses nausées successives.

Elle finit par se redresser et, vacillante, gagna la caisse la plus proche. Le fleuve l'avait remplie à ras bord. Sans façons, elle y plongea la tête, imitant les ivrognes au sortir d'une cuite qu'elle avait pu étudier de près à Penhata. Le contact de l'eau lui procura un soulagement sensible.

Les contrebandiers s'affairaient près des caisses, à l'autre bout du pont. Elle n'en chercha pas la raison. Reprenant lentement ses esprits, elle n'avait d'yeux que pour le fleuve. Les derniers rayons rasaient l'eau, ondoyant calmement sur sa surface apaisée. La magie œuvrait dans ces profondeurs, elle en aurait mis sa main au feu. Une magie comparable à celle des Bois, née avec l'Alester et que les hommes ne pouvaient éradiquer. Une magie comme celle d'une île, changée en étoile par les premiers Darcer…

My sonda du regard l'immensité du fleuve, cherchant une rive en vain : au bout de la première journée, ils en avaient traversé tout juste la moitié. Doucement ballotté, leur bateau paraissait insignifiant au milieu de cette immensité. Elle frissonna. À cet instant, l'Alester lui rappelait une autre rivière, encaissée dans les profondeurs des Ravins d'Erlett. Sombre, figée et froide comme de la glace… jusqu'au réveil du monstre.

Mal à l'aise, elle quitta la poupe et revint vers les autres. Ils étaient occupés à partager les dernières provisions, c'est-à-dire une gourde d'eau et quelques miches de pain, évidemment trempées. Eisdreel, lui, refusa sa part. Recroquevillé entre deux caisses pour ne pas se faire voir des contrebandiers, il serrait Sabera dans ses bras. La chatte était exsangue, son pelage éteint, ses yeux à moitié fermés. Elle avait moins bien supporté le voyage qu'Ovriel qui, tapi dans la malle, accueillait toute approche par un feulement hostile. Même Kebren y avait droit.

– Ils ont faim, chuchota la jeune femme d'un ton désespéré. Ils ne tiendront jamais le choc jusqu'à demain !

– Ton chat a l'art de se fourrer dans les pires ennuis et d'en ressortir en pleine forme, observa Allian en guise de réconfort. Ce n'est pas la première fois, ce ne sera pas la dernière. Alors s'il a juste faim…

– Tu en as de bonnes ! s'écria l'aldhei avec colère. Il a l'estomac vide et il a passé des jours entiers dans sa malle, ce n'est pas suffisant, peut-être ? C'était une folie de passer par là, mais j'aurais dû m'en douter !

– Qu'insinues-tu exactement ? Et puis tu voulais gagner du temps, oui ou non ?

Lassée, My s'installa à l'écart, là où les éclats de voix s'atténuaient. Des contrebandiers passèrent non loin d'elle, transportant des filets au contenu indistinct. Dans la nuit, ils n'étaient plus que de pauvres ombres se traînant sur le pont. Harassés de fatigue, et pourtant contraints d'affronter une nouvelle journée de lutte dans quelques heures. Pourquoi risquaient-ils ainsi leur vie ? Pourquoi, alors qu'une pêche ordinaire, à défaut de leur rapporter plus, pouvait les épargner ? Elle n'arrivait pas à comprendre…

Kebren et Allian s'étaient tus.

My se redressa, serrant sa cape autour d'elle. Elle grelottait. Cette fois, elle ne distinguait plus rien. Un nouveau vacillement du bateau faillit lui faire perdre l'équilibre. Elle se redressa le cœur battant. Non, elle n'aimait pas ce fleuve, ni ces ténèbres, ni ce sentiment, pire que tout, de se retrouver isolée dans un monde sans repère… À la merci du moindre danger.

– Orest ? Allian ? Kebren ? Où êtes-vous ?

Son murmure fut emporté par le vent, ce même vent qui l'empêchait d'entendre. Tremblante, elle posa ses mains sur le pont et entreprit d'avancer à quatre pattes, n'ayant plus de repère auquel se fier. Une secousse plus forte la fit se rattraper de justesse à un gros volume – une caisse. Les contrebandiers avaient placé un couvercle par-dessus, et filtrant à travers l'interstice, un mince rai d'or brillait. Un or profond, vibrant.

La Poudre d'or…

Les filets en avaient-ils recueilli, malgré la fureur du fleuve ? Les unes après les autres, les caisses s'illuminaient, révélant faiblement le pont… juste assez pour éveiller sa curiosité. Vérifiant que personne ne la surveillait, My fit jouer le loquet et souleva le couvercle.

Aveuglante, la lumière lui sauta au visage. Elle cligna des yeux.

Plusieurs poissons se pressaient dans le fond d'eau qui remplissait la caisse. Elle n'en avait jamais vu de pareils, empêtrés dans d'interminables nageoires, qui les empêchaient presque de nager. Ils étaient d'un gris-bleu terne, sans rien d'éclatant : la lumière provenait des grains de sable, au fond de la caisse.

La Poudre d'or… elle l'avait là sous les yeux.

Étrangement émue, la jeune fille tendit la main et en ramassa une poignée. La panique se propagea parmi les Loribials. Tous fuirent cette pince de chair qui s'aventurait dans leur prison après les avoir arrachés au fleuve. Stupéfaite, My vit les Loribials fouetter l'eau de leurs nageoires et les enrouler autour d'eux en quelques instants. Des coquillages spiralés, de la même couleur gris-bleu, remplacèrent les poissons.

Du bout des doigts, elle en cueillit un et le posa au creux de sa paume. Le coquillage pesait à peine dans sa main, et elle sentit un minuscule mouvement à travers la mince enveloppe de la coquille. Elle attendit mais le Loribial n'eut pas d'autre réaction. Elle le remit alors dans l'eau.

La créature se changea en un clin d'œil. La coquille spiralée se déroula, lui laissant à peine le temps d'apercevoir la bête qui se glissa sous ses congénères et reprit son aspect de crustacé. My contempla longuement les poissons, émerveillée.

# 17. À l'ouest

Terre !

Une nouvelle vague se glissa sous le bateau. Ample et sournoise, telle une lame de fond, qui bouleversa la surface et se déploya sur plusieurs dizaines de mètres. De nouveau, le vaisseau se souleva, retombant majestueusement sur l'eau bouleversée. L'eau s'épanouit autour du bateau en grands cercles qui devinrent ridules, et My lâcha le mât.

C'était une nouvelle vague, mais c'était aussi la dernière. À l'horizon, l'Alester disparaissait enfin, cédant la place à la terre ferme. Les courants refluaient, comme à regret. Plus ils s'approchaient de la berge, plus l'eau perdait en force. My leva la tête pour observer les rivages de plus près et s'immobilisa. Ce qu'elle avait pris pour une bande de terre encore éloignée… était une falaise.

Où donc débarquaient-ils ?

Les contrebandiers avaient repris les rames. Elles dirigèrent efficacement le bateau, qui se rapprocha des falaises en douceur. My vit que celles-ci s'inclinaient à leur base, laissant place à de minuscules baies naturelles. Aucun bateau ne mouillait là. Les ports de cette rive devaient se trouver plus au nord, où les falaises s'aplanissaient. Essorant sa cape, elle alla ouvrir l'une des caisses où, faute d'autre abri, ils avaient rangé leurs sacs. Floan, d'un vert douteux, s'y trouvait adossé. Elle lui tendit la main pour l'aider à se relever. Le capitaine surveillait les opérations, non loin d'eux.

– Le gros port le plus proche, c'est Vesdrell, leur indiqua-t-il. Mais vous devrez longer les côtes si vous voulez aller au nord, le courant est trop fort ici.

My secoua la tête.

– Nous n'avons pas l'intention de rester près du fleuve.

– Je vois… Plein ouest, hein ? Vous allez en Acryak ?

Le contrebandier lui jeta un regard entendu, guettant sa réaction. Acryak était le voisin d'Edrilion au sud-ouest. La plupart de ceux qui traversaient illégalement l'Alester se réfugiait là-bas : il pensait sûrement que leur groupe était dans ce cas. My se contenta de sourire. Elle aurait déjà bien assez de travail en Edrilion…

– Comme vous voudrez, bougonna l'homme. Pour ce que ça me fait…

Il délaissa le bastingage et remonta le pont en aboyant un ordre. Les filets pendus le long de la coque furent hissés à bord : les contrebandiers les suspendaient là pour la pêche, attendant une accalmie pour les vider. À l'air libre, les Loribials avaient tous pris la forme de coquillages fuselés. Emplie de curiosité, My se rapprocha.

– Comment créent-ils la Poudre d'or ? demanda-t-elle. Et pourquoi se métamorphosent-ils ?

– Ils se métamorphosent pas, ils sont nés comme ça.

L'homme qui vidait le filet chassa le dernier Loribial et ajouta :

– Moitié coquillage, moitié poisson. Ils ont besoin de ça pour vivre.

– Pourquoi ?

– Vous voyez ces rivages, là, avec le sable ? L'Alester est plein de pierraille mais il y a ce sable aussi, dans les bons coins : ils s'en servent. Ils se changent en coquillages, ils accumulent le sable et ils le transforment avec leur salive. Ils attirent leurs proies comme ça.

– Et à quoi sert la Poudre d'or… pour vous ?

– Pour moi, à rien. Pour ceux qui achètent, elle a le même effet que dans l'eau : poudre aux yeux. On peut la revendre au prix de l'or. Ça s'éteint au bout d'un moment, mais nous, on est déjà loin !

L'homme rit et rabattit le couvercle de la caisse. Le bateau s'était arrêté non loin de la plage. L'eau devenait trop peu profonde – ils rallieraient les rivages à pied. Voyant que son groupe se tenait prêt à partir, My écourta son exploration pour les rejoindre. Le capitaine l'avait devancée et discutait avec Allian. Elle saisit ses dernières paroles en s'approchant :

– … revend les poissons loin des ports, on risque moins. Passez par An'jas si vous voulez partir en Acryak, c'est plus court. Mais vous en aurez pour plusieurs semaines au moins… C'est pas à côté…

– Nous en prendrons note, répondit Allian avec sérieux.

Orest s'attaquait déjà à la descente. Les contrebandiers avaient accroché un filet le long de la coque, créant une échelle de fortune. Un bruit d'éclaboussures signala son arrivée, et Allian enjamba le rebord à son tour. My attendit qu'il réceptionne la malle et, utilisant les mailles du filet, le suivit. Quoique peu profonde, l'eau était glacée. Immergée jusqu'à la taille, My s'achemina péniblement vers le rivage. Ni Orest ni Allian ne s'y trouvaient. Invisibles depuis le bateau, ils s'étaient repliés derrière un surplomb rocheux. Elle les rejoignit et s'arrêta, le cœur serré.

Les deux chats gisaient sur le sable, sans force. Leur pelage était plaqué sur leurs os, révélant leur squelette. Ils paraissaient misérables, et soudain plus petits, comme si leur fourrure terne leur ôtait toute superbe. Kebren jaillit aux côtés de la jeune fille et s'agenouilla vivement, le visage dévoré d'angoisse. Ovriel entrouvrit les paupières à son approche et miaula faiblement. La jeune femme le souleva pour le prendre dans ses bras. My vit que ses mains tremblaient. Allian intervint à mi-voix :

– L'équipage arrive. Portez-les si vous voulez, mais on doit quitter la baie. Tout de suite. Vos chats sont solides, ils vont en réchapper. On s'occupera d'eux plus tard.

Eisdreel prit Sabera dans ses bras. La chatte s'agita légèrement et planta ses griffes dans le tissu de ses manches.

Celle-ci au moins s'accrochait à la vie, forte de son jeune âge. Un sentier escaladait la falaise, non loin. Ils s'y engagèrent, Ovriel attendant qu'ils parviennent au sommet pour s'échapper des bras de sa Kmett. Feulant et crachant, il défia le groupe du regard puis fit volte-face. Sa silhouette noire disparut entre les arbres.

– Ov… !

– Il est furieux, dit Allian. Il va nous suivre, inutile de lui courir après…

Il cala la malle sous son bras et ajouta avec une grimace :

– Tu vois qu'il est en forme !

– Allian, commença My, j'ai une question. Comment se fait-il que vous connaissiez le nom d'Ovriel, de Sabera, et le secret des chats en général ? Le système n'est-il pas censé rester secret ?

– Très justement. Vous touchez du doigt le plus grand manquement de Kebren à ce jour.

Kebren lui jeta un regard assassin, ce qui ne l'empêcha pas de poursuivre :

– Ou plutôt de son chat. Je ne sais pas qui a commencé, à vrai dire… Toujours est-il qu'à une lointaine époque, Kebren, débutant dans le métier, a été chargée de me traquer.

– Déjà des ennemis ? fit Orest.

– Mon père.

– Pardon ?

– Une triste affaire, incluant décès maternel et argent mal réparti entre les bénéficiaires de l'héritage, autrement dit, mon père et moi. Incluant aussi une fugue…

– D'accord… Tu t'es enfui avec un supplément ?

Allian se redressa avec indignation.

– Avec *ma* part, injustement usurpée ! Ma mère appartenait à un milieu aisé. Suffisamment pour que mon père convoque des Kmetts pour récupérer fils et magot – magot surtout. Toujours est-il…

– Il a soudoyé Ovriel, trancha Kebren.

– Absolument pas ! Ton chat était adorable à l'époque. Ça n'a pas été difficile de m'en faire un allié… ni de négocier mon salut grâce à lui. Les Kmetts sont très conciliants dès qu'il s'agit d'épargner leurs chats, ajouta Allian à l'intention de My. Mes bonnes relations avec l'ordre Kmett datent de ce jour.

Orest étouffa un ricanement à l'arrière. Floan, lui, écoutait l'échange avec intérêt, ce dont ne manqua pas de s'apercevoir Kebren. Par la suite, elle ne répondit pas à la moindre question. Sabera finit par s'échapper à son tour et disparut comme par enchantement. Pas une seule fois durant leur marche My ne remarqua l'ombre d'une oreille, ni n'entendit le moindre craquement de brindilles.

Autour d'eux, le paysage était aussi sauvage et solitaire que les falaises, ponctué de sous-bois et de roches qui saillaient du sol, leur procurant un simulacre de route. Du fait de leur départ précipité d'Orghill, ils voyageaient léger, à l'exception de Kebren qui portait la malle. Encore plus léger depuis qu'ils avaient englouti leurs dernières provisions. Ils peinèrent sur une lieue ou deux, l'estomac vide, jusqu'à atteindre un hameau. Floan choisit ce moment pour perdre toutes ses couleurs. Hasard ou joies du rangement, Allian retrouva un peu d'argent alors qu'ils le traînaient vers la première taverne.

Depuis Berias, c'était la première fois qu'ils s'attablaient autour d'un verre. La salle était rustique mais propre, occupée par plusieurs paysans. L'attention générale se braqua aussitôt sur eux. Il devait y avoir peu de gens de passage dans cette partie du royaume et les voyageurs n'inspiraient généralement pas confiance, encore moins les groupes hétéroclites comme le leur. Une bande de villageois passablement saouls avait toutes les chances de venir les aborder, aussi My décida-t-elle de prendre les devants et posa son épée sur la table en guise d'avertissement. Floan ouvrit des yeux ronds.

– Depuis quand portez-vous une épée ?

My n'avait jamais compris comment il pouvait retenir par cœur des textes entiers et être si peu observateur. Elle repensa au vol désastreux de sa première rapière. En pleine chasse au trésor, elle avait décidé d'apprendre l'escrime, et avait directement été voir Orest pour lui demander des cours. Elle modifia légèrement les faits pour Floan :

– Depuis que j'ai fui Siartt.

– Mais… vous savez vous *battre* avec ?

– C'est le but quand on en a une, non ? observa Orest.

Relégué à l'autre bout de la table, il suivait l'échange et l'air soudain embarrassé de Floan ne lui échappa pas. Celui-ci jeta un œil sur sa propre épée, dotée d'une jolie garde en corbeille. Il avait dû l'utiliser trois fois dans sa vie.

– Pas obligatoirement… Les épées sont là pour l'apparat, à la Cour. Pour ma part, j'ai choisi d'autres armes. La diplomatie est souvent plus efficace.

– Parce que d'après vous, la diplomatie est une arme ?

Floan regarda Orest comme s'il s'agissait de la question la plus sérieuse du monde : visiblement, il était imperméable à l'ironie. Il avait toujours aimé ce genre de polémique, à l'exception d'une bonne partie du groupe qui abandonna aussitôt la discussion. My, elle, découvrait au fil de leur quête que Floan était une mine d'informations. Et que, dès lors qu'il parlait de son domaine de compétence, il se révélait passionnant. Elle l'écouta avec attention, caressant l'un des chats qui venait de bondir sur la table pour laper son vin. Kebren chassa précipitamment un Ovriel titubant. Ce fut à peine si Floan s'en aperçut. Il fixait My, l'air soudain sérieux.

– J'ai choisi la diplomatie et vous devrez la respecter une fois votre trône reconquis. Mais vous, My, vous aurez d'autres contraintes. Les Darcer se battaient, hommes ou femmes, c'est là la base de tout pour un roi – la reine Welfendà en est la preuve vivante. Vous avez tout intérêt à combiner escrime et négociation : ce sera là un mélange apte à convaincre le Fauconnier.

– On vous croit, ricana Orest. Elle a déjà réussi à Mealla.

My le fusilla du regard : elle avait percuté de plein fouet le Fauconnier de Mealla en décampant avec sa rapière. Il était évidemment hors de question de le dire à Floan, qui prit l'annonce au premier degré :

– Mealla, la première ville après les Ravins ? C'est un poste isolé, mais intéressant, si nous cherchons un point de relais là-bas. Vous pourrez faire jouer ce contact… Haresh le connaît sûrement.

– Haresh…, répéta My, songeuse.

Contact nettement plus crucial. Cette fois, il ne fallait pas répéter l'erreur du bastion. Haresh pouvait mettre en branle toute la corporation des Fauconniers… si elle se montrait convaincante. Elle appuya son menton sur son poing et déclara :

– Floan… Parlez-nous d'Haresh.

Kebren tourna aussitôt la tête.

Haresh… Ils ne savaient rien sur lui, hormis ce que leur en avaient dit les Kmetts qui haïssaient les Fauconniers sans concession et en faisait volontiers une légende noire. Floan, lui, connaissait personnellement Haresh. Or My voulait appréhender le personnage avant de le rencontrer, et personne n'était mieux indiqué que l'ambassadeur pour l'aider. Flatté par son attention, Floan prit le temps de réfléchir.

– Que vous dire sur Haresh ? Il n'a pas un parcours ordinaire. Vous savez que toutes les villes ne sont pas contrôlées par les Fauconniers : certaines ont des nobles à leur tête. C'était le cas d'Epeck, il y a une génération.

– Et ce ne l'est plus ?

L'autorité des nobles était pourtant grande en Edrilion, cette classe étant plus ancienne que celle des Fauconniers. My ignorait pourquoi certaines villes étaient régies par des nobles, et d'autres non, mais elle n'avait jamais entendu parler d'une cité passée d'un noble à un Fauconnier sans transition. Elle ne voyait qu'une explication.

– La famille noble s'est éteinte à cette génération ?

– Oh non ! dit Floan avec un sourire. Cette génération s'est mariée.

My le regarda sans comprendre.

– Il n'y avait qu'une fille pour hériter d'Epeck. Une fille noble qui, par alliance, a donné la ville à son mari. Or ce mari n'était autre que Haresh : grâce à sa femme, il a pu faire d'Epeck la ville qu'elle est aujourd'hui. Une place forte d'exception.

Orest haussa un sourcil. Tant qu'une famille noble dirigeait une ville, aucun Fauconnier n'était autorisé à sa tête. Cet Haresh avait visiblement trouvé la parade.

– Mariage d'intérêt ? fit-il à mi-voix.

Floan le fixa d'un air choqué.

– Mariage d'amour ! Haresh est un homme admirable – tout comme son épouse. Un homme d'honneur. Il a hérité d'Epeck par la force des choses, sans quoi il serait resté simple intermédiaire. C'est une alliance scandaleuse, naturellement – Haresh est issu d'une famille noble sans terres et sans pouvoir, mais cela vaut mieux que tous ces mariages arrangés qui gangrènent notre classe…

My et Orest échangèrent un regard. Le mariage edrilien était une institution instaurée par les nobles, particulièrement codée. Le peuple les imitait, plus simplement, mais des unions de ce type étaient dédaigneusement nommées « appariements » par les hautes classes. « Alliance scandaleuse »… Raison de plus pour cacher la leur à Floan.

– Eh bien, lâcha Orest, Haresh soutiendra peut-être plus volontiers une Darcer qu'une vieille Aldhei-shen campée sur ses acquis.

My n'écouta pas la réplique de Kebren. Orest et la Kmett ne s'appréciaient guère, et en avaient parfaitement pris leur parti. Deux caractères forts, issus de systèmes différents… Non, c'était autre chose qui l'interpellait dans ces paroles. Haresh était devenu un puissant par alliance, et cela le rendait différent. Peut-être pourrait-il les aider, elle et Orest.

D'après les Kmetts, Haresh était un Fauconnier redoutable et ne reculait devant aucune exécution publique. De tout son cœur, My espérait que le portrait se révélerait faux.

Elle ne pensa pas à se dire que, pour faire d'Epeck la plus grosse ville de l'Ouest, il ne suffisait pas d'épouser la fille du château.

# 18. Epeck

Ils passèrent plusieurs jours à traverser le terrain rocailleux qui longeait l'Alester sur la rive ouest. Pour My, ce fut l'occasion de découvrir une région qui allait devenir décisive pour sa quête et qui semblait plus paisible qu'aucune autre zone civilisée. Elle réalisa assez vite que les apparences étaient trompeuses.

Progressivement, l'Ouest s'étendait devant eux, révélant ses villes rassemblées en petit nombre, ses carrières de pierre qui, souvent, voisinaient avec des mines – les principales sources de revenus de cette région –, ses bois qui s'effilochaient au bout d'une lieue pour laisser place à des plaines. Peu de villages se protégeaient derrière des remparts, car ils n'avaient pas à se défendre. En effet, les Fauconniers abritaient les populations dans leur ville en cas de danger. Toute grosse cité avait à charge les villages voisins, une organisation loin d'être systématique : ailleurs en Edrilion, certains Fauconniers étendaient volontiers leur pouvoir sur les villes proches, sans pour autant les protéger. Aux yeux de My, cet agencement rendait l'Ouest très différent des environs de Liett. Epeck, assura pourtant Floan, jouait ici un rôle proche de la capitale, en partie parce qu'elle se trouvait à mi-chemin du Nord et d'Acryak, et qu'elle assurait les relais marchands et politiques.

Edrilion et Acryak n'ayant aucun désaccord, Floan s'était rendu assez rarement dans l'Ouest, mais il en savait assez pour que My l'écoute avec intérêt. Eisdreel faisait de même. Il prenait sa première mission de Kmett très au sérieux et

Sabera, perchée sur sa selle, n'était pas en reste. Il en allait autrement pour Orest, qui n'écoutait pas un mot.

– Vous allez me dire que vous connaissez déjà tout ? finit par lui demander My.

– Je suis né ici.

Où exactement ? My aurait été bien en peine de le savoir. Ni l'un ni l'autre n'en reparlèrent, à cause de Floan : ils limitaient leurs échanges à de simples banalités, une contrainte qui devenait de plus en plus pesante. Lorsque Epeck se découpa à l'horizon, Orest l'identifia en même temps que Floan.

– Vous feriez mieux de cacher les chats, dit-il.

My s'arrêta à côté de lui. Bâtie sur une colline, Epeck dressait ses remparts à perte de vue – des remparts aussi hauts qu'anciens, qui épousaient les irrégularités du terrain. Il s'agissait d'une vieille cité, l'une des premières : on le devinait à ses murs épais, que le vent avait érodés par endroits. Les tours d'un château apparaissaient par-dessus les toits et des fanions flottaient sur des tourelles noyées dans la ville. Ce mélange d'ancienneté et d'éclat frappa My avant toute autre chose. La ville était vieille, mais elle dégageait une grande majesté : celle des lieux protecteurs.

My se ravisa très vite en voyant les créneaux.

Postés derrière les murailles à intervalles réguliers, des gardes surveillaient l'accès aux portes et leur arrivée n'était pas passée inaperçue. La jeune fille se retourna, craignant que, malgré la distance, ils aient relevé la présence des chats. Elle n'en vit aucun. Kebren eut un petit sourire devant son air interrogateur.

– On a aussi laissé la malle. Ici, c'est inutile.

Dangereux, corrigea My en pensée. De fait, malle et chats avaient disparu aussi furtivement que les insignes kmetts : débarrassés de tout indice pouvant trahir leur identité, Kebren et Eisdreel ressemblaient à des voyageurs ordinaires. Néanmoins, l'aldhei resta à la fin de leur formation. Quelque part non loin d'eux, les chats kmetts, tapis dans les herbes des bas-côtés, s'acheminaient vers la ville pour y entrer seuls. Restait à savoir si Ovriel, si discret dans la nuit, était capable de camoufler son pelage noir aux yeux des guets. My le sous-estimait : elle ne parvint pas à le retrouver, et il n'y eut aucun scintillement de casque prouvant qu'un garde, là-haut, suivait son avancée.

Contrairement aux autres villes, il n'y avait pas de porte à proprement parler. À la place, deux cavités perçaient les murailles, au sommet desquelles on devinait la présence de panneaux, remontés pour la journée et abaissés au couvre-feu pour bloquer l'accès à la ville. Un système plus rustique que celui des portes, qui avait probablement l'âge d'Epeck. Passant sous la voûte, My remarqua toutefois que les panneaux semblaient neufs et que, surtout, ils étaient étonnamment épais. Comme si la surveillance aux remparts ne suffisait pas, il y avait des guets jusque dans les rues. Ils portaient tous une armure légère et de curieuses épées : l'acier était arrondi sous la garde, puis la lame s'aplatissait pour se métamorphoser en un double tranchant classique.

– À votre place, je ne les dévisagerais pas comme ça, lui glissa Orest.

Ils venaient de dépasser un garde. My se contenta de hausser les épaules.

– Pensez-vous ! Attifés comme ils sont, ils doivent avoir l'habitude ! Vous avez vu leurs épées ?

– Oui.

– Ce fameux jour où vous m'avez envoyée voler ma rapière, il n'y avait aucune arme de ce genre. Vous connaissez leur nom ?

– Aucune idée.

– Vraiment ? insista My, désappointée.

Orest se borna à hausser les épaules.

– Je ne prétends pas tout connaître, mais c'est peut-être une spécialité de la ville. Vu qu'ils ont l'air de ne rien vouloir faire comme tout le monde…

– C'est une idée d'Haresh, intervint Floan, qui marchait derrière eux. Un type d'épée plus maniable, plus efficace. Il a rééquipé toute la garde de son beau-père quand celui-ci est mort et qu'il a vraiment pu contrôler la ville en tant que Fauconnier… vous verrez, toute la ville est surveillée.

– Il ne pouvait pas se contenter des portes ? interrogea Kebren, soulevant un sourcil. Ou avons-nous encore affaire à un de ces meneurs bouffis d'orgueil ?

– Vigilants, c'est tout.

– Orgueilleux *et* rapaces, maintint Kebren. Tant qu'ils n'auront pas compris qu'une part de la population a besoin de l'illégalité pour survivre, ils n'auront que des opposants sur leur propre territoire. Regardez-moi sa ville ! À croire qu'il veut colmater tous les trous !

– C'est sa charge, non ? fit Orest que les récriminations de la Kmett avaient l'air d'amuser. Et vu l'état de sa ville, il vaut mieux colmater, en effet…

– Allons donc ! Et que faites-vous des issues ? Vous serez moins indulgent quand l'un d'entre eux vous aura lancé sa garde aux trousses !

– Fait. Plusieurs fois, et ils étaient lents. Forcément, avec une armure de plates… Je ne sais pas si vous avez remarqué, mais il n'y en a pas ici. Les gardes doivent être très efficaces pour courser les indésirables jusqu'à la sortie.

La rue s'était mise à monter. My jeta un coup d'œil alentour, surprise de ne plus voir aucun poste de garde, et s'aperçut qu'ils étaient placés en haut de la rue pour la surplomber. Les silhouettes immobiles des sentinelles se tenaient à leurs abords, les regardant passer sans se détourner. D'eux tous, Floan avait l'air d'être le seul réellement détendu.

– Haresh entend protéger sa ville du mieux possible, précisa-t-il en contournant un garde. Epeck est très vieille, et elle ne manque pas de caches ni d'issues… Empêcher les trafics n'est pas facile.

– Quels genres de trafics ?

– La région est riche en pierres précieuses ou cristaux de toutes sortes, et les receleurs en profitent pour installer leur réseau, particulièrement dans Epeck qui est un excellent point de relais. Ce qui contraint la garde à redoubler de vigilance… À part cela, la ville est tranquille.

L'ambassadeur menait le groupe avec hésitation, s'arrêtant à chaque embranchement. Avec les rues en pente, ils ne pouvaient pas, pour le moment, se guider grâce au château. Ils montaient donc au hasard. My comprit assez vite ce qu'il voulait dire au sujet des trafics, ce grâce aux maisons : loin d'offrir un aspect disparate, elles étaient toutes taillées dans la même pierre : de gros blocs fendillés par le temps, similaires à ceux des remparts. Ils semblaient avoir le même âge, mais alors que les remparts étaient composés d'énormes blocs, les logis, loin d'être construits aussi solidement, tombaient en ruine par endroits et faisaient communiquer des rues là où Haresh ne le voulait sûrement pas. My pensait que les autres s'étonneraient de la même chose, mais Eisdreel avait un temps d'avance.

– Kebren…

L'adlhei tourna la tête vers lui. Depuis les débuts de son apprentissage, Eisdreel questionnait uniquement ses maîtres quand, après avoir cherché des heures dans la bibliothèque du bastion, il ne trouvait aucune réponse seul. Il désignait l'une des maisons :

– Pourquoi ne s'effondre-t-il pas ?

Plutôt que la maison, il désignait le mur attenant. Celui-ci tombait en ruine et plusieurs pierres s'étaient descellées à des endroits critiques. Tout le mur aurait logiquement dû s'effondrer, mais, bien que légèrement déséquilibré, il tenait en place. Kebren posa la main dessus et fit la moue.

– Curieux. Peut-être qu'en poussant…

– Je vous le déconseille, intervint Floan, inquiet.

Il scrutait le mur comme s'il allait lui tomber dessus d'un instant à l'autre.

– Les galeries d'Istarion.

– Les quoi ?

– Les galeries. Je crois que les murs tiennent grâce à elles. Les pierres d'Epeck ont été extraites là-bas, dans des carrières proches, reprit Floan avec un vague signe de la main.

– Vous voulez dire qu'elles sont près d'ici ? intervint Kebren, incrédule. Istarion est réputé pour être un lieu hostile, aucune ville n'est censée se trouver à proximité…

– À l'époque où Epeck a été construite, les Edriliens l'ignoraient. Cette ville a été bâtie en même temps que Liett, les grands ports et tout ce qui a structuré notre royaume aux premiers âges. Pour nos ancêtres, les galeries n'étaient rien d'autre qu'un ensemble de mines et de carrières. Ils ont puisé leurs pierres là-bas – pour les remparts, les maisons, le château… Il émane une telle force des galeries, une telle solidarité des pierres entre elles qu'Epeck tient encore debout, après tout ce temps. Preuve que la magie n'est pas uniquement maléfique…

My garda soigneusement le silence. Après les Ravins et les Bois, qui avaient respectivement tué deux hommes de leur groupe, et leur mésaventure sur l'île des Darcer, il y avait de quoi se méfier de la magie plus qu'autre chose. Toutefois Epeck ne dégageait pas la moindre aura menaçante : simplement la même majesté usée, tranquille…

Du moins jusqu'à la rue suivante.

Les gardes se tenaient à l'embranchement, comme tous les autres. Mais, cette fois, ils étaient trois de trop, et My était à peu près sûre d'en avoir déjà croisé certains. Tout leur groupe ralentit, à l'exception de Floan. Mais hésiter ou rebrousser chemin était le meilleur moyen d'attirer l'attention sur eux. Kebren dut suivre le même raisonnement car, après un temps d'arrêt, elle emboîta le pas à l'ambassadeur.

– Aldhei ?

L'apostrophe retentit au moment précis où elle dépassait l'escadron. La Kmett fit preuve d'un sang-froid presque parfait. Elle ne s'arrêta pas, ne tressaillit pas davantage, gratifiant d'un vague coup d'œil le garde qui avait parlé. En revanche, lorsque celui-ci lui saisit le bras, elle réagit beaucoup trop vite.

– Lâchez-moi !

My, qui se trouvait à côté d'elle, eut à peine le temps de s'écarter, évitant l'arc meurtrier que décrivit sa dague en sortant du fourreau. Le garde, lui, n'anticipa pas l'attaque. Il y eut un heurt métallique. L'instant d'après, Kebren bondissait hors de portée tandis que le garde se tenait le poignet, livide. Son armure le protégeait mais Kebren avait frappé au point faible : la jointure du gantelet et du brassard. Ce qui n'empêcha pas l'homme de hurler :

– Arrêtez cette femme ! Alerte à la Kmett ! Alerte !

Ses comparses se déployèrent aussitôt, bloquant la rue. My les vit brandir leurs étranges épées, et, de façon instinctive, pressentit la catastrophe. Kebren n'avait que sa dague incurvée pour se défendre, conçue pour faire sauter un mécanisme, transpercer une cotte de mailles ou tuer un homme. Pas pour tenir tête à plusieurs adversaires ! Une silhouette quitta soudain leur groupe, dégainant dans un chuintement. Avec un temps de retard, My reconnut Orest, mais il se taillait déjà un chemin jusqu'à la Kmett, cherchant à couvrir sa fuite. La jeune fille se décida à tirer son épée et s'engagea à son tour dans la mêlée. Ils se retrouvèrent trois à lutter dos à dos. Kebren n'avait certes qu'une dague, mais elle échappait aux lames avec la souplesse d'un feu follet, les déviant par des coups prestes et agressifs. Elle faisait honneur à la réputation d'élite des Kmetts, mais les gardes étaient réactifs, eux aussi. L'un d'eux lui allongea un coup de poing alors qu'elle était aux prises avec son comparse. Le gantelet s'écrasa sur sa pommette, la déséquilibrant sous le choc. Elle tomba durement au sol.

– Stop ! Ça suffit, STOP !

Le hurlement d'Allian, perché sur un muret pour se faire entendre, calma tout à coup la mêlée. Floan se faufila entre les gardes, sans juger utile de dégainer.

– Je suis Floan de Trelleor, ambassadeur de la Cour de Liett, et cette femme voyage avec moi ! dit-il d'une voix forte. Relâchez-la !

Il n'obtint que des regards hésitants lancés à ses lunettes – seul indice de richesse, et étrangement assorties à ses habits de voyage. Deux des gardes relevèrent Kebren sans tenir compte de son avertissement. Étourdie, la Kmett saignait au visage et sa dague avait volé loin d'elle, vouant à l'échec toute tentative de riposte. My la ramassa, devançant un garde, ce qui lui valut d'être empoignée à son tour. Orest avait déjà été désarmé.

– Ceux-là n'en sont pas, s'étonna un homme en les désignant tous les deux.

My grimaça quand il lui assena un coup de poing sur le poignet, la forçant à lâcher son arme.

– Rien ne vous autorise à attaquer cette femme ! protesta-t-elle, tentant de se dégager. Rien ne vous prouve qu'elle est Kmett !

Le garde se contenta de la détailler de haut en bas, l'air aussi peu impressionné que convaincu, et fit signe à ses acolytes de la pousser vers le bas-côté pour laisser passer les badauds. Ceux-ci commençaient à affluer, murmurant entre eux. Le chef proclama à la cantonade :

– Présentement arrêté, un membre de l'ordre Kmett ! Ils savent ce qu'ils risquent en venant à Epeck, eux et leurs complices. Ils sont condamnés aux fers et à l'exécution. Emmenez-les !

– « La ville est tranquille »... railla Orest. Trelleor, une objection ?

L'ambassadeur lui jeta un regard furieux et s'interposa entre les gardes.

– Je vous répète que cette femme est sous ma protection et sous celle de la Cour ! En tant que représentant du pouvoir, j'apprécie votre zèle, mais je n'ai pas emmené une aldhei ici pour rien. Elle et Haresh ont à traiter ensemble.

Aussi je vous demande de la relâcher, et de la laisser nous suivre ! Et nous…

Deux gardes l'encadrèrent et lui bloquèrent les bras. Loin de se laisser faire, Allian et Eisdreel, eux, s'étaient repliés sur le muret, le petit Kmett caché derrière son aîné. Les gardes se déployèrent en un clin d'œil autour du mur, sous l'œil méfiant d'Allian.

– Une dernière fois, nous ne souhaitons pas nous battre… Nous voulons simplement passer et parler à votre Fauconnier sans nous faire escorter. Est-ce négociable, oui ou non ?

– On la connaît, elle, parce qu'elle est une aldhei, lança un garde. Qui nous dit que tu n'en es pas un, toi aussi ?

– Pas de dague ? proposa Allian.

– Pas suffisant.

– Alors on…

– Vous irez aux fers jusqu'à ce qu'on en sache plus sur vous. Descendez !

Allian s'échappa à toutes jambes vers l'autre côté du mur, bondit à terre et tenta de se frayer un passage à travers la foule, qui resserra aussitôt les rangs. Les gardes le ramenèrent vers les autres tandis qu'Eisdreel, contraint et forcé, rendait son arme. Leur arrivée à Epeck n'aurait pu plus mal se passer.

My emboîta le pas aux gardes, sous les quolibets des gens qui commentaient allègrement l'événement. Avec Eisdreel, elle était celle qui surprenait le plus, à cause de son jeune âge et de son apparence : rien en elle n'évoquait une Kmett. Commode pour masquer son statut de voleuse à Penhata, son allure inoffensive, ici, suscitait plutôt la curiosité. Elle aurait préféré rencontrer Haresh en secret, mais au final, peu importait : on avait coutume de mener les prisonniers dans la fosse du château, où le pouvoir de la ville les surveillait de près. Ces gardes les mèneraient droit au Fauconnier…

Même s'ils avaient voulu fuir, ils n'auraient pas pu ; pas avec Kebren. L'aldhei avait reçu un coup plus dur qu'escompté et marchait avec peine, à moitié assommée. Une haie de gens se dressait de part et d'autre d'elle, grondante. Tolérés, voire estimés dans la plupart des villes, les Kmetts, ici, semblaient haïs. L'influence d'Haresh paraissait immense, et la jeune fille se demanda, légèrement inquiète, quelle sorte d'homme il fallait être pour protéger à ce point sa cité.

C'est alors que le vacarme s'estompa. Dans la zone qu'ils traversaient à présent, il n'y avait plus de maisons, plus d'embranchements. Une tour carrée se dressait à l'extrémité de la rue, gardée non par un soldat, mais par une troupe entière. Était-ce une construction récente ? Une nouvelle tour de guet, plus grande que les autres ?

– Regardez ça, dit Orest entre ses dents. Petit point de rendez-vous pour casqués en faction. Ce n'est pas une ville, ça, c'est une citadelle !

La méfiance de My se mua en panique. Elle prit soudain conscience de l'endroit dans lequel ils s'engageaient tous. Pour Kebren, ce n'était pas une citadelle, mais la gueule du loup. Par bonheur, Eisdreel n'avait pas été identifié. Il fallait absolument qu'ils le cachent… Un bruit lui parvint, en provenance d'un toit proche. Discrètement, elle leva les yeux.

Éclair noir, filant d'un toit à un autre. Ovriel…

Le chat les avait retrouvés, et Sabera ne devait pas être loin. Sur les toits ocre, il était beaucoup trop visible. My vérifia qu'aucun garde ne la surveillait et détourna la tête. Les rues montaient toujours, de plus en plus abruptement. Au-delà d'une nouvelle tour, les pavés disparurent. Un léger surplomb leur fit découvrir le château avec étonnement.

My ne s'attendait pas à cela. Une construction massive, hérissée de tours, l'aurait moins surprise. Mais le château d'Epeck tenait tout entier sur une base rocheuse, au sommet d'une colline. Il était couronné d'un donjon et de trois tours rondes, et My eut beau chercher, elle ne vit aucune douve. Apparemment, le château se faisait fort d'avoir sa hauteur pour seule protection… Un garde la poussa dans le dos.

– En avant !

Au fur et à mesure qu'ils s'approchaient du château, les maisons se firent plus rares. Puis il n'y eut plus que des fortins. My rectifia son jugement : apparemment, le château se faisait fort d'avoir une protection rapprochée infaillible… Ils franchirent les portes sous la surveillance des archers, postés derrière les barbacanes, flèches encochées. Eisdreel semblait sur le point de tomber raide mort. Pour un Kmett de onze ans qui n'avait presque jamais quitté son bastion, hormis pour de petites missions dans Orghill, c'était compréhensible. Il avait essayé plusieurs fois de se dégager, ne gagnant qu'à se faire surveiller de près par un garde qui le tenait solidement à l'épaule, son gantelet resserré comme une tenaille. Même lorsqu'ils furent dans le château, il ne le lâcha pas.

Plusieurs lances étaient regroupées près des portes, à l'intention des gardes qui sortaient. Rien ici ne ressemblait à la demeure d'un noble, encore moins cet escalier qui s'enfonçait dans les entrailles de la terre, vers les cachots. Cette seule vue parut revigorer Floan.

– Nous venons pour quelque chose d'important, asséna-t-il fermement. L'aldhei souhaite rencontrer Haresh, elle n'est pas venue en opposante. Je vous demande de nous mener à votre Fauconnier sans tarder. Haresh me connaît… et j'espère que *lui* sera assez perspicace pour reconnaître un ambassadeur. C'est mon dernier mot.

Il dégageait une indignation polie, réprimée à grand-peine, qui parut faire hésiter les gardes. Ils les menèrent vers les étages dans un silence absolu.

Toutes les salles importantes se trouvaient en hauteur, ce qui expliquait la silhouette à la fois étroite et élancée du château. Ce ne fut pas ce détail, cependant, qui intrigua My. Ils traversèrent le premier étage de part en part, parvinrent au deuxième. Celui-ci ressemblait tellement au précédent qu'elle eut l'impression de parcourir les mêmes salles. Elles se succédaient, inlassablement. Absolument semblables. Peut-être parce qu'elles étaient vides…

Aucun bibelot. Un mobilier luxueux, mais réduit au strict nécessaire. Seuls les vitraux indiquaient bien qu'ils pénétraient dans le château des anciens seigneurs d'Epeck. Tout le reste de la bâtisse ressemblait à une place d'armes, parfaitement organisée, au décor sévère. Epeck était pourtant une ville prospère. Pourquoi le château n'était-il pas à son image ?

– Fauconnier, des visiteurs… Ils veulent vous parler.

My aperçut l'homme à ce moment-là. Il se tenait devant une fenêtre, regardant au-dehors, légèrement voûté, ses vêtements camouflés par les taches de lumière. Il se retourna en entendant la voix du garde, et My comprit alors par quel miracle un simple Fauconnier avait pu obtenir la main d'une fille de seigneur.

Il était incroyablement beau.

Non pas le genre de beauté qui devait tout à la jeunesse, ni celle qui correspondait à des canons précis. Une majesté indéfinissable émanait de sa personne. Son catogan était filé de gris et des rides creusaient le coin de ses yeux, ainsi que l'espace entre ses sourcils. Mais son regard, lui, brillait, intact, ni rougi par l'alcool, ni brouillé par l'âge. Il était armé et chaussé de bottes poussiéreuses, comme s'il ne faisait que passer dans son château, sans s'y arrêter nulle part… À part lui, il n'y avait personne dans la pièce.

– Je ne connais aucun d'entre eux, dit l'homme après un rapide examen. Emmenez-les.

– Haresh ! Par les dieux, vous me connaissez, moi !

Le Fauconnier tourna la tête en entendant Floan. Il le dévisagea quelques instants, puis de nouvelles rides creusèrent autour de ses yeux, lui donnant paradoxalement l'air plus jeune. Pour la première fois, il souriait.

– Trelleor ? Libérez-le ! ordonna-t-il aux gardes, avant de s'avancer pour étreindre l'ambassadeur. Personne ne m'a averti de votre venue !

– J'ai pris ma décision de façon… très soudaine.

– Que s'est-il passé ? demanda aussitôt Haresh. Liett vous envoie négocier avec Acryak ? Les transferts d'Arbrhavres ont pris fin il y a deux cycles, malheureusement, mais sur le plan militaire, la situation n'a pas changé aux frontières.

Sa voix résonnait, comme à l'étroit dans la pièce. Il n'était sûrement pas natif d'ici. My pariait pour le Sud, même s'il avait perdu tout son hâle entre les murs étroits d'Epeck. Floan hésita. Il avait fui la Cour et n'était évidemment pas en mission pour elle, même s'il agissait pour la couronne. D'autre part, il n'avait aucun moyen de savoir si le Sanreth avait déjà contacté les Fauconniers… et les avait ralliés à sa cause. Prudent, il se contenta de demander :

– Avez-vous entendu parler des derniers événements de Liett ?

Haresh fit un signe affirmatif.

– L'envoyé du Daj ? Tout Edrilion sait. Et tant qu'on n'aura pas élucidé la mort du roi, les négociations avec La Déléane n'ont aucune chance d'aboutir. Mais vous n'êtes pas venu me questionner sur le sujet, vous en savez sûrement plus que moi… À moins qu'il y ait un rapport avec votre visite ?

– Je préfère ne pas en dire plus devant témoins, se borna à dire Floan.

– C'est si grave ?

Haresh ne manifestait pas d'inquiétude apparente, mais, après avoir vu les mesures de sécurité dont il entourait sa ville, My ne s'y fia pas. Il ne perdait pas une miette de la conversation, et surtout, il ne les oubliait pas, eux : les étranges compagnons de route d'un ambassadeur qui la plupart du temps voyageait seul… Le regard d'Haresh glissa sur elle, Orest, Allian, Kebren… Y revint, soudain très attentif.

– Attendez…, dit-il entre ses dents.

Écartant les gardes, il s'avança jusqu'à faire face à l'aldhei. Ses sourcils étaient froncés, trahissant une attention extrême, comme s'il avait déjà vu la Kmett quelque part, et tâchait d'associer ce visage à un souvenir. L'examen ne dura que quelques instants.

– Une traqueuse traquée. Intéressant… Kebren, c'est ça ?

Loin de se démonter, la Kmett lui cracha au visage :

– D'où connaissez-vous mon nom et mon métier ?

– Je vous ai avertis, toi et les tiens, depuis de nombreuses années : interdiction de traîner vos bottes ici. Vous peinez visiblement à comprendre. Il ne suffit pas d'ôter ton insigne pour circuler sans qu'on te reconnaisse, sais-tu ? Certains Kmetts parlent, avant la potence. Donnent des noms, décrivent… Vous travaillez tellement avec vos chats des rues qu'on vous repère rien qu'à votre démarche, et mes gardes ont l'œil. C'est dommage pour toi.

– Tes gardes peut-être… Epeck est l'exception. Essaye de nous vaincre ailleurs en Edrilion et on te renverra tes mouchards à la face !

– Je vois que Maranta t'a transmis l'amour immodéré qu'elle me porte. Qu'elle crache son venin si ça l'amuse… Moi, j'ai la légalité dans mon camp.

Kebren demeura bouche bée. Maranta. L'Aldhei-shen, l'entité la plus protégée de l'ordre… Son désarroi n'échappa pas à Haresh, qui grimaça un sourire.

– Choquée ? Vous savez beaucoup de choses sur notre corporation. Il faut bien qu'on donne le change, n'est-ce pas ? Nous savons pour les aldhei, les Nel'riand, nous savons tout… sauf l'emplacement de votre quartier général. Et nous le saurons bien assez tôt.

Non, songea My, ils ignoraient encore le plus important : le vrai rôle des chats dans l'ordre… Kebren se garda de répliquer quoi que ce soit. Pour la première fois, elle avait réellement l'air effrayé. Haresh retourna s'accouder à la fenêtre, se voûtant de nouveau.

– Pourquoi venez-vous avez elle, Trelleor ? Je ne pensais pas que vous étiez le genre de noble à traiter avec ces gens. Envoyer des Kmetts traquer vos créditeurs ou vos opposants… Je réprouve ce genre de méthodes. J'aurais cru qu'un ambassadeur les mépriserait aussi.

– Cela n'a pas de rapport avec leur fonction habituelle. Ils sont venus pour…

– « Ils » ? Parce qu'ils sont plusieurs avec vous ?

Floan vira vermillon.

– Je… Pas exactement, je ne voulais pas dire ça ! J'entendais « ils » pour l'ordre…

Haresh fit volte-face. Malgré elle, My eut un mouvement de recul, en même temps qu'Eisdreel. À la différence que ce dernier réagit beaucoup plus vite. Il garda les mains le long de son corps, mais déjà prêtes à se positionner devant lui, leur tranchant orienté de biais. Un geste lentement assimilé au cours de son apprentissage et qui, loin de le protéger, ne servit qu'à le découvrir. Haresh eut un sourire carnassier. L'espace d'un instant, il s'apparenta à un faucon sur le point de fondre sur sa proie.

– Tiens, tiens… la nouvelle génération ! Comment tu t'appelles, petit ?

– Ne lui dis pas ! avertit vivement Kebren.

Sous ses mèches rousses, Eisdreel fixa le Fauconnier sans ciller. Les traits de celui-ci s'adoucirent un peu.

– J'apprécie ton cran, petit, mais ça n'est d'aucune utilité ici. À ta place, je répondrais tout de suite. Combien y a-t-il de Kmetts, dans cette salle ? Allez, dis-moi… Nous vous découvrirons tôt ou tard. Autant le faire maintenant, n'est-ce pas ?

– Laisse-le chercher, conseilla l'aldhei, goguenarde. D'ici à ce qu'il accuse l'ambassadeur…

– Nous ne sommes pas là pour alimenter vos conflits de corporation ! s'écria Floan. Si vous voulez tout savoir, il y a deux Kmetts, Kebren agit en indépendante et nous venons pour une affaire urgente. Kebren vous propose une alliance…

– Trelleor… Je pensais que vous me connaissiez mieux. Je suis navré de contrarier vos plans, mais il est hors de question de traiter avec des Kmetts. Mettez-les au cachot, ordonna abruptement Haresh.

Les gardes encadrèrent fermement les Kmetts et les entraînèrent vers la porte. Cette fois, ils avaient sorti leurs épées et les menaient de la pointe de leurs lames. En cas de résistance, ils n'hésiteraient pas à blesser. My assista à la débâcle avec atterrement et, sans prendre le temps de réfléchir, bondit :

– Maintenant, vous allez m'écouter !

Elle se baissa précipitamment et, utilisant sa petite taille, se faufila entre les gardes, comme à Penhata, lorsqu'elle devait se cacher sous les étals pour dérober un article sur les marchés. Le Don se déclencha dès qu'elle l'invoqua, et son cœur se mit à pulser, à une vitesse étonnamment rapide. Elle se sentit s'amincir, disparaître…

Saisi de stupeur, Haresh regarda la jeune fille partir en fumée.

Il y eut un long silence. Puis quelque chose de très petit se détacha du sol et, battant vigoureusement des ailes, s'éleva dans la salle. La lueur du vitrail l'éclaira de nouvelles couleurs, mêlant bleu, vert et rouge avec les autres nuances de ses ailes. Puis l'insecte se posa sur le rebord de la fenêtre, se soustrayant à la lueur du vitrail. Encore chatoyant, porteur de mille couleurs, certaines qui paraissaient volées à la fenêtre, et d'autres qui n'existaient pas dans cette pièce.

Rien d'autre qu'un papillon, d'une espèce totalement inconnue.

Rien d'autre qu'un pouvoir… censé avoir disparu.

Haresh pâlit sous sa barbe. L'insecte battit brièvement des ailes, s'envola plus haut, et pendant un moment, on n'entendit que le bruit délicat de ses ailes, répercuté par les échos de la salle. Haresh le suivit des yeux, arborant une expression indéfinissable.

– Je ne connais qu'une famille ayant le don de la métamorphose…

– J'aurais voulu vous expliquer tout ceci calmement, mais vous ne nous laissez pas le choix, dit Floan avec embarras. Nous avons beaucoup de choses à vous apprendre, sur ce qui se passe à Liett et… sur les Darcer. Si vous êtes disposé à nous écouter…

– Mieux vaut parler en privé, dans ce cas. Suivez-moi.

Le Fauconnier avisa les gardes qui tenaient toujours les Kmetts sous bonne garde, et laissa tomber :

– Au cachot.

# 19. Sous le signe de l'aigle

My prit place sur le siège qu'Haresh lui désignait et croisa les mains, tâchant d'adopter l'attitude la plus posée possible. Terriblement consciente, toutefois, qu'il lui fallait réagir avant que les choses deviennent irrémédiables.

Les Kmetts étaient partis, solidement escortés pendant qu'on tenait le groupe en respect. Ils n'avaient strictement rien pu faire. À présent, elle se retrouvait assise face au Fauconnier, d'égale à égal. La porte était close, mais elle savait que de l'autre côté, deux sentinelles montaient la garde, prêtes à intervenir si l'un des membres de leur groupe devenait trop menaçant.

– Ces Kmetts sont mes alliés, dit-elle avec fermeté. Ils ont mis leur rang en danger, et ils ont affronté l'Aldhei-shen pour venir avec nous.

– Vous l'avez déjà dit, Majesté, répliqua Haresh. Quel que soit le respect que je porte aux Darcer – et il est immense –, cela ne me concerne pas. Ils n'ont rien à faire avec vous. Vous rendez-vous compte ? Envisager un retour au pouvoir en compagnie de *traqueurs* ?

Allian poussa une exclamation exaspérée. My ne l'avait vu qu'une fois aussi contrarié, et il semblait prêt à en venir aux mains. Elle n'écouta pas sa réponse et se mit à pianoter sur les accoudoirs, découragée. Le ton montait déjà dans la salle. S'ils continuaient ainsi, ils couraient droit à l'échec. Fallait-il abandonner les Kmetts pour gagner un nouvel allié plus efficace ? L'idée lui déplaisait. Au plus haut point.

Haresh les avait emmenés dans une salle aussi dépouillée que les autres, mais beaucoup plus vaste : elle occupait une grande partie de l'étage. Il n'y avait pas de vitraux et une lumière froide coulait à travers des fenêtres en ogive. Du coin de l'œil, My aperçut une grande forme planer dans le ciel et reprit ses esprits.

– Très bien, dit-elle. Puisque vous ne voulez pas travailler avec des Kmetts, considérez-les comme mes alliés et acceptez-les chez vous.

– Ils restent Kmetts.

– Ce n'est pas leur métier de traqueurs qui m'intéresse, et vous savez parfaitement qu'ils ne sont pas uniquement cela. Ils savent se battre, mieux que personne. Ils sont habiles, bien organisés. Ils honorent leurs contrats, mais ils sont loin d'être aussi destructeurs que certaines guildes, alors qu'ils sont plus puissants que n'importe quelle confrérie. Pour le moment, nous n'avons que Kebren, mais elle pourra…

– Non.

My se redressa d'un coup, oubliant ses bonnes résolutions.

– Êtes-vous censé servir le pouvoir ou gouverner d'après vos critères ? Je vous dis, moi, que j'ai besoin d'allégeances, un besoin urgent, et pas seulement de votre corporation !

– Alors vous ne respectez même pas vos propres critères, Majesté, fit Haresh avec brusquerie. C'est votre dynastie qui a créé les premiers Fauconniers. J'ai prêté serment, comme tous mes confrères, sur le texte que vos ancêtres ont écrit. « Garantir la sécurité des villes et l'autorité du pouvoir royal sur l'ensemble du royaume. » Majesté, en arrêtant ces Kmetts, je fais mon devoir : rien de plus.

My se renfonça dans son fauteuil, une colère sourde pulsant dans ses oreilles. C'était autant la colère qu'un sentiment d'impuissance, en réalité, tant cet homme semblait résolu à ne pas l'écouter. Elle releva la tête avec espoir lorsque, venant à son secours, Floan déclara :

– Au temps des premiers Darcer, les Kmetts agissaient au grand jour. Certes, ils sont traqueurs, mais également des archivistes de grand talent ; et s'ils retrouvent un jour la légalité aux côtés de Mydria, ils devront malgré tout obéir à leur reine. Tel est le contrat : vous n'êtes pas forcément perdant. Vous ne trahirez pas nécessairement votre serment…

– Comment savoir, avec des gens comme les Kmetts ? Traqueurs, empoisonneurs, fourbes comme ces fichus chats ! Ils ont tué des Fauconniers, en masse ! Donnez-leur une chance, et ils vous trahiront dès qu'ils n'auront plus besoin de vous…

– Vous avez tué des Kmetts, vous aussi, répliqua Orest.

Adossé au mur près de My, il écoutait la conversation avec un air qui laissait deviner à quel point la situation lui semblait ridicule. Il n'y avait guère que My et Floan que le Fauconnier écoutait : Orest ou Allian pouvaient parler autant qu'ils le voulaient, l'homme se contentait de les regarder sans même leur répondre. Cela n'empêcha pas Orest de poursuivre :

– Des Kmetts par dizaines, alors que vous pouviez les chasser. Je n'apprécie pas beaucoup cet ordre, d'accord. Mais contrairement aux autres guildes, les Kmetts ne font pas d'excès. Qu'est-ce qui vous dérange, au fond ? Que leur organisation concurrence la vôtre ?

Le Fauconnier le considéra avec un léger mépris. À l'évidence, Orest approchait de la vérité, mais Haresh n'était sûrement pas disposé à l'admettre devant un inconnu. Il se carra dans son siège et poussa un profond soupir, considérant le groupe hostile qui lui faisait face. Rien n'indiquait vraiment son statut de Fauconnier : il ne portait ni armure rutilante, ni luxueux habits, uniquement l'aigle brodé sur l'épaule. La dispute semblait lui déplaire, à lui aussi, et sans relancer l'échange, il finit par se tourner vers My.

– Majesté, oublions cette histoire d'exécutions, voulez-vous ? Vous dites que ces Kmetts sont vos alliés : je désapprouve mais je respecte. Je ne les ferai pas pendre, mais n'espérez rien d'autre.

– Mais…, commença My.

Elle ravala sa réponse : Haresh avait posé ses bras sur l'accoudoir et joint les mains, prouvant ainsi que sa décision était définitive. Floan les avait guidés jusqu'à ce Fauconnier parce que, en dépit de son influence, il était honnête : fidèle à son serment et dévoué à sa charge. Ils n'arriveraient à rien en s'obstinant. Mieux valait réfléchir… trouver un autre angle d'attaque. D'un autre côté, dans une ville surveillée comme Epeck, Kebren et Eisdreel se retrouvaient – bien malgré eux – dans l'un des rares endroits sûrs. Et sous la protection tout aussi involontaire de l'ennemi. Elle se promit de trouver une solution, mais pour l'heure, Floan avait raison : il y avait plus important.

Elle se redressa sur son siège, remarquant à quel point la salle était imposante. Il y avait une vingtaine de sièges, tous portant une inscription gravée en lettres d'or sur leur dossier. Haresh lui apprit :

– Il s'agit d'une salle dédiée aux Fauconniers, Majesté. Epeck joue un rôle d'intermédiaire pour les grosses villes de l'Ouest. Nous nous réunissons ici quand nous devons prendre une décision. Les inscriptions que vous voyez sont les noms des villes.

My examina les dossiers voisins. Sheria, Preen, Dahis, Tediac… Elle n'en connaissait pas la plupart et Haresh parut le deviner : elle le voyait à son expression un peu trop attentive. Honnête ou non, cet homme la mettait mal à l'aise. Ou alors était-ce son château qui la rendait méfiante, ce château métamorphosé en place d'armes et qui, c'était criant, avait connu des jours meilleurs ?

Mais qu'importait ? C'était Epeck qui comptait et, plus que tout, ce Fauconnier face à elle. Celui qui, en se rangeant dans son camp, pouvait remplir cette salle, pouvait vraiment l'aider. Malgré son titre de reine, rien n'y faisait. Elle avait l'impression d'arriver ici comme une mendiante, escortée jusqu'au château par les propres soldats de son hôte. Son hôte… qui attendait qu'elle parle. Elle posa les bras sur les accoudoirs et commença :

– Mon nom complet est Mydria Siartt.

Haresh se redressa.

– Siartt ? répéta-t-il. N'est-ce pas une famille noble de l'Est ?

– C'est exact.

– Et pourquoi n'êtes-vous pas là-bas ?

– J'ai fui.

Elle avait voulu capter son intérêt et c'était plus que réussi, à en juger par son air sceptique. Il cachait bien sa surprise, mais…

– Cette fuite a-t-elle un rapport avec votre vraie ascendance ?

Ce fut au tour de My d'être étonnée. Maranta avait fait le lien beaucoup moins rapidement…

– J'ai fui le jour où j'ai reçu le Don, et l'ordre de me mettre en route à la suite de mes ancêtres. Tout existe : le trésor, le Don… ma dynastie elle-même, je ne sais par quel miracle, ajouta-t-elle en se remémorant l'île, Keagan et leur fuite, qui avait signé la fin de la quête, certes, mais les avait laissés vivants. Tout existe, conformément à la légende et, vous le voyez, tout est différent.

Elle se désigna elle-même, avec un sourire. Mentir à Maranta, dans une jolie robe et un rôle préparé à l'avance, n'avait servi strictement à rien. Mieux valait devancer ses réactions et, tout compte fait… qu'avait-elle à perdre ? Elle poursuivit donc franchement :

– J'ai dix-sept ans.

– Dix-sept ? s'écria Haresh. Mais que faites-vous sur les routes à cet âge ? Et où en est votre quête ? Pourquoi n'êtes-vous pas retournée à Siartt ?

My hésita. Elle sentait le regard d'Orest dans son dos et faillit se retourner.

– Malheureusement, ma quête a échoué. Les Siartt me croient morte, mais il y a un avantage à cela : vous êtes peu nombreux à savoir que j'existe. Étant donné ce qui se passe à Liett, c'est préférable. Car La Déléane n'a pas attendu pour remplacer Keagan, elle a envoyé un Sanreth – un bâtard pour devancer d'autres prétendants au trône.

– J'ignorais cela ! Un parent de Keagan ? Comment se fait-il que les Fauconniers ne sachent rien ? Nous sommes les relais du pouvoir, nous ne pouvons rien faire tant que nous n'en savons pas plus !

– Précisément… Liett garde un ascendant sur vous de cette façon.

Le front d'Haresh se plissa, créant de nouvelles rides sur sa peau parcheminée. Il parut vieillir de dix ans. Il s'inquiétait pour Epeck qui, privée de roi, perdait aussi une part de son immunité. Car si les choses se réorganisaient en secret, comment deviner la tournure des événements ? Les intentions de La Déléane ? Cette fois, le danger ne venait pas des frontières, mais de la capitale même…

– Il y a autre chose que vous devez savoir, reprit My. Keagan est mort sur l'île des Darcer. J'ai dû fuir, et je n'ai pas pu récupérer mon trésor. L'île a disparu la nuit suivante, et j'ai perdu ma chance…

– Et Edrilion a perdu son roi.

– Son usurpateur, corrigea Orest.

– Le terme est plus adapté en effet. Mais le problème reste le même…

Une deuxième forme passa devant les fenêtres. My entraperçut un regard jaune, un duvet de plumes ébouriffées, puis le faucon s'éloigna d'un ample mouvement d'ailes. Naturellement… qui disait Fauconnier disait aussi rapaces, et en grand nombre. Haresh, lui aussi, observait l'oiseau. Il attendit que celui-ci s'éloigne et reprit gravement :

– Je suis le seul Fauconnier à être prévenu, n'est-ce pas ?

– Oui. Je ne compte pas m'arrêter là, mais il me faudra votre aide. Le Sanreth, lui, ne perd sûrement pas son temps. Il faut contre-attaquer avant qu'il prenne le contrôle de la corporation. Vous pouvez réunir les Fauconniers de l'Ouest et alerter Edrilion, c'est le seul moyen pour chasser cet homme du pouvoir. Mais le temps presse…

Elle regarda Haresh droit dans les yeux, et à cet instant, ce fut comme si le passé de l'une et de l'autre s'effaçait, comme si leurs caractères respectifs n'importaient plus. Une reine sans royaume, un Fauconnier sans roi : en ces temps décisifs pour Edrilion, ils n'étaient plus rien d'autre.

– J'ai besoin de votre allégeance.

Un bâtard, tout droit venu de La Déléane, sans expérience des coutumes de leur pays… Cette jeune fille aux yeux si bleus, assise face à lui. Edrilion se trouvait à un croisement unique dans toute son histoire. Il pouvait basculer d'un côté ou de l'autre tant, à cette heure, les forces des deux camps étaient fragiles.

Haresh considéra la jeune fille. Le fauteuil n'était pas taillé pour elle : ses pieds touchaient à peine le sol. Elle flottait dans ses habits trop larges, délavés par la pluie. Son Don était à son image : frêle, plein de vie, de jeunesse, mais aussi…

Elle était une Darcer, certes, mais avant tout, il s'agissait d'une très jeune fille, trop sans doute. Car La Déléane restait présente, formidable soutien pour son Sanreth – la deuxième dynastie de substitution qu'elle tentait de créer…

S'il avait eu une fille, elle aurait eu l'âge de cette reine-là.

Haresh connaissait la fidélité de Floan envers les Darcer : à ses yeux, il s'agissait d'une chose émouvante, et tout aussi absurde. Il était homme d'action, homme de présent, il s'était hissé au grade de Fauconnier grâce à cela. Seulement, par-dessus tout, il avait prêté serment au pied du trône : il était devenu Fauconnier pour servir Edrilion, pas uniquement sa ville. Et la Darcer en face de lui le lui rappelait, en un seul mot.

Allégeance…

Allégeance qui, en l'engageant, impliquerait toute sa ville et le mettrait aux côtés de cette reine inattendue, sans renoncement possible. Un pouvoir royal s'élevait de cette manière. Un pouvoir royal commençait avec cela.

My regarda le front du Fauconnier se plisser de nouveau, changeant singulièrement d'expression : elle était devenue grave et sans âge. Lui aussi se trouvait à un croisement, riche de perspectives, d'enjeux… de risques. Engager Epeck dans la bataille…

Un grand silence s'était installé dans la salle. My attendit, le cœur étreint, mais Haresh restait parfaitement silencieux. Lentement, il se leva. Et, sans prononcer un seul mot, s'avança devant elle et il posa un genou à terre.

Répétant le geste qu'il n'avait fait qu'une fois dans sa vie : devant le père de Keagan.

Ils étaient les seuls invités du château. Partout ailleurs, remarqua My en suivant le Fauconnier à travers les couloirs, on ne trouvait que des serviteurs, innombrables, et des gardes postés aux abords des escaliers. Haresh les guida jusqu'à leurs appartements, une belle salle située à l'écart. Une cheminée en occupait tout un pan. Ici comme ailleurs, il s'agissait du seul mobilier. Les jours d'hiver, elle devait pouvoir contenir un tronc de taille respectable. Mais elle était vide et évoquait plutôt une gueule grande ouverte, avec ses deux chenets en guise de crocs. Son foyer était noir de suie et, trou béant face à la porte, elle semblait agrandir les lieux et les rendre plus hostiles.

– Majesté, votre suite est ici.

Haresh fit signe à My et la guida dans une salle voisine. Pour la première fois dans ce château, elle vit une porte close. Il s'agissait de la seule suite réservée aux invités. Haresh lui tendit une clé et la lâcha dès que My la prit. Elle semblait lui faire horreur. Légèrement perplexe, la jeune fille repensa aux salles vides, aux gardes et aux domestiques. Floan avait pourtant dit qu'Haresh avait épousé la fille du seigneur d'Epeck. Or, depuis leur arrivée, ni épouse ni enfants ne s'étaient montrés.

– Sire, où est votre femme ?

Haresh se raidit.

– Qui vous a parlé de ma femme ? fit-il sèchement.

– Floan, bien sûr, répondit My, décontenancée.

– Elle est morte.

Le Fauconnier tourna brusquement les talons. Sidérée, elle le vit quitter la salle sans un mot. Occupés à défaire leurs paquetages, les autres n'avaient rien remarqué. Elle s'attendait à ce qu'Haresh revienne et donne à Floan des appartements privés. Il n'en fut rien. En quoi l'avait-elle offensé ? Elle se remémora leur échange, trop bref pour qu'elle y décelât une maladresse de sa part. Le décès était-il si récent pour que Haresh réagisse ainsi ? My finit par retourner dans l'autre salle. Les autres l'attendaient, visages graves. Allian aborda le sujet le premier :

– Bon, qu'est-ce qu'on fait ?

Il parlait évidemment des Kmetts. Prisonniers dans un château parfaitement armé, au cœur d'une ville hostile. My s'appuya au manteau de la cheminée, préoccupée.

– Il va falloir passer par Haresh. Il est le seul à pouvoir faire quelque chose ici, il exerce une autorité absolue sur ce château, cette ville… C'est un homme très loyal à son serment, mais il est intelligent. Je suis convaincue qu'il peut accepter une alliance momentanée avec les Kmetts.

– Et qu'est-ce qu'on donne comme argument ? répliqua Orest. On s'est cassé les dents sur lui pendant une heure. Il a dit qu'il refusait, ça m'étonnerait qu'il revienne là-dessus.

La jeune fille se détourna de la cheminée et croisa le regard de son compagnon, brillant d'une étincelle bien particulière – défi et agacement combinés. Sans doute la trouvait-il naïve, mettant un espoir excessif dans la bonne volonté de leur hôte. Seulement, pour Orest, qui les avait affrontés par le passé, les Fauconniers réagissaient tous de la même manière. Certes, le serment était identique pour chacun d'entre eux, mais My préférait se dire qu'avant d'être Fauconnier, Haresh était un être pensant…

– Alors puisque vous le connaissez si bien, vous savez sûrement comment contourner le problème ?

Orest laissa tomber :

– *Ne pas* passer par Haresh. On connaît l'emplacement des cachots, et pour savoir quels cachots en particulier, techniquement, on appelle et les Kmetts répondront. Nous sommes admis dans le château, donc invités, donc protégés du Fauconnier – en *théorie* –, ajouta-t-il alors que My ouvrait la bouche avec effroi. On bénéficiera de l'effet de surprise, et après ça…

Il n'acheva pas sa phrase. Scandalisé, Floan le regardait comme s'il venait de remarquer sa présence pour la première fois.

– Êtes-vous fou ? La garde d'Haresh est postée à tous les étages. Attaquez-vous à elle et – même si vous réussissez, ce dont je doute – vous aggraverez le cas des Kmetts, rien de plus !

– L'autre solution, reprit Orest, serait d'utiliser l'allégeance pour mettre Kebren et cet homme dans le même camp. Kebren est à notre côté de son propre chef, Haresh s'est rallié. Par conséquent, l'allégeance…

– Un tel plan n'a aucune chance de fonctionner, lâcha Floan avec dédain. L'allégeance, d'une part, n'est pas à prendre à la légère et, d'autre part, elle ne contrôle pas tout. Elle lie le monarque au Fauconnier : celui-ci met sa ville et ses compétences au service du pouvoir. Sur ce point, c'est sans compromis. En revanche, le Fauconnier contrôle sa ville librement, *d'après* les compétences qu'il a acquises, *d'après* le serment qu'il a prêté. Vous pouvez essayer de forcer la main à Haresh, mais dans le meilleur des cas, vous saboterez l'alliance, et dans le pire des cas, vous rejoindrez les Kmetts.

Orest répondit par un rictus. Les arguments de l'ambassadeur étaient fondés, et Floan connaissait bien mieux qu'eux les façons d'agir des Fauconniers. Aucun d'entre eux, en effet, n'avait entendu parler des différentes règles du serment… Avec ou sans Haresh, les choses semblaient désespérées.

– Après cette intervention de notre bouquin préféré...
– Au moins sais-je lire.
Orest regarda l'ambassadeur comme s'il allait le clouer au mur. L'ambiance était devenue électrique en l'espace d'une seconde. My leva les yeux au ciel et demanda au seul qui écoutait la conversation sans y prendre part :
– Allian, je n'ai aucune autre proposition. Vous avez peut-être une idée ?
– Ma foi...
La jeune fille quitta soudain la cheminée, sur le qui-vive. Un son étouffé venait de leur parvenir. Il cessa alors qu'elle s'avançait dans la pièce, cherchant à le localiser. C'était un bruit familier et pourtant, elle n'arrivait pas à le reconnaître. Il ne s'agissait pas d'une voix...
– My ?
Prise d'une intuition soudaine, la jeune fille traversa la salle. Le bruit revint, plus proche : il venait de ses appartements. Elle sortit précipitamment la clé puis actionna la serrure. Une enfilade de pièces apparut, l'arrêtant sur le seuil ainsi que les autres.
Le château devait ressembler à cette suite quand il appartenait à des nobles. Comme dans les autres salles, il y avait des vitraux aux fenêtres et des cheminées monumentales. Mais ici, il s'agissait de pièces meublées avec un grand luxe. Un tapis recouvrait le sol devant l'âtre ; une table ovale occupait la première salle, sur laquelle était posé un Orbayon. Son mécanisme, toujours en état de marche, faisait tomber les perles à un rythme imperturbable. Ce n'était pourtant pas le bruit que My avait entendu. Elle s'aventura dans l'autre pièce. Un miroir en pied. Un coffre à vêtements, rempli. Des rideaux devant les fenêtres... La suite semblait prête à accueillir les invités : rien ne manquait à leur confort. Mais tout poussait à croire que les lieux avaient été désertés depuis longtemps. Sans doute s'agissait-il des appartements de la femme d'Haresh. Et pour une raison ou pour une autre – peur d'y revenir, peur d'effacer les souvenirs ? –,

le Fauconnier les avait gardés intacts. Le bruit retentit de nouveau, mi-crissement, mi-miaulement : une forme indistincte griffait les vitraux à côté d'eux.

– Le chat !

My s'empressa d'ouvrir la fenêtre. Ovriel leva vers elle des yeux étincelants au milieu de son museau charbonneux, et sauta souplement à l'intérieur de la salle. Son poil était hérissé par le froid. Comment s'était-il hissé jusque-là ? My se pencha pour scruter la façade : grosses pierres et rebords étroits… Et quatre étages la séparant du sol.

– Sabera doit être dans la ville. Elle est trop petite pour escalader la muraille.

Le chat se mit à arpenter la pièce, aux aguets : il cherchait sa Kmett. À l'autre bout d'Epeck, Sabera en faisait peut-être autant. Leur groupe se retrouvait éclaté dans la ville. Il était hors de question de relancer Haresh à cette heure… Ils ne pouvaient qu'attendre. Oui, le lendemain, My reviendrait à la charge. Car il fallait que ce soit elle : aucun des deux camps ne ferait le premier pas. Si seulement elle pouvait trouver un moyen !

Un vent frais entra dans la salle, soulevant légèrement les rideaux. My laissa la fenêtre ouverte et fit de même dans les autres pièces. Avisant les lanternes aux murs, elle entreprit de les allumer, notant leur curieux contenu : du bois à moitié calciné qui se mit à rougeoyer, dès que la flamme le lécha.

– Du bois de Lekêri, dit Floan. Il brûle pendant des heures.

My alluma la dernière lanterne, puis demanda tout à coup :

– Floan… que savez-vous sur Haresh ? Ou plus exactement sur sa femme ? Haresh m'a dit qu'elle était morte, mais il ne m'a rien expliqué. Depuis combien de temps est-elle décédée ?

– D'après Haresh, cette mort aurait un rapport avec les galeries d'Istarion, dit Floan à voix basse, mais je n'en sais pas plus. Vous savez, il s'agit d'un endroit magique, et, avant qu'Haresh l'interdise, beaucoup de gens s'y rendaient. Sa femme avait l'habitude d'y aller, elle aussi, et… Non, vraiment, je n'en sais pas plus, hormis que sa belle-famille est décédée naturellement : la seule personne qui reste, c'est le fils d'Haresh, Daerei.

My se demanda si Haresh connaissait les circonstances de la mort de sa femme, et pourquoi il se taisait. Mais déjà, un autre détail lui revenait en mémoire et elle demanda, chuchotant par réflexe :

– Et ce château ? Pourquoi ne trouve-t-on presque aucun mobilier aux étages inférieurs ?

– Epeck était une ville abîmée, gangrenée par les trafics, avant qu'Haresh la contrôle. Il a fallu créer les tours de guet, consolider les remparts intérieurs et rééquiper la garde… Tout cela a coûté très cher. La plus grande partie de la fortune des seigneurs d'Epeck y est passée.

L'arrivée d'Orest et d'Allian interrompit leur discussion. Floan lui parlait à voix basse, se rapprochant un peu plus que nécessaire, ce qui n'échappa pas à Orest dont l'expression se durcit. Allian, lui, s'assit à la table, suivant des yeux les perles de l'Orbayon qui chutaient, imperturbables. My alla prendre place à ses côtés. Il avait la tête d'un prisonnier, réalisant, mieux que tous, leur impasse.

– Nous allons bien trouver un moyen, assura-t-elle. Après tout, les Fauconniers…

– C'est une belle bande d'implacables, oui ! Leur serment est catégorique. On aurait dû être plus méfiants, déguiser les Kmetts, ou… je ne sais pas. J'ignorais que les Fauconniers étaient aussi renseignés sur eux, mais de là à repérer Kebren en pleine rue… Je n'y fais plus attention, depuis que je côtoie des Kmetts, mais ils apprennent tellement tôt à travailler avec les chats qu'ils se calquent d'instinct sur leurs mouvements.

L'espion cueillit une perle dans le plateau supérieur. Le verre était oblong et parfaitement lisse, rappelant une goutte d'eau.

– Je serais d'avis de faire jouer l'allégeance, My. Kebren est une excellente Kmett ; elle peut être utile, et surtout, elle a ses Preuves à faire… Ça ne vous évoque sûrement pas grand-chose, mais je vous assure que pour Kebren, c'est capital. Il y a tellement longtemps qu'elle lutte pour être aldhei, elle ne peut pas se contenter de s'évader d'Epeck. Elle n'aurait ni ses Preuves, ni le droit de revenir au bastion, elle peut perdre son titre et son métier.

– Mais vous avez entendu Floan…, soupira My. Pour qu'il m'écoute, il faudrait que…

– J'y pense ! Ce Fauconnier a bien un fils ?

Floan opina.

– Daerei. Il lui sert d'adjoint en tant que futur Fauconnier. Je crois qu'il est responsable de la garde de nuit au château ; son père, lui, se charge de la ville…

– Parfait, dit Allian avec impatience, et ses relations avec Haresh ? Est-ce que, d'après vous, il pourrait servir de relais ? Essayer de le convaincre à notre place ?

– Daerei n'a pas une grande influence sur son père. Aux dernières nouvelles, ils ne communiquent presque pas.

– Des conflits fils-père, maintenant ! Eh bien, nous pouvons toujours essayer de lui parler, il pourra peut-être faire quelque chose… Mieux vaut utiliser toutes les ressources possibles – et cacher les chats ici. Les Kmetts sont associés aux chats des rues, c'est une légende, mais *il* ne connaît pas encore la légende derrière la légende, si vous voyez ce que je veux dire. J'essaierai de récupérer Sabera demain… Bonne nuit.

Allian repoussa sa chaise dans un raclement et, après un vague salut de la main, se dirigea vers la porte, le chat noir sur ses talons. Hormis Eisdreel, il était le seul qu'Ovriel approchait volontiers. Il s'arrêta sur le seuil et repoussa le chat du bout de sa botte. Celui-ci répondit par un coup de griffes, recula vivement lorsque l'homme se pencha et le contourna, cherchant à franchir le seuil par un autre côté.

Ses gestes étaient souples et rapides – les Kmetts n'étaient sûrement pas les seuls à suivre une formation. My proposa :

– Il y a plusieurs salles ici : prenez-en une et empêchez le chat de sortir, il risquerait d'aller vers les cachots…

Allian jeta un coup d'œil à la salle attenante, avec sa cheminée pour seul mobilier.

– Je vais chercher mes affaires.

– Mais… commença Floan.

Il suivit des yeux Allian et Orest qui partaient chercher leurs sacs. Il avait accepté de dormir à la belle étoile et avait supporté le voyage sans se plaindre, mais à présent, son souci des convenances semblait reprendre le dessus. Allian abattit son sac sur la table et annonça :

– Je prends cette pièce-là.

– Mais enfin, vous n'allez pas vous installer dans la suite d'une dame ! Nous avons notre salle attitrée !

– Il y a une salle pour trois personnes là-bas, et six pièces pour une occupante ici, fit remarquer Allian. Si My nous le propose, je n'y vois pas d'inconvénients. Mais si vous voulez dormir dans l'autre salle, vous êtes libre.

Floan lui décocha un regard outré et se tourna vers My, raide comme la justice.

– Avec votre permission, My…

– Bien sûr, répondit My, amusée.

Il s'inclina pour déposer un baiser sur ses doigts et se retira pour étendre sa couverture dans l'autre salle. My sentit une bouffée de sympathie l'envahir… ternie par la culpabilité. Comment aurait-il pu en être autrement ? Il l'aimait toujours, malgré un an de séparation. Il n'avait pas changé pour autant, il restait toujours aussi tatillon, considérant le monde à sa façon infiniment aristocrate et idéaliste : il avait fui la Cour, affronté les Kmetts et supporté la route pour les Darcer… Oui, l'idéalisme avait du bon. L'idéalisme… et l'amour ? Quel rôle l'amour jouait-il dans tout cela ? My n'aurait su le dire mais, alors qu'un an plus tôt, lui mentir aurait fait ses délices, elle n'en tirait désormais aucun plaisir.

Allian s'était rassis devant l'Orbayon. Elle se doutait qu'il n'avait aucune intention de dormir et qu'il allait rester là pendant des heures, beaucoup plus inquiet pour sa Kmett qu'il ne voudrait l'admettre. Il allait réfléchir jusqu'à trouver le moyen de les libérer, elle et Eisdreel, et au matin, ils auraient leur plan. Farfelu, mais réalisable, avec un peu d'imagination. Elle se leva, ramena sa besace sur son épaule et lui sourit.

– Bonne chance.

Il répondit distraitement, accaparé par l'Orbayon. Lanterne de Lekêri à la main, elle parcourut plusieurs salles avant de retrouver Orest. Réflexe ou aptitude naturelle, il se trouvait précisément à l'endroit qui le camouflait le mieux, en l'occurrence devant les rideaux. Ils étaient ouverts, mais le jeune homme était si maigre que sa silhouette tenait tout entière sur la surface de tissu. My s'approcha un peu, avant de constater que, loin de regarder l'extérieur, il était tourné vers elle. Avec un air acerbe qui laissait présager le pire.

– Vous allez l'encourager longtemps comme ça ?

My déposa sa besace, suspendit soigneusement la lanterne et répondit :

– Qu'est-ce que vous entendez par « comme ça » ?

– Ce type vous aime, si ça ne vous a pas encore sauté aux yeux !

My ouvrit des yeux ronds. Floan ne lui avait pourtant pas fait une seule avance explicite, mais ce n'était pas la première fois qu'elle sous-estimait la capacité d'Orest à deviner les non-dits. Lui et Floan se parlaient le moins possible, voire s'évitaient dès qu'ils le pouvaient : de ce point de vue, le voyage avait été des plus divertissants. En revanche, elle avait cru que l'hostilité d'Orest avait pour seul déclencheur le dédain de Floan. La vraie raison semblait plus concrète.

– Vous êtes jaloux ?

Des fossettes se mirent à creuser ses joues sans qu'elle puisse se retenir.

– Venant de vous, c'est surprenant ! Vous le surveillez, maintenant ? Dites-moi quand exactement je l'ai « encouragé ». J'encourage aussi Allian quand je lui adresse la parole ?

Orest s'écarta brusquement alors qu'elle s'approchait pour l'enlacer par surprise.

– Vous vous fichez de moi, ou quoi ? Vous savez parfaitement que vous n'agissez pas du tout avec Allian comme avec lui !

Les fossettes disparurent, et My éclata de rire.

– Vous êtes ridicule, Orest ! Tout d'abord, Floan n'est pas un « noble » comme les autres, il est ambassadeur et connaît Edrilion mieux que vous et moi réunis. C'est un allié précieux et… quelqu'un de bien. Et je ne l'encourage pas, je le traite comme une personne que j'apprécie. Et il se montre, de son côté, tout à fait poli et sans excès. Il n'y a rien d'offensant dans tout cela, ni pour vous… ni pour moi.

– Ça vous va bien, de jouer les arbitres.

– Il faut bien que je sois objective pour deux !

– Très bien, parfait. Objectivement, il n'y a rien d'autre entre vous qu'une amitié sincère. Et qu'est-ce que vous allez lui répondre s'il vous demande en mariage ?

My fronça les sourcils.

– Il ne demandera pas ma main. S'il le désirait, il l'aurait fait depuis longtemps !

Son ton n'était toutefois guère convaincu, ce dont Orest s'aperçut sans grand mal.

– Vous voulez que je vous dise pourquoi il ne l'a pas fait ? Parce que vous êtes une Darcer et qu'il considère que hiérarchiquement, vous lui êtes supérieure. Il mettra juste un peu de temps à se rappeler que son rang est suffisamment respectable pour vous proposer une alliance.

– S'il demande ma main, je refuserai, voilà tout ! J'aime beaucoup Floan, mais vous êtes stupide de le considérer comme un rival.

– Pour moi, ce n'est pas un rival, c'est quelqu'un qui va nous mettre des bâtons dans les roues dès que vous lui apprendrez votre « mésalliance ».

– Vous le connaissez bien mal ! Floan a le sens des priorités. Vous êtes impliqué dans cette quête au même titre qu'Allian, Kebren ou Eisdreel. Il est assez intelligent pour savoir que tous nos alliés comptent…

– À tel point qu'il a laissé Haresh mettre les Kmetts aux cachots.

– Vous exagérez. Il a fait son possible ! Ce n'est tout de même pas sa faute si Haresh est encore plus têtu que vous. Je vois mal ce qu'on pourrait tenter en étant dans son château, et en dépendant de lui pour la suite des événements…

Orest ricana, ce qui la coupa net dans son élan.

– Et vous allez encore me dire que c'est moi, là-dedans, qui suis de mauvaise foi, dit-il. Vous ne dépendez pas de lui, il vous a prêté allégeance ! Et je vous trouve aussi très douée pour baisser les bras dès le premier refus…

– *Comment ?*

– Vous êtes reine, oui ou merde ? Kebren a été assez loyale pour vous faire évader du bastion malgré l'interdiction de Maranta. Si j'étais à votre place, j'utiliserais l'allégeance, quoi qu'en dise votre ambassadeur, et j'irais harceler Haresh jusqu'à ce qu'il les libère.

C'était d'une telle muflerie que My en resta bouche bée.

– Mais puisqu'on a dit que ça aggraverait les choses ! L'allégeance n'est pas là pour forcer la main à Haresh, elle est censée consolider notre alliance !

– Vous n'allez donc rien faire, et attendre qu'il les libère pour vous faire plaisir ?

– N'avez-vous donc rien écouté ? Je réessaierai demain !

– Et demain, Haresh vous dira non. Ça peut durer longtemps, vous savez.

My s'assit sur le lit, défit ses souliers et les envoya voler à travers la pièce de façon très peu majestueuse. Elle ne connaissait personne d'aussi doué qu'Orest pour lui mettre les nerfs en pelote en trois mots.

– Puisque vous savez si bien ce qu'il faut faire, allez donc lui parler ! jeta-t-elle.

– Ce serait surprenant qu'il m'écoute.

Un silence lourd envahit la pièce tandis qu'elle se mettait au lit. Orest ouvrit la fenêtre et s'accouda au rebord, adoptant peu à peu une immobilité de statue. Il ne vint pas la rejoindre et My se tourna sur le côté, autant pour ne plus le voir que pour échapper à la lumière de la lanterne. L'emprisonnement des Kmetts était effectivement un réel problème. Elle misait sur les préparatifs de la contre-attaque pour faire valoir à Haresh l'avantage d'avoir une aldhei dans leur camp. Rien, en effet, n'assurait qu'Haresh réunirait les Fauconniers au complet, et Kebren pouvait mobiliser un grand nombre de Kmetts, ceux de l'Ouest n'ayant pas eu le temps d'apprendre son bannissement. Pour arriver à cette fin, il faudrait simplement un peu de temps, et elle ne pourrait rien faire ce soir… Le sommeil se chargea de faire basculer la chambre dans les ténèbres.

Bien plus tard, quand elle se réveilla, il faisait nuit noire et Orest avait disparu.

# 20. Libérations

Orest suivait Allian, achevant de boucler sa ceinture que se partageaient, à gauche, son épée et, à droite, son poignard. Les appartements baignaient dans une obscurité bleuâtre et le sac de l'espion qui gisait sur la table, tressautant chaque fois que l'Orbayon faisait tomber une perle, évoquait une silhouette recroquevillée. Allian ouvrit la porte et passa la tête à travers le cadre, tendant l'oreille. Rien de plus alarmant que les ronflements de Floan… pour le moment. Ils sortirent prudemment : ce qu'ils s'apprêtaient à faire, l'ambassadeur, à coup sûr, ne le tolérerait pas.

La nuit était claire et le sol, rougeoyant aux abords des vitraux, guidant leurs pas. Ils poussèrent la porte, prenant garde à ne pas la fermer complètement. Les gardes n'avaient pas le droit de s'aventurer jusqu'ici : leur salle attitrée serait leur retraite. Peut-être seraient-ils de retour avant que My s'éveille…

Orest s'arrêta. Là, au bout du couloir… des respirations. Il décompta la présence de trois personnes, si ce n'était plus, lesquelles avaient sûrement des hallebardes bien affûtées. Il était téméraire mais pas fou.

– Allian, si tu m'expliquais ton plan… maintenant ? Que je me fasse une idée ?

– Une fois n'étant pas coutume, il est simple.

Allian se remit en marche. Il y avait bien longtemps, Krud l'avait pris comme bras droit pour sa tendance à mystifier, qui le faisait parler à tort et à travers tout en taisant l'essentiel. Comme espion et lieutenant, il n'avait pas son pareil, mais comme allié sur le terrain, il était exaspérant. Les gardes pointèrent aussitôt leurs lances sur lui.

– D'où venez-vous ?

Allian indiqua la salle entrouverte derrière son dos.

– Nous sommes les invités de votre Fauconnier, nous avons fait une longue route et… nous aimerions savoir où sont les cuisines. De façon tout à fait confidentielle, bien sûr, s'empressa-t-il d'ajouter, mais nous sommes arrivés un peu tard pour…

Orest devait le lui reconnaître, il était bon acteur. Ses années d'espionnage avaient dû lui servir pour étudier les nobles. Tout y était : la voix, le maintien, la légère autorité qui transparaissait derrière la gêne. Les gardes écartèrent leurs lances après une hésitation.

– Les cuisines, c'est en bas, à droite.

– Je vous remercie.

Ils passèrent sans encombre. Orest souleva un sourcil. Pour une garde censée être efficace, c'était assez décevant. La même scène se répéta aux étages suivants, et il devint cette fois, tout à fait sceptique. S'agissait-il d'un piège ? Pour une raison étrange, les gardes hésitaient, ne voyant aucune raison d'arrêter des hommes venant de l'intérieur même du château, et qui étaient passés devant d'autres sentinelles.

Puis Orest se souvint que ce n'était pas Haresh qui contrôlait la garde de nuit, mais son fils, un certain Daerei, lequel n'avait quasiment aucun échange avec son père et ignorait donc que des invités étaient au château et des Kmetts en prison. Il n'en avait pas informé ses hommes, qui avaient sûrement l'ordre, en revanche, de laisser libre passage aux invités. Un petit sourire lui étira les lèvres.

– Bien joué.

– Toujours connaître les relations entre les chefs, déclara Allian. Pour ce qui est d'arriver jusqu'au hall, nous sommes parés. Pour les cachots, en revanche…

Allian n'acheva pas, mais Orest avait compris. Les cachots, eux, étaient gardés, et aucune sentinelle n'autoriserait une visite nocturne. Il posa la main sur la garde de son épée. Il s'attendait à devoir le faire plus tôt, mais tôt ou tard, il faudrait se frotter aux sentinelles.

Kebren ramena rageusement ses genoux sous son menton. À force d'avoir grandi avec des chats, elle en était venue à les imiter, dans leurs gestes comme dans leurs réactions. À cet instant, elle s'imaginait arpentant le cachot comme un fauve en cage, feulant de colère, les jurons qui se pressaient à ses lèvres, bien humains.

En *cage*.

Quatre murs, un plafond bas, une trappe en guise de porte. Comment survivre ici plus d'une semaine ? Un Kmett ne pouvait l'envisager. Kebren était Kmett depuis sa plus tendre enfance : depuis ce jour où un chat était venu la chercher dans son orphelinat, pour l'emmener au bastion. Ce chat s'appelait Hapron, et il avait changé sa vie. Grâce à lui, elle avait trouvé sa vraie famille, l'indépendance et une vie dangereuse qui lui allait comme un gant. Il y avait une telle joie à risquer sa vie pour une mission, à sillonner Edrilion de long en large, à ne jamais s'arrêter nulle part ! Aujourd'hui, elle goûtait à l'enfermement et à sa première cellule. Et elle se rappelait l'orphelinat avec angoisse. Elle avait l'impression d'y être à nouveau, plus de quinze ans après sa fuite. Elle aurait tout donné pour retourner au bastion et effacer son erreur. Mais il y avait les Preuves…

La silhouette droite de Maranta s'esquissa devant elle, et il lui sembla que ses lèvres bougeaient. Un air de remontrance…

*Alors ?*

Alors rien. Ils étaient seuls.

La paille bruissa dans le coin opposé où se cachait probablement un rat. Ovriel aurait été heureux ici, mais il ne fallait pas s'attendre à ce qu'il vienne. Il avait dû perdre sa trace dès son entrée à Epeck. Eisdreel se recroquevilla sur le tas de paille qu'ils avaient rassemblé. Il avait peur, lui aussi, mais pas des mêmes choses que son aldhei. Kebren craignait de ne plus voir la lumière du jour. L'adolescent, lui, redoutait les ombres…

– Je ne m'attendais pas à ce que la mission tourne aussi mal, murmura Kebren, ni que ce Fauconnier ait mon signalement. Je suis désolée.

– Ce n'est pas grave… J'ai toujours rêvé de faire ma première mission. Et on sortira bientôt.

La Kmett soupira profondément. Eisdreel avait hérité de l'infinie pondération de ses parents. À onze ans, il montrait plus de patience qu'elle à seize après un bon entraînement. Il était jeune, il était optimiste… Pour lui, leur libération n'était qu'une question de temps. Comment lui dire que leurs alliés les avaient peut-être échangés contre un soutien plus puissant ? Qu'ils ne ressortiraient pas ou, pire… qu'ils finiraient sur la potence ?

– Kebren, combien de temps allons-nous encore attendre ?

La jeune femme ne répondit pas immédiatement. Mieux valait lui faire miroiter une libération, il comprendrait bien assez tôt…

– Quelques jours, peut-être, suggéra-t-elle.

Puis elle se leva d'un bond, tous les sens aux aguets. Le plafond venait de trembler sous l'impact d'un corps tombé à terre. Au fracas de l'armure répondit un cliquètement. La Kmett s'approcha de la trappe, y colla l'oreille, mais elle en était absolument certaine, il s'agissait d'un trousseau de clés. Quelques *heures* ?

Mais quelle heure pouvait-il être ?

– Surtout, sortez sans bruit.

La tête d'Allian apparut dans l'ouverture, ses longs cheveux masquant en partie son visage. Eisdreel se leva au moment où il poussait la trappe, qui semblait singulièrement lourde. Elle parut s'alléger quand l'objet mou allongé en travers glissa plus loin. Un grand sourire éclaira le visage de Kebren.

– Tu viens nous tenir compagnie ?

– Plus tard, répondit Allian d'un ton pressant. On a réussi à passer devant les gardes, à l'étage, mais s'il y a une ronde de nuit près des cachots… Bref, je ne te fais pas de dessin. Tu as ta corde ?

– Évidemment.

L'aldhei déroula la fine ceinture noire qu'elle portait à la taille, dépourvue de boucle et longue de près de cinq mètres. Chaque Kmett en possédait une, certaines missions avec leurs chats les contraignant à escalader des toits escarpés. Ces cordes étaient tissées en liane de Perhos, une plante extrêmement résistante qu'on trouvait dans les Bois maritimes. Elle avait la particularité de rétracter ses fibres quand un poisson pris dans ses filets tentait de lui échapper. La Kmett lança l'extrémité de la corde à Allian, qui la noua solidement sur l'anneau de la trappe.

– Prête ?

– Eisdreel, vas-y, déclara Kebren en donnant la corde à l'adolescent.

Celui-ci s'exécuta promptement, imité par son aldhei qui jaillit à la surface en quelques tractions. Les quatre gardes de la geôle gisaient à terre, proprement assommés. Elle eut un mouvement de recul lorsqu'un autre homme apparut, mais il ne s'agissait que d'Orest. Ainsi, ils étaient deux à s'être risqués ici, par elle ne savait quel exploit…

– Joli travail, apprécia-t-elle.

– Merci.

Allian s'occupait de barricader la trappe pour masquer l'évasion, poussant le souci du détail jusqu'à remettre le trousseau à la ceinture d'un garde. Eisdreel sur les talons, ils décampèrent sans plus attendre. La jeune femme s'aperçut qu'ils partaient à l'opposé des portes. Le château était très calme, mais elle détestait sentir son fourreau vide battre contre ses jambes. Elle détestait plus encore entraîner

Eisdreel en direction des étages – car ils se dirigeaient bel et bien vers l'escalier…

– Pas d'inquiétude, chuchota Allian. Les gardes ne savent pas qui vous êtes, et ils ne doivent sûrement pas connaître tous les domestiques d'Haresh. Faites-vous passer pour des serviteurs, et tout ira bien. Et soyons objectifs : les prisonniers normaux sortent du château…

Dubitative, la jeune femme se plaça un pas en arrière et baissa légèrement la tête, se coulant dans le rôle du serviteur effacé que, grâce à sa coupe de cheveux et à sa carrure, elle incarnait à merveille. Eisdreel l'imita, roulant des yeux effrayés en direction des premiers gardes. Mais, bien qu'audacieuse aux yeux de Kebren, la solution d'Allian n'était pas si mauvaise, car les sentinelles les laissèrent passer.

Ils entrèrent en silence dans leur salle, fermant à clé derrière eux. Les nuages masquaient la lune et les étoiles, mais une lanterne était posée au sol. Et à côté d'elle, My attendait. Elle ouvrit des yeux immenses à la vue des deux Kmetts. Elle s'était réveillée avec panique et avait fouillé toutes les salles de ses appartements, pour constater qu'Allian, lui aussi, manquait à l'appel. Ainsi, ils n'avaient pas voulu attendre. Ils avaient libéré les Kmetts sans la prévenir – ni elle ni Floan !

– Mais, balbutia-t-elle, qu'avez-vous donc fait ?

Elle chercha sur eux des traces de sang ou des ecchymoses, mais ne trouva rien. Comment avaient-ils fait pour passer devant les gardes ?

– Je vous ai dit que j'allais parler à Haresh demain ! s'étrangla-t-elle. Il va être furieux, on ne peut pas se permettre de le braver si tôt !

Floan commençait à émerger de son sommeil. Il cligna des yeux devant l'éclat de la lanterne, puis attrapa ses lunettes à tâtons. La présence des Kmetts le réveilla définitivement.

– My, dit Allian avec gravité, ce genre d'homme ne se montrera pas plus indulgent demain ou dans dix jours. Il faudra le braver, tôt ou tard, et lui faire comprendre qu'il y a plus important que sa guerre avec les Kmetts. Vous êtes sa reine, lui, un Fauconnier : la hiérarchie est claire, non ?

– Vous voulez retourner son allégeance contre lui ? se récria My. C'est une obsession ! C'est de l'abus de pouvoir, Allian !

L'espion fit un geste de dénégation.

– Non, pas l'allégeance ; je pensais à quelque chose que vous avez le pouvoir de modifier… quelque chose de plus ancien. Avant tout, ajouta-t-il à l'intention de Floan, il faudrait savoir si c'est réalisable…

Floan acquiesça après un temps de réflexion, mais il semblait tout sauf approbateur.

Personne ne dormit cette nuit-là. Les murs épais étouffèrent les sons en provenance du couloir, empêchant de deviner si les gardes du cachot avaient donné l'alerte. Assise à la table, devant l'Orbayon, My ressassait les arguments d'Allian avec une boule dans le ventre. Elle ne lui avait absolument rien répondu quand il avait expliqué son idée, le laissant dans l'expectative. Elle en tirait une satisfaction féroce. Elle lui en voulait, à lui, à Orest – à Floan qui n'avait trouvé aucune autre échappatoire. Elle-même y réfléchit en vain pendant que, perle par perle, les heures s'égrenaient. Leur attente prit fin aux premières heures du jour.

Ce ne fut pas Haresh qui vint les chercher, mais ses serviteurs. Les Kmetts eurent tout juste le temps de se cacher, conformément à leur plan, alors que leur groupe se levait dans un bel ensemble. Haresh ne dérogeait pas aux règles de l'hospitalité, il ne leur avait pas envoyé ses gardes ; en revanche, les domestiques déverrouillèrent la salle sans attendre de permission. Le ton était donné.

My sortit la première, les yeux embués de sommeil. Elle conservait une silhouette bien humaine, mais intérieurement, elle avait tout d'un papillon, son esprit voletant en tous sens sans savoir quoi décider. Elle avait plus que jamais conscience de sa responsabilité : son but n'était pas d'avantager Kebren au détriment d'Haresh, mais bien de réunir les deux. Une vraie gageure : la solution d'Allian risquait bien de les réunir, mais de force et à couteaux tirés. Si elle devait exécuter son idée, ce serait en dernier recours.

Ils parcoururent les couloirs en silence, guidés par les serviteurs qui, sur leurs semelles de feutre, marchaient tels des fantômes. Les vitraux projetaient sur le sol des lueurs falotes, incertaines. Plus ils montaient, plus elles s'éclaircissaient ; aux fenêtres se substituèrent des meurtrières, indiquant qu'ils approchaient des tours. Haresh vivait donc bien là-haut, songea vaguement My, puis elle retint un sursaut.

Le Fauconnier les attendait en haut des marches.

– Majesté.

My répondit par un signe de tête et entra. Un autre homme se tenait dans la pièce, plus jeune et plus petit que le Fauconnier et doté du même nez droit. Ses sourcils se rejoignaient en une barre sombre et ses traits, plus communs que ceux, magnifiques, de son père, laissaient deviner une autre ascendance : il devait avoir hérité du teint pâle de sa mère. Il la toisa de haut en bas, ignorant purement et simplement son salut.

Daerei… évidemment. Lui aussi avait des comptes à rendre…

Ils se trouvaient dans l'une des trois tours, celle-ci étant réservée exclusivement au Fauconnier. Près du bureau, un aigle blanc, appartenant à une espèce inconnue de My, dormait sur un perchoir. Son plumage irisé luisait à la lumière. Il ouvrit un œil, dévoilant un mince éclat jaune, puis rabattit paresseusement les paupières.

Haresh alla se poster face à eux, occupant à lui seul le centre de la pièce. Il portait un bliaud écarlate, une cape rabattue par-dessus et des chausses sombres. Ainsi vêtu, il était terriblement imposant. La cape camouflait son dos voûté, et My fut surprise de le voir si grand. La colère semblait lui donner de nouvelles forces.

– Cette nuit, quatre gardes ont été attaqués devant les cachots, déclara-t-il sans attendre. Deux prisonniers ont disparu. Deux hommes ont franchi les postes de garde en toute impunité et sont revenus avec deux « domestiques ». Je veux savoir où sont passés ces Kmetts.

Le groupe garda le silence.

– Je ne tolérerai pas qu'on conteste mon autorité dans mon propre château ! gronda Haresh. Je sais qu'ils sont ici, et ce n'est que l'incapacité de la garde qui les protège, croyez-moi !

Daerei se rétracta sous l'attaque. Son père l'apostropha :

– Que faut-il faire pour t'apprendre à diriger tes hommes ? *Quatre* gardes aux cachots pour la nuit ! Quatre, quand il en faudrait le double ! Et tes sentinelles ? Elles sont là pour filtrer les passages. Ces hommes ont parcouru trois étages sans se faire arrêter !

– Mes hommes ignoraient que des Kmetts étaient dans les cachots. Vous ne m'avez rien dit. Et les invités de marque ont toute liberté de passage.

Daerei parlait d'une voix basse, haineuse. On aurait dit un subordonné devant son chef, et non un fils devant son père. Sa nuque se raidit quand Haresh éclata :

– C'est à *toi* d'informer la garde de nuit, non à elle de prendre des initiatives ! Je les dirigerai désormais. Si on peut faire évader des gens à l'intérieur-même de mon château, je n'ose pas imaginer les défenses extérieures !

Son ton débordait de sarcasme, mais son fils garda les lèvres étroitement serrées. Il ne semblait pas en être à sa première humiliation publique. My aperçut un éclat sur son habit, au niveau de l'épaule : c'était un aigle gris, symbole des adjoints. Elle décida d'intervenir avant que le Fauconnier laisse, une fois de plus, éclater sa fureur :

– Haresh, je vous demande de m'écouter jusqu'au bout. Vous êtes loyal envers votre serment, et cela vous honore. Malheureusement, j'ai trop peu de soutiens et je ne peux pas les disperser. Vous êtes un allié important… et Kebren aussi. Je voudrais que vous combattiez ensemble. Faites une exception.

Haresh redressa la tête.

– Impossible.

La jeune fille poursuivit calmement :

– Il y a une chose que vous ignorez : Kebren a été bannie de l'ordre. Elle soutient les Darcer de façon indépendante – Maranta s'est désistée. Par ailleurs, Eisdreel suit l'enseignement de l'ordre ; il deviendra Kmett un jour, mais il n'a pas passé l'Initiation : Kebren et Eisdreel sont donc deux Kmetts… qui n'en sont pas vraiment. Des Kmetts dissociés de leur ordre, et dont la mission n'a rien à voir avec une traque…

Haresh l'écouta avec une totale indifférence. Elle sut alors que tous les arguments du monde n'y changeraient rien. En libérant les Kmetts, ils l'avaient attaqué sur son point faible, ils l'avaient humilié, lui, le Fauconnier le plus efficace de l'Ouest. Ce n'était plus désormais une question de loyauté envers son serment : par fierté, il ne changerait pas d'avis. Il ne restait donc plus que la solution d'Allian. Elle reprit, à contrecœur :

– Monseigneur, vous avez dit, hier, que le texte de votre serment fut rédigé par les premiers Darcer. En suis-je une à vos yeux ?

– Majesté, vous avez le Don, répliqua Haresh, comme s'il trouvait la question absurde.

– Alors il ne me reste qu'à modifier ce texte, et vous accepterez les Kmetts dans votre camp.

Haresh la foudroya du regard comme si elle venait de proférer la pire des énormités. La jeune fille soutint son regard sans ajouter un mot. Elle n'avait aucune idée de la façon de rédiger un texte de serment, mais c'était bien la seule solution pour unifier son camp. Haresh, cependant, était un homme intelligent, assez pour savoir quand son interlocuteur était sérieux.

– Ce ne sera pas utile, Majesté, dit-il sèchement. Qu'ils

combattent avec moi s'ils veulent, je promets de les laisser libres. En revanche, vous ne verrez jamais d'alliance entre eux et moi. C'est à prendre ou à laisser.

My finit par donner son assentiment de mauvaise grâce. Venant d'une personne comme Haresh, une telle concession valait mieux que rien.

– Vous n'avez pas le droit de libérer des Kmetts sans l'accord de Liett ! intervint brusquement Daerei.

– Liett est corrompue de l'intérieur. Je refuse de m'incliner devant le Sanreth et mon allégeance va à Mydria, non à La Déléane.

– Vous comptez vous opposer à La Déléane pour une dynastie disparue depuis des générations ?

– Cette dynastie renaît avec Sa Majesté, Daerei, et nous retrouvons en elle un blason derrière lequel nous liguer. J'ai engagé Epeck pour la soutenir face à Liett, et j'ai l'intention de contacter d'autres fauconniers. Ceux de l'Ouest se porteront volontaires…

– Vous changez d'allégeance pour une fille sortie de nulle part ? Vous perdez la tête ! Vous allez mettre Epeck en danger si vous affrontez Liett !

– Edrilion est en danger, non Epeck, pour le moment, dit Haresh avec froideur. Et je ne prendrai pas le risque de m'élever seul contre Liett.

– Liett est notre *capitale*, père !

– Liett n'a pas de roi, mais un simple bâtard. Quand il affichera ses prétentions, nous l'aurons doublé.

Daerei recula d'un pas.

– Ses prétentions ? Quand il sera couronné, vous voulez dire ? L'est-elle, elle ? s'écria-t-il en désignant My. Vous mènerez Edrilion à la guerre en soutenant une gamine !

– S'il faut la guerre pour nous débarrasser de La Déléane, alors, nous nous battrons.

– Liett vous destituera !

Haresh considéra son fils avec une expression proche du mépris.

– Daerei, quand je serai mort, tu prendras ma place. Tu décideras dans quel camp tu mettras Epeck, et j'espère que comme fauconnier, tu ne me feras pas honte. En attendant, tiens ton rang.

– Tenir mon rang… souffla Daerei. Comme votre fils, ou votre serviteur ? Comme vos gardes, et toute la ville ? Vous êtes si doué pour diriger les autres, père, depuis qu'Epeck est sous votre contrôle… En cela, la mort de mère vous a bien servi, n'est-ce pas ?

– Dehors ! rugit Haresh. Dehors, et ne remets plus les pieds ici !

Sa voix réveilla l'aigle qui déploya ses ailes blanches, provoquant un courant d'air dans la pièce. Le visage de Daerei s'empourpra, mais il s'inclina cette fois encore, et quitta la pièce à grands pas. La porte claqua.

À cause des rapaces qui planaient autour du château, un papillon avait peu d'espoir de voler en sécurité. My y avait renoncé, après avoir quitté le groupe. Depuis trop longtemps, elle n'avait pas volé. Sentir l'air sous ses ailes, le sol qui s'éloignait, les courants, tout cela faisait partie de sa vie, désormais. Elle avait volé, erratique, de salle en salle, regrettant les brises du dehors, et s'était assise en haut d'un escalier désert qui donnait sur l'extérieur. Elle sentait le vent caresser son visage, et la fraîcheur de l'altitude. Cela faisait du bien, mais ne remplaçait pas un envol. Peu importait : elle était seule pour réfléchir.

L'après-midi touchait à son terme et Daerei n'avait pas reparu depuis la dispute. Sans cesse, celle-ci lui revenait en mémoire. Elle voyait en Daerei un Edrilien comme un autre, qui n'avait ni la passion de Floan, ni la loyauté d'Haresh envers les Darcer. Elle ne savait comment recevoir ses paroles, s'il fallait s'en attrister ou les trouver normales. Après tout…

– Mydria ?

La jeune fille émergea de ses pensées. La silhouette hésitante de Floan s'approchait des marches. Elle se demanda distraitement depuis combien de temps elle avait quitté le groupe et demanda :

– Qu'y a-t-il ?

– Je craignais qu'il vous soit arrivé quelque chose…

– Rien ne peut m'arriver dans ce château, Floan.

L'ambassadeur se dandina d'un pied sur l'autre, brûlant de la contredire et se taisant par politesse. Elle devina qu'il pensait à Daerei, et à sa surprenante agressivité. « Gamine ». Oui, ce mot l'avait heurtée plus qu'elle ne s'y attendait. Floan vit son visage s'assombrir et bafouilla :

– Vous… vous désirez peut-être rester seule ?

C'était vrai, toutefois elle se contenta de hausser les épaules. Floan attendit, ne sachant comment interpréter son geste, mais la jeune fille semblait plus détachée qu'hostile et détourna bientôt la tête sans plus lui accorder d'attention. Un pli barrait son front, la vieillissant soudain. Au cours des années passées, il avait vu My dans bien des états – malicieuse, capricieuse ou tout à fait insupportable –, mais soucieuse… jamais.

Gauchement, il alla s'asseoir à côté d'elle, plus près qu'il n'aurait osé le faire en présence des autres. Son cœur s'emballa. Il pouvait sentir l'odeur de sa peau, et en se penchant un peu, il aurait pu l'enlacer… Après tout, il ne l'avait pas retrouvée par hasard. Il toussota.

– Haresh a commencé à envoyer des missives pour lancer la contre-attaque. Il a contacté les grandes villes de l'Ouest.

My ne dit pas un mot.

– Cela permettra à l'Ouest de se liguer rapidement et de s'opposer à Liett de façon concertée. Pour le moment, Liett ignore votre existence, ce qui vous laisse le temps de vous organiser. Vos soutiens sont encore très faibles et votre âge joue peut-être un peu contre vous, mais je vous garantis…

Sa voix baissa : My n'écoutait rien. Il se pencha pour observer son visage, si délicat, mangé par deux grands yeux qu'il craignit de voir pleurer. Un visage mobile, d'ordinaire, et prompt à passer d'une humeur à une autre. Qu'il était difficile d'associer le prestigieux nom de Darcer à cette My qu'il connaissait depuis si longtemps ! Mais le respect porté au titre et l'amour qu'il avait pour la personne… ces choses-là faisaient mauvais ménage. Le minois de My prit soudain une expression butée, immédiatement familière.

– J'aimerais avoir un pouvoir plus fort.

Elle posa le menton sur ses genoux, fixant le ciel d'un air farouche.

– Être comme Madael. Comme tous les Darcer d'avant. Tout serait tellement plus convaincant si j'étais un dragon ou un gros monstre !

Soudain, elle se sentit au bord des larmes. Les paroles de Daerei, les soucis des derniers jours, tout remontait et la prenait là, à la gorge. Un pouvoir… c'était bien cela qui lui manquait, un *vrai* pouvoir. Elle aimait son petit Don, mais elle regrettait qu'il n'en impose pas davantage. Cela lui aurait immensément servi…

– My, dit Floan avec gravité, combien connaissez-vous de personnes métamorphes dans ce monde ?

My haussa les épaules.

– Aucune. My, *aucune*. Vous êtes la seule. Il y a de la magie en Edrilion, oui, mais elle est indomptable, protégée par des lieux comme les Bois, les monts Baïshdro ou les galeries d'Istarion, toutes ces zones où la magie s'est repliée… Le tour de force que vous accomplissez quand vous vous changez, aucun homme ne peut le faire. Parce que c'est un phénomène qui dépasse tout. Cela fait la beauté, l'immense beauté de votre héritage… et la vôtre.

Floan avait entouré ses genoux de ses bras et la regardait bien en face. Avec honnêteté, franchise et foi, surtout. Il en oubliait de bégayer.

– Votre Don prend l'apparence d'un papillon parce que cette créature vous ressemble, tout comme Madael avait des points communs avec un dragon. Cela n'a pas empêché

Madael de fuir, là où un dragon aurait lutté jusqu'à la mort… ni vous de vous battre, malgré vos faiblesses. Votre Don est un pouvoir, mais il ne conditionne pas toute votre personne. Je ne sais pas si vous me comprenez, My, mais… croyez-moi. Croyez-moi simplement.

La jeune fille eut un sourire, touchée au cœur. Mais cette flèche-là était sans venin, aussi réconfortante qu'un baume. Elle ravala ses larmes et remarqua d'une petite voix :

– Vous parlez des Darcer mieux que moi, vous savez ?

– J'ai grandi avec eux et Edrilion leur doit sa naissance. Il y a beaucoup de choses à reconstruire dans ce royaume, nous avons perdu beaucoup d'argent ainsi que notre unité. Nous manquons d'un pouvoir en qui les gens aient confiance. Ce pouvoir, les Darcer le symbolisent. Vous pouvez réunir beaucoup de gens, My, si…

– Si ?

– Si vous avez à vos côtés un homme influent pour vous soutenir.

Floan se tut aussitôt, l'air effaré par sa propre audace. Mais le mal était fait, ou le bien, il ne savait plus rien, hormis que My était là. Qu'ils se retrouvaient en tête à tête, et que cela ne se reproduirait peut-être pas avant longtemps… Ses doigts se croisèrent et se décroisèrent avec panique puis, paraissant prendre sa décision, il se leva soudain.

– My, écoutez, je… le moment est peut-être malvenu mais c'est la première fois depuis longtemps que je peux vous parler sans témoin. J'en suis conscient, les choses ne sont pas les mêmes qu'à Siartt. Nous avons été séparés un an, vous n'êtes plus une petite comtesse, vous êtes une Darcer, l'héritière du trône que je sers, et… mes sentiments n'ont pas changé.

Il s'arrêta, le sang battant à ses oreilles. Devant les grands yeux de My, il perdait tous ses moyens.

– Néanmoins, je suis ambassadeur. À la Cour, c'est une charge estimée. J'ai beaucoup de contacts en Edrilion et je soutiendrai votre cause jusqu'au bout. À mes côtés, vous gagnerez la respectabilité qui vous manque. Parce que, My… vous êtes une Darcer, mais vous êtes aussi très jeune. On s'attendra à ce que vous choisissiez votre roi. On vous le demandera très vite. Et tous les partis ne sont pas enviables… Prenez les devants, My, aucun noble ne sera aussi engagé que moi. Accordez-moi votre main, et je serai le plus heureux des hommes, et… je ferai en sorte que vous soyez aussi heureuse, sinon plus.

Il était à bout de souffle. Comme si son cœur était là, devant elle, n'attendant qu'un petit « oui » pour reprendre vie.

My garda un silence absolu.

– My… Je ne vous demande pas de répondre immédiatement. Prenez votre temps…

– Oh, Floan ! J'aurais préféré que les choses en restent là. Je n'ai rien contre vous, mais je ne peux pas vous épouser.

– Vous ne pouvez pas ? Comment cela ?

– Je vis avec Orest, dit My doucement, depuis plusieurs mois.

– Orest ?

Le ton de Floan la pétrifia. Elle ne pensait pas que tant de surprise et d'horreur pouvait envahir à ce point le même visage.

– My, êtes-vous folle ? C'est un malfrat de la pire espèce ! Il n'a rien à faire à vos côtés !

– À l'heure où nous parlons, un bâtard complote pour avoir mon trône.

– Mais ça n'a rien à voir ! s'écria Floan avec une colère soudaine. Le Sanreth a ses Chimères et La Déléane, vous n'avez encore rien ! Il est impensable de continuer votre quête si c'est pour l'avoir comme prince consort ! Si vous tenez un tant soit peu au devenir d'Edrilion… quittez-le.

– C'est hors de question.

– J'ai fui Liett, dit Floan, les lèvres blêmes.

Il descendit les marches pour se mettre face à elle, et poursuivit, sa voix enflant de seconde en seconde :

– J'ai fui Liett, j'ai risqué ma vie, j'ai combattu cet homme pour qu'Edrilion mérite un *vrai* meneur ! Vous êtes une Darcer, My, mais la Cour soutiendra une reine qui aura à cœur de rendre sa gloire à Edrilion, non une fille acoquinée avec le premier venu comme… une traînée !

La gifle partit d'un seul coup.

Floan vacilla sous le choc, sa joue se marbrant lentement de rouge et de blanc. Ses lunettes avaient valsé au bas de l'escalier. Sa main plaquée sur sa joue, l'air incrédule, il considéra My, dressée comme une furie au milieu des marches. La colère l'envahissait à son tour, brûlante comme une flamme.

– Je suis désolée, Floan, mais j'avais ma vie avant qu'on vienne me chercher, j'avais perdu mon trésor et décidé de vivre avec la personne que j'aime. Orest est bien plus que vous ne le pensez. Et les forces d'Edrilion ne se résument tout de même pas à la Cour ! Je ne suis pas la Darcer que vous vouliez ? Vous attendiez une reine taillée sur mesure et son prince assorti ? Navrée de vous décevoir. Si mes choix vous déplaisent, vous êtes libre de partir. Retournez donc à Liett, je ne vous retiens pas !

Floan la regarda, bouche bée. Il y eut un bref silence. Elle s'attendait à ce qu'il réponde ou s'apaise, mais il tourna brusquement les talons et disparut dans le couloir. Il ne se retourna pas une seule fois.

Le souffle court, My resta au milieu de l'escalier, peinant à réaliser l'insulte de l'ambassadeur, tout comme sa réaction. Elle avait mal calculé sa gifle et sa main l'élançait. Cette brûlure-là était plus sourde que sa colère, plus douloureuse. Dans un état second, elle se laissa glisser au sol et s'appuya contre le mur, pressant sa main contre ses lèvres. Une larme roula sur sa joue, puis une autre. Puis un véritable raz-de-marée. Jamais elle ne s'était sentie si petite, si vulnérable… si peu digne d'être reine.

L'Hakroo dormait sur son perchoir. Il était seul dans la pièce. Sa respiration soulevait ses plumes blanches, aux reflets nacrés. Il ne s'éveilla pas quand Daerei entra et s'assit au bureau : l'Hakroo, rapace Edrilien qui, contrairement à l'aigle, se contentait de régner sur les plaines, était réputé pour son flegme.

La main de Daerei ne trembla pas quand elle se tendit vers la plume, pas davantage quand elle inscrivit « Liett » en haut du parchemin. Son père avait déjà lancé les premiers faucons vers leurs villes de naissance ; en revanche, seul l'Hakroo communiquait avec Liett, ce qui en faisait l'oiseau personnel du Fauconnier… et, au besoin, de son adjoint.

Daerei acheva sa lettre, le visage fermé. Son père lui avait appris les devoirs d'un Fauconnier, qui passaient, avant tout, par la protection de la ville et le respect de la capitale. Si bien qu'il ne doutait pas de pouvoir le remplacer dès que Liett l'aurait destitué. Ou pire – peu lui importait. Encore fallait-il que Liett prenne sa menace au sérieux avant que les choses s'aggravent définitivement.

Sans hésiter, il signa « Haresh ».

# 21. Serron

Serron avait la lettre à la main, le regard de la Chimère sur lui. Pas le genre de regard auquel on pouvait échapper lorsqu'on était chef de la garde royale, et encore moins lorsque toutes les lettres adressées au palais passaient par vous. Il avait fait son devoir : brisé le sceau et lu la missive. Et son contenu l'emplissait d'une foule de sentiments contradictoires, allant de la préoccupation à une perplexité complète.

« Haresh », indiquait la signature…

Missive en main, le noble quitta la tour de guet, laissant à ses hommes le soin de s'occuper de l'aigle. Preuve de sa bonne foi, Haresh avait envoyé le sien, un Hakroo de belle taille au plumage d'un blanc rare. Pour l'heure, l'animal était épuisé : il repartirait avec la réponse, une fois ses forces récupérées. Et ce ne serait pas à Serron de le renvoyer à Epeck. Car le Fauconnier s'adressait non pas aux représentants du pouvoir, mais au pouvoir en personne – ou à ce qui en tenait lieu.

Dès la fin du délai, le Sanreth avait commencé à remplacer Keagan. Cela avait commencé par une prise de pouvoir au conseil royal, de la façon la plus simple possible : déclaré fugitif, traître à la couronne, présumé coupable de régicide et *persona non grata* à la Cour, Floan s'était vu supprimer son siège au conseil, que le Sanreth s'était lui-même octroyé. Puisqu'il était officiellement ambassadeur pour le compte de La Déléane, la substitution, bien que suspecte, était acceptable, et le conseil n'avait pas jugé utile de s'y opposer. En outre, l'homme semblait assumer à la perfection son statut de bâtard, apparemment certain que la protection de sa Reine et la preuve par le Lanvox le défendaient bien mieux qu'un lignage sans tache. La Déléane s'immisçait dans les affaires d'Edrilion plus ouvertement que jamais.

Et maintenant cette lettre…

Le visage du noble ne trahit rien de son agitation. Il marchait posément, jetant de rares coups d'œil en arrière. La Chimère avait quitté la tour après lui et, même si elle se tenait à distance, elle ne le lâcherait pas d'une semelle. Il en était ainsi depuis la disparition de Floan : tous les nobles occupant une fonction importante avaient été mis sous surveillance. Les Chimères patrouillaient dans le palais, loin de leur maître, et fait tout aussi grave, le conseil avait fini par accepter que l'escorte déléanienne quitte ses quartiers. Les hommes du Sanreth s'étaient répandus dans tout le palais, se mélangeant à la garde officielle. Plus aucun endroit n'était neutre, et Serron, imitant la Cour, avait choisi d'opter pour la prudence. Après tout, personne ne savait pourquoi Floan avait disparu… Fuite ? Meurtre ? Mieux valait rester prudent.

La Chimère le guida d'elle-même lorsqu'il s'arrêta au pied de la tour, hésitant sur la direction à prendre. Elle le dépassa et s'engagea dans l'un des couloirs, à croire que cette bête, en plus de deviner ses intentions, savait exactement où se trouvait son maître. Serron avait quarante-cinq ans et une vie remplie derrière lui : il avait tournoyé, exploré les régions les plus reculées d'Edrilion et nombre de royaumes voisins, pour accéder à un poste important dans la force de l'âge. En revanche, jamais il n'avait entendu parler d'une créature semi-consciente nommée Chimère. Quoi qu'elle soit, rareté ou fléau, elle le révulsait. Il la suivit, mettant entre eux plusieurs mètres de distance, et quand elle s'arrêta devant la salle du trône, il porta machinalement la main à son épée en passant devant elle.

– Epeck vous a écrit, monseigneur.

Il s'inclina brièvement devant le Sanreth, puis s'approcha.

Le bâtard avait établi ses quartiers dans la salle du trône : il recevait là, une façon d'asseoir son autorité. Il respectait néanmoins les règles : tant qu'il n'était pas couronné, il ne pouvait pas prendre place sur le trône. Un siège était installé en bas des marches. L'homme s'y trouvait, avec son détestable visage chafouin. Ses moindres attitudes prouvaient qu'il était un étranger. Qu'il n'était même pas noble. Un pantin singeant leurs manières, un ignorant habillé comme un prince… Les lèvres de Serron se plissèrent imperceptiblement aux commissures, seul indice de son mépris. Celui-là aussi le révulsait.

– Epeck, dites-vous ?

Serron se contenta de tendre la lettre.

– Pourquoi l'avez-vous ouverte ?

– C'est ma charge, monseigneur. Je m'occupe de trier le courrier qui ne concerne pas le roi et de l'avertir quand c'est nécessaire.

– Vous pouvez vous en dispenser à partir de maintenant, dit le Sanreth avec sécheresse. Je m'en chargerai moi-même.

– Monseigneur… Je ne reçois mes ordres que du roi.

Serron soutint le regard de l'homme sans broncher. La surveillance, puis l'asservissement du conseil royal, le ralliement plus que massif d'Ebelior et d'un grand nombre de nobles… Trop de prises de pouvoir, en trop peu de temps. Sans s'opposer au Sanreth aussi imprudemment que Floan, il trouvait juste de le rappeler à ce Déléanien que, pour le moment, il n'était rien de plus qu'un envahisseur…

– Dans ce cas, nous attendrons le couronnement, n'est-ce pas ? lâcha le Sanreth.

– Naturellement, monseigneur.

Le noble fit un pas en arrière, laissant le Sanreth parcourir la lettre. Il guettait ses expressions. Edrilion et La Déléane avaient la même langue, mais les alphabets différaient, et l'homme parut peiner à déchiffrer les caractères.

La Chimère le contourna alors, observant la lettre par-dessus son épaule. Le Sanreth en était toujours à la première ligne quand, étrangement, son visage se décomposa.

– Comment…

– *Une Darcer !* s'exclama Welfendà. *À Epeck ? Je croyais que la dynastie était morte !*

Le Sanreth releva la tête.

– Qui est Haresh ?

– Le Fauconnier d'Epeck, monseigneur. Un homme influent, qui nous aide à contrôler l'Ouest.

L'homme frappa la lettre d'un revers de main.

– Qu'est-ce que ça signifie ? Il n'y a plus aucun Darcer aujourd'hui !

– La lettre soutient pourtant le contraire. Madael avait un fils, d'après les archives. Si ce fils a eu des descendants, la survie de cette famille est tout à fait plausible.

Serron s'en tint là. Il observait la Chimère du coin de l'œil. La bête semblait beaucoup plus agitée que son maître, les plumes de son cou hérissées, le cou tendu par la nervosité. Elle avait beau être immobile, il savait avec quelle fulgurance elle pouvait se mettre en mouvement.

– *Il annonce que les Fauconniers de l'Ouest se sont ralliés à son camp. La Darcer revendique le trône en tant que prétendante légitime. C'est une rébellion officielle ! Elle a déjà le soutien des Fauconniers à l'Ouest, et nous n'avons pas eu le temps de mettre la corporation sous contrôle !*

– Que proposez-vous ? demanda le Sanreth entre ses dents.

– Monseigneur, commença Serron, vous devriez vous assurer que l'information est juste. Il manque le sceau.

Le détail venait de lui sauter aux yeux. Par transparence, il voyait les lignes couvrir le parchemin, mais la tache sombre du sceau était effectivement absente. Chaque Fauconnier signait avec sa bague et, dans sa précipitation, Haresh avait négligé l'essentiel. Était-il homme à commettre ce genre d'oubli ? Serron en doutait, et le constat éveilla en lui un début de méfiance.

Un faux pour révéler le vrai. Si vraiment Haresh hébergeait une Darcer, s'il avait vraiment l'intention de liguer l'Ouest… pourquoi avertir Liett ? Qui avait été assez fou pour le faire ? Ou assez traître ?

– *Écoutez-le : nous avons vraisemblablement un allié là-bas. J'ignore de qui il peut s'agir, mais quoi qu'il en soit, cet Haresh est une menace, et cette femme, bien davantage. Vous n'êtes pas couronné, vous n'avez pas encore eu le temps de soumettre totalement Liett ! La capitale est une place importante, mais avec une Darcer pour rivale… Elle peut rallier les foules. Et vous…*

Le Sanreth baissa les yeux vers le carrelage couvert d'aigles. Aigle mort, aigle gravé, aigle venu lui apprendre l'impensable. Le symbole des Darcer l'entourait, il envahissait cette salle, lui et ce maudit pouvoir qu'il rappelait à tous. Avec ces ailes déployées avec fierté, il paraissait redoutable. Le Don d'ailes…

Ainsi ce Don, cet étrange héritage légué aux héritiers, vivait bel et bien ? Alors Welfendà avait toutes les raisons de le craindre. Car les Darcer n'avaient pas abdiqué, étaient restés présents dans les mémoires, et aimés comme la dernière légende des temps libres. Mais le plus grave n'était pas là. Protégée par les murs d'Epeck, à des centaines de lieues de Liett et soutenue par les Fauconniers, sa rivale avait toute latitude pour constituer son armée. Et, vraisemblablement, elle avait déjà commencé.

– *Non… Lisez la lettre : ils sont en route.*

Serron attendait, intrigué. Le Sanreth semblait plongé dans un profond conflit intérieur, les mimiques se succédant sur son visage, nerveusement, sans aucun rapport entre elles. Il murmura pour lui-même :

– Ils étaient en route… lorsque la lettre a été envoyée. Ils arriveront bien assez tôt, et ils ne perdront pas de temps.

Si la Darcer déclare publiquement ses prétentions, la situation deviendra totalement hors de contrôle.

– *Laissez-moi réfléchir.*

Malgré lui, Serron recula. La Chimère s'était mise à tourner autour de lui, l'examinant avec attention. L'étincelle de ses prunelles semblait s'affiner, s'aiguiser, donnant l'impression de lire jusqu'aux tréfonds de son âme. Il sut alors avec certitude que son sens du devoir lui avait fait commettre la pire des erreurs, ce, au moment précis où il se souvint du Fragment IV, rédigé mécaniquement, des mois et des mois auparavant… un Fragment auquel il n'avait pas cru.

– *Elle attendra d'avoir les Fauconniers à sa botte. Elle ne nous affrontera pas avant. Si les Fauconniers sont en route, il leur faudra malgré tout quelques jours pour rallier Epeck au complet, et à partir de là, la Darcer se révélera au grand jour.*

– Que voulez-vous faire ? Assiéger Epeck ?

Serron ouvrit la bouche pour répondre, mais le Sanreth n'avait pas l'air de s'adresser à lui. Il ne le regardait même pas, comme si sa présence n'était non pas seulement oubliée, mais devenue totalement insignifiante. Quelque chose lui échappait, et quelque chose à l'œuvre. Il choisit brusquement son camp.

– Monseigneur, c'est ce que je ferais à votre place. Vous êtes libre de prendre ou non cette menace au sérieux, mais si vous tenez au trône, il est préférable d'envoyer vos troupes à Epeck sans attendre. Haresh s'inclinera peut-être, et la rébellion sera étouffée dans l'œuf. C'est tout à votre avantage : vous pourrez rallier les graciés à votre cause.

– Vous le pensez vraiment ?

– J'en suis convaincu, monseigneur.

Il affronta calmement le regard de l'homme. L'Hakroo avait mis plusieurs jours pour parcourir l'énorme distance qui séparait Epeck de Liett : c'était autant de gagné pour les Fauconniers – Haresh avait probablement mandé les plus proches de sa ville. D'ici à ce que le Sanreth prépare ses troupes et sa contre-attaque, il avait, lui, tout le temps d'avertir Epeck… Et les Fauconniers, peut-être, seraient déjà là. La Chimère émit un petit grondement, semblable à un rire.

– *Regardez-le… Il se prépare déjà à nous poignarder dans le dos ! Bien joué, sire Serron, mais vous n'êtes pas le seul à calculer les délais. Il n'est pas fiable, de toute façon, et il en sait beaucoup trop. Libérez-le de ses fonctions.*

– À bannir ? demanda doucement le Sanreth.

– *À tuer. Non !* dit-elle alors que le Sanreth esquissait un geste. *Je veux qu'une de vos Chimères le tue, il faut que vous vous entraîniez avec elles. Profitez de l'occasion pour l'éliminer, sans témoin.*

Le Sanreth devint très pâle. Ce seul indice mit Serron en état d'alerte. D'une manière ou d'une autre, on l'avait percé à jour, et puisqu'il était seul à savoir, on ne le laisserait pas sortir. Il ne perdit pas une seconde et se précipita vers les portes. Pas assez vite pour la Chimère postée sur le seuil, qui bondit et découvrit ses crocs. Ses gestes étaient pourtant ralentis, hésitants. Pour une raison inexplicable, elle tarda à attaquer, ce que le noble mit à profit. Il dégaina vivement et lui porta un coup d'estoc, droit sur le poitrail uniquement protégé par son plumage.

– *Défendez-vous, Sanreth ! Supprimez-le avant qu'il donne l'alerte, vite !*

L'épée mordit le plumage avec force. Ricocha avec la même force, déséquilibrant momentanément Serron. Pas une plume ne tomba. Sous sa lame, elles avaient la dureté du métal. Il fit un pas de côté, cherchant à attaquer sur les flancs, puis il roula précipitamment sur le dallage pour éviter une patte. Cinglant l'air avec fureur, celle-ci s'abattit tout près de lui et plaqua son épée sur le carrelage, la pliant net. Serron sentit son poignet se tordre sous le poids de la bête et, le souffle coupé, lâcha prise.

Les crocs de la Chimère étouffèrent son hurlement dans sa gorge. Il croisa les yeux transparents de la créature, tout proches des siens. Dénués de pitié… mais étrangement humains. Elle lui brisa la nuque d'un coup sec.

Sa dernière pensée fut pour Diriat.

Pantelants, Sanreth et Chimère regardèrent le corps du noble se tordre à terre avant de s'immobiliser peu à peu. Le râle s'atténua pour devenir plainte, sifflée, puis à peine soufflée.

À regret, la Chimère desserra les crocs, laissant le corps s'affaisser sur le sol. Le sang libéré par la morsure, lentement, commença à maculer les dalles.

– *C'est bien.*

Le Sanreth retrouva ses esprits, puis sa vue. De nouveau la salle se stabilisa, entourant son siège, et il se dissocia de la Chimère, chacun retrouvant sa part d'indépendance. Mais c'était de concert qu'ils avaient tué, arme et volonté, tous les deux. Un tremblement nerveux fourmilla dans ses bras.

– *Vous n'êtes plus un gosse,* dit Welfendà avec mépris. *Vous ne vous êtes jamais battu avec les Esbelt ? Vous n'avez jamais tué, au cours de vos raids ?*

– Jamais un homme et… pas comme ça.

Il réalisa soudain qu'il avait un goût de sang dans la bouche. Il pensait avoir réintégré son corps, mais son esprit restait à mi-chemin, percevant son propre dégoût ainsi que la faim dévorante qui s'éveillait chez la Chimère, excitée par la vue du sang. Il détourna le regard.

– Il ne faut pas le laisser là.

Une vague d'agacement passa dans son esprit, et il eut l'impression que la Reine, quelque part dans le Daj'Arlant, haussait les épaules.

– *Le conseil se doutera de ce qui lui est arrivé : il fera un exemple. Nous avons d'autres préoccupations, Sanreth, et celles-là risquent de devenir graves si la Cour en vient à apprendre l'existence de la Darcer. Ce n'est pas encore le cas : profitons-en.*

Le Sanreth recula jusqu'à la fenêtre, fuyant la vue du corps. Brouillée par le vitrail, Liett paraissait très lointaine. Comme si la salle du trône se trouvait en dehors du palais, en un lieu indéfini où chaque décision s'étendait non sur Liett mais sur l'ensemble du royaume. Il déclara avec lenteur :

– Vous dites qu'envoyer des troupes serait trop long…

– *Oui. Vous allez envoyer les Chimères à la place.*

Il se tourna vers la Chimère de Welfendà.

– Cela ne changera rien : ils seront plus nombreux que nous… et Epeck est toujours aussi éloignée. Désormais, c'est une question de jours.

– *Je me fiche du temps, je veux de la vitesse. Ce qui m'intéresse, c'est de tuer la Darcer, et pour cela, il faut pouvoir se faufiler jusqu'à elle. Les Chimères ont bien plus de chances qu'une troupe.*

– Mais pour s'y rendre…

– *Il existe une expression bien précise, Sanreth. Une expression qui résout parfaitement notre problème et qui concerne ces bêtes. Vous la connaissez peut-être.*

Oui, il la connaissait. Une vieille expression déléanienne… tellement vieille que ses origines s'étaient perdues. Il garda le silence et Welfendà poursuivit, de sa voix calme et nette, si caractéristique :

– *Cette expression vient de la grande force de ces bêtes, leur atout maître. Certes, elles ne sont pas les pires monstres du septentrion. On en trouvait de plus grands autrefois, dotés de pouvoirs infiniment plus dévastateurs. Mais les Chimères sont les seules qu'on dise imbattables à la course. Mieux encore : les plus rapides au monde.*

– « Courir après les Chimères »…

– *C'est de là, en effet, que vient l'expression. Et c'est pour cela que le Daj n'a pas tué les dernières. La Déléane est un territoire immense, et le roi ne peut pas sortir du Daj. J'ai des espions, bien sûr, des relais, des fidèles, mais les*

*Chimères sont les complices idéales. Leur allégeance les soumet à vie, elles ne peuvent pas tricher, et elles parcoururent le royaume plus vite que le meilleur cheval. Vous n'avez pas idée de la vitesse qu'elles peuvent atteindre.*

La Chimère rejoignit l'homme. Leurs deux faciès, reflétés sur le vitrail, croisèrent leurs regards de verre. Sans une parole, sans une pensée échangée, ils ébauchaient en même temps un plan d'action exactement similaire.

– Les quatre ?

– *Vous avez plus ou moins d'affinités avec vos Chimères, laissez la plus faible ici. Les autres viennent. Je vous préviens d'avance : plus elles s'éloigneront de Liett, plus vous peinerez à les maîtriser, et surtout, vous ne pourrez plus me parler à haute voix. Désormais, il vous faut penser pour que je vous entende. Ce sera l'occasion idéale pour affiner votre lien avec elles.*

– Qu'en fait-on ? interrogea le Sanreth en désignant le cadavre.

La Chimère découvrit ses crocs.

– *On ne laisse pas de traces, et on n'emporte aucune provision. En revanche, elles ont besoin de toutes leurs forces, aussi… ces dames sont servies.*

Lorsque le Sanreth rejoignit ses appartements, un seul monstre le suivait. Ses gardes ne réagirent pas, croyant sans doute, comme tous, que ses congénères se trouvaient ailleurs dans le palais. Mais pour lui qui connaissait la vérité, rien n'était plus pareil, et en passant le seuil sévèrement gardé, il éprouva un soudain sentiment d'insécurité.

Les salles de sa suite étaient inchangées, et pourtant différentes. Il s'arrêta au milieu de l'une d'elles, pris de vertige. Autour de lui, le décor tanguait et refluait, incertain. Tantôt brillant à la clarté des chandelles, tantôt sombre comme la nuit…

Il n'était ni d'ici ni d'ailleurs. Il restait prostré dans la pénombre, ses mains glacées par les dalles. Il disparaissait à travers rues, réticent, malhabile. Chaque pas l'éloignait de lui-même, le dissociait de ses monstres. Il ne savait plus où il était… ni qui il était.

Puis le déclic se fit.

Devant lui, la Chimère de Welfendà accéléra. Ses Chimères l'imitèrent. Peu à peu, leurs foulées s'allongèrent, gagnant en force, et les pavés se mirent à filer sous leurs pattes.

À peine si on les voyait, ombres dans le noir, jumelles jusque dans l'exception.

# 22. Secrets de famille

– Pour le moment, j'ai écrit à six villes : Aïdrez, Tediac, Preen, Dahis, Menlas et Ar'jas. Leurs Fauconniers sont fiables, ils assureront le relais. Dans quelques jours, ils seront à nos portes.

« Nos ». À ce mot, le cœur de My se mit à battre un peu plus vite. Haresh s'effaça devant elle, la laissant franchir le seuil de l'Aire, où vivaient ses rapaces. Elle se trouvait dans l'une des trois tours, encombrée par d'innombrables perchoirs et des faucons de toutes sortes, attachés par la patte et prêts à s'envoler vers leur ville de naissance sitôt qu'on leur confierait une lettre.

« Nos portes ». Ces mots-là contenaient, pour My, tout le sens de leur pacte. La valeur de son allié se mesurait à la confiance qu'il mettait en elle : celle d'Haresh était immense. Elle avait la taille d'Epeck… La taille de sa volière.

– Il y a trois cents rapaces, poursuivit Haresh. Je les ai dressés à rallier les villes majeures d'Edrilion. Ils sont à votre service. Toutefois, je vous conseille de ne pas les utiliser avant l'arrivée des Fauconniers. À partir de là, nous pourrons élaborer un plan d'attaque. Mais en attendant, la discrétion est de mise.

My comprenait parfaitement ce qu'il voulait dire. Son atout était très semblable à celui du Sanreth : il cachait ses vraies intentions. Elle cachait, elle, son existence, et mieux valait l'afficher au grand jour quand elle serait sûre d'en faire une arme.

Conformément aux paroles d'Haresh, plusieurs perchoirs étaient vides, ce qui ménageait de minuscules zones de vide, au milieu de tous ces oiseaux qui agitaient leurs ailes à son passage. À la fois une absence et une promesse… et un défi lancé au Sanreth qui, cette fois, devenait bien réel.

La jeune fille alla à la fenêtre la plus proche, observant la ville d'en haut. Son agencement, confus à son arrivée, se révélait beaucoup plus net depuis l'Aire. Les postes de guet étaient disposés en trois cercles concentriques, qui protégeaient le château et segmentaient la ville. Un moyen idéal pour contrôler les quartiers, fort différent de l'organisation des autres cités, ouvertes au tout-venant. Haresh vint se poster à côté d'elle.

– Vous voyez ces tours carrées ? C'est moi qui les ai fait construire. Elles servent de points de relais à ma garde, et elles dépassent les maisons. Le terrain est en pente, ce qui aide les tours à se voir les unes les autres. En cas d'alerte, elles s'avertissent et barricadent les ceintures. Aucune autre ville ne possède mon système.

La lumière du jour éclairait crûment son profil, sa barbe taillée en pointe et son nez busqué. Il semblait rempli d'orgueil face à son œuvre, orgueil que My trouva presque agressif. Cet homme avait métamorphosé sa ville par sa seule initiative – et grâce à l'héritage de sa belle-famille et de sa femme défunte. Fallait-il y voir un grand malheur, ou une mort opportune ? Après tout, chaque Fauconnier dirigeait une ville ; mais les Fauconniers riches, réellement riches, ne couraient pas les rues. Ils défendaient leur cité avec les moyens que le pouvoir leur donnait. Floan lui avait appris qu'ils étaient recrutés dans l'armée, parmi les plus valeureux : à partir de là, leur charge devenait héréditaire, mais Liett les payait peu.

– Et votre garde ? interrogea-t-elle. Elle m'a l'air nombreuse…

– Une partie des hommes servaient mon beau-père.

Il avait fondu les deux gardes en une, tout s'expliquait. Un détail lui revint en mémoire.

– Et… leurs épées ?

Cette fois, le Fauconnier sourit.

– Ma botte secrète. Vous aurez sûrement l'occasion de les voir à l'œuvre.

My mourait d'envie d'en savoir plus, mais chaque question s'approchant de la sphère personnelle semblait éveiller la méfiance de Haresh. Il répondait tout de même, contraint par la politesse, mais c'était toujours laconiquement, à moins qu'il fît semblant de ne pas comprendre. La jeune fille décida d'être plus directe :

– Quelque chose m'intrigue. Vous êtes Fauconnier, vous devez veiller sur votre ville... Mais pourquoi un tel système de protection ? C'est impressionnant, toutefois ni Penhata, ni Ashân, ni Mealla n'ont de Fauconniers aussi zélés !

– Ces villes ne se trouvent pas à un carrefour de la contrebande et sur un point de relais politique, Majesté. Ils ont leurs raisons, et moi, j'ai les miennes. Sortons d'ici, je vais refermer l'Aire.

On pouvait appeler ça un beau fiasco. Dépitée, My s'exécuta, cherchant à obtenir une réponse par un autre moyen ; Haresh parut deviner ses intentions, car sitôt la porte refermée, il s'empressa de la dépasser – pour lui ouvrir la route, ou parce qu'en prenant un peu d'avance, il pouvait feindre de ne pas l'entendre ?

My rassembla les pans de sa cape autour d'elle. Ils se trouvaient au bord de l'escalier, et le vent y soufflait en rafales. Ses habits claquaient autour de son corps, masquant ses pieds et rendant la descente périlleuse. L'escalier était raide et, malgré la rampe, elle redoutait une chute : elle ralentit donc, à l'inverse d'Haresh qui prit de l'avance. Il disparut à un tournant. Peu désireuse de se retrouver seule, la jeune fille pressa le pas.

Le malaise survint à ce moment-là.

Douleur. Faible tout d'abord, comme un spasme au fond de son ventre. My n'y fit pas immédiatement attention. Puis la douleur se fit feu. Les mains crispées sur son ventre, elle hoqueta, envahie par une nausée familière. La rampe l'empêcha de tomber. Cramponnée à elle de toutes ses forces, My attendit que la crise passe.

La douleur s'en fut comme elle était venue. Ne restait qu'un arrière-goût de bile. Et la silhouette immobile d'Haresh.

– Majesté ? Vous allez bien ?

Livide, My se redressa, inspirant plusieurs fois. Elle articula :

– Je crois… que c'est passé.

Elle tenta de lui sourire et lâcha la rampe. Elle s'y rattrapa immédiatement : ses jambes, ses bras et son sourire, tout tremblait, de façon faible, mais incontrôlable. Elle regarda les marches et un vertige la prit. Ils n'avaient pas descendu la moitié de l'escalier.

– Continuez à descendre, dit-elle à Haresh. Je vous retrouve en bas…

Le Don ne répondit pas.

Un sentiment de panique remplaça sa douleur. Que se passait-il ? Le Don… Jamais le Don n'avait failli, depuis bien longtemps ! Elle fit une nouvelle tentative, sans résultat. Son pouvoir vacillait, lui aussi, refusant de l'aider. Haresh finit par s'approcher et lui tendit le bras. Appuyée sur lui, My reprit la descente, marche après marche. Elle guettait avec angoisse les signes annonciateurs d'une nouvelle crise, mais il ne se passa rien.

Ce fut à peine si elle remarqua où menait l'escalier. Ils se trouvaient sur une grande étendue qui descendait vers la ville, doucement échelonnée et parsemée de magnifiques pierres taillées, certaines translucides, d'autres luisantes. Incapable de se maintenir debout, My s'assit sur l'une d'elles, au bord d'un bassin ovale. Son eau était aussi lisse que sa pierre. La jeune fille y vit, reflété sur la surface, son visage d'une pâleur de mort. Mal à l'aise, elle détourna le regard et sortit machinalement la petite grenouille aux pinces de crabe que Kebren lui avait donnée. Elle la plaqua sur son front et, au contact du métal froid, sentit son mal de tête s'apaiser peu à peu. Son regard fut de nouveau attiré par le bassin.

– Qu'est-ce que c'est ? s'entendit-elle demander.

– Vous ne connaissez pas le bassin de purification ? s'étonna Haresh. On y plonge les morts pour les laver, avant de les enterrer. On dit qu'il est aussi vieux qu'Epeck.

My ne savait quasiment rien sur les rites mortuaires. C'était là un sujet qu'elle n'avait jamais abordé à Siartt. Et au cours de sa quête et à Penhata, la mort rôdait si près que son premier réflexe avait été d'y penser le moins possible.

– Vous voulez dire que nous sommes…

– Dans le cimetière de la ville, oui.

My jeta un coup d'œil coupable à la pierre tombale et se releva aussitôt. Elle n'était jamais entrée dans un cimetière. Celui-ci était très calme, et la pelouse était si verte qu'elle eut l'impression de se trouver non dans une ville, mais en un lieu libre et déserté par les hommes. Cela n'apaisa pas ses inquiétudes. Surtout face à Haresh. Surtout lorsqu'il la regardait ainsi…

– Majesté, pardonnez mon indiscrétion. Mais j'ai eu une femme, autrefois, et je l'ai connue dans le même état que vous. Vous n'êtes pas obligée de me répondre, mais se pourrait-il que… vous soyez enceinte ?

Ses nausées, de plus en plus fréquentes.

Son vomissement prématuré, au bord de l'Alester.

Et ses accès de faiblesse qui la prenaient toujours au dépourvu… Se pouvait-il que cela lui arrive maintenant ? Il y avait longtemps que My ressentait ces malaises, mis sur le compte de la fatigue, de la faim… Elle n'avait même pas envisagé que cela puisse être autre chose.

*Enceinte*. Elle éprouva une sorte de joie mêlée d'horreur. À quelques jours de l'arrivée des Fauconniers, cela ne pouvait pas plus mal tomber. Et pourtant…

Un nouveau Darcer.

– Oui, dit-elle simplement.

Le silence tomba sur le cimetière. La jeune fille et le Fauconnier se regardaient, ne sachant que dire. Tout alliés qu'ils étaient, ils cachaient tous les deux leurs secrets :

une femme morte, un amant fantôme… Haresh parut soudain en prendre conscience. Cependant, contrairement à My, il ne chercha pas à en savoir plus.

– Un héritier, dit-il à mi-voix. Un Darcer ! Savez-vous ce que cela veut dire ? Quel énorme atout cela va nous donner ?

My secoua la tête. En dépit de sa joie, elle n'entrevoyait, elle, que de nouveaux problèmes.

– Un atout ? Eh bien, un renouveau pour les Darcer, oui, mais…

– Non, Majesté, je vous parle de l'île !

La promesse d'un enfant, c'était la promesse de son retour. Le trésor, le sifflet… tout. My n'y avait pas pensé. Il faudrait d'énormes moyens pour venir à bout de La Déléane, et cela nécessitait bien un trésor…

Puis elle revit en pensée les pages du livre, dans le bastion kmett. Son espoir partir en fumée.

– À quoi bon ? Pour que le trésor revienne, il faut que je meure…

Elle se rassit lentement sur la pierre tombale, les yeux perdus dans l'étrange panorama. Les stèles étaient partout, seulement arrêtées par les grilles, en contrebas, qui séparaient le château du reste d'Epeck. Elles avaient toutes la même forme : un socle qui s'élevait jusqu'à des rebords taillés en biseau. Toutefois, leur taille et la pierre utilisée variaient : près des grilles, les tombes étaient les plus communes, certaines faites de quartz ou de granit. À l'inverse, celles qui entouraient le bassin avaient l'éclat du cristal, ou de gemmes aux couleurs profondes. Leur prix devait être inestimable.

– Pourquoi sont-elles différentes ?

– Les gemmes coûtent cher, et les gens n'ont pas les mêmes moyens : là-bas, ce sont celles du petit peuple. Autour du bassin, elles appartiennent à ma belle-famille. Tous voulaient la plus belle mort possible… Ils y ont mis le prix.

– Pour des pierres ? Quel rapport avec la mort ?

– C'est un symbole en Edrilion, Majesté. Les gens s'imaginent que, grâce à leur pierre, il restera une part d'eux ici. Les gemmes sont les dernières choses qui survivront à ce monde. Pour les gens, elles sont immortelles. C'est faux, bien sûr… Pour être immortelles, il faudrait qu'elles vivent. Mais beaucoup considèrent que parce que certaines ont des pouvoirs, elles ont aussi une âme. Par exemple, la Phreell est lumineuse, la Nel'riand est appelée « la pierre qui voit », on prête à la Tinàthien un pouvoir de mémoire…

– La Tinàthien ?

– Oh ! C'est un pouvoir qui s'active, naturellement. À l'état sauvage, elles sont tout à fait banales, et maintenant que la magie s'est éteinte parmi les hommes, je ne pense pas qu'on puisse les ensorceler. Mais on le faisait, auparavant. Pour cacher des objets familiaux, par exemple – elle ne se dévoile qu'à une famille et revient à chaque génération. C'est une petite pierre très curieuse… très pratique.

La voix d'Haresh était basse, comme s'il se parlait à lui-même. Mais My se redressa d'un coup. Frappée d'horreur.

– Il y avait une Tinàthien !

– Que voulez-vous dire ?

My n'entendit pas. Sans s'en rendre compte, elle s'était levée, marchant à grands pas dans son agitation. « On prête à la Tinàthien un pouvoir de mémoire… » *Mais il y en avait une !* Parmi les babioles qu'ils avaient mises sur la table pour se les partager entre eux – Orest, Allian, Léréon, Lyrend'ell et elle-même, les seuls survivants de la quête –, Allian avait bien sorti une Tinàthien ; or c'était Allian qui avait eu, le dernier, le sifflet en poche.

– Il faut que je le lui demande, marmonna-t-elle nerveusement. Il l'a peut-être encore – non, suis-je bête, il a dit qu'il avait tout jeté !

– De quoi parlez-vous ?

– Le sifflet qui appelle l'île ! Mes ancêtres l'ont mis dans une pierre de mémoire, c'est donc *ainsi* qu'elle se transmettait de génération en génération ! Le pouvoir de transmission… Et Allian l'a jetée dans la mer d'Olrante !

Elle se prit la tête à deux mains, hésitant à rire de leur malchance ou à laisser libre cours à son amertume. Si elle l'avait su – et Allian aussi –, peut-être… oui, peut-être auraient-ils pu rappeler l'île. Mais à présent, la Tinàthien était hors de portée.

– Elle reviendra, Majesté, dit Haresh. Elle est liée à votre dynastie, elle ne s'ouvrira à aucune autre personne. Elle attendra seulement la prochaine génération…

Tous deux restèrent à contempler le cimetière et ses gemmes, certaines étincelantes, d'autres luisant à peine. My respirait lentement. Elle patienta jusqu'à ce que son cœur reprenne un rythme normal et demanda alors :

– Comment se fait-il que vous en sachiez autant sur les pierres ? Et d'où viennent toutes celles-là ?

– Les galeries d'Istarion, dit Haresh. Pour les deux questions.

Ce nom était familier à My : Floan l'avait mentionné en arrivant à Epeck. Une zone magique, anormalement proche d'un lieu civilisé, mais qui maintenait la cité d'aplomb malgré la vieillesse de ses pierres. Elle se tourna vers le Fauconnier, intriguée.

– Vraiment ? Des gemmes dans les galeries… En ce cas ne s'agit-il pas plutôt de mines ?

– On l'a cru, au début. Mais c'est un lieu dangereux – j'ai fini par interdire l'entrée au peuple. Cela a déplu à bon nombre de contrebandiers, mais mon devoir était d'empêcher qu'ils emmènent des gemmes ailleurs. Certaines sont maléfiques, et nous sommes loin de les connaître toutes.

– Est-ce que…

My hésita.

– Est-ce qu'il y a un rapport avec la mort de votre femme ?

– Nelia est morte, mais je ne peux pas vous dire pourquoi. Cela mettrait quelqu'un en danger, et c'est hors de question.

– Quelqu'un… qui aurait un rapport avec les galeries d'Istarion ?

– Je suis désolé, Majesté. Je ne peux rien vous dire.

Le ton d'Haresh était obligeant, mais ses yeux lui firent signe, sans doute possible, de s'arrêter là. My ouvrit la bouche et se ravisa, au prix d'un immense effort. Sa réaction parut le soulager. Comme s'il devinait son désir d'être seule, il fit quelques pas vers l'escalier, puis s'arrêta. Il la regardait avec gravité.

– Si vous préférez cacher l'identité du père, vous êtes libre, mais… votre état, lui, vous ne pourrez pas le cacher longtemps. Je comprends votre situation, j'en ai vécu une très voisine. Ma femme a, elle aussi, commis une mésalliance aux yeux de sa famille. Je ne vous trahirai pas. Mais je vous protégerai plus efficacement, tous les deux, si je connais son nom.

– Vous connaissez son nom, dit My, il s'appelle Orest.

Haresh hocha lentement la tête.

– Que sait-il exactement sur vos secrets de famille ? Et sur la mort de Keagan ?

My hésita, puis répondit :

– C'est Orest qui a tué Keagan.

# 23. Ourissan

L'eau frémit sous la brise, déployant quelques ridules qui clapotèrent doucement contre l'appontement de bois. Comme pour narguer le vent, l'Alester fit affleurer un courant quelque part loin de la berge. Frisson puis vague, il se brisa contre le port avec une colère sitôt née, sitôt évanouie.

L'eau se retira.

Une patte, grise, s'enfonça dans ses profondeurs. Et les plumes qui la couvraient devinrent écailles, l'enveloppant d'une armure luisante. L'eau cache. L'eau révèle… Certaines natures étaient doubles. N'appartenant ni à un élément ni à un autre. Pour une Chimère, cet instant de transition était celui, si rare, de l'équilibre. Son deuxième antérieur plongea, puis sa dernière patte…

L'équilibre se rompit.

L'animal releva la tête et écouta quelques secondes. Dans son âme, ses oreilles et ses nageoires, il le sentait : sous la surface, la bataille faisait rage. Les courants se pressaient par dizaines, grouillant comme les bancs de poissons qu'ils avaient chassés…

L'homme qui habitait sa tête s'était endormi, à des dizaines et des dizaines de lieues d'ici ; avec un peu de chance, il ne s'éveillerait pas. Doucement, la Chimère disparut dans l'eau, puis, d'un coup vif des nageoires, se propulsa vers le fond, en direction des courants.

Aucune lumière n'éclairait cette nuit.

# 24. L'INVASION

Nul, à part Haresh, n'apprit rien de My. Il garda ses secrets et n'en parla à personne. Il n'en reparla pas non plus à la jeune fille, exactement comme s'il ne s'était rien passé. Rien n'aurait pu être plus faux. À mesure que s'installait l'attente des Fauconniers, une préoccupation croissante se mit à ronger la jeune fille.

Pour elle, c'était une autre sorte d'attente qui commençait. Plus longue, plus lente. En posant ses deux mains sur son ventre, elle ne sentait qu'un léger renflement. Elle en était encore aux premiers mois. Elle aurait pu se rassurer, croire qu'il s'agissait d'une illusion… mais les nausées ne cessaient pas.

Un bébé.

La nouvelle survint quand les choses commencèrent à se précipiter : sur les six villes contactées, quatre avaient déjà répondu, à commencer par Preen, la plus proche. Haresh n'avait rien dit sur les Darcer, se contentant de convoquer les Fauconniers d'urgence. Dans un royaume dépassé par les événements comme l'était Edrilion depuis la mort de Keagan, les auxiliaires du pouvoir avaient tout intérêt à réagir vite : Haresh assurait que l'arrivée des Fauconniers n'était qu'une question de jours. Ceux-ci devaient s'attendre à des nouvelles émanant de la Cour, qui demeurait muette depuis bien trop longtemps… My se demandait comment réagiraient les Fauconniers en apprenant la vraie raison de leur convocation : qu'une Darcer existait, qu'Epeck avait changé d'allégeance, et que deux camps cherchaient à s'étendre en s'appuyant chacun sur les deux grands appuis du pouvoir.

My l'apprit grâce à Haresh : une sourde rivalité existait entre Fauconniers et nobles. Elle était aussi ancienne que muette, et datait de la naissance des premiers Fauconniers. Peu désireux de laisser le monopole des grandes villes aux nobles, le pouvoir royal avait créé les Fauconniers dans le but de le représenter partout. Choisis dans l'armée, ses sbires s'étaient répandus en Edrilion, lentement, efficacement. Ils s'étaient immiscés dans les villes à titre d'intermédiaires avant que le pouvoir anoblisse certains Fauconniers, favorisant des unions. De façon plus discrète encore, il avait encouragé des conflits entre nobles : ceux-ci s'étaient toujours montrés belliqueux, et certains, en plus de mourir, l'avaient payé de leur ville. Quant aux grosses familles, elles avaient été nommées au conseil royal, désertant ainsi leur château.

Cette délocalisation, s'étendant sur plusieurs décennies, avait fini par provoquer la création de domaines nobles à l'écart des villes. Siartt, apprit My, en faisait partie. Çà et là en Edrilion, certains nobles, cependant, régnaient toujours sur leur ville, comme à Penhata. Toute l'aristocratie avait gardé de cet épisode un sentiment de défaite inavoué. Plus My en apprenait sur l'organisation d'Edrilion, plus les choses lui semblaient compliquées.

Haresh reprit le commandement de la garde de nuit et n'échangea plus un mot avec son fils. De même, il ne lui demanda aucune aide pour la mise en place de la contre-attaque. Daerei ne la proposa pas non plus, se bornant à un signe de tête quand d'aventure il croisait My. Elle ne pouvait pas lui enlever cela : il avait choisi son camp de façon fort nette.

À force de déambuler dans le château, elle finit par lier connaissance avec plusieurs domestiques qui, ignorant son identité, se confiaient à elle de bonne grâce. Elle découvrit ainsi que Daerei avait dix ans quand Nelia était morte, et qu'Haresh avait ramené son cadavre, un jour, au bassin de purification. Elle avait fait une chute de plusieurs étages, mais elle était d'un naturel joyeux et combatif, et personne ne croyait vraiment à un suicide. Restait l'hypothèse d'une chute accidentelle, qui ne convainquait pas davantage… Haresh n'avait prononcé aucun discours public, laissant son propre fils dans l'ignorance. Ses gens, tout en reconnaissant son zèle, restaient réservés en parlant de lui, et une partie d'Epeck, privée de son réseau de contrebande, le détestait foncièrement. Faute d'autres détails, My, elle, choisit de fermer les yeux. Elle se souvenait de son dialogue avec Haresh, au cimetière, et de la manière dont il avait parlé de sa femme. Il semblait réellement l'aimer. Quant à comprendre pourquoi il se taisait… Elle était bien placée pour savoir qu'il n'y avait rien de plus difficile à révéler que certains secrets.

Floan et elle s'évitaient depuis leur dispute. Cependant, alors qu'elle s'attendait à ce qu'il parte, l'ambassadeur s'attardait, collaborait avec Haresh, et semblait, pour finir, bien décidé à rester, gifle ou non. Espérait-il que, tôt ou tard, Orest et elle se séparent ? Raison supplémentaire pour lui cacher le bébé. Elle fut tout aussi incapable d'en parler à Orest. Ce n'était pas faute de le vouloir, mais elle redoutait sa réaction. Il y avait autant de joie à éprouver que de soucis à se faire au sujet de ce bébé à naître, preuve éclatante de l'existence de leur couple… Comment cacher leur lien après cela ? Déchirée, elle se mit à l'éviter, faute d'une autre solution. Pour cela, le Don était précieux, mais alors elle se retrouvait seule, à fuir l'unique personne qui, à défaut de l'aider, aurait pu pleinement la comprendre.

Elle prit l'habitude de se poster près de l'un des chemins de ronde qui côtoyaient l'Aire. Les va-et-vient des rapaces rythmaient les heures. Sans grand espoir, elle guettait ceux qui revenaient au château et qui, peut-être, apportaient la réponse des derniers Fauconniers. My les regardait passer dans un état second, les mains sur son ventre. Le moindre spasme la mettait sur le qui-vive, plus attentive que jamais aux signaux de son corps. Qu'un être se soit développé en elle sans même qu'elle s'en doute, cela l'effrayait presque autant que le reste. Un bébé…

– Mydria.

Orest ne l'avait presque jamais appelée ainsi. Pour cette raison, elle ne reconnut pas sa voix, pas davantage son timbre. Les paroles qui suivirent étaient plus familières :

– Qu'est-ce que vous faites là-haut ?

Surprise, elle fit volte-face. Il était à quelques mètres, sur le chemin de ronde, et la regardait avec un air indéfinissable.

– Comme vous voyez, je surveille…

– J'ignorais qu'on vous avait nommée à la place de Daerei.

– Les choses changent vite ces temps-ci.

Pour une raison inexplicable, Orest répondit froidement :

– Je vois.

My fronça les sourcils. Orest était distant par nature, un trait de caractère dont elle avait fini par s'accommoder, mais qui n'encourageait pas les confidences lorsqu'il lui en voulait pour une raison ou pour une autre, comme cela semblait être le cas. Elle s'accouda aux créneaux et attendit. Orest venait là pour une bonne raison, lui qui pouvait supporter sans broncher plusieurs jours de bouderie.

– Votre ambassadeur m'a parlé.

– Floan ? demanda la jeune fille, surprise.

– Vous en connaissez un autre ? Il m'a demandé de partir avant l'arrivée des Fauconniers.

– Depuis quand l'écoutez-vous ?

Orest eut un rictus agacé et répliqua :

– Arrêtez de tourner autour du pot, My, s'il vous plaît.

– *Je* tourne autour du pot ? Et c'est moi qui viens vous poursuivre jusqu'ici, peut-être ? Si vous avez quelque chose à me dire, je vous écoute…

– Visiblement, vous avez décidé de mener vos petites affaires sans vous soucier de ce que nous avons décidé, puisque vous allez raconter à Floan, je ne sais pas pourquoi, que nous sommes ensemble. Peut-être qu'Haresh est au courant, lui aussi, et tout le château ?

– Mais j'ai dit cela à Floan uniquement parce que je n'avais pas le choix ! Il m'a…

Orest s'accouda aux créneaux à son tour et reprit directement :

– Écoutez, My, vous êtes libre. Nous ne sommes pas mariés, je n'ai aucun droit sur vous, et inversement. C'est ce que nous avons décidé, au cas où vous voudriez partir. Ce qui vous attend n'est pas facile. Je sais aussi que je vous complique les choses. Alors si vous trouvez que je n'ai rien à faire là, dites-le-moi, en face et franchement. Je me contrefiche de Floan, c'est votre avis qui m'importe.

La jeune fille se contenta de le regarder. Avec plus d'attention qu'elle ne l'avait jamais fait, cherchant à déceler dans son expression quelque chose de particulier… quelque chose qui démentirait son ton. Il savait mieux que personne camoufler ses sentiments. Mais elle le connaissait : au fond de ses prunelles, une lueur vacillait… infime trace d'une réelle inquiétude. Elle n'eut pas le temps de répondre quoi que ce soit.

Un son clair, argentin, retentit en contrebas.

La pierre était vieille, de dizaines et de dizaines d'années. La Chimère de Welfendà le sentait grâce à mille indices : les minuscules fissures, la patine du temps et l'érosion provoquée par les pluies. Elle devinait quelque chose d'autre, qui les tenait en respect, elle et ses compagnes. Une force millénaire, émanant du rempart dressé devant elles. Protégée par le roc, la magie avait survécu – non, plus fort encore : la magie vivait.

La femme murmura dans sa tête. Un murmure sans mots, fait de pensées brutes : ces pensées étaient les siennes. Le monstre étira son long corps et avança docilement vers le rempart, plantant ses griffes sur le surplomb le plus haut. Il se hissa sans peine au sommet, sa silhouette grise confondue avec la vieille pierre. Celle-ci, au contact de ses griffes, ne s'effrita même pas.

Oui, cette ville avait quelque chose d'étrange…

Les deux Chimères du Sanreth se réceptionnèrent silencieusement derrière elle. Elles étaient trois créatures à s'infiltrer dans Epeck, en un lieu soigneusement choisi où on ne risquait pas de les apercevoir. Welfendà avait passé un long moment à rôder autour de la ville, la détaillant à distance. De l'extérieur, on distinguait la silhouette du château, bâti sur une colline, avec ses tours effilées et ses murs aussi solides que les remparts. La vue surdéveloppée du monstre lui avait également permis de voir les rapaces qui tournaient autour des cimes. Un Fauconnier vivait donc ici, conformément à l'indication de la lettre. À présent, il fallait l'atteindre, puisque, en toute logique, la Darcer se cachait là-bas.

Dès son entrée à Liett, Welfendà avait tenu à cacher l'existence des Chimères aux yeux du peuple. Elle savourait sa prudence : personne, ici, ne connaissait ces créatures, encore moins leur lien avec le Sanreth. Il était donc impossible de se douter d'où elles venaient, surtout si elles agissaient en silence. Pas de traces. Chaque mission de ses Chimères avait été guidée par cette double règle.

– *Rasez les murs.*

Ceux-ci étaient gris, semblables aux remparts, et parfaits pour les cacher. Welfendà prit les devants, suivie par les deux autres monstres dont elle percevait la démarche heurtée : leur souffle et le raclement de leurs griffes au sol les trahissaient. En pleine possession de ses moyens, une Chimère ne marchait pas ainsi, mais le Sanreth peinait encore à maîtriser le lien. Cela viendrait, tôt ou tard : Welfendà percevait déjà des progrès. Cette mission signerait un nouveau cap dans sa compréhension des monstres, et ses premiers pas en tant que successeur de Keagan. Pour autant, Welfendà demeurait vigilante. Vigilante également en arpentant les rues. Près des remparts, les maisons étaient vides, à moitié écroulées, et ils pouvaient avancer au sol. Dès qu'elle vit les environs changer, les maisons devenir plus hautes et les croisements plus fréquents, elle n'hésita plus : ils accéderaient au château en passant par les toits.

L'immense bête, découpée sur le ciel, marqua un temps d'arrêt. Ses congénères se hissèrent sur le toit de la maison opposée, puis d'un commun accord, se mirent à avancer, alternant pauses et foulées lentes. Les passants ne regardaient jamais en hauteur. C'était le seul détail qui les protégeait – cela, et leur furtivité. Les toits d'ardoise grinçaient sous leurs pattes, les contraignant à se déporter sans cesse, mais elles réagissaient suffisamment vite pour que le bruit ne s'entende pas d'en bas. Arrivée à la dernière maison de la rue, la Chimère de Welfendà bondit, détendant son corps en un arc inouï qui lui permit de crocheter la corniche du toit de la rue suivante. Le bond était irréprochable, comme celui des deux autres bêtes.

Le tir qui les prit pour cible, lui aussi, fut presque parfait.

Sifflement. Déchirement d'air. Leur ouïe affûtée le perçut avec une légère avance, juste avant que la flèche s'abatte. La Chimère visée avait déjà plongé. Ses griffes patinèrent sur l'extrême bord du toit alors qu'elle cherchait à reprendre son équilibre. Une volée d'autres flèches ricocha sur le toit. L'une d'elles atteignit la Chimère au flanc, sans autre résultat que l'impact. Le monstre se laissa lentement glisser du toit, comme une bête touchée à mort. Il se reçut avec souplesse au sol, là où les tireurs ne pouvaient pas le voir. Coincée entre ses plumes, la flèche tomba, rebondit et se rompit net sous sa patte. La créature était indemne, mais l'offensive avait réveillé son goût du meurtre.

*Les tours de guet,* songea Welfendà. Disséminées dans la ville même, contrairement au système habituel… Un grondement se mit à retentir dans la gorge de la Chimère, chargé de haine et d'une rage qui, elle, émanait de Welfendà.

Elle leva la gueule vers le ciel, indifférente aux passants qui, terrifiés, détalaient à toutes jambes.

– *Il y a des tours ici. Descendez, vous êtes trop exposé.*

La vitesse, une fois de plus, serait indispensable pour devancer les gardes. Welfendà s'élança sans attendre le Sanreth, se calquant sur les réflexes du monstre pour bifurquer d'une rue à l'autre sans ralentir. Elle laissait l'odeur de la peur dans son sillage, celle des badauds qu'elle frôlait ou écartait de son chemin sans égards, bête étrange, inconnue, plus grande qu'un destrier, et que la flèche reçue ne faisait ni boiter ni saigner. Elles remontèrent les rues en un éclair, abandonnant toute idée de discrétion. Mais à découvert ou non, Welfendà les savait anonymes. Elle entendit des hurlements, des appels, des piétinements, tout proches ou plus lointains, qui lui parvinrent dans un mélange indiscernable, et accéléra l'allure. À cette vitesse, c'était à peine si ses pattes touchaient terre, la propulsant en avant d'un appui rapide qui la relançait sans faillir.

Elles filaient droit vers le château, et les appels, peu à peu, devinrent plus forts, confirmant qu'elles approchaient de la source du bruit. Aussi, lorsqu'une tour de guet se dressa sur leur chemin, les Chimères se tenaient prêtes. Il était impossible d'accéder au château sans franchir cette ceinture, et il y en avait probablement une autre plus haut. Le Fauconnier de cette ville poussait le sens du devoir plus loin que les autres, et ses gardes étaient à son image, hâtivement déployés devant les monstres pour leur bloquer l'accès. Welfendà connaissait ces yeux, effrayés mais farouches, et elle savait d'avance qu'ils ne bougeraient pas de leurs positions.

La Chimère ralentit l'allure et marcha vers eux, imitée par ses congénères. Elles étaient trois à avancer de front, projetant leurs ombres démesurées au sol. À trois contre une troupe. Des ordres clamés d'un côté, et de l'autre… un échange de pensées, entre des âmes habituées à se côtoyer depuis toujours.

Les épées n'eurent même pas le temps de quitter les fourreaux. Ce fut un carnage, immédiat, sans concession, balayant tous ceux qui tentèrent de s'opposer à leur passage, et ils le tentèrent tous. Des corps mutilés, exposant leurs boyaux ou se vidant de leur sang, furent les seuls témoins de l'invasion.

Hormis la sentinelle qui, cachée dans la tour, attendit que les monstres disparaissent et souffla de toutes ses forces dans le cor pendu à sa ceinture, ce cor qui n'avait jamais sonné depuis l'avènement d'Haresh.

Le son clair, argentin, retentit dans la ville, progressivement repris par d'autres.

Le bruit mourut, déchirant, perdant peu à peu son timbre clair au profit d'une plainte qui semblait presque humaine. Éteint, il vrillait encore les oreilles de My, trop fort et trop aigu, mais surtout, porteur d'une urgence qui persistait. D'autres cors retentirent. Leur chant se transmettait d'une tour à une autre, avec une rapidité stupéfiante.

– Le signal d'alerte !

Même sans Orest, elle l'aurait deviné. Quelque chose dans ce bruit éveillait une peur aussi primaire qu'irraisonnée. Tous deux se précipitèrent aux créneaux et se penchèrent par-dessus la rambarde, depuis laquelle on apercevait une grande partie d'Epeck. My chercha aussitôt les tours de guet, mais à cause de la distance, les silhouettes des gardes étaient invisibles. Il en était de même pour les assaillants, camouflés par les rues. Que se passait-il ? S'agissait-il d'une rébellion, menée par les contrebandiers ou les quartiers pauvres ? En ce cas, ils devaient marcher droit sur le château…

Elle échangea un regard avec Orest. Ils pensaient tous les deux à la même chose : le chemin de ronde était plus sûr, mais peut-être pas pour longtemps. Et quant à descendre…

– Vous devriez rester là, dit Orest. Mais vous allez sûrement me dire que vous êtes utile avec une épée.

La jeune fille ne répondit pas et quitta rapidement le chemin de ronde, rejoignant l'escalier central. Orest eut un rictus agacé, mais la suivit sans attendre. Le château, déjà, était en effervescence, gardes et serviteurs affolés courant à travers les étages pour prendre leur poste ou se mettre à l'abri. Il n'y avait qu'elle et Orest pour errer sans destination précise, cherchant de tous côtés, mais leurs compagnons n'étaient nulle part. Ils retournèrent à leurs appartements. Eisdreel et Kebren y passaient leurs journées, évitant Haresh et ses hommes qui, malgré l'intervention de My, gardaient à leur égard une agressivité inchangée.

Les Kmetts, tout comme les autres, étaient absents.

De plus en plus inquiète, My s'aperçut que les vitraux s'assombrissaient, cachés par d'épais panneaux. Partout, on s'affairait autour des fenêtres, et bientôt plus aucune couleur ne vint égayer les salles. L'endroit en était métamorphosé, sûrement très proche de ce qu'il était avant les aménagements destinés à l'embellir. La jeune fille scruta les silhouettes, mais celles-ci étaient campées, immobiles, leurs étranges épées en main et leurs armures luisant du même éclat terne. Aucun Kmett, aucun espion parmi eux, et encore moins d'ambassadeur. Quant à Haresh, il semblait s'être volatilisé.

Un heurt sourd, lourd, fit soudain vibrer l'air et le sol. On refermait la porte gardienne, quelques étages plus bas. Orest lui fit signe en s'engageant dans l'escalier : la place d'un Fauconnier était aux premières loges, et si Haresh devait organiser la défense la plus urgente, c'était sûrement dans le hall…

Une grille consolidait la porte à l'intérieur. Protection rassurante et qui, pourtant, parut déplacée à My : il n'y avait aucune rumeur d'attaque. Déplacés, ils l'étaient aussi tous deux, au milieu d'une salle remplie de gardes. Indécis, ceux-ci maintenaient leurs positions, mais à voir les regards qu'ils échangeaient, il était criant qu'eux non plus ne savaient pas comment accueillir cet assaut fantôme. Orest s'arrêta à côté de My, balayant les lieux du regard. My savait cependant que son attention était ailleurs. Au bout d'un moment, il secoua lentement la tête. Lui non plus n'entendait rien. Fallait-il encore attendre ? Leurs assaillants étaient-ils repoussés par les tours ?

Quelqu'un lui tapota l'épaule, la faisant se retourner. Allian venait d'apparaître dans leur dos, visage soucieux, et, sans un mot, il leur fit signe de le suivre. Ils se faufilèrent parmi les gardes, jusqu'à une volée de marches si étroite que, l'ombre aidant, elle en devenait invisible. Ils entrèrent dans une longue pièce, qui donnait sur le côté droit de la porte. Haresh se trouvait là avec les autres, observant l'extérieur depuis les meurtrières. My sentit son cœur manquer un battement : pas de doute, leurs assaillants rôdaient dehors, devant la porte… Et elle n'avait rien entendu.

Les deux Kmetts se partageaient la meurtrière la plus proche. My passa derrière Eisdreel pour regarder par-dessus son épaule. À sa grande surprise, alors qu'elle s'attendait à voir une troupe massée en contrebas, la colline apparut déserte.

Puis le monstre passa.

Une seconde, à peine, pour traverser la meurtrière d'un bord à l'autre et disparaître. Haute silhouette, démarche calme et, malgré son poids, d'une légèreté inconcevable. Elle passa comme un fantôme. Elle en avait la couleur incertaine, mais aussi les contours, changeants sous la brise qui soulevait son plumage par vagues. Port de tête reptilien, aisance de mouvements qu'on ne trouvait guère que chez les créatures aquatiques… Son nom s'imposait de lui-même. Atterrée, My contempla sa première Chimère et, malgré la protection de la muraille, sentit un froid de glace l'assaillir.

– Elles sont là depuis tout à l'heure, murmura Kebren. Elles n'arrêtent pas de repasser. Je crois qu'il y en a trois.

My colla son visage contre la meurtrière, tâchant d'apercevoir les autres bêtes. L'une d'elles devança son souhait, s'arrêtant dans l'axe de l'archère. Comme doté d'une vie propre, son plumage gris ondoyait, et à la lumière, ses reflets semblaient presque métalliques. Son poitrail, lui, était couvert de taches sombres, ces mêmes taches qui maculaient sa gueule et ses pattes. My se rendit compte qu'elle était couverte de sang.

– Remerciez Haresh pour sa vigilance, murmura Orest. Sans lui, on n'en serait pas là…

– On ne serait plus là, vous voulez dire, corrigea sombrement Kebren. Ils ont fermé les portes avant qu'elles quittent la ville. Regardez-les : elles ont dû en faire payer beaucoup…

My sursauta soudain. Sans transition, la Chimère venait de passer de l'immobilité à l'attaque. Son corps se détendit, beaucoup moins trapu qu'il le suggérait à l'arrêt. My cessa de la voir lorsque la porte frémit sur ses gonds, heurtée de plein fouet. Les armatures grincèrent, le bois gémit. La bête ne s'était pas contentée de l'ébranler pour tester sa solidité, elle s'était agrippée à elle et, à présent, la lardait de coups violents. Un bélier vivant, d'un poids respectable, et qui, manifestement, n'avait nullement l'intention de lâcher prise. Deux autres chocs firent vibrer la porte, puis un crissement métallique : l'une d'elles testait la résistance des gonds. Bien qu'ancienne, la porte était résistante, de même que ses charnières. Le crissement finit par se taire, mais l'assaut ne cessa pas, résonnant dans tout le hall. My s'aperçut qu'Eisdreel tremblait de tous ses membres, évitant de fixer la barbacane. Elle-même se sentait remplie d'horreur. Une horreur sans nom.

Elle se croyait à l'abri, au cœur d'Epeck. Quelqu'un en avait décidé autrement. Ces monstres, parfaitement conformes à la description de Floan, ne pouvaient être que des Chimères. Aucune autre bête n'avait leur aspect si particulier… Qui, en ce cas, l'avait dénoncée auprès du Sanreth ? Il ne pouvait s'agir que d'une personne du château. Dès lors, My cessa totalement de se sentir en sécurité, comme si elle se trouvait face aux monstres, sans la moindre barrière entre elle et eux. Ils ne pouvaient pas rester là, sans rien faire, alors que chaque coup de griffes entamait leur confiance. D'ailleurs, Floan n'avait-il pas mentionné *quatre* Chimères aux côtés du Sanreth ? La quatrième, songea la jeune fille avec angoisse, où était la quatrième ?

– La porte est faite pour résister à pire que ça, lui dit Orest. Ne soyez pas inquiète.

Haresh, lui aussi, considérait les monstres avec calme, sa barbe camouflant sa mâchoire crispée. Il n'avait rien laissé au hasard, il connaissait mieux que personne la solidité de sa porte. Kebren, elle, quitta les abords de la meurtrière et se mit à marcher de long en large, ses allées et venues rythmées par les chocs. Elle le cachait mieux qu'Eisdreel, mais l'attaque lui mettait les nerfs à vif. Allian la suivit des yeux, sourcils froncés. Enfin, il demanda à Haresh :

– D'après vous, combien de temps la porte peut-elle tenir ?

Le Fauconnier haussa les épaules.

– Assez pour qu'elles se lassent.

– On ne va pas rester là, bras ballants, jusqu'à ce qu'elles se soient fait les chicots ! Vous avez des gardes ici, non ? Des archers ?

– Qu'est-ce que vous proposez ?

– Tirez-leur dessus depuis les étages.

Haresh se mit à marcher de long en large, imitant Kebren. Il semblait réfléchir intensément, mais lorsqu'il s'arrêta pour répondre, sa voix était ferme et son ton, définitif.

– Savez-vous pourquoi le signal a retenti ? Mes gardes ont ordre de l'utiliser uniquement lorsqu'ils ont subi de grandes pertes. Pour la ville, cela signifie qu'elle est directement menacée et que les gens doivent se barricader. Mes gardes sont répartis en escouades, assignées à une tour, et ils ont la compétence et l'organisation nécessaires pour barrer la route à une troupe importante. Or elles sont *trois*, et elles ont réussi à forcer le barrage ; même si j'ignore le nombre de tués, une chose est certaine : tant que je peux les garder à l'œil, je le fais.

– En ce cas, profitez-en pour…

– Et si je les fais fuir ? Si elles s'échappent dans la ville et s'en prennent aux habitants ? Leurs maisons ne sont pas faites pour les protéger d'une attaque. Mon château, si. J'attendrai qu'elles se fatiguent, et là seulement, je posterai mes tireurs.

– Si vous voulez mon avis…

La voix d'Allian fut noyée par un craquement, et Haresh se rua hors de la pièce, My sur ses talons. Aux premières lignes, les gardes s'étaient emparés d'hallebardes acérées, disposées en arc de cercle autour de la porte. Le lieu était dépourvu de meurtrières : seul l'interstice qui séparait bois et pierre laissait filtrer de minces rais de lumière blanche autour de la porte. Haresh l'examina avec inquiétude. Elle était intacte, mais un monstre semblait avoir arraché un bout de bois de l'autre côté. Tant que les armatures tenaient, ils n'avaient rien à craindre…

– Vous avez vu leur force ? insista Allian. Elles vont vous dépiauter votre porte et vous allez vous faire déborder ! Elles ne sont que trois, par tous les dieux, préparez des arbalètes et tirez-les d'en haut !

– Vous m'avez écouté, oui ou non ? Je ne *veux* pas qu'elles s'en prennent à mes gens. Je ne veux pas les faire fuir. Elles vont se lasser, elles repartiront dans Istarion, tôt ou tard. Je croyais pourtant avoir condamné tous les accès aux galeries…

Voilà pourquoi l'irruption des monstres ne l'étonnait pas. Floan n'avait pas jugé utile, dans l'immédiat, de lui parler des Chimères – mais Floan n'avait aucun moyen de prévoir qu'elles les attaqueraient sans signe avant-coureur… My s'approcha du Fauconnier, mal à l'aise.

– Haresh, il y a quelque chose que vous ignorez : ces monstres sont des Chimères de La Déléane, au service du Sanreth, et elles sont là pour moi… elles ont sûrement l'ordre de me tuer, moi, et tous mes alliés. Elles ne repartiront pas avant.

Elle avait parlé fort, pour couvrir le bruit. Les Chimères cessèrent leurs attaques à ce moment, plongeant le hall dans un silence pesant. Tous les gardes s'étaient retournés, considérant cette jeune fille et ses compagnons, surgis de nulle part et accueillis par le Fauconnier sans justification. Ces voyageurs qui semblaient connaître les créatures et surtout…

La Déléane.

Pourquoi La Déléane attaquait-elle Epeck, située à des centaines de lieues de ses frontières ? Et pourquoi, pour cette jeune fille, dépêcher trois monstres ?

Le changement d'ambiance n'échappa pas à Haresh. Celui-ci resta imperturbable.

– En ce cas, qu'elles continuent à s'acharner : ce château n'est pas tombé, il ne commencera pas avec elles. Restez vigilants.

Un bruit de course se fit entendre, et Eisdreel jaillit hors de la salle voisine, sa tignasse flamboyant comme une flamme. L'adolescent semblait atterré.

– Monseigneur ! Elles partent, elles retournent vers la ville !

En effet, les coups avaient cessé, et de l'autre côté de la porte, on n'entendait plus le moindre bruit. Le calme régnait, enveloppant, lourd de menace. Au loin, My percevait le chant des cors qui ne s'étaient pas tus. La ville était alertée, mais elle n'avait sûrement pas eu le temps de se préparer à une attaque… Haresh tourna vivement les talons.

– Qu'on aille chercher Daerei ! Il s'occupera de la porte si les Chimères reviennent. Majesté, et tous ceux qui savent écrire, suivez-moi. Il faut barricader la ville !

My lui emboîta le pas, puis se mit à courir tant le Fauconnier marchait vite. À l'exception d'Orest, les autres savaient couramment lire et écrire : les Kmetts grâce à leur formation, Floan de par son éducation, et Allian après avoir appris sur le tas. Le garde chargé de trouver Daerei bifurqua alors qu'ils montaient tous vers les tours. Étouffé par les panneaux, le chant des cors s'atténuait en un bruit de fond lancinant, incitant Haresh à gravir les marches, toujours plus vite. La cape du Fauconnier flottait derrière lui, cachant ses jambes et le rendant semblable à un oiseau de nuit. Ils parvinrent hors d'haleine à l'Aire. Déjà Haresh arpentait les lieux, passant d'un perchoir à un autre pour détacher de petits rapaces noirs.

– Ils sont dressés pour aller et venir entre les tours et le château. Écrivez aux tours de disperser les gardes à tous les postes et de communiquer par signaux. Qu'ils repèrent simplement les Chimères, et qu'ils se réunissent pour les attaquer. Vite !

Les serres du faucon se refermèrent sur le bras de My comme une main décharnée. La jeune fille saisit de sa main libre le parchemin qu'Haresh leur distribuait à la hâte et se mit à griffonner précipitamment, sans prendre garde aux éclaboussures d'encre ni à sa plume rétive. Son oiseau fondit droit vers la ville, diminuant à vue d'œil. Un petit rapace, taillé pour les courtes distances. Une nuée de ses congénères fondit à sa suite. Avec un peu de chance, les Chimères ne passeraient pas la deuxième ceinture…

Plumage gris sur pierre grise. Ses Chimères patientaient, abritées par le mur, à quelques pas du premier quartier.

Welfendà ne lui parlait plus et sa bête avait disparu. Ses dernières paroles résonnaient encore dans sa tête, n'admettant aucune réplique : *Repliez-vous.* Le Sanreth avait obéi, s'était mis à couvert et s'était retrouvé seul. Aussi seul qu'on pouvait l'être quand on partageait son esprit avec trois Chimères et que l'une d'elles, à Liett, restait en permanence attachée à vos pas. Une infime part de ses pensées était concentrée sur Epeck, mais cela suffisait.

À quelques pas de là, un cor sonnait et des bruits de course ébranlaient le pavé. On les recherchait, mais n'étant pas proies de nature, les Chimères n'en avaient pas les réflexes : elles se cachaient par nécessité, n'éprouvant aucune crainte. Quant au Sanreth, il avait passé sa vie à pourchasser des monstres aux côtés des Esbelt, assimilant au fil des ans les méthodes de pistage, les pièges. Ce jour-là, il se retrouvait simplement de l'autre côté de la barrière. Et il savait à quoi s'attendre.

– *Vous allez devoir séparer vos Chimères, Sanreth. Elles seront plus efficaces si elles attaquent séparément.*

Par télépathie, les monstres localisèrent leur congénère qui s'élançait à travers rues. Le Sanreth réalisa que Welfendà partait à l'opposé du château – et de la Darcer. Étrangement, la Reine n'y pensait plus, toute son attention ciblée sur autre chose : lancer l'offensive.

– *Ma Reine, il faut retourner au château. Le Fauconnier est prudent… Ce n'est pas parce que vous vous attaquez à ses gardes qu'il sortira vous combattre. Il en a d'autres avec lui.*

– *Je ne compte pas m'attaquer aux gardes. Et je ne m'attends pas à ce qu'il sorte.*

Les pensées de Welfendà étaient nettes et incisives. Son échec aux portes l'avait rendue furieuse.

– *Il est prudent, sa porte est solide, sa ville, sous surveillance, et forcer l'entrée sera trop long. On l'aura par son point faible. Utilisez les toits, votre vitesse, attaquez dans différents quartiers, et surtout, faites tout pour qu'on ne vous localise pas. Je vous rejoindrai le moment venu.*

Ses Chimères avaient compris le plan d'instinct : un plan à leur mesure, qui leur laissait quartier libre. La faim les tenaillait, les rendant folles de convoitise dans ce vivier humain où, enfin, elles pouvaient se servir. Le Sanreth avait déjà tué avec elles : Serron n'avait eu aucune chance. Alors que penser des habitants de cette ville ?

À peine leur en donna-t-il l'ordre que ses Chimères s'élancèrent hors de l'ombre, se quittant au premier croisement.

Il n'avait encore jamais envoyé de Chimères en mission séparément et il sentit le vertige le saisir alors que des rues différentes défilaient sous leurs pattes, se superposant en images indistinctes. Mais s'il ignorait où il était, ses Chimères, elles, le savaient parfaitement. Elles accéléraient l'allure au même rythme, adoptant leur vitesse naturelle – leur vitesse de chasse. Peu à peu, il cessa de les diriger : il n'en avait plus besoin. Pupilles dilatées, tous les sens en éveil, elles remontaient les rues, guidées par l'odeur du sang humain. Un sang chaud, vivant, pulsant sous les pauvres enveloppes charnelles de ces bipèdes à la chair savoureuse. Ils étaient des dizaines à se tapir derrière les murs. Leurs regards écarquillés, qui se croyaient à l'abri derrière les fenêtres, étaient tangibles pour elles comme des doigts pointés. Mais il y en avait d'autres, tellement plus accessibles… Or il leur fallait des morts visibles.

L'une des Chimères dressa la tête et, brusquement, s'arrêta. Pas une plume ne frémit.

Dix, douze peut-être, sarbacanes et bâtons à la main… Ils s'étaient arrêtés au milieu de la rue : plusieurs enfants des quartiers proches, attirés hors de leurs maisons par le signal des cors. Leur curiosité avait été la plus forte, mais la bête les trouva la première. Il y eut une seconde… deux secondes d'un silencieux face-à-face, puis quelques enfants levèrent timidement leurs bâtons. La Chimère n'attendait que ce signal.

Les petits corps gisant à terre, le Sanreth les regarda sans les voir. L'autre Chimère passait à l'attaque. La victime était seule, mais les lambeaux de chair arrachée avaient le même goût. La chasse reprit à la même allure. Il fallait fuir le quartier, bondir sur un toit et relancer l'attaque ailleurs, sans tenir compte des hurlements ni des sonneries des cors. Les hommes étaient lents, lourds. Ils n'avaient pas la symbiose de leurs anciennes meutes, quand les Chimères étaient des dizaines à chasser ensemble…

Le Sanreth les laissa agir. Les cadavres se succédaient, innombrables, mais quelque chose en lui peinait à se rappeler ce qu'il fallait éprouver. En réalité, il n'éprouvait plus rien. Ce n'étaient plus des sentiments qui se disputaient son âme, mais des sensations, crues et simples. Pour la première fois, le contrôle de ses sbires se passait de mots, et quand Welfendà le rappela à elle, il se souvint dans un brouillard que, quelque part dans ce royaume, il était humain.

En un endroit d'Epeck, il y avait une tour où le cor ne sonnait plus. C'était l'unique tour muette, et Welfendà s'y trouvait. Le cor gisait sous sa patte, déformé par son poids. Le sonneur avait tenté de sauter par la fenêtre pour lui échapper. Lui aussi gisait non loin. Son encrier, à portée de griffes…

Il ne lui restait plus qu'une chose à faire, puis elle pourrait cesser les attaques. Il ne s'agissait pas d'une question de compassion, plutôt d'économie. Cette première chasse avait été un avertissement. Si le Fauconnier résistait encore, elle s'entêterait de même. Et des vies humaines constituaient une monnaie d'échange inestimable…

Les pattes de la Chimère, si habiles à tuer, peinaient à maintenir le parchemin en place. Elle aplatit le rouleau avec irritation et, avec une infinie difficulté, traça les quelques lettres de son message. Déformées, elles s'étalèrent à travers la feuille, rouges sur le vélin clair. Un message sans équivoque, pour deux personnes au moins :

« LA D. ET NOUS PARTONS. »

# 25. Face-à-face

Les pertes avaient été nombreuses, l'attaque, fulgurante. On retrouva des morts aux quatre coins d'Epeck, vieillards, enfants, familles entières, lorsque, faute de trouver des passants, les monstres s'étaient introduits dans les maisons. Tous les cadavres avaient été traînés dans les rues, comme pour faciliter le décompte. La plupart des quartiers avaient leurs morts, quelques-uns. Jamais de carnage ciblé. Les Chimères s'étaient retirées et n'attaquaient plus depuis quelques heures, mais Epeck baignait dans la terreur.

Haresh avait totalisé les morts, rassemblant les décomptes par quartiers que les tours envoyaient. Pour My qui l'aida, la tâche parut infinie. Le carnage n'était pas de son fait, mais elle ressentait le drame comme si elle en était responsable. Cette idée la rendait malade. Le dernier message reçu, Haresh quitta l'Aire, le visage dur. Elle ne le revit pas avant la tombée de la nuit.

Un calme sinistre régnait sur les lieux. Arpentant les salles enténébrées, My aurait pu se croire seule, mais le château n'avait jamais paru si peuplé. Les gardes s'étaient répartis à tous les étages et les serviteurs participaient également à la défense, engagés de force. Tous étaient sur le qui-vive, et dans le hall plus encore. Orest et les Kmetts étaient restés là-bas. Et elle n'avait aucune idée de l'endroit où se trouvaient les autres…

Sa décision était prise. Elle n'avait plus qu'à parler à Haresh et à lui annoncer son départ. Elle ne pouvait pas se cacher pendant qu'on tuait des gens pour qu'elle se rende : elle irait à Preen ou à Dahis, et réorganiserait sa contre-attaque en cachette. Elle fuirait avec le Don et ferait en sorte que les Chimères la voient partir. C'était la solution la plus sage, mais My savait qu'en quittant Epeck, elle perdait un atout précieux. Dans une ville moins protégée, il faudrait déployer des trésors de prudence…

Haresh n'était ni dans l'Aire ni dans sa tour, et elle avait parcouru la plupart des étages. My se souvint alors de la grande salle où Haresh lui avait prêté allégeance. C'était le seul endroit qu'elle n'avait pas encore exploré. Elle pressa le pas pour finalement courir à toutes jambes, sans égards pour les regards interloqués des sentinelles. Elle n'était encore pour eux qu'une invitée anonyme… à mille lieues de la reine qu'ils défendaient à leur insu.

Elle ne se doutait pas qu'Haresh, lui, en avait décidé autrement.

– My ! J'allais vous chercher.

Floan, qui sortait de la salle, la fit rentrer sans qu'elle ait le temps de reprendre ses esprits. Ses compagnons se trouvaient avec lui et, interloquée, My s'aperçut que la salle était pleine. Des capitaines de division et d'autres gardes de rang moins défini se tenaient là, ainsi que des serviteurs. Elle aperçut Haresh à l'opposé. Il dominait la plupart d'une tête, à l'exception de Daerei. Son fils, cependant, se tenait en retrait, et détourna les yeux quand elle entra.

– Majesté, l'accueillit Haresh. Nous vous attendions.

My traversa la salle pour le rejoindre. L'attroupement se disloqua sur son passage, se scindant en deux groupes qui la dévisageaient sans mot dire. Kebren, seule, lui fit un petit signe, repliée près d'une fenêtre derrière les assistants. My n'aurait su dire si l'assemblée était hostile ou respectueuse, mais à en juger par l'attitude générale, tous savaient qui elle était. Haresh monta sur une volée de marches pour s'adresser à la foule. My remarqua que, durant son absence, il avait passé sa cotte de mailles.

– À présent que Sa Majesté est parmi nous, je peux en venir à la deuxième raison qui nous réunit. Les Chimères ont cessé les attaques, mais attendez-vous à ce qu'elles se remettent en chasse dès la tombée de la nuit. Cela nous laisse peu de temps.

Il déplia le parchemin qu'il tenait, exposant son contenu. La foule eut un tressaillement en découvrant le message étalé d'un bord à l'autre, en lettres rouges, obscènes. Il était lisible, mais tracé par un être qui, visiblement, n'avait rien d'humain.

– La Darcer, et nous partons. Je pense que la demande est claire.

Haresh déchira la lettre et jeta les morceaux à ses pieds.

– J'ai reçu cette lettre en provenance d'une tour, après les attaques. J'ai jusqu'à la tombée de la nuit pour obéir, c'est-à-dire moins d'une heure.

– Il est hors de question que les massacres recommencent, intervint My. Votre ville a encore moins de chances en combattant en pleine nuit. Monseigneur, je peux partir avec le Don, en me faisant voir d'elles…

– Majesté, où que vous alliez, le problème sera le même. Ces monstres vous traqueront dans tout l'Ouest, s'il le faut, et peu de châteaux sont aussi sûrs que le mien. Non, restez, et aidez-nous à leur tendre un piège. Savent-elles à quoi vous ressemblez ?

My secoua la tête.

– Je n'ai jamais vu ces monstres ni leur maître.

– Elles ne vous pistaient pas ?

– Non.

– Notre traître se cache donc bien ici.

Haresh gardait un ton parfaitement égal. Aucun de ses gens ne s'y trompa.

– Comme je vous l'ai dit, ma ville a prêté allégeance à la dernière Darcer vivante. Cette allégeance m'engage en particulier, mais je considère, et beaucoup seront de mon avis, que la loyauté envers une personne royale se passe de serment. Il y a peut-être eu des fuites hors d'Epeck. Quoi qu'il en soit, quelqu'un, ici, est coupable de la pire des trahisons. Je le somme de quitter cette ville à l'issue du combat.

Le malaise gagna lentement l'assemblée, mêlé de suspicion. Les assistants se jetèrent des coups d'œil à la dérobée, mais ils ne baissèrent pas la tête sous l'examen d'Haresh. Non, personne, ici, ne semblait coupable… Après tout, comment auraient-ils pu prévenir Liett en quelques jours et, surtout, rendre leur dénonciation crédible ? Tous étaient des domestiques, des hommes d'armes… Ils obéissaient à leur Fauconnier et le respectaient. Non…

Le regard de My balaya la salle et tomba sur Daerei.

Il était au fond de la salle, dos au mur et voûté comme s'il voulait disparaître. Daerei qui avait accès à l'Aire, Daerei qui s'était montré ouvertement hostile, Daerei qui… Les yeux de My s'agrandirent. Il essayait de rester impassible, mais tout son visage trahissait sa torture. De tous, il lui parut le plus bouleversé, le plus déconcerté. Il avait agi contre son père sans prévoir que La Déléane répliquerait si vite… si violemment. Comme tous les autres, il se tut. La culpabilité d'un futur Fauconnier risquait de mettre Haresh en danger, aussi My ne dit rien, elle non plus. Et Haresh n'honora pas son fils d'un regard.

– Ces créatures viennent de La Déléane et il y en a quatre. La dernière est vraisemblablement à Liett. Il est probable qu'elles vont s'en prendre à la ville pour nous faire céder. Les tours de guet sont armées, mais à partir du château, nous pouvons les viser plus facilement. L'idéal serait donc qu'elles reviennent aux portes, mais elles se méfient sûrement.

– Vous parliez d'un piège, intervint Allian. Vous voulez les attirer ? Avec un substitut… royal ?

Haresh inclina la tête.

– Elles n'ont jamais vu Sa Majesté. Je peux grimer un de mes hommes et le faire rentrer à temps… et placer des arbalétriers au-dessus des portes. Mes hommes sont bons tireurs, je vous garantis…

– Non, intervint My. Je ne doute pas de l'adresse de vos gardes, mais elles sont très rapides et il faudrait pouvoir fermer la porte à temps. Faites-moi sortir à la place.

– Vous, Majesté ? s'étrangla Haresh.

– Vous êtes folle ? dit Orest en écho.

Un murmure s'éleva, chacun fixant cette frêle jeune fille qui proposait de risquer si imprudemment sa vie. My avait le cœur qui battait à tout rompre. Elle avait lancé son idée sans réfléchir, mais elle lui semblait bonne. C'était en tout cas celle qui avait le plus de chances de réussir… si son pouvoir fonctionnait. Mais il fallait lui faire confiance…

– Je n'aurai qu'à m'envoler et à regagner les étages, assura-t-elle. Je connais mon Don, je sais l'invoquer de plus en plus vite.

– Ce serait le meilleur moyen de les attirer, adjugea Allian. Sauf si vous cafouillez encore en route, si vous voyez ce que je veux dire…

My le fusilla du regard. En affrontant l'aigle de Keagan, elle avait réussi sa métamorphose, mais à moitié. Vhrys avait failli la tuer. De toute façon, Haresh ne semblait guère convaincu.

– J'enverrai un homme, trancha-t-il. Préparez les tireurs.

Allongées sur le flanc, les Chimères laissaient progressivement un demi-sommeil les envahir : leur façon de récupérer des forces, après une journée qui aurait laissé éreinté un prédateur normal. Les Chimères, elles, ne connaissaient pas l'essoufflement, ou très peu. Mais qu'une seule menace se profile, et elles émergeraient de leur léthargie, prêtes à l'attaque.

La nuit tombait. *Ils* avaient éclairé la ville, à tel point qu'elles sentaient la chaleur des flammes monter jusqu'à elles. Pas une rue ne baignait dans l'ombre, pas un seul habitant n'était dehors. Cette fois, tous étaient conscients du danger, et Welfendà se sentait presque ennuyée. Attaquer de nouveau Epeck... Sans effet de surprise, un bon plan perdait toute saveur. Restait à espérer que le Fauconnier se montrerait conciliant. Elle n'avait aucune envie de s'attarder ici.

– *Combien de temps encore, Majesté ?* demanda le Sanreth.

La Chimère posa sa gueule sur ses antérieurs et laissa échapper un profond soupir. Ses pattes arrière s'étaient détendues, retrouvant leur forme initiale de nageoires.

– *Plus très longtemps,* répondit-elle, *jusqu'aux premières étoiles. C'est le délai traditionnel en Edrilion, avant une déclaration de guerre. Je pense que le Fauconnier s'en doute, prévoyant comme il est. Alors soit il attendra le dernier moment, soit...*

Elle n'acheva pas et roula sur le flanc, envahie par un sentiment de contrariété croissant. Elle avait besoin de Fauconniers de sa trempe pour rétablir un contrôle correct sur Edrilion : elle l'aurait bien épargné. S'il lui tenait tête... tant pis pour lui. Quant à Epeck... Epeck était une ville intéressante. Un bon relais, bien protégé : elle s'assurerait d'y placer un successeur expérimenté.

– *Nous verrons bien,* reprit-elle tandis que sa créature bâillait, dévoilant une rangée de crocs effilés. *Mais je pense que pour établir votre autorité sur l'ensemble d'Edrilion, vous aurez besoin des Fauconniers. Ils sont très précieux, quitte à en remplacer quelques-uns... Vous pourrez toujours commencer par celui-là.*

Une sorte de frémissement passa dans l'esprit de la Chimère, lui transmettant l'approbation silencieuse du Sanreth. Il affinait son lien mental, indéniablement. Elle lui transmit sa satisfaction de la même manière.

– *Quel est cet endroit, ma Reine ?*

Ils s'étaient cachés dans un lieu étrange, qui assurait la jonction entre la ville et le château. Des grilles les séparaient, les camouflant de leur ombre. Ici, l'herbe poussait uniformément, librement. Et, par intervalles réguliers, de gros blocs se dressaient. Ils luisaient sous les lumières de la ville. Leurs bords étaient taillés en biseau, révélant par transparence les couleurs infiniment diverses de leurs pierres.

Des gemmes. Et par-dessus tout, palpitant, imprégnant les lieux, la magie. Plus forte que nulle part ailleurs…

– *Leur place des morts.*

La Chimère se redressa. La nuit les enveloppait et les étoiles scintillaient, innombrables : avec la meilleure volonté du monde, elle ne pouvait plus croire que le Fauconnier hésitait encore. Il n'obéirait pas, il ne trahirait pas sa reine, et si elle remontait jusqu'aux portes, elle ne verrait aucune silhouette de femme ligotée au sol. Très bien… Il avait choisi. Elle laisserait ses Chimères tuer, jusqu'à ce qu'il cède…

Marchant parmi les gemmes, elle se mit peu à peu à ralentir, pour finalement s'arrêter devant l'une d'elles. Elle lui décocha soudain un coup de patte assez fort pour décapiter un bœuf. Elle déracina la gemme, qui roula lourdement au sol, une fois, deux fois, et retomba d'un coup, exposant la face que la Chimère avait griffée.

Intacte.

Les gemmes edriliennes… Elle griffa le bloc de nouveau, avec application. La surface lisse de la pierre la narguait. Affûtée sur ses bords comme une arme et…

Quoi de plus dur, de plus solide qu'une pierre précieuse ?

Une idée germait dans son esprit… gagnant en force à chaque seconde. La Chimère leva la tête vers le château. Aux étages, les fenêtres étaient barricadées, avec des panneaux rabattus devant elles, aussi solides que la porte… mais les gonds n'avaient pas la même taille.

Oui, plutôt que poursuivre un chantage long et hasardeux, pourquoi ne pas essayer d'entrer malgré la porte ? Aller chercher cette petite reine elle-même, au lieu d'attendre qu'on la lui donne ? Elle avisa les monstres. Avec le Sanreth, son plan pouvait réussir…

– *Allez à la porte,* ordonna-t-elle, *et faites diversion.*

– *Mais vous ?*
– *J'irai vous ouvrir…*

La nuit tombait. Beaucoup trop vite au goût du soldat Theren… beaucoup trop sombre.

On l'avait affublé d'une cape de femme qui, de loin, ressemblait à s'y méprendre à une robe, et rabattu son capuchon afin de masquer ses traits masculins. Dans le noir, l'illusion était parfaite : bien que combattant émérite, Theren était resté petit et chétif, et lorsque Haresh, aussitôt, l'avait désigné pour remplacer la Darcer, il avait serré les dents.

À présent, il était sur le point de sortir du château. Il était empêtré dans cette foutue cape, il n'y voyait pas à deux pas et il n'arrivait même pas à retrouver son épée au milieu de tous ces plis. Et il transpirait à grosses gouttes, deux minutes après qu'on l'eut enseveli vivant sous ce tas de frusques. Il avait l'impression de jouer le rôle le plus dangereux et le plus ridicule de toute sa vie.

– Tu fais comme on a dit, lui souffla son capitaine. T'attends qu'elles se pointent, tu donnes l'alerte, et tu te tires. On guette en haut, on les attaquera, ça les distraira et te laissera le temps de rentrer. Et surtout, tu t'éloignes pas de la porte.

Pas de risque.

Theren inspira profondément et s'assura qu'il pouvait quand même attraper son épée. Cette fois, il avait une trouille de tous les diables. Une vraie, pas celle des petites rondes de nuit, avec la menace de trois pouilleux en embuscade. Il ne jouait qu'un substitut, se répéta-t-il. Qu'un appât. Il était vif, il aurait le temps de rentrer… Quand on entrouvrit la porte pour qu'il se faufile au-dehors, il s'exécuta dans un brouillard complet.

Les monstres n'attendaient pas près de la porte : il en était sûr, les gardes l'avaient soigneusement vérifié. En revanche, ils devaient être à proximité. Il s'attendait à devoir patienter plusieurs minutes jusqu'à ce qu'ils arrivent. Il n'en fut rien. Il sentit brusquement les poils de ses bras se hérisser : là. Filant droit vers les portes, à toute allure…

Theren et la Chimère du Sanreth se firent face, une fraction de seconde. Les deux appâts, surgis au même moment…

La Chimère bondit. Le garde réagit comme on le lui avait enseigné et dégaina. Sa cape glissa aussitôt au sol – il ne l'avait pas fermée, par prudence. La gueule de la Chimère s'entrouvrit en un simulacre de sourire, en découvrant l'épée prête à fondre sur ses plumes. Si frêle et dérisoire lame humaine…

Le geste du soldat fut fulgurant, résultat d'années d'entraînement. L'homme lança sa lame et la rattrapa aussitôt, non à la garde, mais en-dessous, là où l'acier était arrondi.

Le Sanreth s'attendait à recevoir la lame au niveau du poitrail, mais la garde lestée exécuta un vif arc de cercle et, emportée par son poids, heurta de plein fouet la tête du monstre.

La Chimère vacilla, se recroquevilla, envahie par une douleur qui devint hurlement, mi-humain, mi-bestial. Theren n'attendit pas qu'elle recouvrît ses esprits. Il se rua vers la porte, qui se ferma lorsque la deuxième Chimère apparut.

– Tirez !

La première volée de flèches s'abattit sur les monstres.

Pattes noires sur pierres assombries. Il se coula, d'une corniche à une autre, évoluant sur la muraille du château avec la même aisance qu'au sol. Quelques millimètres de griffes sorties pour se hisser, ou descendre… Parfaitement indifférent à la bataille que les hommes livraient sur l'autre façade, il rôdait heureux, seul… invisible.

La nuit, tous les chats sont noirs.

Ovriel s'arrêta sur un surplomb, plissant paresseusement ses yeux verts, si semblables à ceux de sa Kmett enfermée de l'autre côté des murs. Car *ils* avaient clos toutes les fenêtres, barricadé les issues. Comme si cela pouvait suffire à exclure un chat ! Les meurtrières étaient bien assez larges. Il rentrerait plus tard, lorsqu'ils rouvriraient. Il n'en était pas à une contradiction près.

Un miaulement plaintif se fit entendre. Encore ce chaton gris… Recroquevillée en contrebas, Sabera l'appelait désespérément, coincée entre deux étages ou effrayée par l'altitude. Serein, il se détourna, mais la chatte se mit à miauler plus fort, et il remarqua à ce moment la grande bête grise qui escaladait la muraille à l'assaut du premier étage, un bloc dans la gueule. Ovriel s'arrêta, moustaches frémissantes.

Voilà qui était plus sérieux.

Sans tarder, il remonta le mur et disparut à travers la première meurtrière, suivi par Sabera.

La Chimère s'arc-bouta sur une pierre légèrement déchaussée et planta ses griffes dans le bois du panneau. Elle avait coincé une gemme dans sa gueule, biseau en avant. Pendant ce temps, le Sanreth se battait aux portes. Il avait déjà reçu plusieurs flèches, et les arbalètes n'étaient pas en reste : la protection magique du plumage lui permettait d'encaisser quelques carreaux.

Welfendà avait vu juste : les gonds des fenêtres étaient plus petits ici, quoique solides ; elle les ignora et s'attaqua à la pierre qui les entourait. La Chimère était solidement accrochée, assez pour frapper de toutes ses forces, sa gemme faisant voler de minuscules éclats de pierre. De l'autre côté du panneau, les humains commençaient à s'agiter, pris de panique. La Chimère finit par dégager l'un des gonds, mais venir à bout des autres prendrait trop de temps. Elle risqua le tout pour le tout, s'arc-bouta sur ses appuis et mordit à pleines dents le coin de panneau dont elle avait descellé le gond.

Les Chimères avaient une force prodigieuse. Une force qui avait fait d'elles des prédateurs fascinants et des pisteurs hors normes. Accrochée à la fenêtre, Welfendà en testa l'étendue, mais aussi les limites. Elle alla jusqu'au bout, s'obstinant : jusqu'à ce que, dans un craquement sinistre, tout un pan s'arrachât.

Elle l'emporta dans sa chute.

À l'intérieur du château, une salle s'éclaira faiblement. La moitié du panneau avait disparu, ne laissant que son armature tordue, rendue indistincte par le vitrail multicolore. Celui-ci vola en éclats.

Une silhouette trapue, entièrement noire, envahit le cadre et se rua dans la pièce. Les gardes étaient à leur poste, leurs épées prêtes à pivoter pour frapper par surprise. Welfendà avait assisté au combat du Sanreth et esquiva les gardes lestés avec dédain. Ils se déployèrent rapidement. Griffes sorties et crocs dégainés, elle ne leur laissa pas l'opportunité d'une contre-attaque. Les genoux du dernier soldat touchaient à peine terre que, déjà, elle quittait la pièce. Guidées jusqu'à la fenêtre, les deux autres Chimères la rejoignirent peu après.

– *Trouvez-moi la Darcer.*

Les monstres se séparèrent, se partageant les étages. Ni garde en armure, ni femme désarmée n'échappèrent à leurs crocs. Welfendà fouilla chaque salle, chaque recoin, à la recherche de la Darcer ou, au moins, du Fauconnier…

Rien.

Dans les derniers étages, elle trouva enfin celui qui commandait la garde. Épée brandie, un homme jeune, au nez busqué, se tenait devant ses soldats. Trop jeune pour être Fauconnier, trop bien vêtu pour un simple garde. Il la regardait d'un air suppliant derrière sa lame, sachant déjà à quoi s'attendre. Cela lui fit pressentir qu'à défaut de l'affronter, il parlerait.

# 26. Istarion

Le conseil de guerre touchait à sa fin lorsque les chats surgirent.

Ici comme ailleurs, ils partageaient la vie des hommes, et parmi les gardes occupés à sortir, pas un ne les remarqua. Indifférent à la proximité d'Haresh, Ovriel bondit sur l'épaule de sa Kmett. Celle-ci le retint de la main, d'un geste instinctif. Mêmes yeux verts et pétillants mais, pour l'heure, étincelant d'un même éclat dur : un très bref instant, leur fraternité ne fit aucun doute, mais quand Kebren parla, le chat avait bondi au sol.

– Il y a une Chimère à la fenêtre !

Sa voix résonna dans la salle presque vide. Il n'y avait plus que leur groupe, à l'exception d'Haresh et de Daerei. Celui-ci se retourna lentement vers le seuil.

– Comment pouvez-vous le savoir ?

– Votre château est rempli de chats. Je leur ai demandé de patrouiller sur la muraille et de m'avertir si jamais votre surveillance ne suffisait pas.

L'entente mystérieuse qui liait les Kmetts aux chats n'était pas un secret pour Haresh, qui n'accorda pas un coup d'œil aux bêtes.

– Mes fenêtres sont protégées, lâcha-t-il. Nous ne risquons rien.

Ovriel miaula. Kebren lui lança un regard indécis, puis répliqua :

– Je vous conseille d'aller voir par vous-même. Apparemment, la menace est sérieuse.

– Quelle fenêtre ?

– Premier étage, façade nord.

La salle donnait sur cette même façade. Le Fauconnier se dirigea vers l'un des panneaux et ouvrit la petite trappe ménagée à mi-hauteur, qui permettait de surveiller l'extérieur sans risquer de se faire envahir. La nuit était étoilée, passablement lumineuse et au bout d'un moment, il dit d'une voix hachée :

– Elle a arraché une pierre tombale… elle s'attaque au panneau.

My sentit ses entrailles se tordre. Comme beaucoup, elle connaissait les propriétés des gemmes edriliennes, à commencer par leur dureté : elle égalait celle des diamants. Allié à la force du monstre, un impact répété sur le bois ou les gonds, pouvait déchirer le panneau en un temps record. Haresh parut parvenir à la même conclusion.

– Daerei, donne l'alerte. Regroupe des tireurs et ramène du renfort à cet étage !

Son fils s'éloigna en courant, galvanisé par le ton impérieux du Fauconnier. Il n'osa pas croiser son regard, et Haresh, les traits crispés, se détourna de lui avant qu'il fût sorti.

– Écoutez, dit Kebren d'une voix pressante, vos gardes les ralentiront peut-être, mais elles vont entrer, et elles fouilleront tous les étages pour vous trouver, My et vous. Il faut partir d'ici, se cacher dans la ville !

– Le bassin d'Alàren, fit Orest. C'est peut-être le plus…

– Non, dit Haresh, je l'ai trouvé.

Une telle réponse voulait tout dire. Havre des fugitifs, fléau des poursuivants… Le bassin d'Alàren constituait un abri précieux, et du fait de son aura divine, sa destruction confinait au sacrilège. Des cris retentirent en contrebas, non d'alerte mais de souffrance. Des cris d'agonie, déjà… Haresh se décida en un éclair.

– Venez !

My lui emboîta le pas en courant. Elle avait si peur que ses gestes lui paraissaient étrangement rapides, comme si son corps agissait sans qu'elle le contrôlât. Un fracas brutal retentit dans les étages inférieurs. Loin de les diriger vers le hall, Haresh s'engouffra dans l'escalier qui menait aux tours, plus précisément à l'Aire. Hors d'haleine, ils arrivèrent dans les hauteurs du château, sous les étoiles qui baignaient la ville d'un éclat froid. My comprit alors où le Fauconnier les menait.

Cet escalier accolé à l'Aire… c'était celui qui menait au cimetière.

– Mais… objecta-t-elle.

– On ne peut pas sortir autrement, Majesté… Soyez silencieux.

Ils entamèrent la descente loin derrière Ovriel. Le chat progressait sur la rampe, oreilles dressées et démarche prudente, mais il ne s'arrêta pas et ne fit pas demi-tour. Leur salut impliquait le sacrifice du château, pensa My, le ventre noué. Si aucune Chimère ne rôdait dehors, cela signifiait que déjà, elles étaient entrées.

Elle s'attendait à ce qu'Haresh les guide vers les grilles du cimetière, mais il n'en fit rien. Presque invisible, une porte se cachait au bas de l'escalier. Il se dirigea droit vers elle et l'ouvrit d'un tour de clé.

La magie. My la sentit avant même de franchir le seuil. Oppressante, caressante… camouflée. Tous ses sens parurent s'aiguiser, et la vasque creusée dans la pierre, remplie d'une eau chatoyante, l'aveugla presque. Sa lumière était magnifique, d'un or pur qui rendait sa surface éclatante et pourtant translucide… comme un soleil enfoui. My s'approcha et la surface se troubla brièvement. Métamorphosés en un clin d'œil, des coquillages spiralés gisaient au fond de l'eau, sur une couche de sable.

– Des Loribials ?

Haresh plongea la main et cueillit un à un les coquillages.

– On en aura besoin, là où on va.

Un bocal de sable était posé au bord de la vasque. Il y mit les Loribials, qui s'enfouirent aussitôt dans leur élément.

Sous leur forme de crustacés, ils n'avaient pas besoin d'eau pour survivre.

– Je les utilise pour m'éclairer. Toutes les torches s'éteignent ici, la magie est trop forte… Suivez-moi.

My réalisa alors qu'il n'y avait pas seulement une vasque : ce qu'elle voyait derrière, ce trou béant dans le sol, c'était…

– Je croyais que vous aviez condamné « toutes » les galeries menant à Istarion ? interrogea Orest.

Les épaules du Fauconnier se crispèrent. Il s'avançait déjà dans le tunnel, et My se rendit compte que la main qui tenait le bocal tremblait.

– À l'exception de cette entrée, je les ai toutes fermées, en effet.

– Et pourquoi pas ici ?

– Nelia… je veux dire ma femme, avait l'habitude d'explorer Istarion en passant par là. C'est une entrée réservée au château, que personne ne connaît, hormis ceux de la famille. Nelia y allait enfant, elle m'a confié ce secret.

Cette justification parut suffire à Haresh, mais Orest garda un air sceptique. Tout clamait que, malgré le danger qu'il avait lui-même déclaré, malgré l'interdiction de s'aventurer dans les galeries, Haresh s'y rendait toujours, comme sa femme avant lui. My ne pouvait lui en vouloir : aujourd'hui, cela leur sauvait la vie.

Des marches mal dégrossies étaient taillées dans le roc. En dépit de cela, elle faillit perdre l'équilibre et se rattrapa de justesse à la paroi. Elle n'entendait plus rien en provenance du château, capable seulement de deviner la bataille. Que se passerait-il lorsque les Chimères se rendraient compte qu'elle et Haresh manquaient à l'appel ? Que ferait la garde ? À l'idée du carnage commis dans la ville, une peur panique l'envahit. Et si elles recommençaient les attaques, pour faire parler les gens ? Mais personne ne savait où ils étaient à présent… personne.

– Que vont-ils faire ?

Sa voix s'éleva dans les ténèbres, tremblante. La lumière dorée de la vasque s'était évanouie.

– Nous allons chercher du renfort. Mes hommes savent se battre, ils peuvent s'organiser sans moi. J'espère qu'elles ne s'attarderont pas… Si nous sommes absents, elles retourneront peut-être à Liett. Je l'espère…

My chercha la dernière marche, sans la trouver. Ils étaient arrivés au bout de l'escalier, qui ne comptait que quelques degrés. Un air lourd, humide, pesait sur les lieux. Il sembla à My qu'ils se trouvaient dans un endroit immense, et parfaitement silencieux. La magie y régnait toujours, fugace et enveloppante.

– Je pensais que les galeries se trouvaient à proximité d'Epeck, non en dessous, s'étonna Floan.

Un éclat métallique apparut : les lunettes de l'ambassadeur se détachaient dans l'obscurité. Lentement, les visages de ses compagnons redevinrent visibles. Le bocal de sable s'éclairait enfin, de quelques grains.

– C'est le cas : les galeries d'Istarion proprement dites sont plus éloignées. Cependant, elles sont tentaculaires… Plusieurs galeries affleurent à la surface de la ville – c'est grâce à ça qu'on les a découvertes autrefois.

Ils se remirent en marche. Le bocal diffusait une lueur à la fois ténue et chaleureuse. Rien de commun avec les environs, qui se découvrirent progressivement : ils venaient d'entrer dans une sorte de cavité, divisée en galeries qui partaient dans des directions différentes. Sans hésiter, le Fauconnier se dirigea vers l'une d'elles, au milieu des feulements de chats. Ovriel fixait la grotte avec haine, tous les poils de son dos hérissés. Quant à Sabera, tapie aux pieds d'Eisdreel, elle n'était plus visible que par ses yeux reflétés par le bocal.

– J'ai peur que ces chats n'apprécient pas le voyage… Vous devriez les laisser ici.

– Reviendra-t-on ?

– Non.

– Alors ils viennent.

Haresh haussa les épaules.

– À quoi bon ? Ce ne sont que des chats ! Vous en trouverez des portées entières en Edrilion.

– Ils viennent, dit Kebren d'un ton sans réplique.

Le Fauconnier, irrité, se détourna. Kebren répondit par un large sourire, mais elle eut le bon goût de se taire et prit Ovriel dans ses bras. La voix du Fauconnier résonna dans la pénombre :

– … mais soyez prévenue : nous allons passer un jour et une nuit dans ces galeries, et dans Istarion, il n'y a ni chats ni souris.

– Il y a bien d'autres petites bêtes à manger ?

Haresh se contenta de rire. Sa voix résonna, gutturale, autour d'eux.

Les uns derrière les autres, ils commencèrent à descendre. La galerie s'inclinait par à-coups brutaux, encombrée de roches ou de galets qui s'effondraient doucement sous leurs pieds. Au bout d'un certain temps, My sentit poindre une fatigue lancinante, renforcée par un malaise désormais familier. Sentant le Don plus accessible grâce à la magie environnante, elle se métamorphosa. Il était cependant impossible de voler longtemps dans le boyau, tant il était irrégulier, et elle finit par se poser sur l'épaule d'Orest. Habitué au poids léger du papillon, il ne réagit pas. Lors de leurs errances à Penhata, c'était souvent qu'ils avançaient ainsi. Le silence s'installait alors entre eux, contraint par le Don, mais il les rapprochait d'une façon différente. Unis par la proximité, ils voyaient les choses du même point de vue… presque par le même regard.

Ovriel, enfoui dans les bras de sa Kmett, refusait obstinément de descendre. Grâce au Don, My en comprit peu à peu la raison : la magie s'intensifiait, comme s'ils se rapprochaient de sa source. Une magie qui n'avait rien à voir avec celle des Bois, si paisible. Celle-ci était imprégnée dans le roc. Elle vivait, vibrait, indomptable et indomptée. My guetta avec angoisse les signes d'un éboulement, qui les chasserait d'un lieu où ils n'avaient rien à faire. Mais le calme régnait… total.

*Plic. Plic. Ploc.*

Le papillon referma nerveusement ses ailes. Un goutte-à-goutte résonnait au loin, suggéré comme un murmure. Pour l'insecte, chaque son semblait hurlé.

– Ce sont des gouttes, dit Orest. Ça ne va pas vous tuer ?

Elle se mit à bouillir en silence, sa colère chassant ses tremblements.

Il y avait donc de l'eau ici, ce qui leur permettrait de boire : ils n'avaient pas emporté de provisions. Mais d'où provenait l'eau ? D'une rivière souterraine ? D'un lac caché, forçant sur les parois ? De nouveau son imagination s'emballait. Et une question la taraudait sans cesse, toujours la même et toujours plus angoissée…

Où Haresh les emmenait-il ?

Floan semblait lui aussi inquiet, trébuchant à chaque pas.

– Ne devrait-on pas remonter à la surface ? Vous avez peut-être gardé une issue libre ?

– Je vous l'ai dit : on ne revient pas.

– Au château, vous voulez dire ? fit Orest, méfiant.

Ils n'avaient pas de raison de craindre Haresh, pas à proprement parler. Mais les vieilles habitudes étaient les plus fortes. Surtout dans ce dédale où ils s'enfonçaient à tâtons…

– À Epeck, corrigea Haresh.

Kebren s'arrêta.

– Alors où vous voulez qu'on aille ?

– Réfléchissez une minute : si nous retournons là-bas, nous aurons les Chimères à affronter, et nous mettons la vie de Son Altesse en péril. Croyez-moi, je mets un point d'honneur à défendre ma ville, mais y retourner serait un suicide. Nous allons regagner la surface à distance raisonnable d'Epeck. Les galeries d'Istarion communiquent avec d'autres mines… qui mènent à d'autres villes. Nous allons à Preen. Les Chimères ne nous retrouveront pas, mais Majesté, vous devez absolument être prudente, cette fois.

– Et éviter les cafards, fit Allian en écho.

Un léger malaise accueillit la remarque.

– Et… vous connaissez la route ?

– Je connais la Voûte.

Le bocal s'éclairait de plus en plus. Fidèles à leur nature, les Loribials, enfermés dans leur coquille, avalaient le sable grain par grain, et le recrachaient, illuminé par les étonnantes propriétés de leur salive. Chaque grain brillait avec une intensité sourde. Fascinée, My ne détachait pas ses yeux du bocal. Il exerçait sur elle une attraction irrésistible – comme chez toutes les proies gobées par ces poissons, réalisa-t-elle soudain. Au prix d'un suprême effort, elle s'en détourna.

Haresh avait cité la Voûte avec une intonation particulière. Elle en déduisit qu'il devait s'agir de la voûte céleste, visible à un endroit où les galeries affleuraient à la surface. Toutefois, rien ne changea autour d'eux et, plus étrange encore, ils continuèrent à descendre. C'étaient toujours les mêmes galeries, la même avancée laborieuse. Les ténèbres avaient effacé le château ainsi que toute illusion de proximité avec la surface de la terre.

– Regardez, murmura Orest.

Il désignait un endroit précis sur le sol. My regarda à son tour, mais n'aperçut rien d'autre que la pierre noire. Il s'approcha alors, lui révélant une estafilade sur le roc. Elle était très fine, composée de cristaux translucides. À peine visible.

Un peu plus loin, les cristaux étaient toujours aussi discrets, à la différence qu'on ne voyait plus une estafilade mais deux. Ailleurs encore, elles s'entrecroisaient en un motif arachnéen, esquissé avec légèreté, aussi beau qu'inattendu. My eut tout juste le temps de le remarquer avant qu'il s'estompe, mais quelque chose d'autre, déjà, attirait son attention.

Le goutte-à-goutte s'était changé en torrent qui coulait entre les pierres, devant eux, et la galerie disparaissait, cédant la place à une caverne si haute que le bocal n'éclairait pas le plafond. Cette vue parut soulager Haresh, qui se remit aussitôt en marche.

– Elles sont là aussi, souffla Orest.

Les balafres, en effet, marquaient les plus grosses pierres, sur les rives du torrent. Une idée soudaine vint à My, et elle quitta l'épaule de son compagnon pour voleter plus loin dans la caverne. Elle eut beau chercher, elle ne trouva aucune autre veine de cristal : elles n'étaient présentes qu'aux abords de l'eau, ou dans ses profondeurs ; on aurait dit une traînée d'eau saisie par la lumière, en un instant habituellement fugace qui, cette fois, s'éternisait. Sabera bondit à terre pour renifler prudemment les cristaux. Un remous dans l'eau la fit reculer : My avait repris forme humaine et descendait dans le torrent.

– Il y a… des gemmes dans l'eau ! s'étonna-t-elle.

Haresh approcha le bocal et sa stupeur se fit certitude : des nuances de bleu, des verts inconnus pailletaient le fond du cours. L'eau les mêlait, créant ainsi une couleur sans nom, aussi subtile qu'insaisissable. Lorsque My plongea la main pour cueillir une gemme, elle s'aperçut qu'elles étaient ancrées à d'autres roches.

– Vous auriez été déçue, déclara Haresh devant son air désappointé. Elles sont ternes comme des cailloux à l'air libre.

– Les Pierres d'ondée… dit Floan. J'avais lu quelque chose sur elles.

– Elles meurent quand elles sortent de l'eau, mais dans les profondeurs d'Istarion, on en trouve beaucoup.

– Et ça ? demanda Kebren. Qu'est-ce que c'est ?

La Kmett s'était arrêtée devant une nouvelle marque au sol.

– On dirait…

– Des cristaux.

– … une empreinte.

Il y avait cinq balafres, et avec un coup au cœur, My réalisa que la jeune femme avait raison. Le nombre d'estafilades n'était pourtant pas égal. Ailleurs, elles étaient quatre, ou tout juste trois.

– Remontez sur la rive, Majesté, nous avons du chemin à parcourir.

La jeune fille fit mine de ne pas entendre et se dirigea vers l'estafilade la plus proche. Alors, penchée dessus, elle vit qu'elle s'était totalement trompée : il ne s'agissait pas d'un enchaînement de cristaux. Ce qu'elle voyait là, c'était le cœur de la pierre noire, mis à découvert par une éraflure très nette. Quelqu'un semblait avoir emprunté la même route qu'eux, il y avait de cela bien longtemps : les chats ne donnaient pas signe de peur.

Cela ne l'empêcha pas de remonter précipitamment vers la berge. Ils suivirent le cours jusqu'à ce que le torrent s'enfonce dans le sol et disparaisse.

– La Voûte, dit Haresh.

Il se dirigea vers une ouverture masquée par un repli rocheux et disparut.

– Mais… commença My, avant de passer sous la paroi à son tour.

Elle crut déboucher à ciel ouvert.

C'étaient les mêmes ténèbres qu'ailleurs, le même air froid. Mais des étoiles scintillaient au-dessus d'eux, éparpillées dans leurs constellations diverses, minuscules points si lointains… si proches. L'illusion était parfaite. Vivante. Oui, cette grotte n'existait que par sa voûte, où les cristaux, mis à découvert, reproduisaient les vrais cieux avec une rare exactitude.

– Xyon, murmura Haresh. Je suis là.

Il posa le bocal au sol et attendit.

Rien ne se passa.

Instinctivement, My se rapprocha des autres. Ils écoutaient attentivement le grand silence des lieux. Si quelqu'un se cachait ici, il se cachait bien, car aucune respiration ne retentissait sous la Voûte, aucune hormis la leur. En réalité, il semblait n'y avoir personne. Haresh, pourtant, paraissait décidé à attendre.

– Xyon, montre-toi, dit-il d'une voix étonnamment douce. Nous avons besoin d'un guide. S'il te plaît…

Alors, après un long moment, une ombre s'aventura craintivement vers eux. Une ombre longue de plusieurs mètres, suivie par une silhouette…

My ne put s'en empêcher : elle poussa un cri de terreur et se changea en un clin d'œil, dérisoire face au titan qui jaillissait de l'ombre. Il y eut une série de chocs durs, comme un éboulement, et la créature disparut.

– Majesté ! s'écria Haresh, Majesté ! Revenez, il n'est pas dangereux, ce… ce n'est pas ce que vous croyez !

Le papillon voleta précipitamment à l'autre bout de la grotte et, se raisonnant du mieux possible, finit par reprendre forme humaine. Les jambes de My flageolaient et son cœur battait la chamade. Ainsi, c'était pour *cela* que les galeries d'Istarion étaient dangereuses ! Rampant dans les tunnels qu'ils creusaient eux-mêmes, avides de diamants, souples comme des serpents, et surtout, incroyablement prompts à l'attaque… Se pouvait-il que, deux siècles après la disparition du dernier dragon déclaré… ?

Mais My réalisa que, de la façon la plus étrange du monde, ni Ovriel ni Sabera n'avaient fui, ce, alors que l'ennemi mortel de toute créature edrilienne était tapi à deux pas… Et, comme avant d'être un papillon, elle était une fille, sa curiosité reprit lentement le dessus.

De l'autre côté de la caverne, il en était de même.

Massive, pesante et timide comme aucun dragon ne l'avait été, la créature s'avança jusqu'à ce que tous puissent la voir. C'était un dragon en effet, un dragon des cavernes, dépourvu d'ailes, avec une colonne vertébrale sinueuse. La ressemblance s'arrêtait là. Il n'avait ni l'attitude, ni les écailles, ni les griffes de ces bêtes. En lieu et place, des dagues cassées ornaient ses pattes, et quant aux pattes… My parcourut du regard l'immense bête ; la vérité était là, inconcevable : toute la créature était faite de gemmes. Des blocs de quartz composaient son poitrail et ses flancs, comme une vraie cuirasse naturelle. Des pierres rouges ou vertes couvraient son corps, étincelant à la lueur du bocal, et sa tête était couronnée de longs piquants faits d'un enchâssement de gemmes aussi noires que l'ébène…

– Qu'est-ce que c'est ? demanda Floan d'une voix étranglée.

La créature alla se cacher derrière Haresh, si « cacher » était le mot juste, car elle faisait deux fois sa taille.

– Ce n'est pas un dragon même s'il en a l'apparence. Xyon est un esprit piégé par les pierres précieuses.

– Piégé ?

Haresh posa la main sur l'encolure de la créature, qui ploya le cou pour le regarder.

– Ou contenu. L'esprit donne force aux pierres, qui donnent vie au corps. Les pierres se coordonnent de cette façon pour le maintenir en vie. C'est un ancien sortilège, qui ne se défait pas.

– Qui… qui est-ce ? balbutia My. Qui a bien pu…

– L'enfermer ? Ou lui offrir une immortalité pareille ? Je ne sais pas, Majesté… Je ne sais pas qui c'est. Un orfèvre seul pouvait avoir le matériau et le talent nécessaires pour créer une telle merveille… mais Xyon n'a jamais voulu me répondre.

La créature tendit la tête vers My. Ses yeux étaient faits de deux diamants, d'une transparence extrême. Elle eut alors la sensation très nette qu'un esprit l'observait, pressé derrière les seules gemmes assez transparentes pour lui servir d'yeux, et recula, troublée.

– Les marques, sur la pierre…

– Nelia, ma femme, l'a découvert quand elle était petite. Il se cachait dans la Voûte. C'était sans doute le premier être humain qu'il rencontrait. Il vit ici depuis toujours et il a reproduit le ciel tel qu'il s'en souvenait. C'est à cause de Nelia qu'il a marqué les pierres, pour l'aider à revenir au château sans se perdre.

– Haresh... dit My à mi-voix. Est-il responsable de la mort de votre femme ?

En voyant le Fauconnier pâlir, elle sut qu'elle avait touché juste.

– Ce fut un accident... un terrible accident. Les gemmes lui donnent une force qu'il peine à contrôler. Nelia a continué à le voir, même après qu'elle ait atteint l'âge adulte. Elle aimait beaucoup Istarion. Mais un jour, il a dû avoir peur. Il l'a précipitée dans le vide – plus vous descendez, plus les lieux sont escarpés, et je lui avais toujours dit qu'elle s'aventurait trop loin.

Il inspira profondément.

– Xyon a ramené le corps dans la Voûte. Je l'ai fait enterrer dans le cimetière d'Epeck, mais j'ai préféré garder le silence. Si j'avais nommé Istarion, ils auraient voulu l'explorer. Il n'y avait que Nelia et moi-même pour nous aventurer dans ce fragment de galeries, et Xyon n'a pas appris la méfiance. J'ai définitivement interdit les galeries, pour qu'on ne le trouve pas. Il ne peut pas vivre à la surface. C'est trop dangereux...

– Pour lui, ou pour les hommes ?

– Les hommes l'exploiteraient, en feraient une bête de foire. Je ne veux pas de ça. Xyon n'est ni une créature ni une création, il est à part, et même s'il est immortel, cela m'oblige à le protéger.

My contempla le dragon, gorge serrée. Elle remarqua à cet instant la gemme rouge qui brillait à l'emplacement du cœur. Une Tinàthien. Pierre de mémoire...

Oubliant sa peur, elle fit face au gardien des lieux et lui demanda, comme à un être humain :

– Peux-tu nous guider jusqu'à Preen ?

Haresh ne connaissait que le chemin jusqu'à la Voûte. Au-delà, déclarait-il, c'étaient les vraies galeries qui commençaient, avec leurs mille tunnels, leurs précipices et leurs pierres étranges, qui fascinaient tant les gens. Beaucoup d'orfèvres avaient lancé leur carrière grâce à Istarion, mais beaucoup, aussi, l'avaient payé tôt ou tard. Istarion était terriblement dangereux, et pour quelqu'un qui ne connaissait pas les lieux, il était presque impossible de s'en sortir, ou de simplement ressortir, sans un guide fiable.

Xyon les avait entraînés sans attendre.

Dès lors qu'il s'éloignait un peu, ses gemmes luisaient comme des écailles, et il marchait tel un reptile, ses pattes heurtant le sol dans un léger bruit de rocaille. Impressionné, Eisdreel ne le lâchait pas des yeux. Mais, tout étrange qu'il fût, ce gardien connaissait les galeries mieux que personne et évoluait dans les tunnels avec aisance. Au bout d'un certain temps, My cessa d'entendre les vibrations de la magie : au-delà de la Voûte, elles s'étaient figées, comme s'ils avaient franchi une invisible limite. Le véritable Istarion s'étendait devant eux.

Les griffes de Xyon laissaient, dans son sillage, de minuscules traces blanches. Les galeries avaient beau se succéder, la pierre restait la même, cachant sous un manteau noir sa transparence cristalline. Peu à peu, l'humidité dépouilla les parois. Là où Xyon les emmenait, elles étaient de plus en plus nombreuses à arborer, par blocs entiers, ces cristaux qui reflétaient le bocal.

– Comment s'appellent-ils ?

Derrière ses lunettes, les yeux de Floan brillaient presque autant que les cristaux.

– Du Verre sauvage, fit Haresh avec mépris. Impossible à tailler : il se casse en mille morceaux dès qu'on défragmente les cristaux… Il pullule ici.

Il fallut marcher encore, avant que les blocs de verre se confondent avec l'eau : de grandes cascades dévalaient les parois, mais ils passaient sans s'arrêter, et My ne fit qu'entrevoir des flèches d'eau qui scintillaient avant de s'enfoncer dans d'invisibles gouffres. Ils en sentaient la fraîcheur, malgré la distance. L'eau donnait un semblant de vie à ses espaces désertés, si beaux, et qui n'abritaient pas le moindre animal. Xyon était maître des lieux à jamais, lui-même entassement de gemmes, condamné à l'exil dans l'un des plus beaux endroits du monde…

Ils marchèrent longtemps dans le sillage du dragon, jusqu'à ce que celui-ci décide de faire halte. S'arrêtant dans une grotte fragmentée par d'immenses colonnes, il s'étendit au sol, et demeura immobile pour les regarder s'installer. My ne pensait pas que deux yeux en diamants pussent être aussi expressifs, et pourtant, c'était bel et bien le cas. Ils reflétaient une âme très ancienne, lourde de tristesse, et pleine d'un espoir timide. La jeune fille s'assit sur le premier rocher venu et resta là, éreintée. Ils ne traversaient qu'une petite partie d'Istarion pour retourner à la surface, mais elle avait l'impression d'avoir marché une semaine. Elle se recroquevilla dans sa cape humide, remarquant à peine la splendeur de la grotte où Xyon les avait arrêtés. Haresh, lui aussi, était à bout de forces.

– Même avec Nelia, je n'ai jamais été aussi bas. Je crois qu'on ne descendra pas davantage.

Le dragon inclina la tête, en un lent signe d'acquiescement.

– Comment pouvez-vous le savoir ? lâcha Kebren en étendant ses jambes devant elle. Aux dernières nouvelles, vous ne connaissiez pas cet endroit.

L'aldhei s'était perchée en haut d'un surplomb qui dominait la salle. Trempées par l'eau, ses mèches courtes collaient à sa nuque, accentuant sa mauvaise mine. Ovriel avait disparu dans la caverne, plus à l'aise que Sabera qui restait frileusement près de son Kmett.

– Je le sais, répliqua Haresh, parce que le réseau des galeries est de plus en plus dense à mesure qu'on descend. J'ai convenu avec Xyon qu'on ressortirait près du village d'Efïa, où l'on trouve des mines. Seulement pour retrouver le tunnel qui y mène, il faut…

– D'accord, d'accord. Descendre jusqu'ici. Je visualise.

– Nous arriverons peut-être à Preen avant que son Fauconnier n'en parte, intervint My.

– Espérons-le, Majesté, déclara Haresh qui parut enfin remarquer le regard suppliant du dragon. Xyon, non. Je ne t'emmènerai pas à la surface. Qu'il s'agisse d'Efìa ou d'Epeck, cela ne change rien : les hommes sont dangereux pour toi. Dès qu'il est question de gemmes…

Une succession de martellements secs l'interrompit. Perché sur un mur, Allian s'escrimait sur la roche dans l'intention, très manifeste, de faire sauter des cristaux. Kebren bondit.

– Mais c'est ma dague !

– Elle descelle mieux les gemmes que… Deux minutes ! s'exclama l'espion, voyant la jeune femme filer droit vers lui. J'ai quand même droit à un butin, cette fois ! Je suis sûr que je peux les revendre à un bon prix…

– Et ma dague, tu connais son prix ?

Évitant de justesse qu'elle lui dérobe son outil, Allian se mit à escalader la paroi, se mettant hors de portée. C'était compter sans la Kmett qui le rejoignit très facilement. Haresh avait suivi la scène, un sourire masqué par sa barbe.

– Tenez, dit-il à Allian. Vous y arriverez mieux avec ça.

Il sortit son épée et, sous l'œil ahuri de l'espion, l'empoigna sous la garde avant de la faire pivoter. Le pommeau lesté heurta la paroi avec force, détachant, au milieu des gravats, des éclats de gemmes aux mille couleurs. Allian regarda l'épée, sidéré.

– Fracassant !

– À vous.

My sut tout de suite qu'elle ne dormirait pas. Les coups de dague laissèrent place à des chocs violents qui s'intensifièrent, Kebren s'attaquant à son tour à la paroi. Haineux, Orest se redressa.

– On part dans quelques heures, bon sang !

– C’est justement le moment d’en profiter. Râle donc, tu me remercieras plus tard…

– C’est déjà fait, dit My en pensant à la Tinàthien.

Orest ramassa ses affaires et disparut derrière les colonnes qui soutenaient la caverne. My attendit dans l’espoir que les heurts cessent puis, les nerfs à vif, partit le rejoindre. Le jeune homme désigna l’autre bout de la salle, où Allian se trouvait, et répéta, soupçonneux :

– C’est déjà fait ?

My se souvint qu’elle ne lui avait rien dit sur les révélations d’Haresh. Elle entreprit donc de lui expliquer le vrai rôle de la Tinàthien, grâce à laquelle leur échec aurait pu se muer, si facilement, en réussite. Orest se borna à hausser les épaules.

– Vous l’avez dit : c’est fait.

Oui, c’était fait, c’était passé… et par un concours de circonstances, on leur avait redonné leur chance. Leur ? My s’arrêta soudain sur le mot : était-ce bien vrai ? On avait redonné leur chance aux Darcer, mais qu’en était-il d’elle-même et qu’en était-il d’Orest ? Elle pensa au bébé dont tous ignoraient l’existence, jusqu’à son compagnon. Ce fut peut-être à cause d’Istarion qu’elle prit sa décision. En cet endroit éloigné de tout, où la vie paraissait si fragile. Lui ou elle pouvaient mourir de cent façons. Il n’y avait que Xyon pour être immortel, et le Darcer à venir, lui, ne survivait encore qu’à travers elle…

– Orest, je dois vous dire quelque chose…

Un miaulement retentit.

– Excusez-moi… Trop de bruit, là-bas. Pardon…

Sabera perchée sur une épaule, Floan passa au milieu du couple, l’air emprunté. Ses habits étaient sales, ses lunettes, de travers, et manifestement, il portait le chaton à son corps défendant. Orest et elle s’écartèrent à son passage, sans prononcer une parole. My le regarda disparaître, incapable de démêler ses sentiments. Rancœur et reconnaissance… Un dérangeant mélange.

– Excusez-moi… il y a un gouffre, derrière.

Floan réapparut, lunettes droites. Et l'air furieux.

– Dommage, fit Orest.

– Je suppose qu'il y a assez de place ici ?

– Au risque de vous choquer, nous sommes en couple. Un peu d'intimité…

La revanche était facile, et Floan ne parut pas du tout l'apprécier.

– Fort bien, pérora-t-il, fort bien ! Jouez à ce jeu-là si vous voulez, mais ne vous étonnez pas de faire le vide autour de vous avec une courtoisie pareille !

– Floan, restez donc, intervint My, soucieuse.

Les choses étaient déjà assez graves sans en rajouter, surtout avec l'ambassadeur. Il lui faudrait bien un relais avec les Fauconniers, et elle n'avait pas encore assez d'alliés pour se permettre de les retourner contre elle… Il était ridicule d'en arriver là. Ils étaient tous dans le même camp, ils luttaient tous pour la même chose. Et tout ce qui parvenait à s'installer entre eux, c'était un mutisme qui, de gêné, devint lentement hostile. Kebren et Haresh guettaient déjà la première occasion de s'anéantir mutuellement… Face aux monstres du Sanreth, si mystérieusement soudés, si complémentaires, ils n'avaient, eux, aucune unité. Si une responsabilité lui incombait, elle était bien là : faire de leur groupe un noyau.

– Nous irons à Preen, en sortant d'ici.

Elle prit place face à Floan, le forçant à la regarder. Sabera bondit sur ses genoux. Elle caressa son pelage, éveillant un ronronnement de satisfaction chez la petite bête, parfaite antithèse de ses deux vis-à-vis.

– Nous irons à Preen, et il faudra engager la guerre contre Liett. Mon Don, mon ascendance, tout cela me donne un atout précieux, mais Floan, il faut voir les choses en face : si je n'ai pas un camp solide, La Déléane n'en fera aucun cas. Le complot d'Allian aurait pu fonctionner, mais les choses sont différentes, avec vous hors de Liett. Nous n'avons aucun contrôle sur ce qui se passe là-bas, ce Sanreth semble soigneusement préparé par sa reine… Nous ne sommes plus au temps des Darcer, Floan, du moins pas celui qui vous passionne tant. Je suis différente de la reine que vous voulez. Mais moi non plus, quand j'étais à Siartt, je ne m'attendais pas à devenir ainsi. Savez-vous pourquoi j'ai fui Siartt ? Je voulais vous retrouver à Liett et vous épouser, uniquement pour échapper à ma quête. Rien d'autre. J'aurais été riche grâce à vous, mais reconnaissez-le, enfin, nous ne sommes absolument pas faits pour vivre ensemble ! Et même maintenant, c'est hors de question, qu'Orest soit là ou pas.

Il y avait deux ou trois vérités de trop dans tout ce qu'elle lui avait dit. Et un discours difficile à avaler, remettant en cause une foule de choses. Floan déglutit. Ses lunettes étaient toujours bien droites, mais il donnait l'impression d'avoir reçu une nouvelle gifle.

– Merci pour votre franchise, dit-il un peu sèchement.

– Merci pour votre écoute. Je ne veux pas vous blesser ni vous vexer, Floan, comprenez-le bien… Mais je préfère que les choses soient claires.

– Je vais vous dire les choses clairement, moi aussi, si vous le permettez.

L'ambassadeur les considéra tous deux, si différents dans leurs origines… si proches pourtant. Côte à côte, leur lien sautait aux yeux, ni affiché ni déclaré. Il était là, simplement.

– Ensemble, vous n'avez aucune chance. Aucune.

– Floan…

– L'amour ne fait pas tout, My, surtout lorsqu'on est au pouvoir. La Cour demande un pouvoir fort. Edrilion en a besoin. D'autre part…

Il s'adressa soudain à Orest :

– Connaissez-vous les alphabets juridiques ? Les règles en vigueur à la Cour ? Savez-vous comment on dirige une armée ? Un roi sait tout cela, et il en a besoin pour gouverner.

Un besoin vital, non seulement pour lui mais aussi pour son royaume.

– Ça s'apprend, répliqua Orest d'un air de défi.

– Pas en temps de guerre. De plus, vous n'avez sûrement aucune ascendance noble ?

– Mon père était palefrenier, ça vous va ?

– Et ne parlons pas, bien sûr, des aptitudes diplomatiques.

– Vous me demandez des choses qui comptent dans votre milieu, pas dans le mien. J'ai réussi à m'en tirer jusqu'ici en évitant la diplomatie. Que je sache, ce n'est pas elle qui a tué Keagan.

– Autrement dit ?

– Autrement dit, il a bien fallu quelqu'un pour le renvoyer dans les étoiles.

My sentit son estomac se retourner. Floan avait un air horrifié – le même air qu'Haresh. Elle saisit alors l'extrême gravité du détail. Elle allait se présenter à une Cour tragiquement privée de roi avec l'assassin de ce même roi. Il s'agissait là du pire paradoxe, dans la situation actuelle d'Edrilion, du pire handicap…

– N'en parlez pas, dit catégoriquement Floan. Ne le dites à personne, jamais. Ce qui s'est passé sur l'île doit y rester, ou ce sera la catastrophe pour nous tous.

Sabera avait cessé de ronronner et, derrière les colonnes, les martèlements s'étaient tus. L'ambassadeur se releva et, après un signe de tête, partit rejoindre les autres, suivi par la chatte. Orest et My restèrent seuls sous la voûte hérissée de stalactites.

Il n'y avait rien à excuser, rien à justifier dans le meurtre de Keagan. C'était fait.

– Orest, écoutez…

– Laissez tomber.

My sortit sa couverture de son sac et s'étendit sur le sol sans un mot de plus. La lueur diffuse du bocal s'émiettait à quelques pas d'elle, échouant sur une colonne, et les touches d'or parant la pierre sombre furent la dernière chose qu'elle contempla. Dans un brouillard, elle perçut les voix de Haresh et Allian ; déjà ensommeillées :

– … repart dans quelques heures…

– Vous êtes sûr que personne ne connaît cette entrée dans Istarion ?

– Je vous le dis : nous sommes en sécurité.

– Pas même votre fils ? insista Allian.

Quand Haresh parla, sa voix était toujours pâteuse, mais elle semblait à deux doigts de se rompre.

– Quoi qu'il arrive, Xyon nous protégera. N'est-il pas immortel ?

# 27. Le Loribial

L'eau de la vasque clapotait frénétiquement, agitée par les Loribials fous de panique. Arrachée de ses gonds, la porte gisait sur le sol, porte que personne ne pouvait apercevoir, même en approchant de l'escalier. Welfendà s'avança dans la pièce, observant attentivement les lieux.

Le bassin éclairé par une lumière dorée… Le tunnel qui s'enfonçait dans le sol… Oui, tout concordait avec l'image arrachée à la mémoire de l'homme. Il avait tardé à lui répondre, ses barrières mentales s'étaient révélées solides, et sa résistance plus grande qu'elle ne l'avait escompté ; par sa faute, ils avaient perdu tout leur effet de surprise. Welfendà s'était vengée en l'égorgeant, mais le mal était fait.

Plusieurs heures de retard… et un terrain inconnu, terriblement complexe. Dans une telle situation, les Chimères perdaient tous leurs atouts, sauf un.

Elle s'engouffra dans le tunnel, les créatures du Sanreth sur les talons. L'homme était contrarié, lui aussi, furieux d'avoir été dupé, alors qu'après tant d'efforts, ils touchaient au but. Cette fois, il fallait réussir, et surtout, éviter le piège le plus sournois…

– *N'oubliez pas que la Darcer a le Don d'ailes, et qu'elle peut se métamorphoser à volonté. Soyez discret dans l'attaque : les galeries ont au moins cet avantage, elles l'empêcheront d'aller bien loin… À nous de l'attraper avant qu'elle s'envole.*

– *Il faudrait déjà la trouver.*

Une cavité apparut devant eux, percée par une multitude de galeries. L'odorat d'une Chimère était excellent, surtout dans un endroit clos, mais l'humidité avait désagrégé les odeurs. Les créatures inspectèrent longuement la caverne avant d'aboutir à la même conclusion : l'une des galeries du milieu. Il restait à savoir laquelle...

C'était le moment de jouer de leur grand atout.

– *Je prends celle-ci.*

Le Sanreth dirigea ses Chimères vers deux autres tunnels suspects. L'accord était tacite : la première qui retrouverait la trace des voyageurs guiderait les autres jusqu'à elle, ce qui, en attendant, leur permettait d'explorer les galeries séparément.

– *Dès que vous les aurez repérés, suivez-les à distance – surtout, n'attaquez pas. Il faut être trois pour les encercler.*

Le Sanreth ne répondit pas : déjà, ses Chimères disparaissaient dans les gouffres béants. La magie provenait des pierres, de ce lieu même ; elle battait à leurs oreilles, pulsait dans leurs veines. Jamais le Sanreth n'avait perçu le contact mental avec une telle netteté.

Il était temps d'en finir.

Les yeux scintillants de Xyon veillèrent sur leur sommeil, eux qui ne pouvaient pas se fermer, et à leur réveil, ce fut ce même regard, figé et triste, qui les accueillit dans la pénombre. Personne n'avait idée de l'heure qu'il était, jour ou nuit, matin ou soir, mais durant leur halte, les grains de sable s'étaient multipliés. Désormais, le bocal brillait au lieu de luire, diffusant sa magnifique lumière.

S'il n'y avait eu que cette lumière, si proche de celle du jour, My aurait pu oublier, quelques secondes, à quel point son cœur était lourd. Mais ce fut Xyon qui se pencha sur elle pour l'éveiller. Leurs regards croisés lui parurent étrangement jumeaux.

Ils se remirent en marche le ventre vide. Au réveil, Istarion se parait d'airs lugubres : My eut beau chercher, elle ne retrouva aucune des gemmes multicolores de la dernière caverne. Arguant que faire ses Preuves dans des conditions pareilles méritait bien une récompense, Kebren, elle, en avait plein les poches. Elles tintaient joyeusement au rythme de son pas, calqué sur celui d'Allian qui, lui, avait lesté sa besace. Leur complicité faisait plaisir à voir, mais dès qu'elle les regardait, My se sentait envahie par la jalousie. Allian et la Kmett se ressemblaient : ils n'avaient de comptes à rendre à personne, ou presque. Pour Orest et elle, les choses s'annonçaient très différentes, et les paroles de Floan résonnaient incessamment dans sa tête, rythmant son pas : « Vous n'avez aucune chance. »

Elle avait pourtant renoncé à Siartt pour prouver le contraire, et Orest l'accompagnait parce qu'il y croyait, lui aussi. Mais Floan ne se contentait pas de condamner : il était diplomate, familier des rouages du pouvoir, et il leur opposait des arguments fondés. Dès la sortie d'Istarion, les choses iraient vite. Il fallait qu'ils sachent quoi faire… Mais déjà, les choses allaient trop vite…

– Attention !

Elle cria avec un temps de retard : Eisdreel dévalait déjà la pente, ou plutôt l'empilement de galets qui traversaient une nouvelle rivière. Par chance, le jeune garçon avait des réflexes et se rattrapa avant de tomber à l'eau. Une partie du pont improvisé chuta à sa suite, éveillant des échos sur les parois. Le reste du groupe emboîta le pas au Kmett, les galets roulant sous leurs pieds et échouant dans l'eau les uns après les autres. Xyon passa en dernier et réussit à éparpiller complètement les galets, que manifestement, une main humaine avait rassemblés. Allian releva songeusement :

– Un passage à gué. Je me demande…

– On quitte les profondeurs d'Istarion, confirma Haresh. En tout cas, on ne descend plus.

En effet, à défaut de remonter, les galeries s'étiraient à l'horizontale. Ils écoutèrent les derniers échos de l'éboulement, puis traversèrent la caverne. Les griffes de Xyon dépouillaient çà et là du Verre sauvage, qui était le seul éclat qui répondait au bocal : plusieurs fois, My saisit une touche dorée au tournant d'un tunnel, pensant découvrir une nouvelle variété de gemme, mais ce n'était que le Verre sauvage qui reflétait le sable. Leurs silhouettes glissaient à leur tour sur les parois, ombres passantes qui ternissaient les cristaux, l'espace d'un instant…

Puis un nouvel éclat – non, plusieurs : rouges, verts, bleus, miroitants, et l'étincelle affolée d'un regard diamant…

Xyon avait fait volte-face.

My se retourna avec un temps de retard et regarda dans la même direction que le dragon. Elle sentit son cœur se figer dans sa poitrine.

Une Chimère venait d'apparaître, les flancs soulevés par sa course… Il y eut un temps d'arrêt, infime.

La Chimère bondit.

– Reculez ! Regroupez-vous, vite !

Haresh hurla au moment même où elle se mit en mouvement, mais déjà il était trop tard. My n'avait vu aucune bête se mouvoir à une telle vitesse. Ses gestes tranchaient l'air, fendaient l'espace comme si une lieue comptait aussi peu pour elle qu'un pas. Elle ne vit qu'une silhouette floue, monstrueuse, jaillir vers eux à corps perdu. Sa vision s'arrêta là.

Un choc titanesque explosa, faisant vibrer le sol. Xyon s'était interposé.

Terrorisée, My risqua un regard entre ses bras. Elle avait plongé par réflexe, lâchant son épée pour se protéger. Mais aucune pierre ne tomba du plafond : elles se battaient là-bas, gemmes étincelantes mêlées à une peau grisâtre. Les deux créatures semblaient de forces égales, griffes contre dagues ébréchées et crocs contre piquants, luttant dans un combat sans merci. Mais si la Chimère rugissait sa colère, d'une voix gutturale et terrible, Xyon se battait en silence. Son corps parlait à sa place, chaque griffure éveillant un crissement suraigu sur ses écailles. Bien qu'il fût plus grand que la Chimère, celle-ci possédait des griffes vivantes, capables de s'agripper, et, suspendue au grand dragon, elle cherchait déjà à atteindre son point faible : les yeux. Aveuglé, l'esprit perdrait tout repère…

– Xyon, jette-la à terre ! hurla Haresh. Écrase-la !

Le dragon déplia péniblement son cou, alourdi par le poids de la Chimère, et, au prix d'un violent effort, se cabra. Les pattes arrière de sa rivale perdirent contact avec le sol. Surprise à son tour, elle chercha à reprendre son avantage, mais le dragon la traînait déjà vers une paroi. Il l'écrasa de tout son poids contre la pierre.

My entraperçut les pattes griffues qui lâchaient prise, puis le corps du monstre s'effondra. Ébranlés par le choc, les murs laissèrent tomber des moellons qui heurtèrent le dragon de plein fouet. Xyon vacilla, puis disparut derrière la poussière.

Le silence revint. Ils restèrent là, pantelants, à regarder la paroi.

– Est-ce qu'elle est… commença My d'une voix étouffée.

Quelqu'un l'agrippa par le bras et la fit pivoter.

– Décampez, siffla Kebren. Emmenez Eisdreel et allez vous cacher quelque part, vite !

My ne chercha pas à discuter et, titubante, courut vers Eisdreel, pétrifié, au milieu de la caverne. Elle l'entraîna sans ménagement, Sabera courant dans leurs pieds. Elle n'entendit pas le bruit de gravats, pas plus qu'elle ne vit la Chimère échapper à l'étreinte de Xyon. Ce fut un nouveau choc qui l'alerta : Haresh avait dégainé et, faisant pivoter son épée, avait tenté de frapper la Chimère en pleine gueule. Elle l'écarta violemment. Il roula hors de portée, mais le monstre ne lui prêtait plus aucune attention. Il fixait My, à l'arrêt.

La seule femme du groupe à fuir. Longs cheveux, silhouette menue… il ne voyait pas son visage, mais il la devinait extrêmement jeune, bien plus que prévu. Il chassa sa stupeur d'un coup de tête et s'élança, filant comme une flèche.

My se tenait prête.

Elle était là l'instant d'avant, lame au poing et droit dans sa trajectoire. Elle disparut soudain. Il y eut un papillonnement coloré, dans la caverne mal éclairée, puis plus rien. Déconcertée, la Chimère s'arrêta sans que le Sanreth lui en donnât l'ordre, humant l'air où planait encore l'odeur de l'humaine… Mais l'humaine, elle, ne se trouvait nulle part.

L'attaque ne survint pas dans son dos : elle tomba du ciel.

Sur un plumage endurci pour encaisser les coups, un papillon n'avait pour ainsi dire aucun poids. La Chimère décela sa présence avec un temps de retard : quand la jeune fille se métamorphosa subitement, à califourchon sur son dos. Elle n'avait pas lâché son épée, et le tranchant de sa lame, abattu de toute la force de son bras, passa sur sa jugulaire pour lui trancher la gorge. Ici, les plumes étaient plus résistantes qu'ailleurs et l'attaque les renforça aussitôt. La Chimère donna un violent coup de tête, cherchant à désarçonner la jeune fille. My se rattrapa de justesse, terrorisée. Son épée roula à dix pas de là. Des deux mains et de toutes ses forces, elle s'agrippa au cou du monstre qui se tordait en tous sens, comme pris de folie, multipliant les coups de tête et les ruades. Le cri d'Haresh lui revint en tête, la glaçant : « Jette-la à terre ! Écrase-la ! » La même idée pouvait venait à l'esprit de la Chimère, d'un instant à l'autre. Le cœur battant frénétiquement, elle invoqua le Don et, alors qu'une nouvelle ruade la projetait en l'air, lâcha prise.

Le Don répondit, achevant la métamorphose à moins d'un mètre du plafond. Hors d'atteinte et tremblante, My s'accrocha à la roche de toute la faible force de ses pattes d'insecte. La Chimère rôdait en contrebas, la tête tournée vers le plafond enténébré, prête à bondir au moindre mouvement d'ailes. Tellement absorbée par sa recherche qu'elle ne prêtait plus la moindre attention aux autres occupants de la salle… quelques humains dépourvus de pouvoir, tous vaincus avant même de la combattre.

C'était un tort. Car si Kebren, en effet, n'avait pas la moindre magie en elle, elle n'opérait jamais seule.

Depuis la voûte, My avait une vue d'ensemble sur la salle et malgré cela, elle l'aperçut au dernier moment : une ombre sur pattes de velours s'approchait avec prudence, comme arrachée aux ténèbres ambiantes, et si petite qu'elle rampait sans dépasser les rochers. Elle se faufila entre les pattes du monstre. Les plumes de celui-ci le protégeaient mieux qu'une armure tout en le privant de ses sensations, du moins les plus infimes, car il ne réagit pas.

Le chat se mit à couvert au moment où Kebren, la corde d'Eisdreel en main, attaqua de concert avec Xyon.

Tout se passa si vite que My ne distingua qu'un enchaînement flou d'actions. La corde noire qui s'enroulait, une fois, deux fois, autour des antérieurs de la Chimère. Ovriel, mâchoires serrées sur une deuxième corde et traîné sur plusieurs mètres par une ruade qui verrouilla définitivement le nœud. La gueule de Xyon enfin, abattue avec une force inhumaine sur le crâne de sa rivale. Celle-ci s'effondra, mais le coup n'avait pas suffi.

Kebren et Allian se précipitèrent pour resserrer les liens avant que la bête émerge de son étourdissement. Les cordes kmetts étaient résistantes, mais la vigueur du monstre nécessitait qu'ils en utilisent toute la longueur. Ils se liguèrent pour la ligoter entièrement, Xyon pesant de tout son poids pour la maintenir en place. Lorsque enfin la Chimère fut immobilisée, preuve à elle seule de l'inventivité des Kmetts en matière de nœuds, elle était aussi noire que grise.

Essoufflés, tous fixèrent la Chimère, peinant à réaliser ce à quoi ils venaient d'échapper. Orest réagit le premier et, s'agenouillant près du monstre, tira sa dague pour la tuer définitivement. Comme celle de My, sa lame dérapa sur le plumage. Il chercha à frapper de biais, entre les plumes, mais celles-ci étaient plus dures que le métal. Chaque tentative semblait les renforcer, protégeant totalement son corps.

Orest répéta son attaque, visant la tempe de toutes ses forces. Sa lame érafla les plumes dans un crissement sinistre. Il réessaya, s'attaquant cette fois aux yeux, puis recula vivement : la Chimère posait sur lui des pupilles dilatées, cherchant à franchir la barrière de son esprit. Mais le Sanreth manquait d'entraînement, et Orest ne laissa pas l'occasion à la créature de revenir à la charge. Il détourna le regard.

– Je ne suis pas assez fort… Je n'arrive même pas à transpercer son plumage ! Xyon, broie-la.

– On n'a pas le temps ! lança nerveusement Kebren. Les autres suivent peut-être !

À ces mots, Xyon se redressa de toute sa taille. Ses flancs se soulevaient, donnant l'impression qu'un vrai cœur battait derrière les gemmes, mais il ne s'agissait que de l'affolement de l'esprit captif. « Les autres »…

– Elles sont trois, lui dit Haresh. Je crois qu'elles sont derrière nous.

My se retransforma au sol. Ainsi, pensa-t-elle, Daerei avait parlé et, ni galeries ni secret ne les protégeaient plus. Ils se regardèrent avec effroi, la même pensée leur venant à l'esprit : il fallait regagner la surface à tout prix. Avant que les galeries se changent en piège.

– Que fait-on de celle-là ? souffla Kebren.

Haresh considéra l'énorme masse de la Chimère. Rien autour d'eux, hormis la caverne et le torrent.

– Vos cordes sont solides ?

– Liane de Perhos, fit Kebren comme si cela expliquait tout.

– Parfait, alors…

Mais la Kmett n'écoutait plus.

Eisdreel était le seul à ne pas s'être approché. Il restait prostré par terre, dans une posture inhabituelle. L'aldhei le rejoignit, prudemment, comme si elle craignait ce qu'elle allait voir, comme si elle savait déjà…

Tout son corps détendu, Sabera reposait dans ses mains. Elle était morte.

Eisdreel se voûta, protégeant son chat de la Kmett. Ses épaules tressautaient sous ses sanglots, et dans ses bras, la chatte semblait presque dormir, n'eût été sa cage thoracique défoncée. Eisdreel s'était mis à couvert quand la Chimère les avait attaqués. Son chaton, lui, n'avait pas eu cette chance.

Il y eut un immense silence, chacun contemplant le petit corps inerte, puis un bruit de pierres entrechoquées retentit. Ils se retournèrent vivement, cherchant l'origine du bruit. Celui-ci s'éloignait à toute vitesse.

Xyon fuyait la vue du cadavre, fuyait la Chimère… fuyait la salle.

Ils attendirent, atterrés. Leur guide ne revint pas.

« Noyez-la. »

Ils l'avaient traînée jusqu'au torrent et enfouie dans un endroit encaissé, afin que l'eau ne l'emporte pas, et consolidé le piège avec des rochers, les plus gros qu'ils avaient pu trouver. L'eau l'enveloppait tel un linceul ; les roches complétaient le tombeau, si lourdes, écrasant son corps…

Puis ils étaient partis.

Une Chimère pouvait respirer sous l'eau, grâce à sa double nature. Et pourtant, la bête et l'homme comprenaient, dans leurs esprits mêlés, qu'ils allaient périr sous l'eau, malgré leurs branchies et toute leur résistance. Étouffés par les pierres.

Ses pattes postérieures s'étaient transformées, et gisaient dans l'eau, sans force. Les cordes qui les entravaient avaient glissé mais de simples nageoires n'avaient pas la force de détacher les autres nœuds, et n'avaient pas même de griffes pour les rompre… Non, seule, elle ne se sauverait pas. Il leur fallait de l'aide, tout de suite.

Le Sanreth rouvrit son esprit à Welfendà. Il s'isolait d'elle depuis le début de la poursuite, désireux d'anéantir lui-même sa rivale, de conquérir le trône par ses propres moyens.

Son autre Chimère accourait déjà d'une galeriek, mais celle de Welfendà était plus proche. L'air lui manquait déjà…

– *Où êtes-vous ? Qu'avez-vous fait ?*

Il réalisa, en cet instant, à quel point il était devenu chevillé à l'esprit de sa Chimère. La frénésie de la créature devenait sienne, l'empêchant de formuler correctement ses pensées. La seule chose qu'il put envoyer à sa reine fut une image. L'eau stagnante, les rochers si lourds, et surtout la caverne. Welfendà réagit aussitôt.

– *Guidez-moi.*

Il fallut toute la force et l'ingéniosité des deux Chimères pour soulever les pierres et défaire les cordes que l'eau, au lieu de détendre, avait resserrées. Welfendà le sauva juste à temps, et sa colère fut terrible. Il se souvint brusquement de leurs rôles respectifs, mais il devina autre chose dans ses paroles – l'orgueil atteint.

– *Je vous interdis de tenter la moindre attaque sans moi, bâtard ! Je veux m'attaquer à elle avant qu'elle s'envole, vous entendez ? Recommencez à agir seul, et je ferai en sorte de vous faire entrer mes ordres dans le crâne. Comment avez-vous réussi à la trouver ?*

– *Les traces, au sol… Ils ont un dragon.*

– *Un dragon ?* répéta Welfendà après un silence. *Quand sont-ils partis ?*

Mais ils s'étaient enfuis bien plus tôt, bien plus vite… Il ne restait que quelques odeurs éparses. Celle du dragon, l'un des rares ennemis héréditaires des Chimères, s'était également volatilisée. Si, cette fois, ils voulaient les cerner, ils devaient trouver un moyen d'éviter le reptile. La meilleure solution était de remonter à la surface, que les dragons des cavernes craignaient et évitaient d'instinct.

– *Trouvez les issues.*

– *Mais, ma Reine… comment peut-on ? Les galeries…*

– *Les galeries touchent à leur fin quelque part. Vous n'avez rien senti ? La magie s'affaiblit.*

Il n'était plus temps d'attendre Xyon. Malgré les longues minutes passées à emprisonner la Chimère, l'étrange gardien des lieux, gardien involontaire, gardien lui-même emprisonné, ne reparut pas. Sans doute avait-il regagné la Voûte. Inchangées, les galeries s'étendaient autour d'eux, un univers complexe, incompréhensible, pour qui ne connaissait pas la route. Il n'était plus temps d'attendre.

Ils poursuivirent leur marche au hasard.

Il leur fallait Xyon. Nul autre que leur guide ne savait quelle galerie prendre dans ce dédale. Mais retrouver Xyon, c'était rebrousser chemin, pour affronter non pas une mais deux Chimères. Kebren et Eisdreel n'avaient plus leurs cordes, et le Don avait gaspillé son effet de surprise. Quant aux épées…

Les lames ne pouvaient les tuer. My avait pourtant frappé de toutes ses forces. Le plumage était plus fort encore… Pourtant, elle se souvenait de l'avoir vu frémir au vent, comme s'il était fait de vraies plumes, et non d'une cuirasse impossible à transpercer. L'unique moyen semblait être de les prendre par surprise… Ce qui, en pleine chasse, s'annonçait quasiment impossible. Et plus que tout, le souvenir de la Chimère ne cessait de la poursuivre. Non celui du monstre même, mais celui de ses yeux. Qu'avaient-ils donc, ces yeux ? En quoi différaient-ils des prunelles de fauve qu'elle s'attendait à voir… et qu'elle avait vues ?

Haresh marchait en tête, guidant le groupe. Elle ne voyait que son dos légèrement voûté, accusant la fatigue, mais il marchait plus vite qu'eux tous. Il tâchait de se diriger en direction du sud par rapport à la Voûte. Ils pouvaient très bien tourner en rond depuis le début sans s'en apercevoir…

La jeune fille pressa sa main contre ses côtes, réprimant un point de côté, et s'envola, dépassant le groupe. Elle bifurqua à droite, puis, voletant de toute la force de ses ailes, explora un à un tous les tunnels de l'embranchement, jusqu'à épuisement. Non… tous descendaient… Tous…

Un étourdissement l'assaillit. Le même symptôme qu'à Ashân, que sur l'Alester. Elle n'eut pas le temps de se retransformer et chuta sur le sol, où elle reprit péniblement son apparence humaine. Un bruit de cavalcade la fit se relever, le cœur battant. Dégainer en un éclair.

Elle se retrouva face à Haresh.

– Ça ne sert à rien, Majesté… Nous n'avons trouvé aucune galerie de notre côté. Évitons de nous éparpiller, il faut être ensemble pour leur tenir tête. Restez avec le groupe, on…

Haresh s'interrompit. Un léger trottinement survint, en même temps qu'Ovriel. Celui-ci bondit dans les bras de Kebren, ses prunelles éteintes. Les autres arrivèrent à leur tour. Floan fut le dernier, en sueur. À défaut de courir, ils pressaient le pas et retenaient avec peine leurs halètements – chaque bruit pouvait trop facilement se transmettre d'une galerie à une autre. Depuis combien de temps fuyaient-ils ?

Ils avaient pensé à se terrer quelque part. À attendre que les Chimères se lassent et poursuivent leurs recherches à l'extérieur. Kebren s'y était opposée : rien que par l'odeur, les monstres pouvaient les retrouver et les piéger comme des rats. Pour cette même raison, ils ne pouvaient pas non plus faire la moindre pause. La fatigue menaçait autant que la faim, et la peur s'étendait, dévorante, rongeant leur courage pas après pas.

– Haresh, vous connaissez Istarion, haleta Allian. Où peut-on trouver une issue plus proche ?

– C'est l'issue la plus proche.

– On ne sait même pas où elle est… Il y a bien d'autres mines creusées ailleurs, d'autres sorties ?

– Je vous l'ai dit : je ne connais rien ici. La seule chose que l'on puisse faire, c'est remonter.

My indiqua la galerie derrière elle, d'un geste las du bras.

– Celles-là mènent aux profondeurs.

– Vous avez tout exploré ?

– Il m'en manque une…

– Le chat n'a rien trouvé de son côté, murmura Kebren. Tout redescend…

– Alors prenons la dernière.

Un jour, une nuit. Tel était le délai donné par Haresh pour traverser les galeries et retourner à la surface. Dans ces ténèbres perpétuelles, cela ne signifiait plus rien : My avait l'impression qu'ils trébuchaient dans ces tunnels depuis des jours entiers. Elle reprit la marche, le visage trempé par la sueur, les muscles en feu. Sa main était serrée sur son épée, entre la garde et le fourreau, autant pour l'empêcher de cliqueter que pour se rassurer. La vitesse avec laquelle le Don s'était retiré l'inquiétait : en cas d'attaque, elle n'aurait peut-être pas l'énergie de se changer de nouveau. Pourtant, il faudrait faire vite.

Ils s'engagèrent dans le dernier tronçon inexploré, à l'affût du moindre bruit. Ils devaient avoir pris une avance suffisante, car les galeries étaient silencieuses. Une caverne apparut après un virage. Sur tout un côté, le sol était défoncé et un gouffre insondable entraînait le terrain dans un noir de poix. Les uns après les autres, ils traversèrent, collés à la paroi. L'immensité des lieux était écrasante, mais la caverne leur offrait une première certitude : ils n'étaient jamais passés par ici. Ils poursuivirent leur route dans les galeries qui reprenaient ensuite. Comme s'il tentait de déceler un bruit de course, Haresh se mit progressivement à ralentir. Il regardait les parois avec attention. Puis, soudain, il s'arrêta.

– Vous avez vu ?

– Qu'y a-t-il ? demanda My, inquiète.

– Le Verre sauvage a disparu.

C'était exact. Ils n'étaient plus entourés par de la roche noire, mais par un autre type de pierre, brunâtre et plus commune. Après la dernière caverne, la galerie se poursuivait ainsi. Cela devait faire un moment, mais My n'y avait pas fait attention. Elle se tourna vers les autres, croisant leurs regards brillants. Eux aussi avaient compris. Xyon les avait abandonnés, mais près de la surface. Ils passèrent de caverne en caverne et leur certitude se renforça : les galeries disparaissaient. Peu à peu elles devenaient plus hautes, une succession de grottes au terrain égal ou accidenté, aux voûtes vertigineuses. Bientôt ils n'eurent plus besoin de côtoyer les gouffres : des hommes étaient passés ici, reliant les pans de grottes séparés par des précipices avec des ponts de cordages. Au sortir des galeries d'Istarion, ce qu'ils virent leur procura un soulagement indicible : des caisses, des piolets et des outils inconnus se mettaient à encombrer plusieurs cavernes.

Puis My s'aperçut qu'autre chose s'engouffrait sous terre. Ce n'était pas de la lumière. Pas encore…

Le vent ! Une brise fraîche, régénérant l'air, chassant l'humidité…

– Le plafond, chuchota-t-elle. Regardez… On est juste sous la surface !

Des éclats lumineux perçaient la voûte. Non les étoiles factices de Verre sauvage, mais des éclats de vrai ciel. Ils tendirent la tête vers cette lumière si proche, séparée d'eux par plusieurs mètres… et la roche. Ils ne pouvaient pas se hisser jusque-là, encore moins s'échapper : les failles étaient trop étroites. Elles ne pouvaient laisser passer qu'un papillon…

– Ça ne peut être que par là, murmura Haresh. La caverne suivante… Dépêchez-vous.

Un embranchement les attendait, en lieu et place d'une caverne. Un embranchement… et huit galeries. Toutes partaient dans des directions différentes. Floan, le premier, dressa l'oreille.

– Écoutez… Il y a de l'eau, par ici !

Qui disait eau disait source, songea aussitôt My, reprenant la course derrière le Fauconnier. Et qui disait source… disait torrent, donc issue, s'ils suivaient son lit jusqu'à la surface ! Ses illusions moururent aussitôt. Le lit était étroit et disparaissait sous une roche. S'attirant un regard vif de la jeune fille, Haresh murmura :

– Attendez.

Il plongea la main dans le bocal et en sortit un Loribial. Le coquillage se déroula dès qu'il fut dans l'eau, se métamorphosant en un poisson qui s'échappa, des grains dorés encore collés à ses nageoires. Suivant le cours, il passa sous la roche. Sa lumière révéla au passage la réelle profondeur du lit. Un homme pouvait se glisser sous le rocher sans peine, et s'ils retenaient leur respiration assez longtemps…

La lueur du poisson s'éteignit.

– *Je les ai.*

Tous regardèrent l'eau, électrisés. Les grains dorés l'éclairaient, ainsi qu'une masse grise, tapie sous la roche. Ils ne prirent pas la peine de vérifier, pas le temps de se retourner, quand l'eau jaillit et se répandit sur le sol. Leur peur se changea en une énergie folle, qui leur fit faire volte-face et quitter l'endroit à toutes jambes. Un autre bruit retentit. Il ne s'agissait pas d'une illusion. Encore moins d'un éboulement : une cavalcade s'amplifiait, droit devant eux. Immobilisée par ses pattes qui se restructuraient, la Chimère tapie dans l'eau n'avait pas pu leur barrer la route à temps, mais elle faisait écho à l'autre bruit de course. À présent, elle était sur leurs talons.

Le groupe jaillit à l'embranchement. Ce n'était pas une, mais deux cavalcades qui retentissaient devant eux. Les Chimères avaient tenté de les prendre en embuscade ailleurs, désavantagées, comme eux, par ces lieux inconnus. Mais elles se réorganisaient rapidement – et elles étaient trois. Trois, alors qu'ils avaient tué l'une d'elles !

My n'eut pas le temps d'y réfléchir davantage. Ils se précipitèrent vers la galerie la plus proche. En tête du groupe, My courait à toute vitesse, son épée bringuebalant dans son fourreau. La peur au ventre. C'était une peur d'un genre inconnu, qui la poussait au-delà de ses forces, et plus que jamais, elle en avait besoin. Ils débouchèrent dans une nouvelle grotte, au milieu de laquelle béait un gouffre d'un noir de ténèbres. Kebren s'engagea la première sur le ponton fragile qui l'enjambait. Elle n'attendit pas qu'Haresh, haletant, pose le pied sur la terre ferme pour s'attaquer au cordage, sectionnant les attaches à une vitesse telle que le pont parut prendre vie de lui-même.

Grincement. Série de chocs. S'entraînant les unes les autres, les planches dégringolèrent dans le vide. Ils ne virent qu'un long ruban de bois s'éloigner, puis les attaches du côté opposé chutèrent à leur tour, rompues par l'impact. Le gouffre s'étendit de nouveau dans la grotte, sans le moindre ponton pour le traverser.

Les Chimères jaillirent à leur suite et s'arrêtèrent net.

My, horrifiée, vit alors qu'ils n'avaient pas tous traversé. Un membre de leur groupe franchissait les derniers mètres qui le séparaient du gouffre à foulées lentes, désespérées. L'un des monstres tourna la tête vers lui et marqua un temps d'arrêt.

– *Regardez, Sanreth… Notre ambassadeur.*

La jeune fille mordit son poing, étouffant un hurlement. Floan n'eut pas le temps de sortir son épée, ni d'esquisser le moindre geste de défense. La Chimère l'éventra d'un coup de patte.

Ils le regardèrent vaciller, pétrifiés. Le jeune homme tomba à genoux et s'effondra aux pieds du monstre, gisant sur le sol en un tas de vêtements méconnaissable. Serrés les uns contre les autres, de l'autre côté du gouffre, ils firent face aux monstres qui se regroupaient de même. Dix mètres les séparaient. Dix mètres de noir insondable… Mais les Chimères ne prêtaient attention qu'à une personne.

Pour la première fois, ils se faisaient face, porteurs chacun de pouvoirs qu'ils ne comprenaient pas, issus de royaumes unis par la guerre. D'un coup d'ailes, le Don pouvait mettre la Darcer hors de portée, les contraindre à une nouvelle traque, bien plus hasardeuse… faire échouer leur expédition. Pourtant, la jeune fille ne bougea pas. Elle fixait

Floan, pâle comme la mort, incapable d'invoquer son Don. Elle semblait avoir reçu le coup en même temps que lui.

La Chimère de Welfendà se détourna d'elle et se pencha sur la pierre du rebord, l'éprouvant à coups de griffes ; elle était friable, mais des pans solides saillaient sur la paroi opposée. Franchir dix mètres... Elle savait les Chimères capables de bien davantage.

Glacée par la sueur, My regarda la première Chimère s'incliner en un geste étrangement, terriblement humain. Elle recula alors, laissant l'une de ses congénères prendre sa place au bord du gouffre. Celle-ci étudia la paroi à son tour, puis, calmement, ramassa son long corps. Un condensé de force prêt à bondir, qui calculait avec soin son saut. Ses pattes, ses muscles, son cou étaient tendus par la concentration.

My vit la créature esquisser un geste et, le cœur battant, plongea ses mains moites sous sa cape. Toutefois, contrairement à Haresh, elle n'en sortit pas son épée. Sa main se referma sur un petit objet, caché au fond de sa poche : la grenouille aux pinces de crabe que Kebren lui avait offerte. Elle n'en savait plus le nom ni la fonction, mais elle était son unique recours et elle la pressa contre ses lèvres, priant de toutes ses forces...

– My, la déesse.

La jeune fille leva les yeux, hagarde. Allian la tirait par la manche.

– Passez-moi Neryt...

La Chimère bondit.

– Que...

– *L'effigie !* Vite !

Les pattes postérieures se détendirent de tout leur long et repoussèrent le rebord, renforçant l'élan de la créature au-dessus du vide. Ce fut une attaque d'une violence inouïe. Le grand corps gris survola le vide, traçant une parabole parfaite, galvanisé par l'énergie.

Allian lança la grenouille au même moment, droit vers le plafond.

Un son métallique, éclatant, retentit. La garde lestée d'Haresh, maniée par l'espion, venait de frapper l'effigie. Neryt, déesse de la Fortune et de la Bonne Fortune, dévia de sa course et fila droit vers le poitrail du monstre. Percutée de plein fouet, la Chimère tenta de se rattraper, puis, entraînée par son poids, chuta comme une pierre et disparut dans les ténèbres du précipice.

Bien plus tard, l'écho d'un impact sourd s'éleva dans Istarion.

## 28. Deus ex machina

Le corps rebondit sur les parois, une fois, deux fois, tenta de se raccrocher. Elle était déjà blessée, elle tombait depuis longtemps. Le sol l'attirait, irrésistiblement… C'était son dernier saut, et de celui-là, elle ne se relèverait pas. L'impact fut terrible.

À des centaines de lieues de là, au cœur du palais de Liett, le Sanreth émergea de son sommeil, hurlant.

Il ne s'agissait pas d'un rêve, l'un de ceux qui s'effaçaient devant la réalité, non, sa réalité à lui était double, multiple. Une part de lui venait de mourir, tuée net par l'impact, cette part qu'il croyait invincible, qui combattait pour lui.

Et le lien s'était rompu, et s'était rompue l'allégeance. Il lui manquait désormais une Chimère. Absence insupportable… gouffre béant. Sourd à ses propres hurlements, il se replia sur le sol, dans son corps humain, son vrai corps. Se retrouva, tel qu'il était vraiment…

Rien qu'un homme.

Moins qu'un homme. Sa tueuse gisait dans Istarion, irrécupérable à jamais. Ils combattaient ensemble, et ensemble ils avaient perdu. Et c'était à peine s'il percevait sa Chimère, à côté de lui, et celle qui demeurait au bord du gouffre…

– *Sanreth… Sanreth. Revenez à vous…*

La voix de Welfendà était de plus en plus faible. Il ne se contentait pas de perdre le lien avec une Chimère. Il ne percevait plus l'autre monstre, ni sa Reine. La rupture d'un lien suffisait-elle pour qu'il perde ses repères ? Un lien, et un éloignement trop grand… Oui, son autre Chimère était si loin, si peu tangible, sans la magie d'Istarion…

– *Revenez à vous...*

Revenir à lui avant que la folie l'emporte. Rassembler les morceaux, rétablir le lien, sans perdre un instant. Il s'en sentait capable... Il suffisait de retourner à Liett. Sa Chimère gémit, puis fit volte-face, s'éloignant de ses proies à contrecœur. La sortie était toute proche. Elle s'échappa des galeries sans entendre les appels de la Reine, à peine perceptibles.

La Chimère de Welfendà tourna la tête vers les fugitifs. Ils s'étaient armés de pierres, prêts à la faire chuter dans l'abîme, elle aussi, si elle tentait une attaque. La rupture du lien menaçait, la distance entre elle et le Sanreth s'accroissait à toute vitesse, tant et si bien qu'elle ne parvenait presque plus à le localiser. Si elle le laissait s'éloigner encore, elle le perdrait définitivement.

La rage au cœur, la Reine vida les lieux à son tour, retournant à Liett, où était son salut.

# 29. Promesses

Un silence de mort régnait sur les galeries d'Istarion. Ils étaient sept survivants, entassés dans une cavité à peine assez grande pour les contenir tous. Effarés, haletants, réalisant à peine ce à quoi ils venaient d'échapper. Les Chimères étaient parties, et quelque chose dans leur attitude montrait qu'il s'agissait d'une fuite. Sans se l'expliquer, My devinait qu'elles repartaient là-bas à Liett, auprès de leur maître caché. Lâchant la proie pour l'ombre…

À dix mètres d'eux, Floan mourait. Dix mètres de vide, infranchissables, sauf pour une personne.

La jeune fille se métamorphosa et franchit l'abîme d'un vol incertain. Elle se posa tout près de Floan, échangeant lentement ses ailes contre sa forme humaine, et prit l'ambassadeur dans ses bras. Floan qu'elle connaissait depuis si longtemps, Floan qu'elle avait à peine l'impression de connaître, Floan qui, tout ambassadeur qu'il était, avait toujours servi, en premier lieu, un seul royaume. Sa respiration était devenue hachée, son regard, trouble. Derrière ses lunettes, elle ne le voyait presque plus. Elle les ôta d'une main tremblante, découvrant son visage. Elle n'y avait jamais prêté attention, mais il avait les yeux d'un brun très doux.

– My… vous deviendrez une reine… à l'égal des premiers Darcer. Promettez-moi… promettez…

Il respirait de plus en plus faiblement, ouvrant et fermant la bouche, mais aucun son n'en sortait. Les yeux de My se remplirent de larmes. Elle serra les mains de Floan pour apaiser leur tremblement et, dans le grand silence de la caverne, lui murmura :

– Je vous promets le retour des Darcer.

Il mourut en la regardant.

Ils sortirent des galeries au bout de plusieurs heures, secourus par les mineurs qui, alertés par My, leur firent franchir le gouffre à l'aide de cordages. Ils avaient cru atteindre les abords de Preen, mais il n'en était rien : il y avait plusieurs jours de marche entre Efïa et Preen, distance bien supérieure à celle qui les séparait d'Epeck.

Ni seigneur ni Fauconnier ne gouvernaient les villages des environs, réunis en petits groupements paisibles. Mais ceux-ci communiquaient avec d'autres villes, et on murmurait là-bas que, partant de Tediac, Preen, Dahis et d'autres villes encore, les Fauconniers se mettaient en route.

# ÉPILOGUE

Une foule nombreuse se pressait au pied du château, franchissant les grilles en un flot continu pour remonter la colline. Elle rejoignait ceux qui attendaient déjà, habitants d'Epeck, gens du château, attroupés sans distinction. La mort effaçait les différences, le deuil unissait les vivants. Regroupée autour du bassin de purification, Epeck pleurait ses morts aux lendemains de l'attaque.

La lumière scintillait sur la surface du bassin, et l'eau ondoyait sous le vent, mille reflets, mille couleurs se disputant ses ridules et s'emmêlant ensemble. On y plongeait les cadavres avec douceur. Ils se succédaient par dizaines, provenant des quatre coins de la ville… des quatre coins du château. Un à un, les corps inertes disparaissaient sous l'eau. Elle les recouvrait de son linceul transparent, si pur. Sous la surface, ils semblaient habités, quelques instants, par une nouvelle vie, avant qu'on les retire pour procéder à la cérémonie d'enterrement.

Dans une myriade de reflets, un tout petit corps s'enfonça, à son tour, dans l'eau.

Immobile, My regarda le pelage gris de Sabera réapparaître, métallisé par la lumière. À côté d'elle, Orest suivait la cérémonie en silence. Il avait pris sa main et la serrait, comme s'il craignait qu'elle s'envole elle aussi. À la place de Floan ou de Sabera, cela aurait pu être eux, si facilement… Jamais ils n'avaient ressenti avec une telle intensité cette chance, inouïe, d'être encore vivants.

Alors, se hissant sur la pointe des pieds, My chuchota

à l'oreille de son compagnon le secret qu'elle lui cachait depuis des jours :

– J'attends un enfant.

Orest ne dit rien. Il n'y eut qu'elle pour le voir : imperceptible, et fugace, ce fut, pour la première fois depuis longtemps, son premier vrai sourire.

# Faune, flore et pierres

## Faune

- Astrap : poisson déléanien qui empoisonne les sources.
- Chimère : monstre déléanien réputé pour sa fulgurance à la course. La Chimère est douée du don de télépathie, peut vivre aussi bien dans l'eau que sur terre, et son habitat naturel se situe au nord de La Déléane.
- Emian : crustacé d'eau douce, doté d'un pied et d'une coquille capable de s'ouvrir pour procurer ainsi une bulle d'oxygène à la créature, lui permettant de s'immerger durant de longues heures.
- Fidrolle : monstre déléanien, doté d'un corps de chien et d'ailes noires. Fléau des villes, il s'attaque fréquemment aux populations.
- Hakroo : grand rapace edrilien, blanc ou noir, au plumage irisé. Il ne chasse que sur les plaines.
- Lanvox : petit animal à fourrure blanche qui vit dans les monts Baïshdro. Modifié par la magie, son métabolisme lui donne le pouvoir de clairvoyance, et certains grands nobles l'utilisent pour confirmer leur lignage.
- Loribial : poisson ne vivant qu'aux endroits où les courants sont forts. Sa particularité, outre de se métamorphoser en coquillage lorsqu'il se sent menacé, est de rendre le sable brillant grâce à sa salive nommée Poudre d'or. Cette substance lui permet d'attirer ses proies et fait l'objet d'une importante contrebande.

## Flore

- Arbrhavre : arbre à troncs multiples de la région des monts Baïshdro, imprégné de magie.
- Ayrilié : arbre poussant exclusivement sur la pierre, doté d'un abondant branchage.
- Calnë : arbre dont la sève, nommée « essence de Calnë », est utilisée pour faciliter la cicatrisation.
- Lekêri : arbre brûlant avec une extrême lenteur, dont l'écorce est utilisée pour certaines lanternes.
- Liane de Perhos : plante extrêmement résistante de la région des Bois maritimes. Elle a la particularité de se rétracter quand un poisson pris dans ses filets tente de lui échapper.

## Pierres d'Edrilion

- Nel'riand : petite gemme bleue nommée « la pierre qui voit ». On peut y déposer des messages pour communiquer d'un bout à l'autre d'Edrilion, à condition d'avoir une parfaite clarté d'esprit.
- Phreell : pierre lumineuse émettant un halo verdâtre dans l'obscurité.
- Pierres d'ondée : gemmes des profondeurs, qui naissent dans les courants souterrains. Leur couleur varie du bleu au vert, mais elles meurent sitôt qu'elles quittent l'eau.
- Tinàthien : gemme commune aux tons rougeâtres, nommée « la pierre de mémoire ». Par magie, on peut y enfermer un objet et le transmettre, de génération en génération. Lorsqu'elle reste trop longtemps éloignée de son propriétaire légitime, la pierre se referme sur l'objet qu'elle garde.
- Verre sauvage : agglomérat de cristaux translucides, tapissant les parois de certaines galeries profondes, en particulier celles d'Istarion.

# Table des matières

conception
réalisation
mise en page
pca

44405 Rezé cedex

Composition PCA
44400 Rezé

Imprimé en France
par Corlet, Imprimeur, S.A.
Dépôt légal : décembre 2011
N° d'imprimeur : 142068
ISBN : 978-2-7499-1529-6
**LAF 1559**